民族文字出版专项资金资助项目

铸牢中华民族共同体意识经典文献系列

广西古籍文库

娅王经诗译注

YAWANG JINGSHI YIZHU

广西壮族自治区少数民族古籍保护研究中心 编

黄金东 / 韦如柱 / 黄昌礼 主编

广西教育出版社·南宁

图书在版编目（CIP）数据

娅王经诗译注 / 广西壮族自治区少数民族古籍保护
研究中心编；黄金东，韦如柱，黄昌礼主编 . -- 南宁：
广西教育出版社，2021.12
　（广西古籍文库）
　ISBN 978-7-5435-9089-2

　Ⅰ . ①娅… Ⅱ . ①广… ②黄… ③韦… ④黄… Ⅲ .
①壮族 - 民歌 - 作品集 - 广西 Ⅳ . ① I277.291.8

中国版本图书馆 CIP 数据核字 (2021) 第 257750 号

策　　划：吴春霞　韦胜辉
责任编辑：韦胜辉
特约编辑：陈逸飞　熊奥奔
装帧设计：鲍　翰　杨　阳
责任校对：谢桂清
责任技编：蒋　媛

娅王经诗译注
YAWANG JINGSHI YIZHU

出 版 人：石立民
出版发行：广西教育出版社
地　　址：广西南宁市鲤湾路 8 号　邮政编码：530022
电　　话：0771-5865797
本社网址：http://www.gxeph.com
电子信箱：gxeph @ vip.163.com
印　　刷：广西民族印刷包装集团有限公司
开　　本：889mm×1194mm 1/16
印　　张：25
字　　数：368 千字
版　　次：2021 年 12 月第 1 版
印　　次：2021 年 12 月第 1 次印刷
书　　号：ISBN 978-7-5435-9089-2
定　　价：220.00 元

扫 码 听 音 频

《娅王经诗译注》编委会名单

主　　任：韦如柱

副 主 任：李燕玲

成　　员：（按姓氏笔画顺序排列）

　　　　　韦如柱　方维荣　卢子斌　李珊珊　李燕玲　陈　战　钟　奕

项目主编：黄金东　韦如柱　黄昌礼

项目副主编：罗顺达　陆生雄　黄占富

编辑成员：（按姓氏笔画顺序排列）

　　　　　韦如柱　韦体吉　韦海科　方维荣　卢子斌　农华山　农海华

　　　　　李　军　李珊珊　李燕玲　岑　东　陆　霞　陆生雄　陆树先

　　　　　陈　战　罗永胜　罗顺达　罗顺辉　周耀权　钟　奕　莫保应

　　　　　唐毓彪　黄玉婵　黄占富　黄宇华　黄昌礼　黄金东　黄建永

　　　　　黄祖光　黄祖能　黄家业　曹　昆　覃　健　蓝　盛　蓝长龙

　　　　　谭　杰　谭仕光　谭绍经　谭绍根

《娅王经诗译注》搜集整理人员名单

经诗搜集：黄昌礼　罗顺达　黄世荣　黄占富

经诗记录：罗顺达　黄昌礼

汉文直译：罗顺达　陆生雄　黄昌礼

汉文意译：韦如柱　罗顺达　黄昌礼

壮文转写：陆生雄

国际音标：陆生雄

经诗传唱：李粉英　黄明爱

乐谱整理：曹　昆　马鹏翔　刘岱远　张静佳　吴雄军

注　　释：韦如柱　黄金东

统　　纂：黄金东　韦如柱

图片提供：黄金东　凌春辉　陆月媚　吴雄军

编者语

　　在壮族民间传说中，娅王是集创世神、生育神、稻神等于一身的万物之母。她创造天地和世间万物，给人类送来稻种并传授种植技术，管理人间秩序，为人类消灾解难。传说娅王因操劳过度，每年到农历七月十七就生重病，人类和各种动物、植物都来探望她，十八日娅王病逝，十九日人们做好安葬娅王的棺材，二十日安葬娅王，二十一日娅王涅槃重生。如此往复，年复一年。为了纪念娅王的逝去，庆贺她的重生，并向她祈求风调雨顺、幸福安康，许多壮族村寨每年农历七月十七至二十日都举办"唱娅王"活动，形成了以追忆和唱诵娅王功绩为主的"唱娅王"民俗活动。

　　《娅王经诗》是广西自治区级非物质文化遗产代表性项目"壮族唱娅王"的基础唱词，为壮族创世史诗。经诗记录了壮族地区由母系氏族向父系氏族社会过渡时期的历史记忆，蕴含着独特的信仰观念和丰富的文化密码，闪耀着壮族先民文明智慧的光芒，是珍贵的文化遗产。唱词中蕴含的团结友爱、勤俭节约、自力更生、孝敬父母、开拓进取等思想内涵，是中华民族优秀传统文化的重要成分；其中展现的自然崇拜、道、麽等文化多元共生、和谐共存、共同发展景象，更是各民族文化"美美与共"，构筑中华民族共有精神家园的鲜活例证。充分挖掘《娅王经诗》的文化内涵和精神内核，有助于为铸牢中华民族共同体意识示范区建设提供文化滋养。

图 1　娅王阁
（位于广西百色市田阳区）

图 2　唱娅王传承基地
（位于广西百色市西林县那劳镇那来屯）

图 3　传说中的娅王泉
（位于广西百色市西林县西平乡木顶村）

图 4 娅王塔
（位于广西百色市西林县西平乡木顶村）

图 5 娅王像
（位于广西百色市西林县西平乡木顶村娅王塔内）

图 6 娅王节前夕设坛祭祀

图 7 土地庙龙神牌位
（位于云南广南县八宝镇乐共村平丰寨，举行祭祀娅王仪式前须祭拜龙神）

图 8　众妇女在唱娅王仪式前做准备工作
（2017 年 9 月摄于云南广南县八宝镇河野村）

图 10 娅王神位
（2021 年 9 月摄于
云南广南县八宝镇
乐共村平丰寨）

图 9 麽公设坛
（2021 年 9 月摄于云南广南县八宝镇乐共村平丰寨）

图 11 娅王神位
（2021 年 9 月摄
于云南广南县八宝镇
乐共村平丰寨）

图 12 师娘座（壮语称 daengqsaeq）

图 13 娅王祭祀前举行拜龙神仪式
（2021 年 9 月摄于云南广南县八宝镇乐共村平丰寨）

图 14 娅王节开场仪式
（2021 年 9 月摄于云南广南县八宝镇
乐共村平丰寨）

图 15 娅王节立幡仪式
（2021 年 9 月摄于云南广南县八宝镇乐共村平丰寨）

图 16 师娘徒弟敬茶
（2021 年 9 月摄于云南广南县
八宝镇乐共村平丰寨）

图 17 各坛主唱述娅王功绩
（2021 年 9 月摄于云南广南县
八宝镇乐共村平丰寨）

图 18 唱娅王场景
（2021 年 9 月摄于云南广南县
八宝镇乐共村平丰寨）

图 19 唱娅王场景
（2019 年摄于广西百色市西林县那劳镇那来屯）

图 20 师娘唱娅王时以扇掩面
（2019 年摄于广西百色市西林县
西平乡木顶村）

图 21 娅王节倒幡仪式，表示阴阳两隔
（2021 年 9 月摄于云南广南县八宝镇乐共村平丰寨）

图 22 参加 2017 年 9 月云南广南县八宝镇河野村娅王节的师娘和群众

图 23 娅王经诗传承人韦利花
（云南广南县八宝镇河野村师娘，2017 年 9 月在云南广南县八宝镇
河野村举办的娅王节中担任主师娘）

图 24 娅王经诗传承人林修宇
（云南广南县八宝镇河野村师娘）

图 25 娅王经诗传承人张国前
（中，云南广南县八宝镇河野村师娘）

图 26 娅王经诗传承人农思兰
（云南广南县乐共村平丰寨师娘）

图 27 娅王节活动中村民载歌载舞
（2017 年 9 月摄于云南广南县八宝镇河野村）

图 28 娅王节活动中村民载歌载舞
（2021 年 9 月摄于云南广南县八宝镇乐共村平丰寨）

图 29 娅王节活动中村民载歌载舞
（2021 年 9 月摄于云南广南县八宝镇乐共村平丰寨）

目 录

前 言

一、娅王信仰与"唱娅王"仪式基本情况

娅王，系壮语 yah vuengz 的音译，"娅"指女性或祖母，"王"有国王、帝王之义，合起来就是女王或祖母王之义。在壮族民间传说中，娅王是无所不能的女神，她创造了天地和世间万物，凡天上飞的、地上跑的都是娅王创造的；她给人们送来了稻种，并教会大家种植和收割水稻的技术；她管理阳间秩序，让人类和动物等各种生灵各司其职，各守其业。总之，娅王集创世神、生育神、稻神等于一身，系万物之母，是壮族民间信仰的大神。

娅王信仰及祭祀活动在壮族地区具有悠久的历史。广西隆安地区壮族民众尊娅王为"稻神"，有的乡镇尊娅王为"大王"，并为她立了大王庙，将她的生日农历六月初六作为水稻的诞生日，每年这一天聚集在稻田里"请娅王"，祈求五谷丰登。农历七月二十，当地壮族民众继续举行"祭姆王"（当地人俗称为鸟王，即娅王）仪式活动，以纪念姆王为人类对抗雷王而饿死的事迹，至今当地乡镇还流传着"十八姆王死，十九拿杠抬，二十葬姆王"的歌谣。在广西田林县，人们传说被鸟类拥戴为鸟王的母鸟娅王让麻雀为人类衔来了稻种，并教人们把稻种点播在洪水退去后有烂泥巴的平地里，让人类渡过了洪水后颗粒无收的艰难处境。然而，一年后人类遭到雷王故意刁难，整整一年没下过一滴雨，人类又重新陷入了困境。了解情况后，娅王立刻动身去求雷王，最后为了拯救人类不惜牺牲

自己的生命。从那以后，人们就把安葬娅王的日子定为"娅王节"，每年的那一天，家家杀鸡杀鸭祭拜，以歌颂娅王的功德。① 云南广南、富宁等地也有类似的传说，其中富宁一带传说的娅王是为保护鸟兽而殉难的女神，尊号为娅汪（即娅王，祖母王）。每年农历七月十八是当地的"娅汪节"，人们通过祭奠娅汪，让娅汪的精神永远活在人们心间，不仅寄托对远故亲人的哀思，更表达了希望转世来生有好运的美好愿望。② 娅王信仰在壮族地区不仅历史悠久，且流传地域广泛，至今仍兴盛不衰。

各地祭祀娅王活动以"唱娅王"仪式最具代表性，也是整个活动的核心和高潮。人们传说，娅王因操劳过度，每年一到农历七月十七就生病，世间人类和各种动物、植物都来探望，并带来很多良药，都无法医治；十八日娅王病死；十九日人们做好安葬娅王的棺材；二十日安葬娅王；二十一日娅王涅槃重生。如此往复，年复一年。此后，每年农历七月十七至二十日，壮族地区的师娘（壮语称为"娅嬷""娅禁"等）都要举办"唱娅王"活动来纪念娅王的逝去，庆贺娅王的重生。各村寨的壮族村民都自发地参与"唱娅王"活动，纪念娅王这位伟大而仁慈的女神，向她祈求风调雨顺。"唱娅王"以师娘用壮族山歌演唱经诗为主，通过"娅王附身"的师娘自问自答，妇女、动植物的对答、诉苦，"娅王附身"的师娘的解答等形式，再现娅王病重，众人和各种动植物前往探望，相互诉苦，以及娅王传授知识、安排后事，最后娅王病故、涅槃重生等场景。整个演唱经诗的内容十分丰富，涵盖了生产生活、自然地理、伦理道德等内容，具有明显的母系氏族社会特征。

各地"唱娅王"活动的具体方式和演唱内容虽然不完全一致，即使同一地方的同一个师娘在不同年份演唱的内容也存在一定的差异，但总体上内容大同小异，每次演述都有固定的服装道具，有一套完整的仪式、仪轨。以广西西林县为例，"唱娅王"仪式于每年农历七月十四至二十日举行，其中十四至十六日为准备仪式前的道

① 田林县文学艺术界联合会编.田林民间故事集［M］.南宁：广西人民出版社，2016：143-144.

② 农艳主编.文化文山·富宁［M］.昆明：云南人民出版社，2013：151-153.

具和布置场地的日子，当地群众要摆好台子、剪花腰带、画龙凤、剪金币银圆、建花树、种竹笋、挂帐篷等。整个活动在师娘的主持下举行，师娘是活动的编导和主角，其他妇女协助师娘完成整个仪式。活动那天，附近村寨的壮族妇女都来参加，人数多至百余人，大部分为中老年妇女。农历七月十七上午八时祭祀活动开始，师娘坐上祭台，点香摇扇求神。演述开始时，师娘先追溯娅王的生平事迹，然后唱求神歌。这时来祭祀的妇女们就敬送供品，每人放一块钱、一张毛巾、糖果等，意为送给娅王的礼品，师娘就代替娅王唱感谢歌。接着众妇女在师娘的指导下，每人拿一把扇，对着花树和竹笋摇扇，意为让自己的灵魂顺着花树枝和竹笋飘上天堂去看望娅王。祭祀活动从上午八点开始，到晚上十点才结束。农历十八是娅王病逝日，上午八时，师娘又接着坐上祭台，演述娅王病逝的情景及世间动植物哭孝的场景。哭孝的动物有牛、马、猪、狗、羊、鸡、鸭、老虎、猴子、马蜂、鱼、蚊子、跳蚤等，哭孝的植物有谷粒等。在师娘的演述中，呈现出各种动植物都十分怀念娅王，都为娅王的病逝而伤心痛哭，并各自向娅王诉说苦难身世，怀念娅王在世时对它们的关心等场景。最后是娅王安葬日，师娘演述了众人灵魂跟随师娘兵马回到凡间等场景。这一天也是从上午八点祭祀到晚上八点才结束，最后放鞭炮收场。

娅王信仰和"唱娅王"流传区域主要分布在以广西百色市西林县为核心的句町古国地域，即桂西、滇东南、黔西南地区，包括广西百色市的靖西、田阳、田东、平果、德保、那坡、凌云、乐业、田林、隆林，南宁市的隆安；贵州西南的安龙；云南文山的砚山、丘北、广南、富宁、马关、西畴、麻栗坡等地壮族村寨。

二、娅王信仰的出现：从姆六甲到娅王

人类对女性的崇拜由来已久。在漫长的人类史前时期存在着一个"女神文明"的阶段，这个阶段以对生育和哺育生命的女神崇拜为核心，是跨越旧石器时代、新石器时代和青铜时代长达几万年的文明。美国学者理安·艾斯勒在对史前文明进行考察后指出："这些

洞穴祭坛、雕像、葬礼和仪式似乎都和这样一种信仰有关：人类的生命从其中诞生的同一源泉也是所有植物和动物生命的源泉，这个源泉就是伟大的女神母亲或万物的创造者。"①人类进入农业社会后，女神的地位更为凸显，"在所有古代的农业社会中，似乎最初崇拜的是女神……因为就女性的生物属性来说，她正如大地那样给予生命和食物"②。德国学者埃利希·诺伊曼在《大母神：原型分析》中就列举了许多女神的形象，并认为她们是作为生育力的象征而被人们崇拜的。③马克思在《摩尔根〈古代社会〉一书摘要》中也说："女神的地位乃是关于妇女以前更自由和更有势力的地位的回忆。"④因此，在人类最初对生命起源思考所形成的女神崇拜中，始祖女神被赋予了非凡的能力：她不仅创造了人，还创造了天地日月与万物。女神崇拜普遍存在于人类的文化中，如我国西南的摩梭文化，女神作为最高守护神的地位更是一直延续至今。

人类对女神的崇拜催生了众多的神话，演绎了众多女神的丰功伟绩。在这些神话中，女性占据着主导地位，最早的女神神格大多是创世神、始祖神、生育神、文化英雄神。女性在人类所创造的神灵世界里成为主角，她们不仅创造了天地和世间万物，而且也是各种文化事项的创造人、发明者和人类秩序的维护者。可以说，创世女神是中国各少数民族的大母神，具有至高无上的地位。

由此看来，姆六甲（也叫姝洛甲、姝六甲等）是壮族开辟时期最古老的女神，而且是创世女神，是女性人文始祖。在壮族地区流传的神话故事中，姆六甲的功绩主要有：第一，创造天地和万物。相传，姆六甲不但是安排自然界的女大神，还是动物的生殖大神，也可以说是万物的母亲。她吹一口气，升到上面便成天空，天空漏

① 理安·艾斯勒.圣杯与剑：我们的历史，我们的未来［M］.程志民，译.北京：社会科学文献出版社，1993：3.
② 理安·艾斯勒.圣杯与剑：我们的历史，我们的未来［M］.程志民，译.北京：社会科学文献出版社，1993：24.
③ 埃利希·诺伊曼.大母神：原型分析［M］.李以洪，译.北京：东方出版社，1998：93-100.
④ 马克思.摩尔根《古代社会》一书摘要［M］.科学历史研究所，译.北京：人民出版社，1978：39.

了，她抓把棉花去补，就成为白云。天空造成了，她发现天小地大，盖不下来；她用针线把地边缝起来，最后把线一扯，地缩小了，天就能把地盖住了；然而地又不平了。因为针线把地边一扯，整个大地就起皱纹，高突起来就是山，低洼下去就成了江河湖海。她没有丈夫，但她赤身露体地爬到高山上，让风一吹，就可以怀孕，孩子是从腋下生下来……地上太寂寞，姆六甲便造了生物[①]。第二，分男女、分姓氏。"姆六甲便到树林里采集很多杨桃和辣椒，向人群中撒去，这些活着的泥人便来抢，结果抢到辣椒的便是男人，抢到杨桃的就是女人。从此，这宇宙间才有男人和女人出现。"[②]"很古很古那时候，世上的人都没有姓，也没有名……更难办的是不分姓不好结亲，大家都认为是一家人，男的不敢娶，女的不想嫁……说着，她按各人所送的礼物分姓：送桃子的就分给他姓陶（桃）；送柚子的就姓朴（壮语'朴'即柚子）……从那时候起，大家才有了姓，不但称呼方便，攀亲认故也有个谱了。"[③]第三，制定规则，安定天下秩序。"姆洛甲接着吼道：'乱了，乱了！我早就说过，这个东西由我发给你们，不准你们自造，也不准借用。……'"[④]"姆洛甲把案子一断，说道：'凡是做偷的都要受罚。'"[⑤]"自从姆洛甲断案后，草木安居，鸟兽不闹，天下才得安宁。"[⑥]以上材料无不说明，姆六甲是壮族的创世女神，是第一大神，她完成了对世界的创造，具有至高无上的神力地位。

然而，随着母权社会的崩溃，男性在社会生产生活中的地位变得更为重要，女神崇拜逐渐衰落，姆六甲降落为与男性神分享主宰世界权力的女神，失去了唯我独尊、至高无上的地位。首先，不知具体从什么时候开始，姆六甲的身边出现了一位男神布洛陀，并且

[①] 蓝鸿恩.广西民间文学散论［M］.南宁：广西人民出版社，1981：25.

[②] 蓝鸿恩搜集整理.神弓宝剑［M］.北京：中国民间文艺出版社，1985：2.

[③] 农冠品编注.壮族神话集成［M］.南宁：广西民族出版社，2007：23-24.

[④] 农冠品等主编.女神·歌仙·英雄——壮族民间故事新选［M］.南宁：广西民族出版社，1992：12.

[⑤] 农冠品等主编.女神·歌仙·英雄——壮族民间故事新选［M］.南宁：广西民族出版社，1992：12.

[⑥] 农冠品等主编.女神·歌仙·英雄——壮族民间故事新选［M］.南宁：广西民族出版社，1992：16.

变成了姆六甲的丈夫，二人共同创造和管理世间万物。《巨人夫妻》神话说道："古时，一对神仙夫妻从天上到壮乡竹林间。妻子怀孕十月，肚如小山，生下巨婴娒洛甲。娒洛甲三早会说话，七早会走路，三岁高出母亲半个头，一天能猎几百只禽兽。娒洛甲长得像山那么高大。一天，她上山游猎，突然狂风呼啸，男性巨人一手划着大旱船，一手抓飞奔的禽兽。她问：'你是哪方人？'巨人答：'我是管山管水管人间的布洛陀。你是从哪里冒出来的？'她答：'山水人间应是由我娒洛甲管的。'两人斗嘴比本领，最后结为夫妻。"[①] 在此，姆六甲不再是天地间的唯一神，她的职责与男神布洛陀平分，其地位虽然与布洛陀平等，但却暗含了男性神地位上升的事实。接着，在壮族最主要的民间信仰——麼信仰体系中，姆六甲失去了独尊地位，沦为布洛陀的陪神。在麼经中，创造天地和万物的神力只专属于主神布洛陀，而不再与姆六甲有关。但姆六甲也不是一个可有可无的角色，麼经中仍有大量"去问布洛陀，去问麼渌甲（姆六甲）"，"布洛陀就答，麼渌甲就说"这样固定格式的经文。在此，姆六甲与布洛陀共同承担着为人们解答疑惑、解难分忧的职责，但却已经失去了创世女神的独尊地位，而沦为了男神布洛陀的陪神。最后，姆六甲嬗变为世俗空间的生育女神——花婆。姆六甲虽然失去了创世女神的地位，但对其崇拜已经深入到壮族先民的文化之中，因此壮族先民依据姆六甲女神身份及神力将她的职责变为主管花山、主管生殖的女神。民间传说中，"娒洛甲管花山，栽培许多花。壮人称她为'花婆'、'花王圣母'。她送花给谁家，谁家就生孩子。花有红有白。她送红花给谁家，谁家就生女孩；送白花给谁家，谁家就生男孩。有时，花山上的花生虫、缺水，人间的孩子便生病。主家请师公做法事禀报花婆，除虫淋水，花株苗壮生长，孩子便健康成长。花婆将一株红花和一株白花栽在一起，人间男子和女子便结成夫妇。人去世后，便回归花山还原为花。"[②] 最终，姆六甲完成了从创世大神到大母神再到专管人类生殖的生育女神的形象演变。

如上所述，壮族地区在进入父系氏族社会后，姆六甲的地位逐

① 农冠品编注. 壮族神话集成 [M]. 南宁：广西民族出版社，2007：605.
② 农冠品编注. 壮族神话集成 [M]. 南宁：广西民族出版社，2007：21.

步衰落，由独尊的创世神变为与布洛陀共尊，并逐步变为布洛陀的陪神，创世地位被布洛陀所取代，最终嬗变为民间的生育女神。那么，这是否意味着，从那以后壮族女神的创世功绩完全被布洛陀所取代，民间不再传颂了呢？答案是否定的，其中的原因要从壮族社会发展的特点来寻找。历史上，由于壮族地区的私有制发展不完整，导致父权的影响不充分，长期普遍存在的村社土地公有制，不仅为父权家长制大家族的大量存在提供前提，也为母权制度及相关思想观念的残存提供前提。由此，在长期的历史进程中，壮族父权家长制虽然维持着"男尊女卑"的主要趋向和总体格局，但基于父权制的早熟特点和妇女在生产生活中的重要作用，壮族的家庭关系在不少方面体现着"母权"的遗风和趋势，壮族的女性在社会生活中仍享有崇高的社会地位。壮族社会发展的这个特征决定了姆六甲作为第一代大神，其创世、造人、安定秩序的伟大功绩和传说不会在壮族地区销声匿迹，它会以另外的一种方式存在，这就是至今壮族地区仍广泛流传的娅王信仰及其"唱娅王"仪式活动。

　　黄桂秋研究员的研究为壮族创世女神姆六甲的传说以"娅王"信仰和"唱娅王"仪式继续存在的事实提供了重要线索。他认为，在麽信仰中，作为布洛陀陪神的麽渌甲其实是"奶（'奶'是奶奶之意）渌甲"。他指出，娅王具有世上万物之母、布洛陀的妻子、天上玉皇之妻王母娘娘等三个身份，是壮族女巫崇拜的女祖神，或者说是女巫们共同崇奉的女性的巫王。如果进一步顺藤摸瓜，这个被称为万物之母、有创世女神痕迹的巫神应该就是奶渌甲，也就是壮族麽信仰里布洛陀的陪神麽渌甲。反过来说，奶渌甲也只有是女巫祖神的身份地位，才能与作为男麽教主的布洛陀相匹配。[①]顺着这个思路出发，可以得出结论：娅王即奶渌甲，亦即麽渌甲，而麽渌甲的原型是创世女神姆六甲，亦即娅王的最初原型是创世女神姆六甲。此外，在娅王信仰及其传说中，"娅王"（麽渌甲）不再是布洛陀的陪神，而具有了创造天地和万物，制定人间规则和安定人间秩序的伟绩，那个在麽信仰体系中沦为布洛陀陪神，失去创世神力的

---

① 黄桂秋.论布洛陀的陪神麽渌甲——壮族麽文化研究系列论文之二［J］.广西右江民族师专学报，2006（1）.

姆六甲，她的功绩又通过娅王信仰和"唱娅王"仪式得以在壮族地区不断被传颂。从这个意义上说，娅王就是壮族的创世女神，更准确地说是在原初的女神姆六甲地位衰落后有关其创世神迹的另一种表达，另外一个身份或神格。换个角度来说，娅王代表了姆六甲失去创世神格后的壮族创世女神。以上所引材料中，黄桂秋研究员已经指出了娅王"是万物之母""具有创世女神痕迹"的身份特征，但未直接点破娅王就是壮族创世女神的奥秘。

当然，娅王女神的传说和表达与最初的姆六甲大神已经不可能完全一致了。首先，受众范围缩小了，由最初的近乎全民族信仰变成了以中老年妇女为主；其次，其创世的事迹彰显得不那么明显了，传说中有关的创造天地、造人造物等事迹已经较为模糊，在"唱娅王"的唱词中所占篇幅较少；最后，流传方式更为隐蔽了，由于受到父权的压力，女神的创世功绩已经不可能以完全公开的方式进行传颂，因此只能"附体"师娘，通过"巫术"，采取人物、动植物向"娅王"哭诉的方式来隐晦地表达，有时甚至还引用让众神"去问布洛陀，去问姆六甲"的唱词，对父权让步，以对其唱诵的真实目的进行掩饰。可见，在姆六甲转变为娅王的过程中，娅王的功绩、神力和光环已经没有当初姆六甲那样耀眼了，但这并不影响其创世女神的定位。

三、娅王信仰文化的实质

长期以来，由于受到娅王信仰演述形式——"唱娅王"仪式中一些表面现象的影响，即"娅王"通过"附体"师娘与信众进行联系和沟通，借助一些"巫术"形式来表达，因此大多数学者都将其归入巫文化或巫信仰的范畴。这无疑在一定程度上削弱了娅王信仰的价值和意义，进而遮蔽了娅王信仰真正的内涵和实质，不利于传承和弘扬民族优秀传统文化，不利于发挥其潜移默化的道德规范和教育作用。因此，只有进行由表及里、抽丝剥茧地考察，才能对其实质进行较为准确地定位。

巫信仰是世界范围内普遍存在的一种原始宗教形态，它产生于原始社会时期。巫信仰主要通过通灵巫师实现人和神的沟通，并通过特定的仪式帮助人们排忧解难。至今，巫信仰在壮族地区仍有顽强的生命力，其主要特征有：第一，巫师以中年妇女为主，兼有少量男性。这些巫师声称能将神附在自己身上，具有沟通鬼神的能力。据说是否成巫，一切由天注定，与其生辰八字有关，人一旦被选定，如果不举行仪式成为巫，则本人会经常犯病，直至成巫为止才好。成巫前，一般都生过一场大病或暂时出现类似发神经病的疯癫状态。第二，新巫师需要找麽公为其举行开坛仪式，并拜老巫婆为师学习，合格出师后，方能独立主持巫事。巫师一般为兼职，各自独立，平时跟正常人一样从事生产活动，有人来问卜才举行巫事活动。第三，巫事以帮人排忧解难为主要目的，具有很强的功利性和实用性，以通灵问卜、过阴为主，涉及神、鬼及人事各个方面，主要有问卜、赎魂、还债、解邦、解劫、解邪驱鬼、抬星、围花、盘粮、解关、架桥求花、看宅看祖坟等。需要注意的是，由于女巫法力有限，对一些巫事只进行问卜，其仪式需由麽公来完成。第四，女巫行巫事时没有固定的经书，全凭口头传唱，其唱词采用壮语五言或七言民歌体格式，蕴含着丰富的历史文化内涵。

以壮族地区巫信仰的特征为参照，娅王信仰与传统的"巫术"已经有了本质上的差别，而更多地呈现出民俗性。

首先，组织方式上有差异。传统的巫事主要为个体主动上门求助，一般是个人或家庭遭遇变故，或自认为有怪异现象或不顺利时，主动去找女巫问卜，寻求解决办法，没有固定的时间点，随时都能举行。总体上，巫信仰属个人行为，一般仅限于私人的生活领域。而娅王信仰属于群体信仰行为，群体自发组织祭祀活动，时间和场所相对固定，一般在每年的农历七月十四至七月二十之间，主体活动"唱娅王"多在农历七月十七或七月十八这两天于周边某个师娘家里举行。正式活动开始的前几日，周围村寨的中老年妇女就会自发到师娘家里帮忙，布置场地、准备各种用具等。可见，娅王信仰具有较强的群体性，"唱娅王"仪式活动系群众的自发组织行为。

其次，功能目的上有本质区别。壮族地区巫文化源远流长，早在先秦时期就出现了占卜活动。时至今日，巫文化在部分壮族村寨中已经融入日常生活，成为村民们生活中不可或缺的一部分，有时甚至成为他们生活的指南。稻田发生病虫害，他们就凑钱延请巫师作法，祈求稻谷丰收；为了求得贵子和保佑孩子平安，就举行"安花""架桥"仪式；大人或小孩生病，他们认为是人的灵魂被鬼勾去，需要举行赎魂仪式，驱鬼招魂才能病好；发生灾难或横祸，认为是人生下后就带有的"邦"（神煞）在作怪，需要进行"解邦"仪式；等等。传统的巫信仰具有非常明显的实用性强、目的性明确的特征。反观娅王信仰，则体现出了较为突出的纯粹性，而少了世俗的功利性。娅王在壮族民间享有崇高的地位，人们对她的崇拜来自其创世等方面的伟大功绩，以及为人类牺牲自己的伟大精神，是发自内心的情感；传统的巫信仰有一部分则来自民众对如果不信则有可能带来灾难的不可预知性，带有一定的畏惧心理。此外，在"唱娅王"仪式中，人们并非带着解决问题、消灾解难等世俗目的而来，而是追忆娅王事迹，唱诵娅王伟大功绩，为娅王守灵，准备丧葬，协助师娘安葬娅王等。在这期间，传说要是人们不够虔诚，眼泪不够多，天空就会晴朗，秋收时就多阴雨天气，弄得田间稻穗发芽难收割，因此大家都不敢马虎。如果这些天刚好下雨，人们就说那是大地万物的泪水化为大雨从天而降，洒落人间。上苍为人们的虔诚所感动，于是让娅王又复活重生了。在娅王信仰中，娅王就这样病逝又重生，周而复始，年年如此。人们也每年如期举行"唱娅王"仪式，虔诚如故。

最后，传承方式有差别。在传统的巫文化中，不论是男巫还是女巫都是"阴传"，具有明显的神授性。成巫与否，均是"命"中注定，不能通过互相传授的方式获得巫的身份。所有的巫均由"祖师"选定，通过附身的方式来发挥法力。成巫后，其法力、唱词等所有能力和行为均来自"神"的意志，一切与巫本人无关，巫只是沟通人神的使者。巫事仪式完成后，每个巫师均宣称对仪式过程中的唱词、做法以及说过的话毫无印象。田野调查发现，即使同一种巫事仪式，不同巫师的唱词内容虽然大体相同，但是语言表达和韵律均有所差别，甚至同一个巫师为不同人家做同样的巫事，其唱词也不完全一样。

与行使传统职能的巫的说法一样，"唱娅王"中的师娘也宣称其获得"唱娅王"资格、唱词内容等均来自"神"的授意，清醒后对仪式的过程、演唱内容等一点都不记得了。然而，综合田野调查和其他说法发现，主持"唱娅王"仪式的能力不是完全通过"神授"获得的，而是需要通过一定时间的学习来获取的，只是为了保持仪式的神秘性，体现仪式的神圣感，所以"唱娅王"仪式的传承方式较为隐秘。项目组曾于2019年8月18日对广西西林县那劳镇那来屯主持"唱娅王"的女巫黎美芬进行访谈，虽然她对"唱娅王"仪式的"神授性"深信不疑，而且态度坚定，但在仪式结束后的访谈中她却能对整个仪式的概况，甚至送娅王上山途中到达某个地方的唱词内容进行较为准确地表达和复述。通过进一步了解，得知她在可以完整主持"唱娅王"仪式前，至少曾从头至尾参加了三届"唱娅王"活动。更重要的是，为了提高"唱娅王"的法力，她曾跟别村的麽公学习过三个月时间。通过分析这些调查结果，隐约显现了"唱娅王"仪式的传承性。与此同时，根据大多数师娘的说法，不是每位师娘都可以主持"唱娅王"仪式，除了需要"神"的授意，还需要拥有较高的法力，而这法力的获取途径主要就是跟随麽公学习。据黄桂秋研究员调查，每年主持"唱娅王"的师娘不是随便指定的，需要通过麽公根据某一师娘的命相推算来决定。[①]2014年，"壮族唱娅王"被列入广西壮族自治区非物质文化遗产保护名录。目前，为了更好地保护和传承"唱娅王"，当地政府在西林县那劳镇那来屯和西平乡木顶村建立了"唱娅王"传习基地，命名传承人，梳理传承谱系，制订传承计划。平日农闲时或节日里，周围的师娘就在传习基地里活动，沟通感情，交流学习。

娅王信仰中具有传承性的特征，为其走向民间，形成群体的民俗活动奠定了基础，且趋势越来越明显。这其中以广西西林县西平乡木顶村"娅王节"活动表现最为突出。据村中老人回忆，该村至少从清朝康熙年间就已经建有娅王塔，期间几经毁坏和重建，2016年在原址上重新建起了两层砖混结构的娅王塔。除娅王塔外，木顶村周边还有娅王泉等文化遗存，村中师娘众多，是周边"唱娅王"

---

① 黄桂秋.壮族麽文化研究［M］.北京：民族出版社，2006：84.

的集中活动地点，娅王文化氛围浓厚。①该村每年农历七月十七或七月十八过"娅王节"，除了传统的"唱娅王"仪式活动外，还形成了由每户共同出资，在娅王塔下一起聚餐的传统，并举行山歌对唱、跳竹竿舞、喝娅王乳泉祈福等活动。

以上论述表明，娅王信仰的内涵已经超出了传统巫信仰的范畴，它是一项借助巫的表现形式来追忆和唱诵创世女神功绩的民俗活动。就此而言，"唱娅王"仪式中的唱词不是简单的巫辞，而是一部史诗。以巫的表现形式来演绎创世史诗，既是壮族妇女面对父权社会压力的一种策略性选择，也是娅王神地位得以确立和增强信仰力的现实需要。"唱娅王"仪式在维持娅王信仰中占有极为重要的地位，只有通过使者师娘与民众发生联系，并将活动仪式化，娅王才具有了神性，向众人叙说和演唱的史诗才有了神圣性。通过这种方式，娅王创世女神的地位得以确立，其所演唱的经诗也成为真正的史诗。

四、娅王信仰文化的价值

信仰是民族文化的灵魂，它是一个民族在长期的历史发展进程中长期生活经验的总结，是这个民族自然观、生活观、价值观等思想观念的反映。一个民族如果没有信仰等于没有灵魂，也就失去了民族凝聚力和生命力。娅王信仰及"唱娅王"仪式活动是壮族地区古老的民族文化，蕴含了壮族独特的精神生活和文化心态，闪现着壮族先民文明智慧的结晶，是先民留下的珍贵文化遗产，可谓是活着的人文化石，具有多重价值和意义。

（一）突出体现壮族的女性文化特征

"妇女"一词，壮文写作"mehmbwk"，意为"伟大的母亲"或"伟大的女性"，反映了壮族女性在社会中占有突出的地位。母系氏族时期自不必说，即使进入了男性在社会占支配主导地位的发展阶段，直至近代甚至现代社会，壮族社会中的女性地位一直是比较高

---

① 李建忠. 木顶村的娅王文化氛围［M］// 廖俊清主编. 句町娅王文化探源. 南宁：广西民族出版社，2020：111-113.

的，由此形成了具有民族个性的文化——女性文化。从女神创世到女英雄救世，女性文化在壮族文化中占据着重要的位置，以至于在日常生活中女性也多挑起家庭大梁，支撑起家庭的经济和文化生活。

壮族的女性文化特征在娅王信仰中得到了突出体现。在各地的传说中，娅王集创世女神、生育神、稻神等于一身，是壮族人民心中的庇护神，是他们心中永远的引导者。"万物娅王造"，她"造山川造海，造田垌文明"，"分春夏秋冬"，"造山川金银，铸文明康宁"，等等。总之，世间一切都是娅王创造，"娅王殚思虑"，"效劳天下人"。她是人间的生育女神，掌管着天上的花山。总之，无论是万物之母、稻作女神，还是人间的生育女神，娅王的形象都体现出了突出的女性文化特征，民间对女神的崇拜并没有消失。这表明，随着社会的发展，壮族女性在社会中的地位虽然逐步下降，但由于壮族先民的母系氏族有着上万年的漫长发展期，以及妇女在社会生产中一直占有重要作用，造成了无论是传统还是现代的壮族文化都深深刻上了女性的烙印。

（二）蕴含丰富的稻作文化内涵

已有的考古资料表明，壮族先人越人最早驯化野生稻，很早就掌握了水稻人工栽培的技术。覃乃昌指出：壮族地区农业是独立起源的，但并不是独立发展，在发展过程中与其他民族有着许多的联系，与周边民族互相影响。[①] 由此展开，他认为，壮族稻作发展史形成了独特的"那"（"那"系壮语"田"之义）文化，如果将"那"地名分布的这一区域称为"那"文化圈，这一区域大致东起我国广东省的中部偏东、湖南省南部，西至缅甸南部和印度东北部的阿萨姆邦，北至我国云南中部、贵州南部，南至泰国南部、越南中部和我国海南省。"由'那'构成的地域性的地名文化景观，具有极为丰富而深层次的历史文化内涵，它在一定程度上保存了民族文化史尤其是稻作农业史的本来面目，是稻作农业起源的鲜明印记。"[②]

娅王信仰流传的广西百色、云南富宁等地是壮族及其先民的核心聚居区，处于"那"文化圈中。长期以来，当地民众的生产生活

---

① 覃乃昌. 壮族稻作农业独立起源论［J］. 农业考古，1998（1）：316-321，311.
② 覃乃昌. "那"文化圈论［J］. 广西民族研究，1999（4）：40-47.

都围绕着稻作而展开，娅王信仰及其活动体现出鲜明的稻作文化内涵。如广西隆安的"芒那节"是专门为祭祀"稻神"（娅王）而举行的一系列祭祀活动。整个活动从农历四月初八开始直至七月二十才结束，其中六月六"招稻魂""驱田鬼""请娅王"，七月二十"祭姆王"。在六月六的活动中，"请娅王"是整个仪式的高潮，人们把稻穗、稻花扔向由当地女性扮演的娅王，在一片欢呼声中，娅王走向人群，把丰收的祝福带给大家。人们传说，娅王为人类祈雨种稻，在人类食不果腹的时候，送来了稻种，并教给人类种植和收割的技术。壮族民间俗语说道："Yahvuengz dai nditndat, ceh haeux ngad gyang naz."（娅王死时遇晴天，田中谷子尽发芽。）意思是说"唱娅王"那天如果天上下雨，当年的秋收季节天气就会晴朗，有利于稻谷收割归仓；如果那几天天气晴朗，秋收时就会阴雨绵绵。在"唱娅王"唱词中，场景、情节，以及用品、众神称号等元素都与稻作文化有着密切的关系。无论是娅王"造田垌文明"等功绩，还是"田稗无暇割""遍地稻花扬""稻田一片黄""丰年谷满仓"等景象，以及众人"在田垌发愁""夫到田搭桥"等情节，甚至为祭祀娅王准备的褡裢粑、米花、鸡鸭猪等祭品均是稻米的转化物。所有这些体现出了浓厚的稻作文化特征。这表明，娅王信仰根植于稻作文化，是稻作生活的再现和升华。这不仅体现了壮族及其先民悠久的稻作文化历史和以农耕为主的生产生活方式，也从侧面印证了壮族先民百越民族最早掌握人工栽培稻作技术，为人类文明做出突出贡献的历史事实。

（三）具有历史、文学艺术等多重文化价值

娅王信仰经历不同时期的发展与变迁，逐渐积淀成壮族人民的精神内核，它体现和反映了人们的生产生活习俗、心理需求、伦理道德、审美观念等精神文化，包含着深刻的历史文化内涵，具有多重的文化价值。

首先，具有较高的历史研究价值。在没有发明文字之前，人们主要靠口传记录生活和相互交流，加上壮族历史上没有统一的文字体系，口传资料成为其历史发展历程的重要佐证。娅王信仰及其史诗记录了壮族先民早期的社会形态与生活文化情况，是传播壮族历史文化、社会道德、风俗规范的重要途径，在某种程度上可以说是壮族人具有文化传承功能的口传教科书。娅王是壮族先民勤劳、善良和智慧的化身，她创造世间万物，安定天下秩序；抚育儿女，管理和分配各种物资；送来稻种，教给大家种植和收割技术；替世人排忧解难，甚至不惜牺牲自己的生命。娅王的这些事迹反映了壮族地区母系氏族时期社会的发展情形。然而，随着社会的发展，其口传史诗也反映出了父权社会的一些特征。如在云南富宁流传的"唱娅王"演唱经诗中，不仅有娅王女神，同时出现了布洛陀、姆六甲神，娅王身边也多出了一位丈夫——父王。私有制出现后分配不平等、恃强凌弱等现象也在文本有所体现。如出现了"灰"（奴婢），说明有了阶层分化；"人做鹰有吃，咱做鸦饿死"，社会出现了贫富差距；各种动植物向娅王诉苦，诉说的是强权之下自身的悲惨命运，映射的是人与人之间的不平等；等等。由此看出，娅王神的创世地位已经受到挑战，也说明在后续的流传演变过程中，更是不得已用取代娅王创世地位的布洛陀来进行掩护，以回应父权社会的压力，保障娅王信仰的流传。所以说，娅王信仰及其口传史诗记录了壮族地区由母系氏族向父系氏族社会转变过程的历史记忆，并保存了明显的母系氏族社会文化特征，体现了壮族地区妇女开拓进取的精神和伟大历史功绩。

其次，具有较突出的文学艺术研究价值。壮族能歌善舞，壮乡更是号称"歌的海洋"，无论是日常的生产生活，还是特定的节日祭祀，壮族人民都爱唱山歌表达情感。在"唱娅王"活动中，娅王及其陪同人员基本都以对唱山歌的形式进行。丰富的想象、风趣的比兴、连贯的排比等壮族民歌特点在"唱娅王"中有着突出的体现，而其中的神话内容又使其显示出神秘、古朴的韵味。

以广西西林县"唱娅王"为例，唱词为押腰脚韵和头脚韵的五言体形式，整个演唱押韵顺口，抑扬顿挫，通俗流畅，节奏感强，运用多种悠扬婉转、凄楚动人的曲调进行吟唱，极具艺术价值。后来大量流行的山歌曲调，有许多便是从这些曲调中派生出来，最有代表性的即为驮娘江调山歌。驮娘江调山歌以"嗨呀哟"起音，开始时高扬而清亮，结束时缓慢而低沉，非常柔美且朗朗上口，歌词押腰脚韵，采用五言句式为主要表现形式。不仅如此，各地"唱娅王"活动中的"赶阴圩"所呈现的"阴阳情歌"对唱，也独具一番意境。"唱娅王"普遍采用的五言句式和押韵格律形式，不仅深深影响了后世的麼经文本，其中不少经书便是由这些演唱经诗演变而来，而且这些格律形式也是至今壮族最常用、最喜闻乐见的民歌格式。这些表现手法将口传史诗与民歌艺术相结合，达到了既神圣又富有趣味的艺术效果，使得这些口传史诗得以代代相传。

此外，娅王信仰文化对研究壮族语言、民俗、民间信仰等方面也具有重要价值。总之，娅王信仰文化内容广泛，涉及社会历史、艺术审美、伦理道德、风俗习惯以及生产生活知识等各方面，体现了壮族传统的精髓和精神实质，是壮族及其先民在社会发展过程中对自然宇宙的探索以及对社会人生的思考。

（四）具有显著的现实意义

其一，有利于增强文化自信和民族凝聚力。文化自信，从本质来讲是一种自觉的心理认同、坚定信念和正确的文化心态，是能够理解并认同自身文化内涵与价值，并对这种文化的生命力和发展前途充满信心。娅王信仰及"唱娅王"仪式正是壮族优秀传统文化的传承和展演。通过年复一年的颂唱和展示，壮族女性先人创造万物、安定人间秩序、帮助民众排忧解难的事迹不断被重复和强调，广大民众的心灵被先人开拓进取、顽强不屈、不怕牺牲的伟大精神所浸润，一种自豪感油然而生，对先人探索自然、追求幸福生活的美好愿望，为了达到目标坚持不懈，甚至不惜牺牲生命的精神，以及在这过程中秉承的与自然和谐的理念都有了充分而深刻的认识，从而增强了民族文化的自信心。这种由对民族文化的深刻感受而产生的自信，有利于促进大家维护、传承民族文化的自觉，从而对民族文化产生认同。"唱娅王"活动通过一套完整的仪式，凸显了民族文化的特色，在促进认同的同时，也使得民族凝聚力得以增强。在整个仪式的前几日及过程中，广大民众自发组织，志愿协助准备道具，一起完成仪式过程，为了保护自己的传统文化而忙前忙后，积极参与到民族文化的活动中来，反映了他们高度的文化自觉。

其二，满足广大妇女的心理需求，有利于构建和谐社会。在"唱娅王"仪式中，众人和各种动植物通过师娘向"娅王"哭诉自身的不幸，正是广大妇女对现实生活中各种不幸和不满的反映。通过向娅王哭诉，她们希望能得到娅王的理解和帮助，让娅王化解人间的不幸，从而使生活于苦难中的自己得到解脱。人们在与娅王的"对话"中，得到了指点，心灵获得了平衡与安慰。经由信仰娅王，参与"唱娅王"仪式活动，广大妇女的深层次心理需求得到了满足，情感有了寄托，精神也获得了某种程度的安定。这种经由"唱娅王"仪式构建的一种精神世界，是一种与现实生活并行的精神生活方式，在此过程中，娅王成了人们心中的引导者和精神支柱，是她们心中的保护神。仪式结束回到现实后，经过娅王的"指点"和"安慰"，广大妇女的精神获得了洗礼，这对构建和谐社会具有积极作用。

其三，具有深刻的教育意义。"唱娅王"演唱经诗包含许多具有哲理性的伦理，对于如何做人及世间万事万物的生成等都很有指导意义。如关于孝敬长辈，女儿们祭拜娅王"咱摆桌敬酒""从头敬到脚"，众人"传咱真孝心"；关于夫妻恩爱，娅王去世令"父王心神慌"，他叮嘱女儿"为娅王戴孝""后天来复山"，否则什么钱财都不给；关于自力更生，父王告诫女儿"勤劳如泉水，祖产如洪水"，子孙"要各自创造，要各自奋斗"，才能"财富享不完，富裕过别人"；关于行正道勿赌博，教育后代"不要去赌钱，给下界蒙羞"，要拿钱去买水牛、马、猪等家畜，叮嘱他们"拿银买书纸"，让子孙后代都成为文化人；等等。在灌输各种伦理道德的同时，通过追溯娅王功绩、歌颂娅王精神，对人们的人生起了道德示范作用。此外，通过口传叙事的方式把做人的道理灌输给人们，起到了潜移默化的教育作用。如借助碗盆的哭诉告诉人们应当将心比心，团结一致，"碗相碰开裂，盆相撞缺边"。可见，娅王信仰在某种程度上对壮族地区的社会习俗及道德行为起到了很好的规范作用。

其四，有助于夯实铸牢中华民族共同体意识的文化根基。铸牢中华民族共同体意识，离不开文化的滋养，文化心态上的认同感和归属感是基础。习近平总书记指出："文化认同是最深层次的认同，是民族团结之根、民族和睦之魂。""各民族优秀传统文化都是中华文化的组成部分，中华文化是主干，各民族文化是枝叶，根深干壮才能枝繁叶茂。"在长期的历史发展进程中，壮族与其他兄弟民族文化上兼收并蓄，共同创造了灿烂的中华文化。在此过程中，壮族自身所形成的开拓进取、自强不息、吃苦耐劳、开放包容、团结互助、心向中华、爱国守土等优秀精神品质，对促进民族团结、维护祖国边疆稳定发挥了积极作用。娅王信仰文化是壮族文化与其他民族文化互相交流、融通、互鉴后形成的优秀传统文化。每年的祭祀娅王活动，参加者既有本村寨壮族妇女，也有其他民族妇女，更多的时候则是周边几个村寨妇女共同参与。唱词中"各村齐聚拢，众人崇奉师""各地人都来，多村人都到"等内容正是此情形的真实反映。各民族妇女在共同的仪式活动中增进了友谊，增强了文化认同感和归属感。此外，唱词中蕴含的团结友爱、勤俭节约、自力更生、孝敬父母、开拓进取等思想内涵是中华民族优秀传统文化的重要成分，其中展现的自然崇拜、道教、麽信仰等文化多元共生、和谐共存、共同发展景象更是各民族文化"美美与共"，积极构筑"共有精神家园"的鲜活例证。由此，各民族对中华民族整体文化的认同得以不断增进，中华民族的向心力和凝聚力也在此过程中得以增强。可见，充分挖掘娅王信仰文化内涵，有利于提升对该民族文化和中华文化的认同感和归属感，有助于夯实铸牢中华民族共同体意识的文化根基。

娅王信仰是壮族及其先民在历史的发展过程中对女性创世伟大功绩的记忆积淀所形成的历史文化。壮族地区每年自发举行的"唱娅王"仪式活动以及娅王年复一年死而复生的信仰现象，在国内各民族信仰文化中实属独一无二，在世界各民族中亦属罕见，蕴含着独特的信仰观念和丰富的历史文化密码。然而，娅王信仰文化及其口传史诗的传承却面临着严重的困境。"文革"期间，"唱娅王"被视为迷信活动，遭到严重破坏，传唱被禁，传承人受到严重迫害。"文革"之后，虽然不少地方聚集活动逐渐开展，但随着时间的推移，很多娅王信仰文化的传承人（即师娘）相继辞世，尚在世的已不多。21世纪以来，受到现代生活方式的冲击，壮族地区的生活方式不可避免地也发生了变化。现在的年轻人受到现代意识的强势影响，娅王信仰文化的传承更是后继乏人，"唱娅王"处于失传边缘，一些传统活动可能难以再延续。与此同时，随着现代生活方式的改变和生活水平的提高，一些传统祭祀活动日渐失去原生环境，有些发展为旅游表演活动，失去了原始的社会语境。在此形势下，对娅王经诗进行整理出版就显得十分紧迫。

为了抢救濒临失传的文化遗产，贯彻落实国家关于文化建设的精神，切实承担起弘扬中华优秀传统文化的历史使命和社会责任，广西壮族自治区少数民族古籍保护研究中心与广西教育出版社紧密合作，围绕"广西古籍文库"建设，共同对民族古籍进行抢救性搜集、系统性整理出版。本书的出版即是双方精诚合作、团结共进的重要成果之一。项目选取云南省广南县八宝镇板幕村传承人演述文本为底本。该文本具有底层文化保存完好、唱述内容与民间传说相符、情节较完整、原生性和代表性突出等特点，能很好地体现出娅王信仰文化的特色和内涵。项目历经六年半磨炼方成其功，广西壮族自治区少数民族古籍保护研究中心、广西教育出版社及云南省广南县八宝镇壮学会等单位与诸多专家学者付出了艰辛努力和巨大心血。更为可喜的是，本书获得了国家 2021 年度民族文字出版专项资金资助，为项目增色添彩，令项目组备感振奋。我们相信，本书的出版将有助于传承和弘扬中华优秀传统文化，增强民族文化自觉自信，为铸牢中华民族共同体意识示范区建设提供文化滋养。

凡 例

一、经诗来源

　　娅王经诗广泛流传于广西右江流域和广西云南交界的驮娘江流域壮族聚居地区。2015 年至 2021 年，本书项目组摄录了云南省广南县八宝镇的天歪、河野、戈丰、板幕、平丰 5 个村寨举行娅王节活动的全程视频。经综合比较，本书以 2016 年 9 月摄录的板幕村"唱娅王"活动视频为翻译整理的基础材料。

二、整理体例

　　本书按"五对照"体例进行翻译整理，即第一行为古壮字行，是整理者用古壮字对娅王经诗的对应记录，古壮字为八宝地区民间习惯用字；第二行为拼音壮文行，是对古壮字的壮文转写，遵循《壮文方案》的相关规则；第三行为国际音标行，记录当地壮语的实际读音；第四行为汉文直译行，是经诗逐个字词的原义；第五行为汉文意译行，是整句经诗的汉意。

三、特殊原则

　　1. 娅王节献唱师娘人数 5 至 11 人不等，项目组采录唱娅王仪式时主师娘（坐中间主位）的唱词，整理时也以主师娘唱词为基础。

2.师娘献唱有唱有诵，语音有拖腔、变调等情况，本书的注音是按当地诵读的语音进行记录，不反映拖腔、变调等情况。

3.娅王经诗多为五言，少数三言、六言或七言。本书整理时在不影响经诗含义的前提下，对师娘传唱时用来渲染现场气氛的衬词、拟声词、感叹词做了删除处理。

四、语音说明

1.本书记录的壮语以云南省广南县八宝镇木丘自然村为记音点（以下简称木丘壮语）。国际音标行记录木丘壮语当地方言读音；拼音壮文行根据古壮字转写成现行拼音壮文，对于当地特殊语音，则在不突破《壮文方案》的前提下按实际读音转写。

2.声母方面

（1）声母 gy［kj］在当地的实际读音为 tɕ。如"中"［tɕaːŋ¹］（标准音 gyang［kjaːŋ¹]），"蛋"［tɕai⁵］（标准音 gyaeq［kjai⁵]）。

（2）部分 r［ɣ］声类并入 h［h］，如"路"［hɔn¹］（标准音 roen［ɣon¹]）。

（3）部分 f［f］声类并入 h［h］，如"雨"［hun¹］（标准音 fwn［fun¹]），部分并入 h［h］，如"人"［hun²］（标准音 vunz［wun²]）。

（4）y、v 声类有部分发喉塞音 ʔj、ʔw。如"隐瞒"［ʔjam¹］（标准音 yaem［jam¹]），"憨"［ʔwa⁴］（标准音 vax［wa⁴]）。

（5）木丘壮语的 k 声母与 e-、i- 类韵母拼读时，k 声母读［tɕ］，如"老"［tɕe⁵］（标准音 geq［ke⁵]），"金"［tɕim¹］（标准音 gim［kim¹]）。

3.韵母方面

（1）壮语标准音的 i 类长韵母，在木丘壮语有部分对应读 e 类长韵母或 ə 类韵母，如："千"［ɕeːn¹］（标准音 cien［ɕiːn¹]）。

（2）部分 u 韵读 ɯ，如"衣服"［pɯ⁶］（标准音 buh［pu⁶]）。

（3）w 在木丘壮语中通常读［ə］，例如"云"［fə³］（标准音 fwj［fu³]）。

（4）标准音的 ei、ou 在木丘壮语中读［i］、［u］（汉语借词除外），如"好"ndi［ʔdi¹］（标准音 ndei［dei¹］）、"猪"mu［mu¹］（标准音 mou［mou¹］）。

（5）标准音 a- 的短韵 aed、aet，木丘壮语有的读 ɛt，例如"七"［ɕɛt⁸］（标准音 caet［ɕat⁷］）。

（6）标准音的 aw，在木丘壮语中有的读［ɯ］，如"拿"［tɯ²］（标准音 dawz［taɯ²］）。

4. 声调方面

（1）木丘壮语部分塞声调无长调，并入第八调。如："八"［pet⁸］（标准音 bet［peːt⁷］），"口"［pak⁸］（标准音 bak［paːk⁷］），"出"［ʔɔk⁸］（标准音 ok［ʔoːk⁷］）。

（2）第八调无长短调之分。

（3）木丘壮语部分声调出现二次分化。带前喉塞音声母 ʔd，第一调的派生调并入第二调。如"红"［ʔdiŋ²］（标准音 nding［ʔdiŋ¹］）。

（4）借汉词的声调，拼音壮文行按《壮文方案》书写，国际音标行按木丘壮语实际读音记录。

5. 木丘壮语声调与标准声调对照表：

调类 语言点　调值	第一调	第二调	第三调	第四调	第五调	第六调	第七调		第八调	
							短调	长调	短调	长调
木丘壮语	24	33	21	22	42	55	55	42	42	42
标准音	24	31	55	42	35	33	55	35	33	33

第一篇 娅王病危

　　本篇主要唱述众人、众"神"听到乌鸦报信，得知娅王病重后，立即准备行囊和用品，争先恐后前往"天上"看望娅王的情形。一早天刚亮，乌鸦就飞到房顶来报信。得知娅王病重，人们心里"慌如禾倒伏"，"心慌自难平"。众人马上起身，先锋队、蓝靛神、晚霞神、垭口神、田风神、泉水神、村寨神以及寨主王、天下人、众道公、众麼公等纷纷聚集，牵出马、骡，"各村齐聚拢"去"天上"看望娅王。众人、众"神"一个个抢着走，生怕落后。这些情节反映出娅王在民间享有崇高地位，受民众敬仰的事实。 唱词中穿插了众人早知道每年农历七月十八娅王就会病重，怕香纸不足、鸡鸭不够、没有酒肉、供品不足，于是从前几天就开始准备各种用品的情节。为了不耽误去看望娅王，"哥妹不种田，媳妇不下地"，"恐下地难回，恐种田难返"，全村"操劳好几天，操心好几夜"，一起做褡裢粑、米花，上街去买鸡、鸭、猪等用品。这些情节说明"唱娅王"活动已经成为当地民众的一项民俗活动，凸显了娅王信仰流传的广泛性和民俗性。

① 师娘：师娘是巫文化的传承人，壮语称为 yahsaeq 或 mehmoed，汉语称为"师娘""仙姑""仙婆"等。根据修行高低和在民众中的威望，一般分为三个等级，最高等级头戴凤凰图案的帽子（头巾），第二等级头戴鸟图案的帽子（头巾），第三等级头戴花草图案的帽子（头巾）。在唱娅王仪式中，由最高级别的师娘担任开唱，称为"师娘头"。
② 支催〔tçi⁵ tço:i²〕：联绵词，指蒙蒙之意。
③ 鲁眯〔lu² ɣa:i²〕：联绵词，指朦胧之意。
④ 娘〔na:ŋ²〕：原指姑娘，此为师娘对自己的谦称。

1. 师娘①唱

1

乾	内	鬶	支	催②
Haet	neix	rongh	giq	gyoiz
hat⁷	ni⁵	ɣo:ŋ⁶	tçi⁵	tço:i²
早	这	亮	蒙	蒙

今早天刚亮，

2

㑇	鲁	眯③	娘④	趄
Mbwn	luz	raiz	nangz	hwnq
ʔbɯn¹	lu²	ɣa:i²	na:ŋ²	hɯn⁵
天	朦	胧	姑娘	起

天亮妹起床。

3

嶇	录	料	得	飑
Ok	rog	daeuj	dwg	rumz
ʔɔk⁸	ɣɔk⁸	tau³	tɯk⁸	ɣum²
出	外	来	受	风

出门受风寒，

4

趷	㑇	开	昑	蘮
Din	mbwn	hai	ngoenz	moq
tin¹	ʔbɯn¹	ha:i¹	ŋɔn²	mo⁵
脚	天	开	天	新

天边展新颜。

5

賍	独	鸦	凰	枓
Raen	duz	a	mbin	daeuj
han¹	tu²	ʔa¹	ʔbin¹	tau³
见	只	乌鸦	飞	来

见乌鸦飞过，

6

鸦	凰	卦	歪	㐱
A	mbin	gvaq	gwnz	gyaeuj
ʔa¹	ʔbin¹	kwa⁵	kɯn²	tçau³
乌鸦	飞	过	上	头

飞过我头顶。

7

鸦	枓	逗	歪	窒
A	daeuj	douh	gwnz	ranz
ʔa¹	tau³	tu⁶	kɯn²	ɣa:n²
乌鸦	来	栖息	上	房屋

乌鸦栖房上，

① 叔煞 [θuk⁷ ȿap⁸]：联绵词，指盘旋之意。
② 姄諾 [me⁶ tȿe⁵]：母老，指娅王。下文"姄皇 [me⁶ wɯːŋ²]"同。
③ 怖悋 [ʔbu⁵ lin²]：联绵词，指慌乱之意。

8

鸦	嚓	吁	鸦	嚓	吙
A	raez	hi	a	raez	ho
ʔa¹	ɣai²	hi¹	ʔa¹	ɣai²	ho¹
乌鸦	叫	啊	乌鸦	叫	啊

啊啊叫不停。

9

鸦	叔	煞①	歪	竺
A	suk	caeb	gwnz	ranz
ʔa¹	θuk⁷	ȿap⁸	kun²	ɣaːn²
乌鸦	盘	旋	上	房屋

在房顶盘旋，

10

报	癀	呭	报	将
Bauq	gyaej	naeuz	bauq	gyangz
paːu⁵	tȿai³	nau²	paːu⁵	tȿaːŋ²
报	病	或	报	灾难

报灾或报难，

11

报	魀	呭	报	病
Bauq	fangz	naeuz	bauq	bingh
paːu⁵	faːŋ²	nau²	paːu⁵	piŋ⁶
报	鬼	或	报	病

闹鬼或患病。

12

佬	姄	諾②	冏	将
Lau	meh	geq	ndaej	gyangz
laːu¹	me⁶	tȿe⁵	ʔdai³	tȿaːŋ²
怕	母	老	患	灾难

怕娅王有灾，

13

佬	姄	皇	冏	癀
Lau	meh	vuengz	ndaej	gyaej
laːu¹	me⁶	wɯːŋ²	ʔdai³	tȿai³
怕	母	王	患	病

恐娅王患病。

14

胴	怖	悋③	怖	悋
Dungx	mbuq	linz	mbuq	linz
tuŋ⁴	ʔbu⁵	lin²	ʔbu⁵	lin²
肚	慌	乱	慌	乱

心神很慌乱，

15

怖	貧	粘	佈	翻
Mbuq	baenz	haeux	mbuq	naz
ʔbu⁵	pan²	hau⁴	ʔbu⁵	na²
慌	成	稻谷	倒	田

慌如禾倒伏。

① 怖煞［ʔbu⁵ ɕwak⁷］：联绵词，指慌乱之意。
② 怖忪［ʔbu⁵ ɕwa¹］：联绵词，指慌张之意。
③ 粜仪［pjaːi¹ po⁶］：原意为"小父"，此指师娘的小儿子。

16

胴	怖	煞①	怖	忪②
Dungx	mbuq	caek	mbuq	ca
tuŋ⁴	ʔbu⁵	ɕwak⁷	ʔbu⁵	ɕwa¹
肚	慌	乱	慌	张

心慌自难平，

17

怖	贫	芺	佈	袋
Mbuq	baenz	raz	mbuq	daeh
ʔbu⁵	pan²	ŋa²	ʔbu⁵	tai⁶
慌	成	芝麻	倒	袋子

慌似芝麻倒，

18

芺	佈	袋	𥛂	抓
Raz	mbuq	daeh	rox	gyva
ŋa²	ʔbu⁵	tai⁶	ɣo⁴	tɕwa¹
芝麻	倒	袋	会	抓

倾倒能拾回。

19

胴	怖	忪	婁	闹
Dungx	mbuq	ca	bae	nauq
tuŋ⁴	ʔbu⁵	ɕwa¹	pai¹	naːu⁵
肚	慌	张	去	完

心慌乱了神，

20

她	諈	旦	贫	将
Meh	geq	danz	baenz	gyangz
me⁶	tɕe⁵	taːn²	pan²	tɕaːŋ²
母	老	估计	患	灾难

娅王恐有灾，

21

她	皇	旦	加	癀
Meh	vuengz	danz	gya	gyaej
me⁶	wuːŋ²	taːn²	tɕa¹	tɕai³
母	王	估计	加	病

母王恐病重。

22

胅	迭	啊	粜	仪③
Daep	dieb	ha	byai	boh
tap⁷	teːp⁸	ha¹	pjaːi¹	po⁶
肝	跳	啊	尾	父

心慌啊小儿，

23

胗	丕	啊	劲	兜
Caw	ndei	ha	lwg	noix
ɕɯ¹	ʔdi¹	ha¹	luk⁸	noːi⁶
心	好	啊	儿	小

心善啊小女。

① 勒扒〔lak⁸ pa⁶〕：联绵词，指别忙，慢慢来之意。

② 肛洞沙彐趄〔tan² ton⁵ θa:i¹ ço⁴ jet⁷〕：第一句至此句均为师娘在家里对儿女说的话。下句开始师娘走出家门。

24

约	要	赳	挞	縵
Yaek	yauz	hwnq	dab	man
jak⁷	ja:u²	hun⁵	ta:p⁸	ma:n¹
将	要	起	叠	被子

起来叠被子，

25

所	鞵	亦	拖	袿
Soed	haiz	hix	daenj	buh
θɔt⁸	ha:i²	ji⁵	tan³	pu⁶
穿	鞋	又	穿	衣服

穿鞋又穿衣。

26

粘	苉	勒	扒①	排
Haeux	byaek	laeg	bah	baij
hau⁴	pjak⁷	lak⁸	pa⁶	pa:i³
饭	菜	别	忙	摆

饭菜别忙摆，

27

粘	餲	勒	扒	口
Haeux	ngaiz	laeg	bah	guh
hau⁴	ŋa:i²	lak⁸	pa⁶	kɔk⁸
饭	早饭	别	忙	做

早饭别急做。

28

肛	洞	汰	彐	餲
Daengz	doengq	dah	coh	ngaiz
tan²	ton⁵	ta⁶	ço⁴	ŋa:i²
到	滩	河	才	早饭

到河滩吃饭，

29

肛	洞	沙	彐	趄②
Daengz	doengq	sa	coh	yiet
tan²	ton⁵	θa:i¹	ço⁴	jet⁷
到	滩	沙	才	歇息

到沙丘歇脚。

30

抻	独	馬	蟛	槽
Cing	duz	max	ok	cauz
çiŋ¹	tu²	ma⁴	ʔɔk⁸	ça:u²
牵	匹	马	出	槽

把马牵出槽，

31

拉	独	騾	蟛	录
Log	duz	loz	ok	rog
lɔk⁸	tu²	lo²	ʔɔk⁸	ɣɔk⁸
赶	头	骡	出	外

将骡赶出门。

32

独　德　得　鞍　花

Duz　daeg　dwk　an　va

tu^2　tak^8　$tuuk^7$　$\eta a{:}n^1$　wa^1

匹　公　放　鞍　花

公马安花鞍，

33

独　她　得　鞍　睐

Duz　meh　dwk　an　raiz

tu^2　me^6　$tuuk^7$　$\eta a{:}n^1$　$\gamma a{:}i^2$

匹　母　放　鞍　花

母马佩花鞍。

34

欧　毡　花　料　排

Aeu　cien　va　daeuj　baij

ʔau^1　$\text{ɕi}{:}n^1$　wa^1　tau^3　$pa{:}i^3$

拿　毡　花　来　摆

摆上花毡子，

35

欧　毡　乎　料　搭

Aeu　cien　nding　daeuj　dap

ʔau^1　$\text{ɕi}{:}n^1$　ʔdiŋ^2　tau^3　tap^8

拿　毡　红　来　搭

搭上红毡子。

36

钉　的　搭　歪　樟

Din　di　dap　gwnz　daengq

tin^1　ti^1　tap^8　$kɯn^2$　$ta\eta^5$

脚　马上　搭　上　凳

脚踏凳上鞍，

37

钉　的　跈　歪　鞍

Din　di　yamq　gwnz　an

tin^1　ti^1　$\text{ʔja}{:}m^5$　$kɯn^2$　$\eta a{:}n^1$

脚　马上　迈步　上　鞍

脚踩凳上马。

38

扱　咟　馬　許　律

Gyoet　bak　max　hawj　net

tɕot^7　pak^8　ma^4　hau^3　nep^8

勒　嘴　马　给　紧

扣紧马缰辔，

39

閗　咟　极　許　桸

Con　bak　gyaeg　hawj　maenh

$\text{ɕo}{:}n^1$　pak^8　tɕak^8　hau^3　man^6

勒　嘴　缰　给　牢

勒牢马缰绳。

40

佬	捯	旗	捯	旗
Laux	dawz	geiz	dawz	geiz
la:u⁴	tɯ²	tɕi²	tɯ²	tɕi²
个	拿	旗	拿	旗

旗手去扛旗，

41

拎	旗	罢	打	觥
Gaem	geiz	bae	daek	gonq
kam¹	tɕi²	pai¹	tak⁷	ko:n⁵
拿	旗	去	往	先

扛旗往前走，

42

敳	锣	拣	跟	楞
Gyong	laz	roq	niengz	laeng
tɕo:ŋ¹	la²	ɣo⁵	nɯ:ŋ²	laŋ¹
鼓	锣	敲	跟	后

敲鼓锣随后。

43

麻	麻	啰	先	锋
Ma	ma	lo	sien	fung
ma¹	ma¹	lo¹	θi:n¹	fuŋ¹
来	来	啰	先	锋

先锋快点走，

44

麻	麻	啰	魁	隊
Ma	ma	lo	gyaeuj	doih
ma¹	ma¹	lo¹	tɕau³	to:i⁶
来	来	啰	头	队

领头快点来。

45

麻	啰	使	裕	枵
Ma	lo	saeq	goek	myaz
ma¹	lo¹	θai⁵	kɔk⁷	mja²
来	啰	神	根	酸枣

酸枣神快来，

46

麻	啰	皇	裕	植
Ma	lo	vuengz	goek	gyed
ma¹	lo¹	wɯ:ŋ²	kɔk⁷	tset⁸
来	啰	王	根	蓝靛

蓝靛神快来。

47

麻	啰	使	叅	浪
Ma	lo	saeq	mbwn	raengz
ma¹	lo¹	θai⁵	ʔbɯn¹	ɣaŋ²
来	啰	神	天	红霞

晚霞神快来，

① 皇榕垰［wɯːŋ^2 kɔk^7 ka^2］：“皇”即王，“榕”指根部，“垰”指垭口。“皇榕垰”即垭口神，属自然神。

② 倫［ʔduːn^2］：板仑，地名，在今云南省富宁县板仑乡。

③ 桑［θaːŋ^2］：归朝，地名，在今云南省富宁县归朝镇。

48

麻 啰 皇 榕 垰①

Ma lo vuengz goek gaz

ma^1 lo^1 wɯːŋ^2 kɔk^7 ka^2

来 啰 王 根 垭口

垭口神快来。

49

麻 啰 使 閦 倫②

Ma lo saeq Ndaw Nduenz

ma^1 lo^1 θai^5 ʔdaɯ^1 ʔduːn^2

来 啰 神 内 板仑

板仑神快来，

50

麻 啰 皇 閦 桑③

Ma lo vuengz Ndaw Sangz

ma^1 lo^1 wɯːŋ^2 ʔdaɯ^1 θaːŋ^2

来 啰 王 内 归朝

归朝神快来。

51

麻 啰 使 洞 飚

Ma lo saeq doengq rumz

ma^1 lo^1 θai^5 toŋ^5 ɣum^2

来 啰 神 滩 风

田风神快来，

52

麻 啰 皇 垌 泲

Ma lo vuengz doengh mboq

ma^1 lo^1 wɯːŋ^2 toŋ^6 ʔbo^5

来 啰 王 垌 泉

泉水神快来。

53

麻 啰 使 主 旁

Ma lo saeq suj biengz

ma^1 lo^1 θai^5 θu^3 pɯːŋ^2

来 啰 神 主 地方

王地神快来，

54

麻 啰 皇 主 板

Ma lo vuengz suj mbanj

ma^1 lo^1 wɯːŋ^2 θu^3 ʔbaːn^3

来 啰 王 主 村寨

寨主神快来。

55

麻 啰 布 岜 奔

Ma lo boux laj mbwn

ma^1 lo^1 pu^4 la^3 ʔbɯn^1

来 啰 个 下 天

天下人快来，

① 麽［mo¹］：麽公，指主持民间仪式的男祭司。
② 立浪［li⁵ la:ŋ²］：联绵词，指急急之意。

56

麻 啰 伝 乑 垄

Ma lo vunz laj deih

ma¹ lo¹ hun² la³ ti⁶

来 啰 人 下 地界

下界人快来。

57

麻 啰 她 乑 耆

Ma lo meh laj mbwn

ma¹ lo¹ me⁶ la³ ʔbɯn¹

来 啰 母 下 天

众妇女快来，

58

麻 啰 妣 垰 緑

Ma lo baz baih rongh

ma¹ lo¹ pa² pa:i⁶ ɣo:ŋ⁶

来 啰 妻 方 亮

众媳妇快来。

59

麻 啰 道 乑 丫

Ma lo dauh laj ngamz

ma¹ lo¹ ta:u⁶ la³ ŋa:m²

来 啰 道公 下 山垭

众道公快来，

60

麻 啰 麽① 乑 碰

Ma lo mo laj dat

ma¹ lo¹ mo¹ la³ tat⁸

来 啰 麽公 下 悬崖

众麽公快来。

61

尬 麻 罷 尬 宏

Gwq ma naj gwq hung

ka² ma¹ na³ ka² huŋ¹

越 来 前 越 大

越靠前越大，

62

尬 麻 歪 尬 壙

Gwq ma gwnz gwq gvangq

ka² ma¹ kɯn² ka² kwa:ŋ⁵

越 来 上 越 宽

愈往前愈宽。

63

跟 使 麻 立 浪②

Niengz saeq ma liq langz

nɯ:ŋ² θai⁵ ma¹ li⁵ la:ŋ²

跟 司 来 急 急

快快随王来，

① 立柳 [li⁵ liu⁶]：联绵词，指迅速之意。
② 八皇 [pet⁸ wuːŋ²]：八王，指娅王的八个女婿。据云南省广南县八宝镇宝丰村师娘黄定芳转述壮族民间传说，娅王有八个女儿，没有儿子。八个女儿分别招了八个夫婿，他们被称为八王。
③ 八使 [pet⁸ θai⁵]：八司，指娅王的八个女儿。在娅王经诗中，师娘称娅王的八个女儿为八司，各管一方，是传授师娘技艺的祖师，被师娘尊为主母。
④ 领队：一般由地位仅次于师娘头的师娘担任。
⑤ 淰雾 [ɣam⁴ puːŋ²]：原指河水流经之地。壮族多据江河而居，以水流经之地指代在同一流域内居住的人，即众乡亲。

64

跟　皇　麻　立　柳①

Niengz vuengz ma liq liuh

nuːŋ² wuːŋ² ma¹ li⁵ liu⁶

跟　王　来　迅　速

速速随王走。

65

踉　踉　啰　八　皇②

Yamq yamq lo bet vuengz

ʔjaːm⁵ ʔjaːm⁵ lo¹ pet⁸ wuːŋ²

迈步　迈步　啰　八　王

迈步啰八王，

66

飝　飝　啰　八　使③

Mbin mbin lo bet saeq

ʔbin¹ ʔbin¹ lo¹ pet⁸ θai⁵

飞　飞　啰　八　司

启程啰八司。

67

踉　踉　婎　乔　螴

Yamq yamq youx laj mbwn

ʔjaːm⁵ ʔjaːm⁵ ju⁴ la³ ʔbɯn¹

迈步　迈步　情人　下　天

走啰众姑娘，

68

麻　啰　妑　乔　坔

Ma lo baz laj deih

ma¹ lo¹ pa² la³ ti⁶

来　啰　妻子　下　地界

走啰众媳妇。

2. 领队④唱

69

俳　俳　啰　淰　雾⑤

Mbaiq mbaiq lo raemx biengz

ʔbaːi⁵ ʔbaːi⁵ lo¹ ɣam⁴ puːŋ²

谢　谢　啰　水　地方

感谢众乡亲，

70

胁　兀　啰　淰　板

Caw ndei lo raemx mbanj

ɕɯ¹ ʔdi¹ lo¹ ɣam⁴ ʔbaːn³

心　好　啰　水　村寨

村寨好心人。

① 佲 [kak⁸]：也称"妣佲"[me⁶ kak⁸]。"佲"原指木工用的角尺，此引申为标准、模范、表率。"妣佲"即模范之母、表率之源。在壮族民间，师娘奉"妣佲"为创造万物之始祖母、巫信仰的至上神、维护人间平安的保护神，她传授众师娘巫事仪规，教导为人处世法则，被尊为巫信仰的祖师，遇事必恭请，请教"妣佲"，凡事要按"妣佲"的仪规办理。在广西壮族自治区百色市右江区、西林、那坡、靖西，云南省广南、富宁等地，壮族民众通常称"妣佲"为娅王，即母王、婆王，多数家中设有娅王神位，以示尊崇。此处"佲"指娅王住处。

71

㽸	胴	壙	厘	皇
Guh	dungx	gvangq	ndij	vuengz
kɔk⁸	tuŋ⁴	kwa:ŋ⁵	ʔdi³	wuːŋ²
做	肚子	宽	与	王

对王心宽厚，

72

㽸	朒	皓	厘	使
Guh	caw	hau	ndij	saeq
kɔk⁸	ɕɯ¹	ha:u¹	ʔdi³	θai⁵
做	心	白	与	司

对王心虔诚。

73

八	使	麻	眼	皇
Bet	saeq	ma	ndaengq	vuengz
pɛt⁸	θai⁵	ma¹	ʔdaŋ⁵	wuːŋ²
八	司	来	看	王

八司探娅王，

74

八	皇	麻	眼	佲①
Bet	vuengz	ma	ndaengq	gaeg
pɛt⁸	wuːŋ²	ma¹	ʔdaŋ⁵	kak⁸
八	王	来	看	娅王

八王探母王。

75

啊	的	兜	閦	夤
Ha	diz	noix	ndaw	biengz
ha¹	ti²	no:i⁶	ʔdaɯ¹	puːŋ²
啊	那	小	内	地方

各地年少人，

76

啊	琉	勉	閦	板
Ha	liux	fangz	ndaw	mbanj
ha¹	le⁴	fa:ŋ²	ʔdaɯ¹	ʔba:n³
啊	众	鬼	内	村寨

各村众鬼神。

77

哒	迭	啊	朒	丹
Daep	dieb	ha	saem	danz
tap⁷	te:p⁸	ha¹	θam¹	ta:n²
肝	跳	啊	心	惊

意乱情难舍，

78

朒	兀	啊	淰	板
Caw	ndei	ha	raemx	mbanj
ɕɯ¹	ʔdi¹	ha¹	ɣam⁴	ʔba:n³
心	好	啊	水	村寨

好心众乡亲。

① 琉樽〔le⁴ taŋ⁵〕：指在座众人。
② 琉壇〔le⁴ taːn²〕：指从事唱娅王仪式的众师娘。

79

恅 鷝 鳩 鱸 差

Lau bit gaeq rox ca

laːu¹ pit⁷ kai⁵ ɣo⁴ tsa¹

怕 鸭 鸡 会 差

恐缺少鸡鸭，

80

恅 香 紗 佲 度

Lau yieng sa mij doh

laːu¹ jiːŋ¹ θa¹ mi² to⁶

怕 香 纸 不 够

怕香纸不足，

81

恅 淶 胬 否 眉

Lau laeuj noh mbouj miz

laːu¹ lau³ no⁶ ʔbu⁵ mi²

怕 酒 肉 不 有

怕酒肉不够。

82

肞 兀 啊 淰 峹

Saem ndei ha raemx biengz

θam¹ ʔdi¹ ha¹ ɣam⁴ puːŋ²

心 好 啊 水 地 方

好心众乡亲，

83

琉 樽① 齷 主 張

Liux daengq ok cawj cieng

le⁴ taŋ⁵ ʔɔk⁸ çau³ çiːŋ¹

众 凳 出 主 张

众人出主张，

84

琉 壇② 打 主 意

Liux danz daj cawj eiq

le⁴ taːn² ta³ çau³ ʔei⁵

众 坛 出 主 意

师娘出主意。

85

齷 主 意 許 皇

Ok cawj eiq hawj vuengz

ʔɔk⁸ çau³ ʔei⁵ hau³ wuːŋ²

出 主 意 给 王

帮王出主意，

86

齷 主 張 許 使

Ok cawj cieng hawj saeq

ʔɔk⁸ çau³ çiːŋ¹ hau³ θai⁵

出 主 张 给 司

替王谋主张。

87

啊	的	使	几	�

Ha diz saeq geij biengz

ha¹ ti² θai⁵ tɕi³ pɯːŋ²

啊　那　师　几　地方

各地众师娘，

88

啊　的　皇　几　板

Ha diz vuengz geij mbanj

ha¹ ti² wuːŋ² tɕi³ ʔbaːn³

啊　那　王　几　村寨

各村众仙姑。

89

几　板　料　揽　皇

Geij mbanj daeuj rom vuengz

tɕi³ ʔbaːn³ tau³ ɣoːm¹ wuːŋ²

几　村寨　来　靠拢　王

各村来靠拢，

90

几　羿　料　伴　使

Geij biengz daeuj buenx saeq

tɕi³ pɯːŋ² tau³ pau⁴ θai⁵

几　地方　来　伴　司

众人来伴师。

91

她　諆　故　犪　昏

Meh geq goj rox ngun

me⁶ tɕe⁵ ko³ ɣo⁴ ŋun¹

母　老　也　会　昏迷

娅王犯迷糊，

92

她　古　故　犪　暗

Meh gou goj rox ngawh

me⁶ ku¹ ko³ ɣo⁴ ŋaɯ⁶

母　我　也　会　愣

娅王陷昏迷。

93

骆　布　骆　麻　乃

Dangq boux dangq ma nai

taːŋ⁵ pu⁴ taːŋ⁵ ma¹ naːi¹

各　个　各　来　敬

人人来敬神，

94

乃　肛　壇　乔　埊

Nai daengz danz laj deih

naːi¹ taŋ² taːn² la³ ti⁶

敬　到　坛　下　地界

众坛也敬到。

95

乃 布 甦 魆 皓

Nai boux geq gyaeuj hau

na:i¹ pu⁴ tɕe⁵ tɕau³ ha:u¹

敬 个 老 头 白

敬白发老者，

96

乃 劲 娟 醤 媄

Nai lwg sau naj maeq

na:i¹ luk⁸ θa:u¹ na³ mai⁵

敬 儿 姑娘 脸 粉红

敬粉脸姑娘。

97

她 咟 媄 圣 很

Meh bak maeq youq henz

me⁶ pak⁸ mai⁵ ʔju⁵ he:n²

母 嘴 粉红 在 边

粉唇妹在旁，

98

乃 等 夯 劲 妇

Nai daengx biengz lwg bawx

na:i¹ taŋ⁴ pɯ:ŋ² luk⁸ pau⁴

敬 全 地方 儿 媳

敬天下媳妇。

99

佬 佬 他 瘅 肶

Laux laux doq lauq saem

la:u⁴ la:u⁴ ta⁵ la:u⁵ θam¹

个 个 都 费 心

个个都操心，

100

伝 伝 他 瘅 旎

Vunz vunz doq lauq rengz

hun² hun² ta⁵ la:u⁵ ɣe:ŋ²

人 人 都 费 力气

人人都出力。

101

型 芽 伙 兕 抓

Reih nya mij ndaej gya

ɣi⁶ ɲa¹ mi² ʔdai³ tɕwa¹

地 长草 不 得 抓

杂草没空拔，

102

醤 芽 伙 兕 割

Naz nya mij ndaej gvej

na² ɲa¹ mi² ʔdai³ kwe³

田 长草 不 得 割

田稗无暇割。

103

哒 迭 啊 肌 乖

Daep dieb ha saem gvai

tap⁷ te:p⁸ ha¹ θam¹ kwa:i¹

肝 跳 啊 心 机灵

心慌意难平，

104

业 麻 殿 跟 麽

Niemz ma dienh niengz mo

ni:m² ma¹ ti:n⁶ nɯ:ŋ² mo¹

专心 来 殿 跟 麽公

上殿随麽公，

105

业 麻 竺 跟 使

Niemz ma ranz niengz saeq

ni:m² ma¹ ɣa:n² nɯ:ŋ² sai⁵

专心 来 家 跟 师

上门跟师娘。

106

哒 迭 啊 淰 旁

Daep dieb ha raemx biengz

tap⁷ te:p⁸ ha¹ ɣam⁴ pɯ:ŋ²

肝 跳 啊 水 地方

众人心神乱，

107

肌 兀 啊 淰 板

Caw ndei ha raemx mbanj

çɯ¹ ʔdi¹ ha¹ ɣam⁴ ʔba:n³

心 好 啊 水 村寨

村寨好心人，

108

麻 圩 搭 香 纱

Ma haw dab yieng sa

ma¹ hɯ¹ ta:p⁸ ji:ŋ¹ θa¹

来 街 备 香 纸

上街买香纸。

109

跟 偻 口 鸦 鸡

Niengz raeuz guh a yiuh

nɯ:ŋ² ɣa² kɔk⁸ ʔa¹ jiu⁶

跟 我们 做 鸦 鹰

跟咱做鸟鹰，

110

份 口 鸡 冄 呐

Fwx guh yiuh ndaej gwn

fɯ⁴ kɔk⁸ jiu⁶ ʔdai³ kun¹

别人 做 鹰 得 吃

人做鹰有吃，

111

俵 囙 鸦 炰 忆

Raeuz guh a dai iek

γa^2 $k \mathfrak{o} k^8$ $\mathfrak{P} a^1$ $ta{:}i^1$ $\mathfrak{P} j i k^8$

我们 做 乌鸦 死 饿

咱做鸦饿死。

112

脮 迭 啊 肔 乖

Daep dieb ha saem gvai

tap^7 $te{:}p^8$ ha^1 θam^1 $kwa{:}i^1$

肝 跳 啊 心 机灵

心慌意难平，

113

憑 憑 啰 等 板

Bengz bengz lo daengx mbanj

$pe{:}\eta^2$ $pe{:}\eta^2$ lo^1 $ta\eta^4$ $\mathfrak{P} ba{:}n^3$

贵 贵 啰 全 村寨

全村是贵人，

114

侔 侔 啰 淰 莠

Mbaiq mbaiq lo raemx biengz

$\mathfrak{P} ba{:}i^5$ $\mathfrak{P} ba{:}i^5$ lo^1 γam^4 $p u{:}\eta^2$

谢 谢 啰 水 地方

感谢全寨人。

115

脓 七 肛 十 一

Ndwen caet daengz cib it

$\mathfrak{P} d u{:}n^1$ $\mathfrak{c}\varepsilon t^8$ $ta\eta^2$ $\mathfrak{c} i p^8$ $\mathfrak{P} i t^7$

月 七 到 十 一

到七月十一，

116

琉 樽 啊 呑 衾

Liux daengq ha laj mbwn

le^4 $ta\eta^5$ ha^1 la^3 $\mathfrak{P} b u n^1$

众 凳 啊 下 天

天下众百姓，

117

琉 壇 啊 埘 鶄

Liux danz ha baih rongh

le^4 $ta{:}n^2$ ha^1 $pa{:}i^6$ $\gamma o{:}\eta^6$

众 坛 啊 方 亮

世间众师娘。

118

毕 板 貹 独 猱

Bae mbanj cawx duz mou

pai^1 $\mathfrak{P} ba{:}n^3$ $\mathfrak{c} u^4$ tu^2 mu^1

去 村寨 买 头 猪

走村去买猪，

① 栿壇［kɔk⁷ taːn²］：原指榉树根、椰树根，此指壮族民间举行的祭竜仪式。"竜"为状语森林的译音。祭竜即祭祀森林神，属自然崇拜的遗存。祭竜通常在农历三月三举行，祭场设在寨边的一棵大榕树或榉树、椰树下，祭品有糯米饭、香烛及鸡等，由麽公主持，祈求"竜树"保佑全村人畜平安、五谷丰登。

119

夅	圩	貹	独	鳮
Bae	haw	cawx	duz	gaeq
pai¹	hɯ¹	ɕɯ⁴	tu²	kai⁵
去	街	买	只	鸡

上街去买鸡。

120

独	鳮	独	峫	肶
Duz	gaeq	duz	lawz	biz
tu²	kai⁵	tu²	lau²	pi²
只	鸡	只	哪	肥

须挑肥美鸡，

121

独	猍	独	峫	傗
Duz	mou	duz	lawz	laux
tu²	mu¹	tu²	lau²	laːu⁴
头	猪	头	哪	大

要选壮硕猪。

122

欧	斜	佥	栿	壇①
Aeu	daeuj	cang	goek	danz
ʔau¹	tau³	ɕwaːŋ¹	kɔk⁷	taːn²
要	来	装	根	坛

拿来祭主坛，

123

欧	斜	佥	栿	榔
Aeu	daeuj	cang	goek	rap
ʔau¹	tau³	ɕwaːŋ¹	kɔk⁷	ɣap⁸
拿	来	装	根	椰树

拿来祭主竜。

124

淰	板	故	肭	皓
Raemx	mbanj	goj	caw	hau
ɣam⁴	ʔbaːn³	ko³	ɕɯ¹	haːu¹
水	村寨	也	心	白

全寨心地善，

125

淰	雺	故	肭	兀
Raemx	biengz	goj	caw	ndei
ɣam⁴	pɯ:ŋ²	ko³	ɕɯ¹	ʔdi¹
水	地方	也	心	好

全村心地好。

126

八	使	疠	耶	耶
Bet	saeq	naiq	yez	yez
pɛt⁸	θaːi⁵	naːi⁵	ʔje²	ʔje²
八	司	累	弱	弱

八司都疲惫，

① 疬痕 [naːi⁵ nuːŋ⁶]：联绵词，指劳累之意。

127
八　皇　列　疬　痕①

Bet　vuengz　lez　naiq　nuengh

pet⁸　wuːŋ²　le²　naːi⁵　nuːŋ⁶

八　王　都　劳　累

八王均劳累。

128
胅　迭　啊　琉　壇

Daep　dieb　ha　liux　danz

tap⁷　teːp⁸　ha¹　le⁴　taːn²

肝　跳　啊　众　坛

众师娘心乱，

129
胭　兀　妚　埋　繇

Caw　ndei　baz　baih　rongh

çɯ¹　ʔdi¹　pa²　paːi⁶　ɣoːŋ⁶

心　好　妻　方　亮

众媳妇心善。

130
佬　佬　料　敬　皇

Laux　laux　daeuj　gingq　vuengz

laːu⁴　laːu⁴　tau³　tçiŋ⁵　wuːŋ²

个　个　来　敬　王

个个敬奉王，

131
伝　伝　料　吭　使

Vunz　vunz　daeuj　coh　saeq

hun²　hun²　tau³　ço⁶　θai⁵

人　人　来　向　司

人人心向王。

132
佬　麻　佧　否　肝

Lau　ma　gaeg　mbouj　daengz

laːu¹　ma¹　kak⁸　ʔbu⁵　taŋ²

怕　来　娅王　不　到

恐难见娅王，

133
佬　麻　皇　伓　兒

Lau　ma　vuengz　mij　ndaej

laːu¹　ma¹　wuːŋ²　mi²　ʔdai³

怕　来　王　不　得

怕不见母王。

134
弛　瘩　旅　几　昑

Caemh　lauq　rengz　geij　ngoenz

çam⁶　laːu⁵　ɣeŋ²　tçi³　ŋon²

同　费　力　几　天

操劳好几天，

■娅王经诗译注

① 粑［ʔet⁸］：壮族地区一种糯米食品，当地汉语俗称"褡裢粑"。其做法是将糯米磨成浆，滤干水后加入红糖拌匀，取芭蕉叶去梗，擦洗干净后撕成 20 厘米×40 厘米左右的长方形，舀约 100 克粉团揉成饼状，可依各人喜好包上不同馅料，压扁后先以芭蕉叶一半包裹，另一半再包同样大的一个，两两相连，包好后隔水蒸熟取出晾晒，冷却即成褡裢状。壮族地区一般在农历七月制作褡裢粑，既是祭祀活动的必备供品，也是节日走亲访友的赠礼佳品。
② 粘丝［hau⁴ θi¹］米花糖，壮族地区的一种小吃。

135

鱿 瘆 朒 几 韬

Caemh lauq caw geij haemh

çam⁶ la:u⁵ çɯ¹ tçi³ ham⁶

同 费 心 几 晚

操心好几夜，

136

跶 迭 啊 朒 兏

Daep dieb ha caw ndei

tap⁷ te:p⁸ ha¹ çɯ¹ ʔdi¹

肝 跳 啊 心 好

意乱情难舍。

137

吉 吉 肛 十 七

Gyaed gyaed daengz cib caet

tsat⁸ tsat⁸ taŋ² çip⁸ çɛt⁸

渐 渐 到 十 七

到七月十七，

138

等 板 田 粘 粑①

Daengx mbanj guh haeux et

taŋ⁴ ʔba:n³ kɔk⁸ hau⁴ ʔet⁸

全 村寨 做 粑 褡裢

忙做褡裢粑。

139

吉 吉 肛 十 八

Gyaed gyaed daengz cib bet

tsat⁸ tsat⁸ taŋ² çip⁸ pɛt⁸

渐 渐 到 十 八

到七月十八，

140

欧 粘 粑 麻 州

Aeu haeux et ma coux

ʔau¹ hau⁴ ʔet⁸ ma¹ çu⁴

拿 粑 褡裢 来 放

褡裢粑来供。

141

欧 粘 丝② 麻 殿

Aeu haeux sei ma dienh

ʔau¹ hau⁴ θi¹ ma¹ te:n⁶

拿 米 花 来 放

拿米花去祭，

142

欧 裈 孋 麻 勄

Aeu buh moq ma fangz

ʔau¹ pu⁶ mo⁵ ma¹ fa:ŋ²

拿 衣服 新 来 鬼

送新衣给神。

143

仲 使 彐 㝵 㤶

Gyog saeq coh ndaej faengz

tɕɔk^{8} θai^{5} ɕo^{4} ʔdai^{3} faŋ^{2}

众 司 才 得 开心

八司才乐意，

144

仲 皇 彐 㝵 盟

Gyog vuengz coh ndaej maengx

tɕɔk^{8} wɯːŋ^{2} ɕo^{4} ʔdai^{3} maŋ^{4}

众 王 才 得 高兴

八王方高兴。

145

啊 的 佬 先 锋

Ha diz laux sien fung

ha^{1} ti^{2} laːu^{4} θiːn^{1} fuŋ^{1}

啊 那 个 先 锋

一人做先锋，

146

啊 的 伝 𰊬 隊

Ha diz vunz gyaeuj doih

ha^{1} ti^{2} hun^{2} tɕau^{3} toːi^{6}

啊 那 人 头 队

一人当领队。

147

𬚸 迭 啊 𦘺 乖

Daep dieb ha saem gvai

tap^{7} teːp^{8} ha^{1} θam^{1} kwaːi^{1}

肝 跳 啊 心 机灵

心慌意难平，

148

否 眉 妑 衾 躺

Mbouj miz baz cang ndang

ʔbu^{5} mi^{2} pa^{2} ɕwaːŋ^{1} ʔdaːŋ^{1}

不 有 妻子 打扮 身

没媳妇打扮，

149

否 眉 㛜 衾 躴

Mbouj miz youx cang rangh

ʔbu^{5} mi^{2} ju^{4} ɕwaːŋ^{1} ɣaːŋ^{6}

不 有 情人 打扮 身

无情友装扮。

150

時 内 她 料 吜

Seiz neix meh daeuj naeuz

ɕi^{2} ni^{5} me^{6} tau^{3} nau^{2}

时候 这 母 来 说

现在母叮嘱，

151

時	内	她	籵	噔
Seiz	neix	meh	daeuj	daengq
çi²	ni⁵	me⁶	tau³	taŋ⁵
时候	这	母	来	嘱咐

这时妈吩咐。

152

十	二	婋	翥	皆
Cib	ngeih	youx	biengz	gyae
çip⁷	ŋi⁶	ju⁴	pɯːŋ²	tʂai¹
十	二	情人	地方	远

远方十二友,

153

佲	地	眉	乾	醓
Mij	daej	miz	haet	haemh
mi²	tai³	mi²	hat⁷	ham⁶
不	抵	有	早	晚

不如近邻人。

154

佬	麻	佧	佲	陇
Lau	ma	gaeg	mij	roengz
laːu¹	ma¹	kak⁸	mi²	ɣoŋ²
怕	来	娅王	不	下

恐娅王难临,

155

佬	麻	皇	佲	籵
Lau	ma	vuengz	mij	daeuj
laːu¹	ma¹	wuːŋ²	mi²	tau³
怕	来	王	不	来

怕母王不来。

156

啊	的	婋	觇	麻
Ha	diz	youx	caemh	ma
ha¹	ti²	ju⁴	çam⁶	ma¹
啊	那	情人	同	来

诸情友同去,

157

啊	的	妑	觇	隊
Ha	diz	baz	caemh	doih
ha¹	ti²	pa²	çam⁶	toːi⁶
啊	那	妻子	同	队

众媳妇同往。

158

佬	的	婋	肟	快
Lau	diz	youx	daengz	gvaiz
laːu¹	ti²	ju⁴	taŋ²	kwaːi²
怕	那	情人	到	迟

怕情友来迟,

159

夽	鲁	睐	肛	伓
Mbwn	luz	raiz	daengz	gaeg
ʔbɯn¹	lu²	ɣaːi²	taŋ²	kak⁸
天	朦	胧	到	娅王

天亮到王处。

160

肛	時	巳	宵	餲
Daengz	seiz	ceih	mwh	ngaiz
taŋ²	çi²	θɯ³	mə⁶	ŋaːi²
到	时辰	巳	时	早饭

巳时用早饭，

161

否	眉	妣	肛	赵
Mbouj	miz	baz	daengz	gyawj
ʔbu⁵	mi²	pa²	taŋ²	tɕaɯ³
不	有	妻	到	近处

无人侍左右。

162

挞	迭	啊	粜	妸
Daep	dieb	ha	byai	meh
tap⁷	teːp⁶	ha¹	pjaːi¹	me⁶
肝	跳	啊	尾	母

小儿心神乱，

163

粘	籺	故	否	眉
Haeux	et	goj	mbouj	miz
hau⁴	ʔet⁸	ko³	ʔbu⁵	mi²
粑	褡裢	也	不	有

没有褡裢粑，

164

粘	粳	故	侎	冕
Haeux	ringz	goj	mij	ndaej
hau⁴	ɣiŋ²	ko³	mi²	ʔdai³
饭	中午	也	不	得

午饭未曾吃。

165

勒	毕	渧	短	坤
Laeg	bae	daej	donh	roen
lak⁸	pai¹	tai³	toːn⁶	hon¹
别	去	哭	半	路

别在半路哭，

166

勒	毕	渧	短	路
Laeg	bae	daej	donh	loh
lak⁸	pai¹	tai³	toːn⁶	lo⁶
别	去	哭	半	路

别在半道啼。

① 鳞嘚 [ɣo⁴ ʔde⁵]：指知道之意。
② 六生 [lu⁵ θəŋ²]：地名，在今云南省广南县八宝镇河野村和板幕村一带。
③ 六羊 [lu⁵ jaːŋ⁵]：地名，在今云南省广南县八宝镇甲坝村、龙岭村、龙峨村一带。

167

勒 斝 淶 閦 州

Laeg bae daej ndaw cou

lak⁸ pai¹ tai³ ʔdauɯ¹ ɕu¹

别 去 哭 里 州府

莫到州府哭，

168

劲 古 各 鳞 嘚①

Lwg gou gag rox ndeq

luk⁸ ku¹ kaːk⁸ ɣo⁴ ʔde⁵

儿 我 自 知 道

我儿会知晓。

169

啊 的 使 峒 罾

Ha diz saeq doengh naz

ha¹ ti² θai⁵ toŋ⁶ na²

啊 那 师 峒 田

田峒那师娘，

170

佬 佒 妑 伩 料

Lau gvan baz mij daeuj

laːu¹ kwaːn¹ pa² mi² tau³

怕 夫 妻 不 来

恐众人不来。

171

啊 兜 啊 米 她

Ha noix ha byai meh

ha¹ noːi⁶ ha¹ pjaːi¹ me⁶

啊 小 啊 尾 母

儿呀亲娘呀，

172

她 列 使 六 生②

Meh lez saeq Luq Swngz

me⁶ le² θai⁵ lu⁵ θəŋ²

母 是 司 六 生

娘是六生王，

173

她 列 皇 六 羊③

Meh lez vuengz Luq Yangq

me⁶ le² wuːŋ² lu⁵ jaːŋ⁵

母 是 王 六 羊

娘是六羊王。

174

她 列 趄 肝 呀

Meh lez yiet daengz ya

me⁶ le² jet⁷ taŋ² ʔja¹

母 是 歇 息 到 空

母一世操劳，

① 楛樟［kɔk⁷ taŋ⁵］：原义指凳子根，即祖凳。引申为坐祖凳的人，即鼻祖。

175

她	列	跟	肨	表
Meh	lez	niengz	daengz	byouq
me⁶	le²	nuːŋ²	taŋ²	piu⁵
母	是	跟	到	空

母一生亲躬。

176

蒙	蒙	竳	寉	发
Mboengq	mboengq	daengj	ranz	fag
ʔboŋ⁵	ʔboŋ⁵	taŋ³	ɣaːn²	faːk⁸
代	代	立	房屋	篱笆

代代建篱房，

177

寉	发	貧	寉	翻
Ranz	fag	baenz	ranz	rwix
ɣaːn²	faːk⁸	pan²	ɣaːn²	ɣɯi⁴
房屋	篱笆	成	房屋	破烂

篱房变烂房。

178

否	眉	佬	哖	眑
Mbouj	miz	laux	lawz	yomh
ʔbu⁵	mi²	laːu⁴	lau²	jɔm⁶
不	有	个	哪	看

没人来探望，

179

否	眉	伝	哖	恖
Mbouj	miz	vunz	lawz	nawh
ʔbu⁵	mi²	hun²	lau²	nɯ⁶
不	有	人	哪	想

无人心挂念。

180

眼	楛	樟①	ヨ	陇
Ndaengq	goek	daengq	coh	roengz
ʔdaŋ⁵	kɔk⁷	taŋ⁵	ço⁴	ɣoŋ²
看	根	凳	才	下

邀祖先才来，

181

眼	等	夯	ヨ	料
Ndaengq	daengx	biengz	coh	daeuj
ʔdaŋ⁵	taŋ⁴	pɯːŋ²	ço⁴	tau³
看	全	地方	才	来

请众人才到。

182

胅	迭	啊	伝	移
Daep	dieb	ha	vunz	lai
tap⁷	teːp⁸	ha¹	hun²	laːi¹
肝	跳	啊	人	多

众人心神乱，

① 錁皓〔lɔn² ha:u¹〕：白缨长矛，兵器。
② 錁矴〔lɔn² ʔdiŋ²〕：红缨长矛，兵器。

183

三　板　料　拢　皇

Sam　mbanj　daeuj　rom　vuengz

θa:m¹　ʔba:n³　tau³　ɣo:m¹　wɯ:ŋ²

三　村寨　来　聚拢　王

各村齐聚拢，

184

三　夯　爱　跟　使

Sam　biengz　ngaiq　niengz　saeq

θa:m¹　pɯ:ŋ²　ŋa:i⁵　nɯ:ŋ²　θai⁵

三　地方　爱　跟　师

众人崇奉师。

185

偻　口　使　冄　拶

Raeuz　guh　saeq　ndaej　lai

ɣa²　kɔk⁸　θai⁵　ʔdai³　la:i¹

我们　做　师　得　多

师娘得回礼，

186

偻　口　皇　冄　太

Raeuz　guh　vuengz　ndaej　daih

ɣa²　kɔk⁸　wɯ:ŋ²　ʔdai³　ta:i⁶

我们　做　王　得　大

仙姑得厚礼。

187

踌　踌　啰　先　锋

Yamq　yamq　lo　sien　fung

ʔja:m⁵　ʔja:m⁵　lo¹　θi:n¹　fuŋ¹

迈步　迈步　啰　先　锋

快走吧先锋，

188

麻　麻　啰　尥　队

Ma　ma　lo　gyaeuj　doih

ma¹　ma¹　lo¹　tɕau³　to:i⁶

来　来　啰　头　队

快去吧领队。

189

的　魁　揇　錁　皓①

Diz　fangz　dawz　loenz　hau

ti²　fa:ŋ²　tɯ²　lɔn²　ha:u¹

那　鬼　拿　长矛　白

鬼神持白矛，

190

的　婋　揇　錁　矴②

Diz　youx　dawz　loenz　nding

ti²　ju⁴　tɯ²　lɔn²　ʔdiŋ²

那　情人　拿　长矛　红

情友拿红矛。

191

琉　婋　麻　跟　娋

Liux　youx　ma　niengz　sau

le⁴　ju⁴　ma¹　nɯːŋ²　θaːu¹

众　情人　来　跟　姑娘

情哥伴情妹，

192

叻　粮　皓　跟　使

Gwn　liengz　hau　niengz　saeq

kɯn¹　liːŋ²　haːu¹　nɯːŋ²　θai⁵

吃　饭　白　跟　师

跟师得饭吃。

193

時　内　兝　玄　兝

Seiz　neix　ndei　engq　ndei

çi²　ni⁵　ʔdi¹　ʔeːŋ⁵　ʔdi¹

时　这　好　又　好

此时好时辰，

194

時　内　利　玄　利

Seiz　neix　leih　engq　leih

çi²　ni⁵　li⁶　ʔeːŋ⁵　li⁶

时　这　吉利　又　吉利

此时正吉时。

195

時　内　是　時　午

Seiz　neix　cawh　seiz　haj

çi²　ni⁵　çɯ⁶　çi²　ha³

时　这　是　时　午

此时是午时，

196

時　午　馬　操　弓

Seiz　haj　max　cau　gung

çi²　ha³　ma⁴　çaːu¹　kuŋ¹

时　午　马　操　弓

午时练马功。

197

啊　的　光　躴　柳①

Ha　diz　gvang　rangh　reuz

ha¹　ti²　kwaːŋ¹　ɣaːŋ⁶　yeːu²

啊　那　郎　英　俊

正遇俊郎君，

198

八　使　料　跟　麽

Bet　saeq　daeuj　niengz　mo

pɛt⁸　θai⁵　tau³　nɯːŋ²　mo¹

八　司　来　跟　麽公

八司随麽来，

① 立恬［li⁵ lin²］：联绵词，指急急之意。

199

八　皇　麻　跟　道

Bet　vuengz　ma　niengz　dauh

pɛt⁸　wuːŋ²　ma¹　nuːŋ²　taːu⁶

八　王　来　跟　道公

八王跟道至。

200

八　使　啊　八　皇

Bet　saeq　ha　bet　vuengz

pɛt⁸　θai⁵　ha¹　pɛt⁸　wuːŋ²

八　司　啊　八　王

八司啊八王，

201

心　乖　啊　躴　柳

Saem　gvai　ha　rangh　reuz

θam¹　kwaːi¹　ha¹　ɣaːŋ⁶　ye:u²

心　机灵　啊　英　俊

乖巧又英俊。

202

发　馬　麻　立　恬①

Fad　max　ma　liq　lin²

faːt⁸　ma⁴　ma¹　li⁵　lin²

鞭　策　马　来　急　急

扬鞭马蹄疾，

203

靯　旗　麻　立　柳

Gwed　geiz　ma　liq　liuh

kɯːt⁸　tɕi²　ma¹　li⁵　liu⁶

扛　旗　来　迅　速

扛旗速速行。

204

胅　迭　啊　肬　乖

Daep　dieb　ha　saem　gvai

tap⁷　teːp⁸　ha¹　θam¹　kwaːi¹

肝　跳　啊　心　机灵

心慌啊宝贝，

205

啊　伩　啊　阿　伩

Ha　boh　ha　a　boh

ha¹　po⁶　ha¹　ʔa¹　po⁶

啊　父　啊　阿　父

父亲啊叔伯。

206

乾　内　夵　鲁　睐

Haet　neix　mbwn　luz　raiz

hat⁷　ni⁵　ʔbɯn¹　lu²　ɣaːi²

早晨　今　天　朦　胧

今早天未亮，

207

眉　独　鸦　报　信

Miz　duz　a　bauq　saenq

mi² tu² ʔa¹ pa:u⁵ θan⁵

有　只　乌鸦　报　信

有乌鸦报信。

208

鸦　嘞　逗　歪　竺

A　raez　douh　gwnz　ranz

ʔa¹ ɣai² tu⁶ kɯn² ɣa:n²

乌鸦　叫　栖息　上　房屋

乌鸦房顶叫，

209

嘞　三　哃　胴　怖

Raez　sam　coenz　dungx　mbuq

ɣai² θa:m¹ ɕon² tuŋ⁴ ʔbu⁵

叫　三　句　肚子　乱

叫三声心乱。

210

嘞　等　板　胴　慌

Raez　daengx　mbanj　dungx　vueng

ɣai² taŋ⁴ ʔba:n³ tuŋ⁴ wu:ŋ¹

叫　全　村寨　肚　慌

全村心慌乱，

211

嘞　等　夯　肞　乱

Raez　daengx　biengz　saem　luenh

ɣai² taŋ⁴ pɯ:ŋ² θam¹ lu:n⁶

叫　全　地方　心　乱

天下人不宁。

212

骆　佬　骆　佥　躺

Dangq　laux　dangq　cang　ndang

ta:ŋ⁵ la:u⁴ ta:ŋ⁵ ɕwa:ŋ¹ ʔda:ŋ¹

各　个　各　打扮　身

各人自打扮，

213

骆　伝　骆　佥　躴

Dangq　vunz　dangq　cang　rangh

ta:ŋ⁵ hun² ta:ŋ⁵ ɕwa:ŋ¹ ɣa:ŋ⁶

各　人　各　打扮　身

各人自装扮。

214

骆　佬　麻　跟　麽

Dangq　laux　ma　niengz　mo

ta:ŋ⁵ la:u⁴ ma¹ nɯ:ŋ² mo¹

各　个　来　跟　麽公

人人来问麽，

215

伝	伝	麻	跟	使
Vunz	vunz	ma	niengz	saeq
hun²	hun²	ma¹	nɯːŋ²	θai⁵
人	人	来	跟	师

个个来问师。

216

峚	肟	板	呷	糇
Bae	daengz	mbanj	gwn	ringz
pai¹	taŋ²	ʔbaːn³	kun¹	ɣiŋ²
去	到	村寨	吃	午饭

到寨吃午饭,

217

峚	呷	馂	洞	汏
Bae	gwn	ngaiz	doengq	dah
pai¹	kɯn¹	ŋaːi²	toŋ⁵	ta⁶
去	吃	早饭	滩	河

河边吃早饭。

218

些	佬	勒	落	坤
Saek	laux	laeg	lot	roen
θak⁷	laːu⁴	lak⁸	lɔt⁸	hɔn¹
哪	个	别	落下	路

人人争着来,

219

些	壇	勒	落	路
Saek	danz	laeg	lot	loh
θak⁷	taːn²	lak⁸	lɔt⁸	lo⁶
哪	坛	别	落下	路

个个恐掉队。

220

胨	迭	啊	脸	乖
Daep	dieb	ha	saem	gvai
tap⁷	teːp⁸	ha¹	θam¹	kwaːi¹
肝	跳	啊	心	机灵

心慌啊宝贝,

221

脸	兀	啊	脸	怖
Caw	ndei	ha	saem	mbuq
çɯ¹	ʔdi¹	ha¹	θam¹	ʔbu⁵
心	好	啊	心	慌

忧愁啊亲亲。

222

躴	柳	啊	琉	壇
Rangh	reuz	ha	liux	danz
ɣaːŋ⁶	ɣeːu²	ha¹	le⁴	taːn²
英	俊	啊	众	坛

众坛主英俊,

223

踜　踜　肝　的　魊

Yamq　yamq　daengz　diz　fangz

ʔjaːm⁵　ʔjaːm⁵　taŋ²　ti²　faːŋ²

迈步　迈步　到　那　鬼

迈步到神界，

224

忧　肔　肝　殿　蘱

You　saem　daengz　dienh　moq

jou¹　θam¹　taŋ²　tiːn⁶　mo⁵

忧　心　到　殿　新

缓缓到新殿。

225

啊　琉　樽　乬　叐

Ha　liux　daengq　laj　mbwn

ha¹　le⁴　taŋ⁵　la³　ʔbɯn¹

啊　众　凳　下　天

天下众先祖，

226

啊　琉　壇　埗　歞

Ha　liux　danz　baih　rongh

ha¹　le⁴　taːn²　paːi⁶　ɣoːŋ⁶

啊　众　坛　边　亮

人间众家神。

227

跶　迭　啊　肔　乖

Daep　dieb　ha　saem　gvai

tap⁷　teːp⁸　ha¹　θam¹　kwaːi¹

肝　跳　啊　心　机灵

心慌啊宝贝，

228

跟　使　麻　肝　皇

Niengz　saeq　ma　daengz　vuengz

nɯːŋ²　θai⁵　ma¹　taŋ²　wuːŋ²

跟　师　去　到　王

随师娘探王，

229

跟　皇　麻　肝　佧

Niengz　vuengz　ma　daengz　gaeg

nɯːŋ²　wuːŋ²　ma¹　taŋ²　kak⁸

跟　王　来　到　娅王

去看望娅王。

230

跟　使　麻　肝　魊

Niengz　saeq　ma　daengz　fangz

nɯːŋ²　θai⁵　ma¹　taŋ²　faːŋ²

跟　师　来　到　鬼

随师巡阴界，

231

跟　偻　麻　肛　佧

Niengz　raeuz　ma　daengz　gaeg

nɯːŋ²　ɣa²　ma¹　taŋ²　kak⁸

跟　我们　来　到　娅王

去探望娅王。

232

佬　同　揩　佬　麻

Laux　doengh　sing　laux　ma

laːu⁴　tuŋ⁴　θiŋ¹　laːu⁴　ma¹

个　相　抢　个　来

个个抢着去，

233

伝　同　揩　伝　踗

Vunz　doengh　sing　vunz　yamq

hun²　tuŋ⁴　θiŋ¹　hun²　ʔjaːm⁵

人　相　抢　人　迈步

人人争着走。

234

胑　迭　啊　八　皇

Daep　dieb　ha　bet　vuengz

tap⁷　teːp⁸　ha¹　pɛt⁸　wuːŋ²

肝　跳　啊　八　王

心慌啊八王，

235

肶　兀　啊　八　使

Caw　ndei　ha　bet　saeq

çɯ¹　ʔdi¹　ha¹　pɛt⁸　θai⁵

心　好　啊　八　司

心好啊八司。

236

昑　内　利　麻　皇

Ngoenz　neix　leih　ma　vuengz

ŋɔn²　ni⁵　li⁶　ma¹　wuːŋ²

天　这　吉利　来　王

今吉日探王，

237

昑　内　利　麻　佧

Ngoenz　neix　leih　ma　gaeg

ŋɔn²　ni⁵　li⁶　ma¹　kak⁸

天　这　吉利　来　娅王

吉日看娅王。

238

侎　許　使　哯　昏

Mij　hawj　saeq　lawz　hoen

mi²　haɯ³　θai⁵　laɯ²　hɔn¹

不　给　师　哪　昏迷

师娘莫迷糊，

239

侎	許	皇	哂	昏
Mij	hawj	vuengz	lawz	ngun
mi²	haɯ³	wɯːŋ²	laɯ²	ŋun¹
不	给	王	哪	昏迷

仙姑别犯傻。

240

使	使	許	貧	瀗
Saeq	saeq	hawj	baenz	bengz
θai⁵	θai⁵	haɯ³	pan²	peːŋ²
师	师	给	成	贵

众师娘金贵,

241

皇	皇	許	貧	念
Vuengz	vuengz	hawj	baenz	nyemh
wɯːŋ²	wɯːŋ²	haɯ³	pan²	ȵeːm⁶
王	王	给	成	富贵

众仙姑富贵。

242

啊	的	使	夥	旁
Ha	diz	saeq	lai	biengz
ha¹	ti²	θai⁵	laːi¹	pɯːŋ²
啊	那	师	多	地方

天下众师娘,

243

啊	的	皇	夥	板
Ha	diz	vuengz	lai	mbanj
ha¹	ti²	wɯːŋ²	laːi¹	ʔbaːn³
啊	那	王	多	村寨

村寨众仙姑,

244

八	使	偻	鈂	夥
Bet	saeq	raeuz	ndaej	lai
pɛt⁸	θai⁵	ɣa²	ʔdai³	laːi¹
八	司	我们	得	多

众王祭品多。

245

眖	兀	啊	等	弄
Caw	ndei	ha	daengx	luengq
ɕɯ¹	ʔdi¹	ha¹	taŋ⁴	luːŋ⁵
心	好	啊	全	寨

心善啊全寨,

246

娑	板	鈂	楒	枌
Bae	mbanj	ndaej	sae	gaeq
pai¹	ʔbaːn³	ʔdai³	θai¹	kai⁵
去	村寨	得	槟	榔

走村得槟榔,

247

嵳 斊 冟 醿 榵

Bae　biengz　ndaej　mak　nganx

pai¹　pɯːŋ²　ʔdai³　mak⁸　ŋaːn⁴

去　地方　得　果　龙眼

串寨得龙眼。

248

伓　麻　肝　琉　优

Mij　ma　daengz　liux　gvang

mi²　ma¹　taŋ²　le⁴　kwaːŋ¹

不　来　到　众　郎

别赠众男子，

249

伓　麻　肝　琉　樘

Mij　ma　daengz　liux　daengq

mi²　ma¹　taŋ²　le⁴　taŋ⁵

不　来　到　众　凳

莫分给众人。

250

嵳　板　冟　溇　劰

Bae　mbanj　ndaej　laeuj　van

pai¹　ʔbaːn³　ʔdai³　lau³　waːn¹

去　村寨　得　酒　甜

走村得好酒，

251

伓　肝　优　些　瓶

Mij　daengz　gvang　saek　bingz

mi²　taŋ²　kwaːŋ¹　θak⁷　piŋ²

不　到　郎　哪　瓶

别给众男子。

252

偻　未　冟　囗　忺

Raeuz　fih　ndaej　guh　faengz

ɣa²　fi⁶　ʔdai³　kɔk⁸　faŋ²

我们　不　得　做　开心

非到作乐时，

253

偻　伓　冟　囗　琉

Raeuz　mij　ndaej　guh　liuh

ɣa²　mi²　ʔdai³　kɔk⁸　liu⁶

我们　不　得　做　玩

未到玩耍时。

254

脌　正　肝　初　二

Ndwen　cieng　daengz　co　ngeih

ʔdɯːn¹　ɕiːŋ¹　taŋ²　ço¹　ŋi⁶

月　正　到　初　二

正月初二到，

255

腥　腥　造　淰　潽

Ndau　ndeiq　caux　raemx　fwn

ʔdaːu¹　ʔdi⁵　çaːu⁴　ɣam⁴　hun¹

星　星　造　水　雨

星星造雨水，

256

吉　吉　肒　十　五

Gyaed　gyaed　daengz　cib　haj

tsat⁸　tsat⁸　taŋ²　çip⁸　ha³

渐　渐　到　十　五

渐渐到十五。

257

脨　迭　啊　等　板

Daep　dieb　ha　daengx　mbanj

tap⁷　teːp⁸　ha¹　taŋ⁴　ʔbaːn³

胆　跳　啊　全　村寨

全村众亲朋，

258

肞　乖　啊　淰　板

Saem　gvai　ha　raemx　mbanj

θam¹　kwaːi¹　ha¹　ɣam⁴　ʔbaːn³

心　机灵　啊　水　村寨

全村众好友。

259

琉　婋　伓　囗　罾

Liux　youx　mij　guh　naz

le⁴　ju⁴　mi²　kɔk⁸　na²

众　情人　不　做　田

哥妹不种田，

260

琉　妑　伓　囗　型

Liux　baz　mij　guh　reih

le⁴　pa²　mi²　kɔk⁸　ɣi⁶

众　妻　不　做　地

媳妇不下地。

261

恅　囗　型　伓　麻

Lau　guh　reih　mij　ma

laːu¹　kɔk⁸　ɣi⁶　mi²　ma¹

怕　做　地　不　来

恐下地难回，

262

恅　囗　罾　伓　料

Lau　guh　naz　mij　daeuj

laːu¹　kɔk⁸　na²　mi²　tau³

怕　做　田　不　来

恐种田难返。

263

吉	吉	肛	十	六
Gyaed	gyaed	daengz	cib	roek
tsat⁸	tsat⁸	taŋ²	ɕip⁸	ɣɔk⁷
渐	渐	到	十	六

渐渐到十六,

264

等	板	料	裹	皇
Daengx	mbanj	daeuj	go	vuengz
taŋ⁴	ʔbaːn³	tau³	ko¹	wuːŋ²
全	村寨	来	聚	王

全村来探王,

265

等	夯	料	裹	使
Daengx	biengz	daeuj	go	saeq
taŋ⁴	puːŋ²	tau³	ko¹	θai⁵
全	地方	来	聚	司

各地来寻王。

266

啊	八	使	跶	曩
Ha	bet	saeq	daep	na
ha¹	pɛt⁸	θai⁵	tap⁷	na¹
啊	八	司	肝	厚

八司善决断,

267

啊	八	皇	跶	傛
Ha	bet	vuengz	daep	laux
ha¹	pɛt⁸	wuːŋ²	tap⁷	laːu⁴
啊	八	王	肝	大

八王善决策。

268

吉	吉	肛	十	七
Gyaed	gyaed	daengz	cib	caet
tsat⁸	tsat⁸	taŋ²	ɕip⁸	ɕɛt⁸
渐	渐	到	十	七

渐渐到十七,

269

官	夯	份	造	麻
Mwh	nduj	fwx	caux	ma
mə⁶	ʔdu³	fu⁴	ɕaːu⁴	ma¹
时	古	别人	造	来

历史人创造,

270

的	仙	份	造	料
Diz	sien	fwx	caux	daeuj
ti²	θiːn¹	fu⁴	ɕaːu⁴	tau³
那	仙	别人	造	来

神仙因人兴。

271

十七 造 囤 籺

Cib caet caux guh et

ςip^8 $\varsigma \varepsilon t^8$ $\varsigma a{:}u^4$ $k\mathfrak{o}k^8$ $\mathʔet^8$

十 七 造 做 褡裢

十七做褡裢，

272

十八 造 麻 皇

Cib bet caux ma vuengz

ςip^8 $p\varepsilon t^8$ $\varsigma a{:}u^4$ ma^1 $w{ɯ{:}}\eta^2$

十 八 造 去 王

十八探娅王。

273

啊 琉 樽 乑 叠

Ha liux daengq laj mbwn

ha^1 le^4 $ta\eta^5$ la^3 $ʔb\operatorname{ɯ}n^1$

啊 众 凳 下 天

天下众师娘，

274

啊 琉 壇 埣 鵦

Ha liux danz baih rongh

ha^1 le^4 $ta{:}n^2$ $pa{:}i^6$ $\gamma o\eta^6$

啊 众 坛 边 亮

人间众仙姑。

275

啊 琉 樽 几 夯

Ha liux daengq geij biengz

ha^1 le^4 $ta\eta^5$ $t\varsigma i^3$ $p{ɯ{:}}\eta^2$

啊 众 凳 几 地方

各地众师娘，

276

啊 琉 壇 几 板

Ha liux danz geij mbanj

ha^1 le^4 $ta{:}n^2$ $t\varsigma i^3$ $ʔba{:}n^3$

啊 众 坛 几 村寨

各村众仙姑。

277

粝 茫 眉 伝 佥

Haeux byaek miz vunz cang

hau^4 $pjak^7$ mi^2 hun^2 $\varsigma wa{:}\eta^1$

饭 菜 有 人 做

饭菜有人做，

278

粝 餲 眉 伝 办

Haeux ngaiz miz vunz banh

hau^4 $\eta a{:}i^2$ mi^2 hun^2 $pa{:}n^6$

饭 早饭 有 人 办

早饭有人煮。

279

啊 八 使 麻 皇

Ha bet saeq ma vuengz

ha¹ pɛt⁸ θai⁵ ma¹ wɯːŋ²

啊 八 司 来 王

众王探母王，

280

啊 八 皇 呸 作

Ha bet vuengz bae gaeg

ha¹ pɛt⁸ wɯːŋ² pai¹ kak⁸

啊 八 王 去 娅王

去看望娅王。

281

佬 八 使 贫 谋

Lau bet saeq baenz maeuz

laːu¹ pɛt⁸ θai⁵ pan² mau²

怕 八 司 成 昏

恐众王迷糊，

282

佬 八 伝 贫 讹

Lau bet vunz baenz vax

laːu¹ pɛt⁸ hun² pan² ʔwa⁴

怕 八 人 成 憨

恐众人犯傻。

283

勒 許 樽 贫 谋

Laeg hawj daengq baenz maeuz

lak⁸ hau³ taŋ⁵ pan² mau²

别 给 凳 成 昏

师娘莫迷糊，

284

勒 許 壇 贫 讹

Laeg hawj danz baenz vax

lak⁸ hau³ taːn² pan² ʔwa⁴

别 给 坛 成 憨

仙姑别犯傻。

285

众 使 偻 弛 挡

Gyoengq saeq raeuz caemh dang

tɕɔŋ⁵ θai⁵ ɣa² ɕam⁶ taːŋ¹

众 师 我们 同 担当

众师娘担当，

286

众 皇 偻 弛 保

Gyoengq vuengz raeuz caemh bauj

tɕɔŋ⁵ wɯːŋ² ɣa² ɕam⁶ paːu³

众 王 我们 同 护佑

众仙姑保佑。

287

保	等	板	㐷	兀
Bauj	daengx	mbanj	youq	ndei
pa:u³	taŋ⁴	ʔba:n³	ʔju⁵	ʔdi¹
护佑	全	村寨	在	好

保全村吉祥，

288

保	等	夯	㐷	平
Bauj	daengx	biengz	youq	bingz
pa:u³	taŋ⁴	pɯ:ŋ²	ʔju⁵	piŋ²
护佑	全	地方	在	平安

保一方平安。

289

佬	囗	型	夰	移
Laux	guh	reih	ndaej	lai
la:u⁴	kɔk⁸	ɣi⁶	ʔdai³	la:i¹
个	做	地	得	多

种地获丰收，

290

佬	儥	娘	夰	利
Laux	gai	rengz	ndaej	leih
la:u⁴	ka:i¹	ɣe:ŋ²	ʔdai³	li⁶
个	卖	力气	得	利

务工有收入。

291

啊	的	樽	夲	盇
Ha	diz	daengq	laj	mbwn
ha¹	ti²	taŋ⁵	la³	ʔbɯn¹
啊	那	凳	下	天

天下众师娘，

292

啊	的	妑	埵	隸
Ha	diz	baz	baih	rongh
ha¹	ti²	pa²	pa:i⁶	ɣoŋ⁶
啊	那	妻	方	亮

人间众媳妇。

293

宜	使	麻	殿	醿
Mwh	saeq	ma	dienh	sang
mə⁶	θai⁵	ma¹	ti:n⁶	θa:ŋ¹
时	师	来	殿	高

师娘入高殿，

294

宜	皇	麻	殿	斬
Mwh	vuengz	ma	dienh	moq
mə⁶	wu:ŋ²	ma¹	di:n⁶	mo⁵
时	王	来	殿	新

仙姑进新殿。

295

肽	迭	啊	肌	乖
Daep	dieb	ha	saem	gvai
tap⁷	te:p⁸	ha¹	θam¹	kwa:i¹
肝	跳	啊	心	机灵

tap⁷ te:p⁸ ha¹ θam¹ kwa:i¹

心慌啊宝贝，

296

狢	佬	狢	搭	鞍
Dangq	laux	dangq	dab	an
ta:ŋ⁵	la:u⁴	ta:ŋ⁵	ta:p⁸	ŋa:n¹
各	个	各	搭	鞍

各自配马鞍，

297

狢	伝	狢	搭	馬
Dangq	vunz	dangq	dab	max
ta:ŋ⁵	hun²	ta:ŋ⁵	ta:p⁸	ma⁴
各	人	各	搭	马

各人驾好马。

298

狢	佬	狢	跟	皇
Dangq	laux	dangq	niengz	vuengz
ta:ŋ⁵	la:u⁴	ta:ŋ⁵	nɯ:ŋ²	wɯ:ŋ²
各	个	各	跟	王

各随师娘走，

299

狢	伝	狢	跟	使
Dangq	vunz	dangq	niengz	saeq
ta:ŋ⁵	hun²	ta:ŋ⁵	nɯ:ŋ²	θai⁵
各	人	各	跟	师

各跟仙姑往。

300

发	馬	畟	立	悋
Fad	max	bae	liq	linz
fa:t⁸	ma⁴	pai¹	li⁵	lin²
鞭	策	马	去	急急

扬鞭策马去，

301

发	騾	畟	立	柳
Fad	loz	bae	liq	liuh
fa:t⁸	lo²	pai¹	li⁵	liu⁶
鞭	策	骡	去	迅速

骑骡急急行。

302

肽	迭	啊	肌	乖
Daep	dieb	ha	saem	gvai
tap⁷	te:p⁸	ha¹	θam¹	kwa:i¹
肝	跳	啊	心	机灵

心慌啊宝贝，

① 叔煞［ɕu⁵ ɕat⁸］：联绵词，指忽然之意。下句"叔下［ɕu⁵ ɕwa¹］"同。

303

跟　楞　勒　肶　怖

Niengz laeng laeg saem mbuq

nɯːŋ²　laŋ¹　lak⁸　θam¹　ʔbu⁵

跟　后　别　心　慌

跟随别心慌。

304

躴　柳　啊　肶　乖

Nangh reuz ha saem gvai

ɣaːŋ²　ɣeːu²　ha¹　θam¹　kwaːi¹

英　俊　啊　心　机灵

宝贝真英俊，

305

叔　煞①　肛　咟　隘

Cuq caed daengz bak aiq

ɕu⁵　ɕat⁸　taŋ²　pak⁸　ʔaːi⁵

忽　然　到　口　隘

瞬间到隘口，

306

叔　下　肛　咟　汰

Cuq ca daengz bak dah

ɕu⁵　ɕwa¹　taŋ²　pak⁸　ta⁶

忽　然　到　口　河

一下到渡口。

307

躴　柳　啊　肶　乖

Rangh reuz ha saem gvai

ɣaːŋ⁶　ɣeːu²　ha¹　θam¹　kwaːi¹

英　俊　啊　心　机灵

宝贝真英俊，

308

吉　吉　肛　十　七

Gyaed gyaed daengz cib caet

tsat⁸　tsat⁸　taŋ²　ɕip⁸　ɕɛt⁸

渐　渐　到　十　七

渐渐到十七，

309

啊　琉　樟　乮　叁

Ha liux daengq laj mbwn

ha¹　le⁴　taŋ⁵　laʔ³　ʔbɯn¹

啊　众　凳　下　天

天下众师娘，

310

啊　琉　壇　乮　埊

Ha liux danz laj deih

ha¹　le⁴　taːn²　laʔ³　ti⁶

啊　众　坛　下　地

世间众仙姑。

第一篇　娅王病危

041

311

操　琉　諃　麻　皇

Cau　liux　geq　ma　vuengz

ça:u¹　le⁴　tçe⁵　ma¹　wɯ:ŋ²

操　众　老　来　王

随耆老探王,

312

操　琉　她　麻　佧

Cau　liux　meh　ma　gaeg

ça:u¹　le⁴　me⁶　ma¹　kak⁸

操　众　母　来　娅王

随老太拜王。

313

等　板　籵　肛　齐

Daengx　mbanj　daeuj　daengz　caez

taŋ⁴　ʔba:n³　tau³　taŋ²　çai²

全　村寨　来　到　齐

全村皆到齐,

314

等　夯　籵　肛　了

Daengx　biengz　daeuj　daengz　liux

taŋ⁴　pɯ:ŋ²　tau³　taŋ²　liu⁴

全　地方　来　到　完

各地都来全。

315

跶　迭　啊　肞　乖

Daep　dieb　ha　saem　gvai

tap⁷　te:p⁸　ha¹　θam¹　kwa:i¹

肝　跳　啊　心　机灵

心慌啊宝贝,

316

啊　八　使　麻　皇

Ha　bet　saeq　ma　vuengz

ha¹　pɛt⁸　θai⁵　ma¹　wɯ:ŋ²

啊　八　司　来　王

众王探母王,

317

啊　八　皇　麻　佧

Ha　bet　vuengz　ma　gaeg

ha¹　pɛt⁸　wɯ:ŋ²　ma¹　kak⁸

啊　八　王　来　娅王

去看望娅王。

318

她　使　旦　伱　兀

Meh　saeq　damx　mij　ndei

me⁶　θai⁵　ta:m⁴　mi²　ʔdi¹

母　司　恐　不　好

娅王恐患病,

319

她	古	旦	伕	醒
Meh	gou	damx	mij	singj
me⁶	ku¹	ta:m⁴	mi²	θiŋ³
母	我	恐	不	醒

母王恐昏迷。

320

胅	迭	啊	八	皇
Daep	dieb	ha	bet	vuengz
tap⁷	te:p⁸	ha¹	pɛt⁸	wɯ:ŋ²
肝	跳	啊	八	王

心慌啊八王，

321

肔	兀	啊	八	使
Caw	ndei	ha	bet	saeq
çɯ¹	ʔdi¹	ha¹	pɛt⁸	θai⁵
心	好	啊	八	司

心善啊八司。

322

胴	怖	悋	怖	悋
Dungx	mbuq	linz	mbuq	linz
tuŋ⁴	ʔbu⁵	lin²	ʔbu⁵	lin²
肚	慌	乱	慌	乱

心慌乱难平，

323

众	娟	報	伕	㵲
Gyoengq	sau	bauq	mij	saw
tɕoŋ⁵	θa:u¹	pa:u⁵	mi²	θaɯ¹
众	姑娘	报	不	清楚

病情报不清，

324

伝	㝓	吜	伕	壵
Vunz	lai	naeuz	mij	soh
hun²	la:i¹	nau²	mi²	θo⁶
人	多	说	不	直

人多说不明。

325

发	馬	麻	立	浪
Fad	max	ma	liq	langz
fa:t⁸	ma⁴	ma¹	li⁵	la:ŋ²
鞭策	马	来	急	急

发快马去探，

326

靯	旗	麻	立	柳
Gwed	geiz	ma	liq	liuh
kɯ:t⁸	tɕi²	ma¹	li⁵	liu⁶
扛	旗	来	迅	速

发令旗去察。

327

叔	煞	肛	咟	隘
Cuq	caed	daengz	bak	aiq
çu⁵	çat⁸	taŋ²	pak⁸	ʔaːi⁵
忽然		到	口	隘

瞬间到隘口，

328

叔	下	肛	殿	斖
Cuq	ca	daengz	dienh	moq
çu⁵	çwa¹	taŋ²	tiːn⁶	mo⁵
忽然		到	殿	新

一下到新殿。

329

啊	的	娋	夥	夽
Ha	diz	sau	lai	biengz
ha¹	ti²	θaːu¹	laːi¹	pɯːŋ²
啊	那	姑娘	多	地方

各地众姑娘，

330

啊	的	妭	夥	板
Ha	diz	baz	lai	mbanj
ha¹	ti²	pa²	laːi¹	ʔbaːn³
啊	那	妻	多	村寨

各村众媳妇。

331

啊	的	娋	几	夽
Ha	diz	sau	geij	biengz
ha¹	ti²	θaːu¹	tçi³	pɯːŋ²
啊	那	姑娘	几	地方

各地众少女，

332

啊	的	壇	几	板
Ha	diz	danz	geij	mbanj
ha¹	ti²	taːn²	tçi³	ʔbaːn³
啊	那	坛	几	村寨

各村众师娘。

333

跶	迭	啊	肞	乖
Daep	dieb	ha	saem	gvai
tap⁷	teːp⁸	ha¹	θam¹	kwaːi¹
肝	跳	啊	心	机灵

心慌啊宝贝，

334

佬	佬	麻	跟	麽
Laux	laux	ma	niengz	mo
laːu⁴	laːu⁴	ma¹	nɯːŋ²	mo¹
个	个	来	跟	麽公

个个来问麽，

① 趄疬 [jet⁷ naːi⁵]：联绵词，指歇息之意。

335

伝　伝　麻　跟　使

Vunz vunz ma niengz saeq

hun² hun² ma¹ nɯːŋ² θai⁵

人　人　来　跟　师

人人来问师。

339

肝　垌　睤　趄　疬①

Daengz doengh naz yiet naiq

taŋ² toŋ⁶ na² jet⁷ naːi⁵

到　垌　田　歇　息

在野外歇息。

336

叔　煞　肝　殿　穣

Cuq caed daengz dienh sang

ɕu⁵ ɕat⁸ taŋ² tiːn⁶ θaːŋ¹

忽　然　到　殿　高

瞬间到高殿，

340

琉　娋　啊　琉　壇

Liux sau ha liux danz

le⁴ θaːu¹ ha¹ le⁴ taːn²

众　姑娘　啊　众　坛

姑娘啊师娘，

337

叔　下　肝　殿　蒜

Cuq ca daengz dienh moq

ɕu⁵ ɕwa¹ taŋ² tiːn⁶ mo⁵

忽　然　到　殿　新

一下到新殿。

341

胁　兀　啊　妑　使

Caw ndei ha baz saeq

ɕɯ¹ ʔdi¹ ha¹ pa² θai⁵

心　好　啊　妻　师

心善啊仙姑。

338

圣　垌　乔　忧　胁

Youq doengh laj you saem

ʔju⁵ toŋ⁶ la³ jou¹ θam¹

在　垌　下　忧　心

在田垌发愁，

342

欧　粎　爁　同　贫

Aeu haeux naengj doengh baen

ʔau¹ hau⁴ naŋ³ tuŋ⁴ pan¹

拿　饭　蒸　相　分

拿米饭分吃，

343

欧	粘	糇	同	延

Aeu　haeux　ringz　doengh　yenh

ʔau¹　hau⁴　ɣiŋ²　tuŋ⁴　jeːn⁶

拿	饭	午	相	传递

拿午饭共享，

344

欧	粘	籺	同	涯

Aeu　haeux　et　doengh　yaix

ʔau¹　hau⁴　ʔet⁸　tuŋ⁴　jaːi⁴

拿	饭	褡裢	相	传递

褡裢粑共食。

345

帅	雅	偻	麻	䊆

Gwn　yaq　raeuz　ma　sang

kɯn¹　ja⁵　ɣa²　ma¹　θaːŋ¹

吃	罢	我们	来	高

吃罢咱上殿，

346

帅	糇	偻	麻	伬

Gwn　ringz　raeuz　ma　gaeg

kɯn¹　ɣiŋ²　ɣa²　ma¹　kak⁸

吃	午饭	我们	来	娅王

饭罢去探王。

347

肞	怖	啊	乖	哥

Saem　mbuq　ha　gvai　go

θam¹　ʔbu⁵　ha¹　kwaːi¹　ko¹

心	慌	啊	机灵	哥

心慌啊小伙，

348

肞	厊	啊	躴	柳

Caw　ndei　ha　rangh　reuz

ɕɯ¹　ʔdi¹　ha¹　ɣaːŋ⁶　ɣeːu²

心	好	啊	英	俊

英俊又善良。

第二篇 途中对歌

本篇主要叙述众人在前往"天上"看望娅王的途中歇息时对唱山歌、互诉衷肠、表达相思之情、表明心迹等内容。全篇为五言体壮语山歌形式，歌词讲究韵律，押腰脚韵和头脚韵，语言简洁，表现手法多样，体现出想象丰富、比兴风趣、排比连贯等特点，呈现出独具特色的魅力。再次相见，小妹追问阿哥"究竟娶我不"，当初不知"哥到底爱谁"，"妹爱哥不得"；如今哥"身扎大腰带，腰系锦绣带""妹跟不上哥"。阿哥情真意切地回答小妹，当初也是"想妹心难平，思妹心神乱"，但"别处小伙多，恐有追妹人"。两人的情感就在追忆过往美好和感叹命运弄人中逐步升华。最后，互相表明心迹，"咱成双成对""死后同棺椁"，"哥娶妹做妻，不知妹愿否"，"咱真正相爱""相爱到白头"。整篇内容再现了壮族青年男女对美好爱情和婚姻的追求，营造了浪漫的情节，展现了当地的生活风貌和文化习俗。

① 妹唱：妹，指年龄较小的师娘。在唱娅王仪式中，各师娘轮流唱述，各担任不同角色。

1. 妹唱①

349

跶	迭	啊	等	荞
Daep	dieb	ha	daengx	biengz
tap⁷	te:p⁸	ha¹	taŋ⁴	pɯ:ŋ²
肝	跳	啊	全	地方

天下人心慌，

350

肔	冇	呀	等	板
Caw	ndei	ya	daengx	mbanj
çɯ¹	ʔdi¹	ja¹	taŋ⁴	ʔba:n³
心	好	呀	全	村寨

全村人心好。

351

发	馬	麻	肝	州
Fad	max	ma	daengz	cou
fa:t⁸	ma⁴	ma¹	taŋ²	çu¹
鞭	策	马	来	到　州府

策马到天边，

352

发	騾	麻	肝	界
Fad	loz	ma	daengz	gyaiq
fa:t⁸	lo²	ma¹	taŋ²	tɕa:i⁵
鞭	策	骡	来	到　边界

骑骡到天界。

353

啊	的	媶	几	荞
Ha	diz	sau	geij	biengz
ha¹	ti²	θa:u¹	tɕi³	pɯ:ŋ²
啊	那	姑娘	几	地方

各地众姑娘，

354

啊	琉	壇	几	板
Ha	liux	danz	geij	mbanj
ha¹	le⁴	ta:n²	tɕi³	ʔba:n³
啊	众	坛	几	村寨

各村众师娘。

355

佬	佬	他	坒	坤
Laux	laux	doq	hwnj	roen
la:u⁴	la:u⁴	ta⁵	hɯn³	hɔn¹
个	个	都	上	路

个个要赶路，

356

伝　伝　麻　型　路

Vunz vunz ma hwnj loh

hun² hun² ma¹ hun³ lo⁶

人　人　来　上　路

人人要行路。

357

宵　跟　使　麻　皇

Mwh niengz saeq ma vuengz

mə⁶ nɯːŋ² θai⁵ ma¹ wuːŋ²

时　跟　师　来　王

随师来探王,

358

宵　跟　皇　麻　伟

Mwh niengz vuengz ma gaeg

mə⁶ nɯːŋ² wuːŋ² ma¹ kak⁸

时　跟　王　来　娅王

跟来探娅王。

359

发　馬　肛　桥　龙

Fad max daengz giuz lungz

faːt⁸ ma⁴ taŋ² tɕiu² luŋ²

鞭策　马　到　桥　龙

策马到龙桥,

360

馯　騾　麻　肛　界

Gwih loz ma daengz gyaiq

kui⁶ lo² ma¹ taŋ² tɕaːi⁵

骑　骡　来　到　边界

骑骡到天界。

361

宵　夵　份　造　麻

Mwh nduj fwx caux ma

mə⁶ ʔdu³ fɯ⁴ ɕaːu⁴ ma¹

时　古　别人　造　来

历史人创造,

362

的　仙　份　造　料

Diz sien fwx caux daeuj

ti² θiːn¹ fɯ⁴ ɕaːu⁴ tau³

那　仙　别人　造　来

神仙因人兴。

363

佬　眉　娹　眉　姹

Laux miz sau miz youx

laːu⁴ mi² θaːu¹ mi² ju⁴

个　有　姑娘　有　情人

那有情友者,

364

桥　龙　十　擅　壙

Giuz　lungz　cib　saem　gvangq

tɕiu²　luŋ²　ɕip⁸　θam¹　kwaːŋ⁵

桥　龙　十　庹　宽

龙桥十庹宽。

365

佬　哢　娋　否　婋

Laux　lawz　sau　mbouj　youx

laːu⁴　lau²　θaːu¹　ʔbu⁵　ju⁴

个　哪　姑娘　不　情人

那无情友者，

366

桥　龙　舍　咟　鉠

Giuz　lungz　hoemz　bak　yangx

tɕiu²　luŋ²　hɔm²　pak⁸　ʔjaːŋ⁴

桥　龙　锋利　口　剑

龙桥如剑锋。

367

啊　的　娋　夯　夯

Ha　diz　sau　lai　biengz

ha¹　ti²　θaːu¹　laːi¹　pɯŋ²

啊　那　姑娘　多　地方

各地众姑娘，

368

啊　琉　妑　夯　板

Ha　liux　baz　lai　mbanj

ha¹　le⁴　pa²　laːi¹　ʔbaːn³

啊　众　妻　多　村寨

各村众媳妇。

369

昑　内　兏　玄　兏

Ngoenz　neix　ndei　engq　ndei

ŋɔn²　ni⁵　ʔdi¹　ʔeːŋ⁵　ʔdi¹

天　这　好　又　好

今天是吉日，

370

昑　内　利　玄　利

Ngoenz　neix　leih　engq　leih

ŋɔn²　ni⁵　li⁶　ʔeːŋ⁵　li⁶

天　这　吉利　又　吉利

今天很吉利。

371

啊　琉　樽　夼　楼

Ha　liux　daengq　laj　laeuz

ha¹　le⁴　taŋ⁵　la³　lau²

啊　众　凳　下　楼

天下众师娘，

① 四皇〔θi⁵ wɯːŋ²〕: 四王, 指娅王的四个女婿。壮族民间传说, 娅王的八个女儿被称为 "八司", 娅王的八个女婿被称为 "八王"。此为 "八王" 中的四王。

372

啊	的	魀	弛	隊
Ha	diz	fangz	caemh	doih
ha¹	ti²	faːŋ²	ɕam⁶	toːi⁶
啊	那	鬼	同	队

与鬼神同行。

373

貉	佬	貉	小	心
Dangq	laux	dangq	siuj	sim
taːŋ⁵	laːu⁴	taːŋ⁵	θiu³	θim¹
各	人	各	小	心

各人自小心,

374

肝	桥	金	塀	内
Daengz	giuz	gim	baih	neix
taŋ²	tɕiu²	tɕim¹	paːi⁶	ni⁵
到	桥	金	方	这

到金桥这边。

375

佬	佬	卦	桥	龙
Laux	laux	gvaq	giuz	lungz
laːu⁴	laːu⁴	kwa⁵	tɕiu²	luŋ²
个	个	过	桥	龙

个个过龙桥,

376

伝	伝	卦	桥	界
Vunz	vunz	gvaq	giuz	gyaiq
hun²	hun²	kwa⁵	tɕiu²	tɕaːi⁵
人	人	过	桥	边界

人人过桥界。

377

偻	麻	肝	四	皇①
Raeuz	ma	daengz	seiq	vuengz
ɣa²	ma¹	taŋ²	θi⁵	wɯːŋ²
我们	来	到	四	王

咱到四王家,

378

肝	垫	方	份	圣
Daengz	deih	fueng	fwx	youq
taŋ²	ti⁶	fuːŋ¹	fɯ⁴	ʔju⁵
到	地	方	别人	在

到人间地方。

379

啊	的	樽	几	翁
Ha	diz	daengq	geij	biengz
ha¹	ti²	taŋ⁵	tɕi³	pɯːŋ²
啊	那	凳	几	地方

各地众师娘,

380

啊 琉 壇 乔 墪

Ha liux danz laj deih

ha¹ le⁴ ta:n² la³ ti⁶

啊 众 坛 下 地界

下界众仙姑。

381

峈 佬 峈 忧 肞

Dangq laux dangq you saem

ta:ŋ⁵ la:u⁴ ta:ŋ⁵ jou¹ θam¹

各 个 各 忧 心

各自各忧愁，

382

勒 許 壇 哂 落

Laeg hawj danz lawz lot

lak⁸ hau³ ta:n² lauɯ² lɔt⁸

别 给 坛 哪 落下

各坛莫落下。

383

啊 使 啊 琉 壇

Ha saeq ha liux danz

ha¹ θai⁵ ha¹ le⁴ ta:n²

啊 师 啊 众 坛

师娘啊仙姑，

384

肞 兀 啊 肞 怖

Caw ndei ha caw mbuq

ɕɯ¹ ʔdi¹ ha¹ ɕɯ¹ ʔbu⁵

心 好 啊 心 慌乱

心慌啊宝贝。

385

噶 佬 卦 桥 龙

Gah laux gvaq giuz lungz

ka⁶ la:u⁴ kwa⁵ tɕiu² luŋ²

那 个 过 桥 龙

人人过龙桥，

386

噶 娘 卦 桥 界

Gah nangz gvaq giuz gyaiq

ka⁶ na:ŋ² kwa⁵ tɕiu² tɕa:i⁵

那 姑娘 过 桥 边界

姑娘过桥界。

387

八 使 彐 麻 皇

Bet saeq coh ma vuengz

pɛt⁸ θai⁵ ɕo⁴ ma¹ wu:ŋ²

八 司 才 来 王

众师来探王，

388

八	皇	彐	麻	佧
Bet	vuengz	coh	ma	gaeg
pɛt⁸	wuːŋ²	ço⁴	ma¹	kak⁸
八	王	就	来	娅王

众王探娅王。

389

等	几	板	麻	齐
Daengx	geij	mbanj	ma	caez
taŋ⁴	tçi³	ʔbaːn³	ma¹	çai²
全	几	村寨	来	齐

各村都来齐,

390

等	几	翁	麻	了
Daengx	geij	biengz	ma	liux
taŋ⁴	tçi³	puːŋ²	ma¹	liu⁴
全	几	地方	来	完

各地全来到。

391

哒	迭	啊	肜	乖
Daep	dieb	ha	saem	gvai
tap⁷	teːp⁸	ha¹	θam¹	kwaːi¹
肝	跳	啊	心	机灵

心慌啊宝贝,

392

肜	兀	啊	肜	疼
Caw	ndei	ha	caw	dot
çɯ¹	ʔdi¹	ha¹	çɯ¹	tot⁸
心	好	啊	心	痛

心善啊心疼。

393

佥	觕	麻	殿	鳞
Cang	ndang	ma	dienh	sang
çwaːŋ¹	ʔdaːŋ¹	ma¹	tiːn⁶	θaːŋ¹
打扮	身	来	殿	高

装扮去高殿,

394

佥	觕	麻	殿	鳞
Cang	ndang	ma	dienh	moq
çwaːŋ¹	ʔdaːŋ¹	ma¹	tiːn⁶	mo⁵
打扮	身	来	殿	新

打扮来新殿。

395

佥	觕	麻	殿	歪
Cang	ndang	ma	dienh	gwnz
çwaːŋ¹	ʔdaːŋ¹	ma¹	tiːn⁶	kɯn²
打扮	身	去	殿	上

装扮去上殿,

396

倉	殆	麻	沛	曰①
Cang	ndang	ma	Mboq	Vez
çwa:ŋ¹	ʔda:ŋ¹	ma¹	ʔbo⁵	we²
打扮	身	来	泉	旧

打扮来老泉。

397

琉	樽	啊	琉	壇
Liux	daengq	ha	liux	danz
le⁴	taŋ⁵	ha¹	le⁴	ta:n²
众	凳	啊	众	坛

师娘啊仙姑，

398

官	内	肛	殿	醸
Mwh	neix	daengz	dienh	sang
mə⁶	ni⁵	taŋ²	ti:n⁶	θa:ŋ¹
时候	这	到	殿	高

现在到高殿。

399

偻	肛	桥	杉	木
Raeuz	daengz	giuz	sa	moeg
ɣa²	taŋ²	tçiu²	θa¹	mɔk⁸
咱	到	桥	杉	木

咱到杉木桥，

400

豹	唎	立	桐	纱②
Mbauq	lawz	laeb	dongh	sa
ʔba:u⁵	lauɯ²	lap⁸	tɔŋ⁶	θa¹
小伙	哪	立	桩	纱

哪个立幢幡。

401

侊	妣	眺	同	眼
Gvan	baz	da	doengh	ndaengq
kwa:n¹	pa²	ta¹	tuŋ⁴	ʔdaŋ⁵
夫	妻	眼睛	相	看

两夫妻对望，

402

仪	諸	贫	唎	毙
Boh	geq	baenz	lawz	dai
po⁶	tçe⁵	pan²	lauɯ²	ta:i¹
父	老	成	哪	死

老父为何死，

403

妭	孟	贫	唎	昏
Meh	moengx	baenz	lawz	ngun
me⁶	mɔŋ⁴	pan²	lauɯ²	ŋun¹
母	发懵	成	哪	昏迷

老母怎发昏。

404

啊	琇	娋	乔	楼
Ha	liux	sau	laj	laeuz
ha¹	le⁴	θaːu¹	la³	lau²
啊	众	姑娘	下	楼

天下众姑娘，

405

啊	琇	妭	塀	觻
Ha	liux	baz	baih	rongh
ha¹	le⁴	pa²	paːi⁶	ɣoːŋ⁶
啊	众	妻	方	亮

人间众媳妇。

406

呷	官	杂	偻	肝
Naeuz	mwh	nduj	raeuz	daengz
nau²	mə⁶	ʔdu³	ɣa²	taŋ²
说	时	古	我们	到

咱来说古时，

407

呷	時	斜	偻	耵
Naeuz	seiz	daeuz	raeuz	dingq
nau²	çi²	tau²	ɣa²	tiŋ⁵
说	时	前	我们	听

说古代咱听。

408

官	内	使	忧	胗
Mwh	neix	saeq	you	saem
mə⁶	ni⁵	θai⁵	jou¹	θam¹
时	这	师	忧	心

此时师忧愁，

409

偻	忧	胗	以	鉅
Raeuz	you	saem	yiek	gwq
ɣa²	jou¹	θam¹	ʔjek⁸	kɯ⁵
我们	忧	心	片	刻

咱也暂忧心。

410

捋	隊	収	抻	唱
Dawz	doih	daeuq	swnj	ciengq
tɯ²	toːi⁶	tau⁵	θɯn³	çiːŋ⁵
带	队	再	接	唱

结队再接唱，

411

脥	迭	妠	移	耪
Daep	dieb	youx	lai	biengz
tap⁷	teːp⁸	ju⁴	laːi¹	pɯːŋ²
肝	跳	情人	多	地方

情妹心神乱。

412

肔 兀 妑 俱 儂

Caw ndei baz beix nuengx

ɕɯ^{1} ʔdi^{1} pa^{2} pi^{4} nuːŋ^{4}

心 好 妻 兄 弟

妯娌心地好，

413

胈 迭 媨 几 旁

Daep dieb youx geij biengz

tap^{7} teːp^{8} ju^{4} tɕi^{3} pɯːŋ^{2}

肝 跳 情人 几 地方

情妹心不宁，

414

肔 兀 妑 几 板

Caw ndei baz geij mbanj

ɕɯ^{1} ʔdi^{1} pa^{2} tɕi^{3} ʔbaːn^{3}

心 好 妻 几 村

众媳妇心善。

415

几 埊 料 拢 皇

Geij deih daeuj comz vuengz

tɕi^{3} ti^{6} tau^{3} ɕoːm^{2} wɯːŋ^{2}

几 地 来 拢 王

各地来聚拢，

416

几 旁 料 裹 使

Geij biengz daeuj go saeq

tɕi^{3} pɯːŋ^{2} tau^{3} ko^{1} θai^{5}

几 地方 来 聚 师

众人崇奉师。

417

仪 諾 貧 样 臭

Boh geq baenz yiengh dai

po^{6} tɕe^{5} pan^{2} jiːŋ^{6} taːi^{1}

父 老 成 样 死

老父为何死，

418

她 孟 貧 样 昏

Meh moengx baenz yiengh ngun

me^{6} mɔŋ^{4} pan^{2} jiːŋ^{6} ŋun^{1}

母 发懵 成 样 昏迷

老母怎发昏。

419

舍 丢 佚 侎 屈

Haemz deuz gvan mij ok

ham^{2} teːu^{2} kwaːn^{1} mi^{2} ʔɔk^{8}

恨 离开 夫 不 出

弃父独闭门，

① 蟻 [ŋɯːk⁸]：壮族传说中作恶多端的水神。

420

絺	襯	否	㞎	钱
Daemj	baengz	mbouj	ndaej	cienz
tam³	paŋ²	ʔbu⁵	ʔdai³	çiːn²
织	布	不	得	钱

织布难赚钱，

421

㹥	娘	伓	㞎	利
Gai	rengz	mij	ndaej	leih
kaːi¹	ɣeːŋ²	mi²	ʔdai³	li⁶
卖	力	不	得	利

出工不见利。

422

官	内	麻	殿	㰫
Mwh	neix	ma	dienh	sang
mə⁶	ni⁵	ma¹	tiːn⁶	θaːŋ¹
时	这	来	殿	高

现在到高殿，

423

啊	琉	妣	打	觥
Ha	liux	baz	daek	gonq
ha¹	le⁴	pa²	tak⁷	koːn⁵
啊	众	妻	往	前

众媳妇在前。

424

她	㜣	蚭	否	蚭
Meh	gai	ngwz	mbouj	ngwz
me⁶	kaːi¹	ŋɯ²	ʔbu⁵	ŋɯ²
母	嫁	蛇	不	蛇

嫁女不如愿，

425

仪	㜣	蟻①	否	蟻
Boh	gai	ngieg	mbouj	ngieg
po⁶	kaːi¹	ŋɯːk⁸	ʔbu⁵	ŋɯːk⁸
父	嫁	蛟龙	不	蛟龙

嫁女不如意。

426

龙	眈	晄	否	耴
Lungz	da	mboed	mbouj	nyi
luŋ²	ta¹	ʔbot⁸	ʔbu⁵	ȵi¹
龙	眼	瞎	不	听

不嫁瞎眼龙，

427

蚭	眈	睰	否	额
Ngwz	da	mengz	mbouj	wz
ŋɯ²	ta¹	meːŋ²	ʔbu⁵	ʔɯ²
蛇	眼	瞎	不	同意

不嫁瞎眼蛇。

428

啊　琉　婈　乔　楼

Ha　liux　youx　laj　laeuz

ha¹　le⁴　ju⁴　la³　lau²

啊　众　情人　下　楼

人间众情友，

429

啊　琉　妃　乔　屋

Ha　liux　baz　laj　ouh

ha¹　le⁴　pa²　la³　ʔou⁶

啊　众　妻　下　界

天下众媳妇。

430

她　内　她　秽　佉

Meh　neix　meh　lai　gvan

me⁶　ni⁵　me⁶　la:i¹　kwa:n¹

娘　这　娘　多　夫

此妇嫁多夫，

431

胢　兀　啊　胢　怖

Caw　ndei　ha　saem　mbuq

ɕɯ¹　ʔdi¹　ha¹　θam¹　ʔbu⁵

心　好　啊　心　慌乱

好心却心忧。

432

佉　岜　晋　担　桥

Gvan　bae　naz　dam　giuz

kwa:n¹　pai¹　na²　ta:m¹　tɕiu²

夫　去　田　接　桥

夫到田搭桥，

433

恩　桥　担　未　兀

Aen　giuz　dam　fih　ndei

ʔan¹　tɕiu²　ta:m¹　fi⁶　ʔdi¹

个　桥　接　没　好

桥还没搭好，

434

胢　兀　啊　胢　怖

Caw　ndei　ha　saem　mbuq

ɕɯ¹　ʔdi¹　ha¹　θam¹　ʔbu⁵

心　好　啊　心　乱

心好却心乱。

435

啊　琉　樽　乔　楼

Ha　liux　daengq　laj　laeuz

ha¹　le⁴　taŋ⁵　la³　lau²

啊　众　凳　下　楼

人间众师娘，

① 隘〔ʔaːi⁵〕：地名，今云南省富宁县剥隘镇。

436

啊	琉	壇	夼	屋
Ha	liux	danz	laj	ouh
ha¹	le⁴	taːn²	la³	ʔou⁶
啊	众	坛	下	界

天下众仙姑。

437

罢	隘①	欧	佈	呀
Bae	aiq	aeu	boux	ya
pai¹	ʔaːi⁵	ʔau¹	pu⁴	ʔja¹
去	隘	要	个	其他

剥隘娶别人，

438

罢	歪	欧	伝	蟇
Bae	gwnz	aeu	vunz	moq
pai¹	kɯn²	ʔau¹	hun²	mo⁵
去	上	要	人	新

往北娶新人。

439

巍	料	遾	木	都
Dai	daeuj	bungz	moeg	doeg
taːi¹	tau³	puŋ⁵	mɔk⁸	tu²
死	来	遇	恶	毒

死后受煎熬，

440

巍	闷	眺	否	醒
Dai	laep	da	mbouj	singj
taːi¹	lap⁷	ta¹	ʔbu⁵	θiŋ³
死	闭	眼睛	不	醒

闭眼再不醒。

441

餘	各	岁	未	肛
Lw	gag	soij	fih	daengz
lɯ¹	kaːk⁸	θoːi³	fi⁶	taŋ²
剩下	只	耳环	不	到

耳环还未戴，

442

餘	各	耳	未	蒙
Lw	gag	rwz	fih	mbongq
lɯ¹	kaːk⁸	ɣɯ²	fi⁶	ʔboːŋ⁵
剩下	只	耳	不	穿

耳洞尚未穿。

443

啊	八	使	弛	麻
Ha	bet	saeq	caemh	ma
ha¹	pɛt⁸	θai⁵	çam⁶	ma¹
啊	八	司	同	回

众王一同回，

444

啊　琉　皇　驰　料
Ha liux vuengz caemh daeuj
ha¹ le⁴ wuːŋ² çam⁶ tau³
啊　众　王　同　来
众王一同来。

445

衾　骀　麻　立　恬
Cang ndang ma liq linz
çwaːŋ¹ ʔdaːŋ¹ ma¹ li⁵ lin²
打扮　身　来　急　急
打扮匆匆去，

446

衾　骀　麻　立　柳
Cang ndang ma liq liuh
çwaːŋ¹ ʔdaːŋ¹ ma¹ li⁵ liu⁶
打扮　身　来　迅　速
装扮急急行。

447

她　詫　她　睐　冞
Meh geq meh raiz lumz
me⁶ tçe⁵ me⁶ ɣaːi² lum²
母　老　母　花　忘
老母眼昏花，

448

她　耪　她　依　冞
Meh gyaeu meh hix lumz
me⁶ tçau¹ me⁶ hi⁴ lum²
母　寿　母　就　忘记
寿母易健忘。

449

啊　琉　使　胁　兀
Ha liux saeq saem ndei
ha¹ le⁴ θai⁵ θam¹ ʔdi¹
啊　众　师　心　好
众师心地好，

450

啊　琉　她　胴　壙
Ha liux meh dungx gvangq
ha¹ le⁴ me⁶ tuŋ⁴ kwaːŋ⁵
啊　众　母　肚　宽
众师心胸宽。

451

八　俱　儂　踉　柳
Bet beix nuengx rangh reuz
pɛt⁸ pi⁴ nuːŋ⁴ ɣaːŋ¹ ɣeːu²
八　兄　弟　英　俊
众兄弟英俊，

452

偻	冗	票	的	使
Raeuz	ndaej	beu	diz	saeq
ɣa²	ʔdai³	pe:u¹	ti²	θai⁵
我们	得	得罪	那	师

咱得罪众师。

453

毵	迭	啊	胏	尥
Daep	dieb	ha	saem	gyaeuj
tap⁷	te:p⁸	ha¹	θam¹	tɕau³
肝	跳	啊	心	头

心慌啊宝贝,

454

胏	兀	啊	琉	使
Caw	ndei	ha	liux	saeq
ɕɯ¹	ʔdi¹	ha¹	le⁴	θai⁵
心	好	啊	众	师

众师心地好。

455

殿	内	偻	侎	煤
Dienh	neix	raeuz	mij	maeuz
ti:n⁶	ni⁵	ɣa²	mi²	mau²
殿	这	我们	不	停

不停留此殿,

456

壇	内	偻	侎	圣
Danz	neix	raeuz	mij	youq
ta:n²	ni⁵	ɣa²	mi²	ʔju⁵
坛	这	我们	不	在

不驻留此坛。

457

发	馬	麻	令	令
Fad	max	ma	rinh	rinh
fa:t⁸	ma⁴	ma¹	ɣin⁶	ɣin⁶
鞭策	马	回	速	速

策马行急急,

458

羿	樽	乮	柳	柳
Caij	daengq	nding	liuh	liuh
ɕa:i³	taŋ⁵	ʔdiŋ²	liu⁶	liu⁶
蹬	凳	红	速	速

蹬鞍走匆匆。

459

发	馬	麻	峈	垰
Fad	max	ma	dangq	ga
fa:t⁸	ma⁴	ma¹	ta:ŋ⁵	ka¹
鞭策	马	回	另外	道路

骑马走马路,

460
发 骡 麻 骆 路
Fad loz ma dangq loh
faːt⁸ lo² ma¹ taːŋ⁵ lo⁶
鞭 策 骡 来 另外 路
骑骡行骡道。

461
啊 琉 樽 𣕔 莂
Ha liux daengq lai biengz
ha¹ le⁴ taŋ⁵ laːi¹ pɯːŋ²
啊 众 凳 多 地方
多地众坛主，

462
啊 琉 妲 𣕔 板
Ha liux baz lai mbanj
ha¹ le⁴ pa² laːi¹ ʔbaːn³
啊 众 妻 多 村
各村众媳妇。

463
宜 内 麻 琉 圩
Mwh neix ma liuh haw
mə⁶ ni⁵ ma¹ liu⁶ hu¹
时候 这 来 玩 街
此时巡圩场，

464
宜 偻 麻 琉 路
Mwh raeuz ma liuh loh
mə⁶ ɣa² ma¹ liu⁶ lo⁶
时候 我们 来 玩 路
此时逛马路。

465
骆 佬 骆 跟 皇
Dangq laux dangq niengz vuengz
taːŋ⁵ laːu⁴ taːŋ⁵ nɯːŋ² wuːŋ²
各 个 各 跟 王
各人随各王，

466
骆 伝 骆 眼 姣
Dangq vunz dangq ndaengq youx
taːŋ⁵ hun² taːŋ⁵ ʔdaŋ⁵ ju⁴
各 人 各 看 情人
各人随各友。

467
打 琉 姣 咟 糇
Daj liux youx gwn ringz
ta³ le⁴ ju⁴ kɯn¹ ɣiŋ²
和 众 情人 吃 午饭
情友共用餐，

468

打　琉　偻　呷　粝

Daj　liux　raeuz　gwn　haeux

ta³　le⁴　ɣa²　kɯn¹　hau⁴

和　众　我们　吃　饭

众人同吃饭。

469

啊　琉　樽　够　舂

Ha　liux　daengq　lai　biengz

ha¹　le⁴　taŋ⁵　la:i¹　pɯ:ŋ²

啊　众　凳　多　地方

多地众师娘，

470

啊　琉　壇　够　板

Ha　liux　danz　lai　mbanj

ha¹　le⁴　ta:n²　la:i¹　ʔba:n³

啊　众　坛　多　村寨

多村众仙姑。

471

吉　吉　料　種　年

Gyaed　gyaed　daeuj　congz　nem

tsat⁸　tsat⁸　tau³　ço:ŋ²　ne:m¹

渐　渐　来　桌　靠近

围到长桌边，

472

踭　踭　料　種　台

Yamq　yamq　daeuj　congz　daiz

ʔja:m⁵　ʔja:m⁵　tau³　ço:ŋ²　ta:i²

迈步　迈步　来　桌　台

移步到桌前。

473

扠　杚　籚　呷　粝

Ca　gouh　dawh　gwn　haeux

ça³　ku⁶　tu⁶　kɯn¹　hau⁴

抓　双　筷子　吃　饭

拿筷子吃饭，

474

臅　歪　礣　各　呷

Noh　youq　mban　gag　gwn

no⁶　ʔju⁵　ʔba:n¹　ka:k⁸　kɯn¹

肉　在　碗　自　吃

碗里肉自吃，

475

魤　歪　盘　各　拽

Bya　youq　banz　gag　yaeb

pja¹　ʔju⁵　pa:n²　ka:k⁸　jap⁸

鱼　在　盘子　自　夹

盘里鱼自夹。

476

朕 迭 啊 几 骉

Daep dieb ha geij biengz

tap⁷ teːp⁸ ha¹ tɕi³ puːŋ²

肝 跳 啊 几 地方

多地人心乱，

477

胣 疕 啊 几 板

Caw ndei ha geij mbanj

ɕɯ¹ ʔdi¹ ha¹ tɕi³ ʔbaːn³

心 好 啊 几 村寨

多村人善良。

478

宜 趔 疬 吣 粀

Mwh yiet naiq gwn ringz

mə⁶ jet⁷ naːi⁵ kɯn¹ ɣiŋ²

时候 歇 息 吃 午饭

现歇息吃饭，

479

偻 圣 胣 吣 粈

Raeuz youq saem gwn haeux

ɣa² ʔju⁵ θam¹ kɯn¹ hau⁴

我们 定 心 吃 饭

咱安心用餐。

480

峈 佬 峈 嘭 魴

Dangq laux dangq raez fangz

taːŋ⁵ laːu⁴ taːŋ⁵ ɣai² faːŋ²

各 个 各 叫 鬼

神灵各自请，

481

峈 伝 峈 逻 婋

Dangq vunz dangq ra youx

taːŋ⁵ hun² taːŋ⁵ ɣa¹ ju⁴

各 人 各 找 情人

情人各自找。

482

婋 兜 弛 吣 粀

Youx noix caemh gwn ringz

ju⁴ noːi⁶ ɕam⁶ kɯn¹ ɣiŋ²

情人 小 同 吃 午饭

情人同吃饭，

483

婋 矴 弛 吣 粈

Youx nding caemh gwn haeux

ju⁴ ʔdiŋ² ɕam⁶ kɯn¹ hau⁴

情人 小 同 吃 饭

情人共用餐。

① 彩珍〔ɕa:i³ ɕan¹〕：人名，是参加唱娅王仪式师娘的随从。下句"彩莲〔ɕa:i³ li:n²〕"同。

484
脑 得 碟 同 乃
Noh dwk deb doengh nai
no⁶ tuk⁷ te:p⁸ tuŋ⁴ na:i¹
肉 放 碟 相 敬
肉盛碟共享，

485
溇 得 台 同 敬
Laeuj dwk daiz doengh gingq
lau³ tuk⁷ ta:i² tuŋ⁴ tɕiŋ⁵
酒 放 桌 相 敬
酒摆桌互敬。

486
胅 迭 啊 彩 珍①
Daep dieb ha Caij Caen
tap⁷ te:p⁸ ha¹ ɕa:i³ ɕan¹
肝 跳 啊 彩 珍
心慌啊彩珍，

487
肜 兀 啊 彩 莲
Caw ndei ha Caij Lienz
ɕɯ¹ ʔdi¹ ha¹ ɕa:i³ li:n²
心 好 啊 彩 莲
心善啊彩莲。

488
俱 否 眉 主 張
Beix mbouj miz cawj cieng
pi⁴ ʔbu⁵ mi² ɕau³ ɕi:ŋ¹
兄 不 有 主 张
哥没有主张，

489
偻 否 眉 主 意
Raeuz mbouj miz cawj eiq
ɣa² ʔbu⁵ mi² ɕau³ ʔei⁵
我们 不 有 主 意
我们没主意。

490
眉 俱 儂 弛 添
Miz beix nuengx caemh dem
mi² pi⁴ nu:ŋ⁴ ɕam⁶ tim²
有 兄 弟 同 添
望兄弟相商，

491
許 伕 添 响 嗹
Hawj mwngz dem coenz gangj
hau³ mɯŋ² tim² ɕon² ka:ŋ¹
给 你 添 句 话
为你添妙计。

2. 彩莲唱

492

挞 迭 啊 肜 勒

Daep dieb ha caw laeg

tap⁷ teːp⁸ ha¹ ɕɯ¹ lak⁸

肝 跳 啊 心 深

心慌啊宝贝，

493

肜 兀 啊 躴 柳

Caw ndei ha rangh reuz

ɕɯ¹ ʔdi¹ ha¹ ɣaːŋ¹ ɣeːu²

心 好 啊 英 俊

宝贝真英俊。

494

許 使 囗 哂 添

Hawj saeq guh lawz dem

haɯ³ θai⁵ kɔk⁸ lauɯ² tim²

给 师 做 哪 添

为师做些啥，

495

先 锋 囗 哂 嗾

Sien fung guh lawz gangj

θiːn¹ fuŋ¹ kɔk⁸ lauɯ² kaːŋ³

先 锋 做 哪 说

先锋如何说。

496

許 的 俱 几 响

Hawj diz beix geij coenz

haɯ³ ti² pi⁴ tɕi³ ɕon²

给 那 兄 几 句

嘱咐哥几句，

497

許 琉 哥 各 算

Hawj liux go gag suenq

haɯ³ le⁴ ko¹ kaːk⁸ θuːn⁵

给 众 哥 自 算

大家自盘算。

498

挞 迭 噔 彐 麻

Daep dieb daengq coh ma

tap⁷ teːp⁸ taŋ⁵ ɕo⁴ ma¹

肝 跳 嘱咐 才 回

说心惊就回，

499

夒 皓 噔 彐 籵

Mbwn　hau　daengq　coh　daeuj

ʔbɯn¹　ha:u¹　taŋ⁵　ço⁴　tau³

天　白　嘱咐　才　来

说天亮就来。

500

彩　莲　未　饡　恁

Caij　Lienz　fih　rox　nganh

ça:i³　li:n²　fi⁶　ɣo⁴　ŋa:n⁶

彩　莲　不　知　情况

彩莲不知情,

501

娘　籵　未　饡　嘚

Nangz　byai　fih　rox　ndeq

na:ŋ²　pja:i¹　fi⁶　ɣo⁴　ʔde⁵

姑娘　小　不　知　晓

小妹不知底。

502

儂　兜　佈　哰　乖

Nuengx　noix　boux　lawz　gvai

nu:ŋ⁴　no:i⁶　pu⁴　lau²　kwa:i¹

妹　小　个　哪　机灵

小妹哪个乖,

503

娘　兀　伝　哰　饡

Nangz　ndei　vunz　lawz　rox

na:ŋ²　ʔdi¹　hun²　lau²　ɣo⁴

姑娘　好　人　哪　会

姑娘谁聪明。

504

夎　嗃　肛　八　皇

Bae　heuh　daengz　bet　vuengz

pai¹　he:u⁶　taŋ²　pɛt⁸　wu:ŋ²

去　喊　到　八　王

去通知八王,

505

夎　嘹　肛　八　使

Bae　raez　daengz　bet　saeq

pai¹　ɣai²　taŋ²　pɛt⁸　θai⁵

去　叫　到　八　司

去告知八司。

506

峈　佬　峈　嗃　妲

Dangq　laux　dangq　heuh　baz

ta:ŋ⁵　la:u⁴　ta:ŋ⁵　he:u⁶　pa²

各　个　各　喊　妻

妻子各自叫,

507

骆 伝 骆 嘇 婳

Dangq laux dangq raez youx

ta:ŋ⁵ la:u⁴ ta:ŋ⁵ ɣai² ju⁴

各 个 各 叫 情人

情人各自请。

508

毕 吗 使 闼 奙

Bae heuh saeq ndaw biengz

pai¹ he:u⁶ θai⁵ ʔdaɯ¹ pɯ:ŋ²

去 喊 师 内 地方

去喊各地师,

509

毕 嘇 魃 闼 板

Bae raez fangz ndaw mbanj

pai¹ ɣai² fa:ŋ² ʔdaɯ¹ ʔba:n³

去 叫 鬼 内 村寨

去喊本村神。

3. 领头师娘唱

510

彩 莲 啊 彩 珍

Caij Lienz ha Caij Caen

ça:i³ li:n² ha¹ ça:i³ çan¹

彩 莲 啊 彩 珍

彩莲啊彩珍,

511

躺 澋 啊 众 使

Ndang bengz ha gyoengq saeq

ʔda:ŋ¹ pe:ŋ² ha¹ tçoŋ⁵ θai⁵

身 贵 啊 众 师

众师富贵身。

512

彩 莲 故 糯 兪

Caij Lienz goj rox cang

ça:i³ li:n² ko³ ɣo⁴ çwa:ŋ¹

彩 莲 也 会 打扮

彩莲会打扮,

513

彩　珍　故　鲁　卦

Caij　Caen　goj　rox　gvaq

çai³　çan¹　ko³　ɣo⁴　kwa⁵

彩　珍　也　会　过

彩珍也在行。

514

圣　城　寻　几　仟

Youq　singz　cimh　geij　cien

ʔju⁵　çiŋ²　çim⁶　tçi³　çe:n¹

在　城　寻找　几　千

城里赚几千，

515

昈　啊　逻　几　百

Ngoenz　aj　ra　geij　bak

ŋon²　ʔa³　ɣa¹　tçi³　pak⁸

天　要　找　几　百

每天赚几百。

516

咟　阶　他　未　崋

Bak　hongh　daz　fih　bae

pak⁸　ho:ŋ⁶　ta²　fi⁶　pai¹

口　院　还　不　去

院门未曾出，

517

羕　山　他　未　跈

Byai　canz　daz　fih　yamq

pja:i¹　ça:n²　ta²　fi⁶　ʔja:m⁵

尾　晒台　还　不　迈步

晒台未曾下。

518

几　地　嘹　介　佲

Geij　dieg　riuz　gaiq　mwngz

tçi³　ti⁶　ɣiu²　ka:i⁵　muŋ²

几　地　传　这　你

多地传你名，

519

盯　叇　嘹　彩　莲

Din　mbwn　riuz　Caij　Lienz

tin¹　ʔbɯn¹　ɣiu²　ça:i³　li:n²

脚　天　传　彩　莲

彩莲天下传。

520

咟　弄　他　否　陇

Bak　rungh　daz　mbouj　roengz

pak⁸　ɣuŋ⁶　ta²　ʔbu⁵　ɣɔŋ²

口　弄　还　不　下

村口不曾出，

① 咟沛 [pak⁸ ʔbo⁵]：泉水口，指今云南省广南县八宝镇。

521

羕　山　他　侎　赕

Byai　canz　daz　mij　yamq

pja:i¹　ça:n²　ta²　mi²　ʔja:m⁵

尾　晒台　也　不　迈步

晒台不曾下。

522

歪　閟　城　欧　钱

Youq　ndaw　singz　aeu　cienz

ʔju⁵　ʔdaɯ¹　çiŋ²　ʔau¹　çi:n²

在　里　城　要　钱

想城里赚钱，

523

佲　貧　瀴　卦　俱

Mwngz　baenz　bengz　gvaq　beix

muɯŋ²　pan²　pe:ŋ²　kwa⁵　pi⁴

你　成　贵　过　兄

你比人富贵。

4. 彩莲唱

524

啊　伮　啊　阿　哥

Ha　boh　ha　a　go

ha¹　po⁶　ha¹　ʔa¹　ko¹

阿　父　啊　阿　哥

哥哥啊父辈，

525

吶　吶　啊　琉　俱

Naeuz　naeuz　ha　liux　beix

nau²　nau²　ha¹　le⁴　pi⁴

说　说　啊　众　兄

众哥来说说。

526

咟　沛①　十　三　羡

Bak　mboq　cib　sam　biengz

pak⁸　ʔbo⁵　çip⁸　θa:m¹　puɯŋ²

口　泉　十　三　地方

八宝十三地，

① 娅蟒 [ja⁶ mɔt⁸]：指巫婆、师娘。《史记·西南夷列传》载："其西靡莫之属以什数，滇最大。""靡莫"同"娅蟒"。

527

恩　旁　十　三　板

Aen　biengz　cib　sam　mbanj

θan^1　$pɯːŋ^2$　$ɕip^8$　$\theta aːm^1$　$ʔbaːn^3$

个　地方　十　三　村寨

一地十三寨。

528

板　板　眉　娅　蟒①

Mbanj　mbanj　miz　yah　moed

$ʔbaːn^3$　$ʔbaːn^3$　mi^2　ja^6　$mɔt^8$

村寨　村寨　有　婆　巫

寨寨有巫婆，

529

旁　旁　眉　娅　使

Biengz　biengz　miz　yah　saeq

$pɯːŋ^2$　$pɯːŋ^2$　mi^2　ja^6　θai^5

地方　地方　有　婆　师

村村有师娘。

530

份　口　使　救　魁

Fwx　guh　saeq　gouq　fangz

$fɯ^4$　$kɔk^8$　θai^5　ku^5　$faːŋ^2$

别人　做　师　救　鬼

师娘解鬼事，

531

份　口　魁　救　命

Fwx　guh　fangz　gouq　mingh

$fɯ^4$　$kɔk^8$　$faːŋ^2$　ku^5　$miŋ^6$

别人　做　鬼　救　命

仙姑通鬼神。

532

份　扐　癝　糯　兀

Fwx　laeh　gyaej　rox　ndei

$fɯ^4$　lai^6　$tɕai^3$　$ɣo^4$　$ʔdi^1$

别人　驱　病　会　好

解病人转好，

533

份　解　魁　許　退

Fwx　gaij　fangz　hawj　doiq

$fɯ^4$　$kaːi^3$　$faːŋ^2$　$haɯ^3$　$toːi^5$

别人　解　鬼　给　退

驱鬼灾消退。

534

儂　扐　癝　否　魁

Nuengz　laeh　gyaej　mbouj　fangz

$nuːŋ^2$　lai^6　$tɕai^3$　$ʔbu^5$　$faːŋ^2$

妹　驱　病　不　鬼

妹无病无灾，

535

扐 魃 否 乩 癀

Laeh fangz mbouj ndaej gyaej

lai⁶ faːŋ² ʔbu⁵ ʔdai³ tɕai³

驱 鬼 不 得 病

驱鬼不犯病。

536

儂 介 哊 否 娝

Nuengx gaiq lawz mbouj bae

nuːŋ⁴ kaːi⁵ laɯ² ʔbu⁵ pai¹

妹 这 哪 不 去

妹哪都不去，

537

些 圵 未 乩 踸

Saek ga fih ndaej yamq

θak⁷ kaːi⁵ fi⁶ ʔdai³ ʔjaːm⁵

哪 路 不 得 迈步

啥路都不走。

538

些 伝 他 未 感

Saek vunz doq fih haenh

θak⁷ hun² ta⁵ fi⁶ han⁶

哪 人 都 不 称赞

哪个都不赞，

539

些 布 他 未 嘹

Saek boux doq fih riuz

θak⁷ pu⁴ ta⁵ fi⁶ ɣiu²

哪 个 都 不 传

谁都不传名，

540

些 伝 他 未 信

Saek vunz doq fih saenq

θak⁷ hun² ta⁵ fi⁶ θan⁵

哪 人 都 不 信

哪个都不信。

541

木 摹① 圣 閑 州

Moek mo youq ndaw cou

mɔk⁷ mo¹ ʔju⁵ ʔdaɯ¹ ɕu¹

躲 藏 在 内 州府

匿身在州府，

542

圣 縠 眹 閑 城

Youq rongh raiz ndaw singz

ʔju⁵ ɣoːŋ⁶ ɣaːi² ʔdaɯ¹ ɕiŋ²

在 亮 花 内 城

待闺自羞愧。

543

儂	兜	先	毲	忧
Nuengx	noix	senq	dai	you
nuːŋ⁴	noːi⁶	θeːn⁵	taːi¹	jou¹
妹	小	早	死	忧

小妹心忧虑，

544

先	得	鞘	六	羊
Senq	dwg	riu	Luq	Yangq
θeːn⁵	tɯk⁸	ɣiu¹	lu⁵	jaːŋ⁵
早	取	笑	六	羊

取笑六羊人。

545

娿	板	否	叧	狈
Bae	mbanj	mbouj	ndaej	mbej
pai¹	ʔbaːn³	ʔbu⁵	ʔdai³	ʔbe³
去	村寨	不	得	羊

走村不得羊，

546

娿	夯	伬	叧	鶊
Bae	biengz	mij	ndaej	gaeq
pai¹	pɯːŋ²	mi²	ʔdai³	kai⁵
去	地方	不	得	鸡

出门不得鸡，

547

否	叧	鶊	禒	睞
Mbouj	ndaej	gaeq	rongh	raiz
ʔbu⁵	ʔdai³	kai⁵	ɣoːŋ⁶	ɣaːi²
不	得	鸡	亮	花

无鸡感羞耻。

548

劢	拖	鞵	拖	翻
Lwg	daenj	haiz	daenj	rwix
luk⁸	tan³	haːi²	tan³	ɣɯi⁴
儿	穿	鞋	穿	烂

儿穿破烂鞋，

549

拖	鞵	发	卦	夯
Daenj	haiz	fa	gvaq	biengz
tan³	haːi²	fa¹	kwa⁵	pɯːŋ²
穿	鞋	草	过	地方

穿草鞋过村，

550

拖	鞵	苗	卦	板
Daenj	haiz	nyouz	gvaq	mbanj
tan³	haːi²	ɲu²	kwa⁵	ʔbaːn³
穿	鞋	稻草心	过	村寨

穿草鞋过寨。

551

她　眼　兜　眼　滮

Meh　ndaengq　noix　ndaengq　bengz

me⁶　ʔdaŋ⁵　noːi⁶　ʔdaŋ⁵　peːŋ²

母　看　小　看　贵

母当女金贵，

552

眼　劲　耒　眼　念

Ndaengq　lwg　byai　ndaengq　nyienh

ʔdaŋ⁵　luk⁸　pjaːi¹　ʔdaŋ⁵　ɲiːn⁶

看　儿　小　看　宝

娘当儿宝贝。

553

她　织　裇　許　劲

Meh　nyib　buh　hawj　lwg

me⁶　ɲip⁸　puɯ⁶　hauɯ³　luk⁸

母　织　衣服　给　儿

织衣给小儿，

554

织　裇　细　許　使

Nyib　buh　sei　hawj　saeq

ɲip⁸　puɯ⁶　θei¹　hauɯ³　θai⁵

缝　衣服　丝绸　给　师

缝丝衣给师。

555

佬　介　使　貧　谋

Lau　gaiq　saeq　baenz　maeuz

laːu¹　kaːi⁵　sai⁵　pan²　mau²

怕　这　师　成　昏

恐师娘犯傻，

556

佬　介　偻　拸　翻

Lau　gaiq　raeuz　daenj　rwix

laːu¹　kaːi⁵　ɣa²　tan³　ɣɯi⁴

怕　这　我们　穿　烂

怕咱衣破烂。

557

跟　否　阢　八　皇

Niengz　mbouj　ndaej　bet　vuengz

nɯːŋ²　ʔbu⁵　ʔdai³　pɛt⁸　wuːŋ²

跟　不　得　八　王

跟不上众王，

558

跟　否　阢　琉　使

Niengz　mbouj　ndaej　liux　saeq

nɯːŋ²　ʔbu⁵　ʔdai³　le⁴　θai⁵

跟　不　得　众　师

跟不上众师。

559

介	令	他	否	眉
Gaiq	lingh	de	mbouj	miz
ka:i⁵	liŋ⁶	te¹	ʔbu⁵	mi²
这	令	他	不	有

令牌他没有，

560

吼	肝	佲	胴	怖
Naeuz	daengz	mwngz	dungx	mbuq
nau²	taŋ²	muɯŋ²	tuŋ⁴	ʔbu⁵
说	到	你	肚	慌

说起就心慌。

561

峚	乃	等	榕	壇
Bae	nai	daengx	goek	danz
pai¹	na:i¹	taŋ⁴	kɔk⁷	ta:n²
去	敬	全	根	坛

去敬众先祖，

562

峚	吼	苗	坬	隷
Bae	naeuz	miuz	baih	rongh
pai¹	nau²	miu²	pa:i⁶	ɣo:ŋ⁶
去	说	辈	方	亮

诉说人间事。

5. 领队唱

563

躺	兀	啊	彩	珍
Ndang	ndei	ha	Caij	Caen
ʔda:ŋ¹	ʔdi¹	ha¹	ça:i³	çan¹
身	好	啊	彩	珍

彩珍身体好，

564

躺	甍	啊	彩	莲
Ndang	bengz	ha	Caij	Lienz
ʔda:ŋ¹	pe:ŋ²	ha¹	ça:i³	li:n²
身	贵	啊	彩	莲

彩莲富贵身。

565

偻	口	使	挦	批
Raeuz	guh	saeq	dawz	beiz
ɣa²	kɔk⁸	θai⁵	tuɯ²	pi²
我们	做	师	拿	扇子

咱执扇做师，

566

倿 囬 皇 得 馬

Raeuz guh vuengz dawz max

ɣa² kɔk⁸ wuːŋ² tuɪ² ma⁴

我们 做 王 拿 马

咱骑马做王。

567

覍 囬 使 救 伝

Dai guh saeq gouq vunz

taːi¹ kɔk⁸ θai⁵ ku⁵ hun²

死 做 师 救 人

死后专度人，

568

覍 囬 魅 救 命

Dai guh fangz gouq mingh

taːi¹ kɔk⁸ faːŋ² ku⁵ miŋ⁶

死 做 鬼 救 命

死后救人命。

569

坤 芽 份 彐 逻

Roen nya fwx coh ra

hɔn¹ ɳa¹ fu⁴ ço⁴ ɣa¹

路 长草 别人 才 找

路荒有人理，

570

坤 芽 份 彐 撮①

Roen nya fwx coh coih

hɔn¹ ɳa¹ fu⁴ ço⁴ ço:i⁶

路 长草 别人 才 修理

路乱有人疏。

571

胅 迭 啊 儂 哥

Daep dieb ha nuengx go

tap⁷ te:p⁸ ha¹ nuːŋ⁴ ko¹

肝 跳 啊 妹 兄

心慌啊阿哥，

572

胁 兀 啊 儂 兇

Caw ndei ha nuengx noix

çɯ¹ ʔdi¹ ha¹ nuːŋ⁴ no:i⁶

心 好 啊 妹 小

心好啊小妹。

573

命 佲 兀 玄 兀

Mingh mwngz ndei engq ndei

miŋ⁶ mɯn² ʔdi¹ ʔe:ŋ⁵ ʔdi¹

命 你 好 又 好

你的命运好，

574

命	佲	利	玄	利
Mingh	mwngz	leih	engq	leih
miŋ⁶	mɯŋ²	li⁶	ʔeːŋ⁵	li⁶
命	你	吉利	又	吉利

你的命相吉。

575

命	儂	命	排	梨
Mingh	nuengx	mingh	faex	leiz
miŋ⁶	nuːŋ⁴	miŋ⁶	mai⁴	li²
命	你	命	树	梨

你是梨树命,

576

佲	貧	兀	卦	使
Mwngz	baenz	ndei	gvaq	saeq
mɯŋ²	pan²	ʔdi¹	kwa⁵	θai⁵
你	成	好	过	师

你比师富有。

577

命	佲	命	排	橄
Mingh	mwngz	mingh	faex	san
miŋ⁶	mɯŋ²	miŋ⁶	mai⁴	θaːn¹
命	你	命	树	石榴

你属石榴树,

578

哃	嗛	菂	卦	俱
Coenz	gangj	van	gvaq	beix
çon²	kaːŋ³	waːn¹	kwa⁵	pi⁴
句	话	甜	过	兄

说话比哥甜。

579

份	冚	道	揊	敊
Fwx	guh	dauh	dawz	saw
fɯ⁴	kɔk⁸	taːu⁶	tɯ²	θɯ¹
别人	做	道公	拿	书

人做道诵经,

580

佲	冚	皇	揊	法
Mwngz	guh	vuengz	dawz	fap
mɯŋ²	kɔk⁸	wuːŋ²	tɯ²	fap⁸
你	做	王	执	符法

你做师执符。

581

冚	使	嗛	法	就
Guh	saeq	gangj	fap	giuq
kɔk⁸	θai⁵	kaːŋ³	fap⁸	tçiu⁵
做	师	说	符法	严

做师符法灵,

582

嘹　名　肝　几　塆

Riuz　mingz　daengz　geij　deih

ɣiu²　miŋ²　taŋ²　tɕi³　ti⁶

传　名　到　几　地方

到处都传名。

583

欧　毕　蹲　閂　窆

Aeu　bae　daengj　dou　ranz

ʔau¹　pai¹　taŋ³　tu¹　ɣaːn²

拿　去　立　门　房屋

家以你立名，

584

蹲　州　歪　州　吞

Daengj　cou　gwnz　cou　laj

taŋ³　ɕu¹　kɯn²　ɕu¹　la³

立　州府　上　州府　下

州城你立威。

585

欧　咟　含　金　银

Aeu　bak　oem　gim　ngaenz

ʔau¹　pak⁸　ʔum⁵　tɕim¹　ŋan²

拿　嘴　含　金　银

用嘴含金银，

586

侎　贫　瀓　卦　俱

Mwngz　baenz　bengz　gvaq　beix

muɯŋ²　pan²　peːŋ²　kwa⁵　pi⁴

你　成　贵　过　兄

你比哥金贵。

6. 彩莲唱

587

眺　迭　啊　阿　仪

Daep　dieb　ha　a　boh

tap⁷　teːp⁸　ha¹　ʔa¹　po⁶

肝　跳　啊　阿　父亲

心慌啊老父，

588

胝　兀　啊　阿　俱

Caw　ndei　ha　a　beix

ɕɯ¹　ʔdi¹　ha¹　ʔa¹　pi⁴

心　好　啊　阿　兄

心好啊阿哥。

589

肛	底	欧	佲	欧
Daengz	daej	aeu	mij	aeu
taŋ²	tai³	ʔau¹	mi²	ʔau¹
到	底	娶	不	娶

究竟娶我不,

590

佲	彐	吅	娟	兜
Mwngz	coh	naeuz	sau	noix
muɯŋ²	ço⁴	nau²	θa:u¹	no:i⁶
你	就	说	姑娘	小

你告诉小妹。

591

介	布	哥	故	毕
Gaiq	boux	go	goj	bae
ka:i⁵	pu⁴	ko¹	ko³	pai¹
这	个	哥	也	去

各哥都问遍,

592

介	线	佲	故	跺
Gaiq	sienq	mwngz	goj	yamq
ka:i⁵	θi:n⁵	muɯŋ²	ko³	ʔja:m⁵
这	线路	你	也	迈步

多路都走完。

593

訂	否	訂	冄	兀
Dingh	mbouj	dingh	ndaej	ndei
tiŋ⁶	ʔbu⁵	tiŋ⁶	ʔdai³	ʔdi¹
定	不	定	得	好

想定定不下,

594

娘	恶	之	否	冄
Nangz	yaek	ce	mbouj	ndaej
na:ŋ²	jak⁷	çe¹	ʔbu⁵	ʔdai³
姑娘	想	丢	不	得

妹想弃不成。

595

肛	底	爱	伝	喃
Daengz	daej	ngaiq	vunz	lawz
taŋ²	tai³	ŋa:i⁵	hun²	laɯ²
到	底	爱	人	哪

哥到底爱谁,

596

吅	俱	雅	儂	兜
Naeuz	beix	yawz	nuengx	noix
nau²	pi⁴	jaɯ²	nu:ŋ⁴	no:i⁶
说	兄	帅气	妹	小

总说小妹好。

597

儂	兇	訴	故	佬
Nuengx	noix	nyaeuz	goj	lau
nuːŋ⁴	noːi⁶	ȵau²	ko³	laːu¹
妹	小	谈	情	也 怕

小妹怕谈情，

598

俏	爱	哥	伩	冧
Sau	ngaiq	go	mij	ndaej
θaːu¹	ŋaːi⁵	koː¹	mi²	ʔdai³
妹	爱	哥	不	得

妹爱哥不得。

599

啊	的	俱	帆	龙
Ha	diz	beix	mauh	lungz
ha¹	ti²	pi⁴	maːu⁶	luŋ²
阿	那	兄	帽	龙

情哥戴龙帽，

600

啊	的	哥	帆	顶
Ha	diz	go	mauh	dingj
ha¹	ti²	koː¹	maːu⁶	tiŋ³
啊	那	哥	帽	顶

情郎戴尖帽。

601

昑	貶	俱	躴	雅
Ngoenz	raen	beix	rangh	yawz
ŋon²	han¹	pi⁴	ɣaːŋ⁶	jaɯ²
天	见	兄	身	俊

今见哥俊朗，

602

昑	貶	哥	躴	柳
Ngoenz	raen	go	rangh	reuz
ŋon²	han¹	koː¹	ɣaːŋ⁶	ɣeːu²
天	见	哥	英	俊

今见哥潇洒。

603

躴	柳	插	丸	外
Rangh	reuz	gyaeb	faed	vaiz
ɣaːŋ⁶	ɣeːu²	tɕap⁸	fat⁸	waːi²
英	俊	系	腰带	大

身扎大腰带，

604

躴	乖	插	丸	绣
Rangh	gvai	gyaeb	faed	siuq
ɣaːŋ⁶	kwaːi¹	tɕap⁸	fat⁸	θeːu⁵
身	机灵	系	腰带	绣

腰系锦绣带。

605

插　　丸　　细　　桫　　连

Gyaeb　faed　sei　lai　lienz

$tɕap^8$　fat^8　$θei^1$　$la:i^1$　$li:n^2$

系　　腰带　　丝　　多　　连

多层丝带缠，

606

插　　丸　　绉　　桫　　同

Gyaeb　faed　mae　lai　dangz

$tɕap^8$　fat^8　mai^1　$la:i^1$　$ta:ŋ^2$

系　　腰带　　纱　　多　　套

纱带系腰身，

607

哨　　跟　　佲　　侎　　冄

Sau　niengz　mwngz　mij　ndaej

$θa:u^1$　$nu:ŋ^2$　$mɯŋ^2$　mi^2　$ʔdai^3$

妹　　跟　　你　　不　　得

妹跟不上哥。

7. 情哥唱

608

儂　　兜　　啊　　哨　　哥

Nuengx　noix　ha　sau　go

$nu:ŋ^4$　$no:i^6$　ha^1　$θa:u^1$　ko^1

妹　　小　　阿　　姑娘　　哥

哥的小情妹，

609

肔　　兀　　啊　　娘　　温

Caw　ndei　ha　nangz　unq

$ɕɯ^1$　$ʔdi^1$　ha^1　$na:ŋ^2$　$ʔun^5$

心　　好　　啊　　姑娘　　软

情妹心善良。

610

希　　儂　　叺　　样　　訌

Cix　nuengx　guh　yiengh　hongz

$ɕi^4$　$nu:ŋ^4$　$kɔk^8$　$ji:ŋ^6$　$ho:ŋ^2$

若　　妹　　做　　样　　说

若妹这样说，

① 芷英［pjak⁷ n.in²］：鹅肠菜，植物名，学名繁缕，属石竹科，两年或多年生草本植物，可食用。此指代少女。

611

希	娇	口	样	嗦
Cix	sau	guh	yiengh	gangj
çi⁴	θaːu¹	kɔk⁸	jiːŋ⁶	kaːŋ³
若	姑娘	做	样	讲

若妹这样讲。

612

儂	兜	啊	娇	哥
Nuengx	noix	ha	sau	go
nuːŋ⁴	noːi⁶	ha¹	θaːu¹	ko¹
妹	小	啊	姑娘	哥

哥的小情妹，

613

胗	兀	啊	妑	俵
Caw	ndei	ha	baz	hoiq
çɯ¹	ʔdi¹	ha¹	pa²	hoːi⁵
心	好	啊	妻	我

我妹心善良。

614

俱	取	俱	胴	慌
Beix	nyi	beix	dungx	vueng
pi⁴	n.i¹	pi⁴	tuŋ⁴	wuːŋ¹
兄	听	哥	肚	慌

哥听到心慌，

615

哥	取	哥	胴	怖
Go	nyi	go	dungx	mbuq
ko¹	n.i¹	ko¹	tuŋ⁴	ʔbu⁵
哥	听	哥	肚	乱

哥听到心乱。

616

胴	怖	恅	怖	恅
Dungx	mbuq	linz	mbuq	linz
tuŋ⁴	ʔbu⁵	lin²	ʔbu⁵	lin²
肚	慌	乱	慌	乱

心情难平复，

617

罙	芷	英①	叔	蘒
Lumj	byaek	nyinz	sop	moq
lum³	pjak⁷	n.in²	θop⁸	mo⁵
像	菜	鹅肠	长出	新

像繁缕吐新，

618

罙	独	蛱	圀	睞
Lumj	duz	doq	fwed	raiz
lum³	tu²	to⁵	fuːt⁸	ɣaːi²
像	只	蜂	翅膀	花

像马蜂花翅，

619

罙	魿	睞	歪	等
Lumj	bya	raiz	gwnz	dwngj
lum³	pja¹	ɣaːi²	kɯn²	tuŋ³
像	鱼	花	上	滩

像花鱼上滩。

620

哥	呺	儂	否	取
Go	heuh	nuengx	mbouj	nyi
ko¹	heːu⁶	nuːŋ⁴	ʔbu⁵	ȵi¹
哥	喊	妹	不	听

哥说妹不听,

621

伕	吪	妣	否	耳
Gvan	naeuz	baz	mbouj	wz
kwaːn¹	nau²	pa²	ʔbu⁵	ʔɯ²
夫	说	妻	不	理睬

哥说妹不理。

622

昑	内	俱	忩	媋
Ngoenz	nix	beix	nawh	sau
ŋɔn²	ni⁵	pi⁴	nu⁶	θaːu¹
天	这	兄	想	姑娘

今哥想姑娘,

623

昑	内	哥	忩	儂
Ngoenz	neix	go	nawh	nuengx
ŋɔn²	ni⁵	ko¹	nu⁶	nuːŋ⁴
天	这	哥	想	妹

今哥思情妹。

624

儂	兜	啊	媋	哥
Nuengx	noix	ha	sau	go
nuːŋ⁴	noːi⁶	ha¹	θaːu¹	ko¹
妹	小	啊	姑娘	哥

哥的小情妹,

625

肔	兀	啊	妣	使
Caw	ndei	ha	baz	saeq
ɕɯ¹	ʔdi¹	ha¹	pa²	θai⁵
心	好	啊	妻	师

师娘心地好。

626

八	使	啊	八	皇
Bet	saeq	ha	bet	vuengz
pɛt⁸	θai⁵	ha¹	pɛt⁸	wuːŋ²
八	司	啊	八	王

八司啊八王,

627

八　娟　啊　八　儂

Bet　sau　ha　bet　nuengx

pet⁸　θaːu¹　ha¹　pet⁸　nuːŋ⁴

八　姑娘　啊　八　妹

众姑娘情妹。

628

吼　真　啊　吼　假

Naeuz　caen　ha　naeuz　gyaj

nau²　çan¹　ha¹　nau²　tça⁴

说　真　或　说　假

说真或是假，

629

吼　真　哥　彐　簦

Naeuz　caen　go　coh　caj

nau²　çan¹　ko¹　ço⁴　ça³

说　真　哥　就　等

说真哥就等，

630

吼　假　俱　彐　丢

Naeuz　gyaj　beix　coh　deuz

nau²　tça⁴　pi⁴　ço⁴　teːu²

说　假　兄　就　离开

说假哥就走。

631

毕　板　否　布　观

Bae　mbanj　mbouj　boux　ngonz

pai¹　ʔbaːn³　ʔbu⁵　pu⁴　ŋoːn²

去　村　不　个　看

进村无人问，

632

毕　寿　否　布　嘍

Bae　biengz　mbouj　boux　raez

pai¹　puːŋ²　ʔbu⁵　pu⁴　ɣai²

去　地方　不　个　叫

串寨无人喊，

633

否　眉　伝　咾　逻

Mbouj　miz　vunz　lawz　ra

ʔbu⁵　mi²　hun²　lauɯ²　ɣa¹

不　有　人　哪　找

没有人理睬。

634

哈　妣　份　打　觥

Ha　baz　fwx　daek　gonq

ha¹　pa²　fu⁴　tak⁷　koːn⁵

与　妻　别人　往　先

与人妻往前，

635

各	圣	各	快	恼
Gag	youq	gag	nyaeg	nyaeux
ka:k⁸	ʔju⁵	ka:k⁸	ȵak⁸	ȵau⁴
自	在	自	难	在

不由心自愁，

636

許	哥	囗	哂	囗
Hawj	go	guh	lawz	guh
hau³	ko¹	kɔk⁸	lau²	kɔk⁸
给	哥	做	哪	做

让哥如何做。

637

啊	儂	啊	肜	丹
Ha	nuengx	ha	saem	danz
ha¹	nu:ŋ⁴	ha¹	θam¹	ta:n²
啊	妹	啊	心	惊

情妹心善良，

638

粜	哥	啊	躴	柳
Byai	go	ha	rangh	reuz
pja:i¹	ko¹	ha¹	ɣa:ŋ⁶	ɣe:u²
尾	哥	啊	英	俊

小哥身俊朗。

639

列	仪	之	与	兜
Lez	boh	ce	lij	noix
le²	po⁶	çe¹	li³	no:i⁶
那	父	丢	还	小

父走哥尚小，

640

哥	故	否	眉	妣
Go	goj	mbouj	miz	baz
ko¹	ko³	ʔbu⁵	mi²	pa²
哥	也	不	有	妻

哥还没有妻，

641

圣	伝	移	嚣	赫
Youq	vunz	lai	naj	hawq
ʔju⁵	hun²	la:i¹	na³	hɯ⁵
在	人	多	脸	干

无脸见众人。

8. 姑娘唱

642

啊	哥	匕	帽	龙
Ha	go	beij	mauh	lungz
ha^1	ko^1	pei^3	ma:u^6	luŋ^2

啊 哥 戴 帽 龙

阿哥戴龙帽，

643

啊	哥	古	帽	顶
Ha	go	gou	mauh	dingj
ha^1	ko^1	ku^1	ma:u^6	tiŋ^3

啊 哥 我 帽 顶

阿哥戴尖帽。

644

啊	琉	儂	爱	哥
Ha	liux	nuengx	ngaiq	go
ha^1	le^4	nu:ŋ^4	ŋa:i^5	ko^1

啊 众 妹 爱 哥

众妹钟爱哥，

645

啊	琉	娘	爱	俱
Ha	liux	nangz	ngaiq	beix
ha^1	le^4	na:ŋ^2	ŋa:i^5	pi^4

啊 众 姑娘 爱 兄

众妹钟情郎。

646

希	俱	罒	样	訌
Cix	beix	guh	yiengh	hongz
çi^4	pi^4	kɔk^8	ji:ŋ^6	ho:ŋ^2

若 兄 做 样 说

哥若这样说，

647

希	哥	罒	样	嗉
Cix	go	guh	yiengh	gangj
çi^4	ko^1	kɔk^8	ji:ŋ^6	ka:ŋ^3

若 哥 做 样 讲

哥若这样讲。

648

哥	嗉	儂	胴	慌
Go	gangj	nuengx	dungx	vueng
ko^1	ka:ŋ^3	nu:ŋ^4	tuŋ^4	wu:ŋ^1

哥 说 妹 肚 慌

哥说妹心慌，

649

哥　吼　娏　胴　怖

Go　naeuz　sau　dungx　mbuq

ko^1　nau^2　$\theta a{:}u^1$　$tu\eta^4$　$\textipa{P}bu^5$

哥　说　姑娘　肚　乱

哥讲妹心乱。

650

希　俱　囙　样　訌

Cix　beix　guh　yiengh　hongz

$\textipa{C}i^4$　pi^4　$k\textopeno k^8$　$ji{:}\eta^6$　$ho{:}\eta^2$

若　兄　做　样　说

若哥这样说，

651

希　哥　囙　样　嗹

Cix　go　guh　yiengh　gangj

$\textipa{C}i^4$　ko^1　$k\textopeno k^8$　$ji{:}\eta^6$　$ka{:}\eta^3$

若　哥　做　样　讲

若哥这般讲。

652

希　念　偻　爱　偻

Cix　niemh　raeuz　ngaiq　raeuz

$\textipa{C}i^4$　$ni{:}m^6$　γa^2　$\eta a{:}i^5$　γa^2

若　念　我们　爱　我们

若咱俩相爱，

653

罾　夽　山　否　耔

Naz　laj　canz　mbouj　raeq

na^2　la^3　$\textipa{C}a{:}n^2$　$\textipa{P}bu^5$　γai^5

田　下　晒台　不　耕

房前田不种，

654

粝　泹　蚋　否　帇

Haeux　damh　gyaeq　mbouj　gwn

hau^4　$ta{:}m^6$　$t\textipa{C}ai^5$　$\textipa{P}bu^5$　kun^1

饭　泡　蛋　不　吃

蛋泡饭不吃，

655

伝　瞵　伝　故　饲

Vunz　cim　vunz　goj　imq

hun^2　$\textipa{C}im^1$　hun^2　ko^3　$\textipa{P}im^5$

人　看　人　也　饱

相看不知饿。

656

揯　俱　欧　耗　龙

Sing　beix　aeu　mauh　lungz

$\theta i\eta^1$　pi^4　$\textipa{P}au^1$　$ma{:}u^6$　$lu\eta^2$

抢　兄　要　帽　龙

抢哥要龙帽，

657

揩 哥 欧 耗 顶

Sing go aeu mauh dingj

$\theta i\eta^1$ ko^1 $?au^1$ $ma:u^6$ $ti\eta^3$

抢 哥 要 帽 顶

抢哥要尖帽。

658

伬 儂 訌 同 齧

Boh nuengx hongz doengh naj

po^6 $nu:\eta^4$ $ho:\eta^2$ $to\eta^6$ na^3

父 妹 说 当 面

妹父当面说，

659

她 峭 訌 彩 莲

Meh sau hongz Caij Lienz

me^6 $\theta a:u^1$ $ho:\eta^2$ $ça:i^3$ $li:n^2$

母 婶 说 彩 莲

婶婶骂彩莲。

660

伬 列 是 伬 乖

Boh lez cawh boh gvai

po^6 le^2 $çu^6$ po^6 $kwa:i^1$

父 也 是 父 机灵

我父很机灵，

661

伝 哂 命 故 冕

Vunz lawz mingh goj ndaej

hun^2 lau^2 $mi\eta^6$ ko^3 $?dai^3$

人 哪 命 也 得

命好无人比。

662

官 内 艸 閄 绹

Mwh neix cuengq dou riep

$m\ni^6$ ni^5 $çu:\eta^5$ tu^1 yip^8

时 这 放 门 蚊帐

现把帐门放，

663

官 内 艸 构 鞋

Mwh neix cuengq gouh haiz

$m\ni^6$ ni^5 $çu:\eta^5$ ku^6 $ha:i^2$

时 这 放 双 鞋

现把鞋子脱，

664

麻 縠 睞 肝 俱

Ma rongh raiz daengz beix

ma^1 $yo:\eta^6$ $ya:i^2$ $ta\eta^3$ pi^4

去 亮 花 到 兄

轮到哥羞愧。

9. 小伙唱

665

哒迭啊肶觖

Daep dieb ha saem gyaeuj

tap⁷ teːp⁸ ha¹ θam¹ tɕau³

肝 跳 啊 心 头

心慌啊宝贝，

666

肶兀啊壇使

Caw ndei ha danz saeq

ɕɯ¹ ʔdi¹ ha¹ taːn² θai⁵

心 好 啊 坛 师

心好啊师娘。

667

佬眉眈排橄

Lau miz da faex san

laːu¹ mi² ta¹ mai⁴ θaːn¹

怕 有 眼 树 石榴

石榴树出枝，

668

佬眉伝嗲觖

Lau miz vunz cam gonq

laːu¹ mi² hun² ɕaːm¹ koːn⁵

怕 有 人 问 先

怕有人先问。

669

佬眉眈排楼

Lau miz da faex raeu

laːu¹ mi² ta¹ mai⁴ ɣau¹

怕 有 眼 树 枫

怕枫木生桠，

670

佬眉伝忧觖

Lau miz vunz iu gonq

laːu¹ mi² hun² jou¹ koːn⁵

怕 有 人 约 先

怕有人先约。

671

許琉俱毚供

Hawj liux beix dai gungz

hau³ le⁴ pi⁴ taːi¹ kuŋ²

给 众 兄 死 愁

白让哥愁死，

672

魁 耒 伕 巉 德

Fangz byai gvan dai dwq

fa:ŋ² pja:i¹ kwa:n¹ ta:i¹ tuɯ⁵

鬼 小 丈 夫 死 罢

盼妹丈夫亡。

673

歪 内 侎 弛 麻

Youq neix mij caemh ma

ʔju⁵ ni⁵ mi² çam⁶ ma¹

在 这 不 同 回

与妹不同行，

674

伕 妚 侎 弛 队

Gvan baz mij caemh doih

kwa:n¹ pa² mi² çam⁶ to:i⁶

夫 妻 不 同 队

我俩难成对。

675

佬 眼 佬 侎 覵

Laux ndaengq laux mij raen

la:u⁴ ʔdaŋ⁵ la:u⁴ mi² han¹

个 看 个 不 见

相互不理睬，

676

布 瞫 布 否 旭

Boux cim boux mbouj ciuq

pu⁴ çim¹ pu⁴ ʔbu⁵ çiu⁵

个 看 个 不 看

相迎装不见。

677

尬 忞 尬 罋 慌

Gwq nawh gwq naj vueng

ka² nu⁶ ka² na³ wu:ŋ¹

越 想 越 脸 灰

越想越羞愧，

678

尬 麻 尬 罋 赫

Gwq ma gwq naj hawq

ka² ma¹ ka² na³ huɯ⁵

越 去 越 脸 干

越走脸越干。

10. 姑娘唱

679

啊	的	俱	耗	龙
Ha	diz	beix	mauh	lungz
ha¹	ti²	pi⁴	ma:u⁶	luŋ²
啊	那	兄	帽	龙

情哥戴龙帽,

680

啊	的	哥	耗	顶
Ha	diz	go	mauh	dingj
ha¹	ti²	ko¹	ma:u⁶	tiŋ³
啊	那	哥	帽	顶

情哥戴尖帽,

681

儂	打	㠯	瞵	哥
Nuengx	dwg	bae	cim	go
nu:ŋ⁴	tuk⁸	pai¹	çim¹	ko¹
妹	是	去	看	哥

妹去看望哥,

682

娘	㞼	哥	旭	峭
Nangz	ndaej	go	ciuq	sau
na:ŋ²	ʔdai³	ko¹	çiu⁵	θa:u¹
姑娘	得	哥	看	姑娘

妹得哥关照。

683

儂	否	嚎	𡃤	侵
Nuengx	mbouj	gangj	guh	caemz
nu:ŋ⁴	ʔbu⁵	ka:ŋ³	kɔk⁸	çam²
妹	不	说	做	玩

妹不说玩笑,

684

明	明	欧	伏	倈
Mingz	mingz	aeu	dah	raix
miŋ²	miŋ²	ʔau¹	ta⁶	ɣa:i⁴
明	明	娶	真	实

明明真心娶。

685

欧	㞼	俫	𫙬	㞕
Aeu	ndaej	mij	caemh	rug
ʔau¹	ʔdai³	mi²	çam⁶	ɣuk⁸
娶	得	不	同	房间

娶到不理睬,

686

各　圣　咱　爱　逗

Gag　youq　mbwq　ngaiq　daeuz

kaːk⁸　ʔju⁵　ʔbɯ⁵　ŋaːi⁵　tau²

自　在　闷　爱　逗

闲来逗玩耍，

687

勒　之　偻　囗　尜

Laeg　ce　raeuz　guh　nyawz

lak⁸　çe¹　ya²　kɔk⁸　ŋaɯ²

别　留　我们　做　玩

别当咱摆设。

11. 夫妇唱

688

跶　迭　啊　胁　慌

Daep　dieb　ha　saem　vueng

tap⁷　teːp⁸　ha¹　θam¹　wuːŋ¹

肝　跳　啊　心　慌

心慌啊宝贝，

689

胁　兀　啊　琉　兜

Caw　ndei　ha　liux　noix

çɯ¹　ʔdi¹　ha¹　le⁴　noːi⁶

心　好　啊　众　小

心好啊情妹。

690

俱　麻　饟　眼　她

Beix　ma　sang　ndaengq　meh

pi⁴　ma¹　θaːŋ¹　ʔdaŋ⁵　me⁶

兄　回　高　看　母

哥回乡探母，

691

之　跻　袜　故　麻

Ce　giuj　maed　goj　ma

çe¹　tçiu³　mat⁸　ko³　ma¹

丢　跟　袜　就　回

脱袜子就回。

692

哥　麻　歪　眼　佫

Go　ma　gwnz　ndaengq　gaeg

ko¹　ma¹　kun²　ʔdaŋ⁵　kak⁸

哥　回　上　看　娅王

哥去看娅王，

693

俱 列 咟 侎 章

Beix lez bak mij cieng

pi⁴ le² pak⁸ mi² çi:ŋ¹

兄 是 嘴 不 章

哥是无口才，

694

圣 盯 竺 嶂 兊

Youq din ranz caj noix

ʔju⁵ tin¹ ɣan² ça³ no:i⁶

在 脚 家 等 小

在屋边等妹，

695

之 跞 鞍 故 踸

Ce giuj haiz goj yamq

çe¹ tçiu³ ha:i² ko³ ʔja:m⁵

丢 跟 鞋 就 迈步

脱双鞋就走。

696

跶 迭 啊 胁 魀

Daep dieb ha saem gyaeuj

tap⁷ te:p⁸ ha¹ θam¹ tçau³

肝 跳 啊 心 头

心慌啊宝贝，

697

魀 佫 苩 佫 瓢

Gyaeuj gaz biek gaz beuz

tçau³ ka² pek⁸ ka² piu²

头 像 芋 像 瓢

头大如瓢瓜。

698

份 先 嘹 同 訂

Fwx senq riuz doengh dingh

fu⁴ θe:n⁵ ɣiu² tuŋ⁴ tiŋ⁶

别人 早 传说 相 订

相传咱订婚，

699

先 宜 冻 宜 难

Senq mwh nduj mwh nanz

θe:n⁵ mə⁶ ʔdu³ mə⁶ na:n²

早 时 古 时 久

很早人就传，

700

圣 盯 山 与 温

Youq din canz lij unq

ʔju⁵ tin¹ ça:n² li³ ʔun⁵

在 脚 晒台 还 幼

两小无猜时。

12. 小伙唱

701
眈 迭 啊 妑 苗
Daep dieb ha baz miuz
tap⁷ teːp⁸ ha¹ pa² miu²
肝 跳 啊 妻 辈
心慌啊妻辈，

702
朒 兀 啊 妑 使
Caw ndei ha baz saeq
ɕɯ¹ ʔdi¹ ha¹ pa² θai⁵
心 好 啊 妻 师
心好啊师娘。

703
垠 内 俱 吜 使
Gwnq neix beix naeuz saeq
kɯn⁵ ni⁵ pi⁴ nau² θai⁵
现 这 兄 说 师
现哥对妹说，

704
眃 兴 哥 吜 儂
Ngoenz hwng go naeuz nuengx
ŋon² ɕin¹ ko¹ nau² nuːŋ⁴
天 兴 哥 说 妹
今哥对妹讲。

705
煞 来 故 眉 妑
Caek laiq goj miz baz
ɕak⁷ laːi⁵ ko³ mi² pa²
幸 好 也 有 妻
幸好哥有妻，

706
双 偻 侎 鴑 别
Song raeuz mij rox bied
θoːŋ¹ ɣa² mi² ɣo⁴ piːt⁸
两 我们 不 会 分离
我俩不分离。

707
兑 俱 彐 勒 舍
Noix beix coh laeg haemz
noːi⁶ pi⁴ ɕo⁴ lak⁸ ham²
小 兄 就 别 愁
小妹不需愁，

708

滍	哥	彐	勒	忆
Bengz	go	coh	laeg	heiq
peːŋ²	ko¹	ço⁴	lak⁸	hi⁵
贵	哥	就	别	忧

宝贝不必忧。

709

俱	列	未	ʒ	轎
Beix	lez	fih	naengh	giuh
pi⁴	le²	fi⁶	naŋ⁶	tçiu⁶
兄	是	没	坐	轿

哥非坐轿人，

710

欧	娋	滍	籵	侍
Aeu	sau	bengz	daeuj	sawj
ʔau¹	θaːu¹	peːŋ²	tau³	θaɯ³
要	姑娘	贵	来	服侍

不用妹服侍。

711

兜	俱	弛	田	竺
Noix	beix	caemh	guh	ranz
noːi⁶	pi⁴	çam⁶	kɔk⁸	ɣaːn²
小	兄	同	做	房屋

哥妹同建房，

712

彐	田	竺	馪	儂
Coh	guh	ranz	caj	nuengx
ço⁴	kɔk⁸	ɣaːn²	ça³	nuːŋ⁴
就	做	房	等	妹

哥建房等妹。

713

兜	俱	啊	妃	苗
Noix	beix	ha	baz	miuz
noːi⁶	pi⁴	ha¹	pa²	miu²
小	兄	啊	妻	辈

做一世夫妻，

714

俱	列	嗛	肭	冇
Beix	lez	gangj	daengz	ndwi
pi⁴	le²	kaːŋ³	taŋ²	ʔdɯi¹
兄	是	说	到	空

哥只嘴上说，

715

哥	俫	田	伏	俫
Go	mij	guh	dah	raix
ko¹	mi²	kɔk⁸	ta⁶	ɣaːi⁴
哥	不	做	真	实

哥说却不做。

716

宵　内　彐　哥　吶

Mwh　neix　coh　go　naeuz

mə⁶　ni⁵　ço⁴　ko¹　nau²

时　这　就　哥　说

现哥对你说，

717

宵　内　哥　彐　噔

Mwh　neix　go　coh　daengq

mə⁶　ni⁵　ko¹　ço⁴　taŋ⁵

时　这　哥　就　嘱咐

现哥对你讲。

718

份　先　嘹　先　嘹

Fwx　senq　riuz　senq　riuz

fɯ⁴　θeːn⁵　ɣiu²　θeːn⁵　ɣiu²

别人早　传　早　传

人们早相传，

719

份　嘹　峭　彩　莲

Fwx　riuz　sau　Caij　Lienz

fɯ⁴　ɣiu²　θaːu¹　ça:i³　li:n²

别人　传　姑娘　彩　莲

早传彩莲妹，

720

兜　俱　ȝ　樽　州

Noix　beix　naengh　daengq　cou

noːi⁶　pi⁴　naŋ⁶　taŋ⁵　çu¹

小　兄　坐　凳　州府

与哥住州城，

721

粜　哥　揹　银　皓

Byai　go　dawz　ngaenz　hau

pja:i¹　ko¹　tu²　ŋan²　ha:u¹

尾　哥　拿　银　白

同哥管钱财。

722

俱　打　儂　扢　桥

Beix　daj　nuengx　haet　giuz

pi⁴　ta³　nu:ŋ⁴　hat⁷　tçiu²

兄　与　妹　搭　桥

哥和妹搭桥，

723

嘹　毕　肝　几　埊

Riuz　bae　daengz　geij　deih

ɣiu²　pai¹　taŋ²　tçi³　ti⁶

传　去　到　几　地方

到处都传扬。

① 咟甲〔pak⁸ kap⁸〕：八甲，今云南省广南县八宝镇八甲村。

724

咟	甲①	嘹	的	伝
Bak	Gap	riuz	diz	vunz
pak⁸	kap⁸	ɣiu²	ti²	hun²
八	甲	传	那	人

八甲人相传，

725

份	嘹	名	伏	俫
Fwx	riuz	mingz	dah	raix
fɯ⁴	ɣiu²	miŋ²	ta⁶	ɣaːi⁴
别人	传	名	真	实

传你美名扬。

726

儂	歪	埊	勒	丢
Nuengx	youq	deih	laeg	deuz
nuːŋ⁴	ʔju⁵	ti⁶	lak⁸	teːu²
妹	在	地	别	离开

妹别离开家，

727

勒	凹	布	罯	很
Laeg	guh	boux	naj	henj
lak⁸	kɔk⁸	pu⁴	na³	heːn³
别	做	人	脸	黄

不做黄脸婆。

728

勒	嘎	俱	当	宜
Laeg	yax	beix	dang	ranz
lak⁸	ja⁴	pi⁴	taːŋ¹	ɣaːn²
别	骗	兄	当	家

莫骗哥当家，

729

勒	許	份	䏿	偻
Laeg	hawj	fwx	riu	raeuz
lak⁸	hauu³	fɯ⁴	ɣiu¹	ɣa²
别	给	人	笑	我们

莫让人取笑，

730

宜	哥	呾	肛	内
Mwh	go	naeuz	daengz	neix
mə⁶	ko¹	nau²	taŋ²	ni⁵
时	哥	说	到	这

哥就说到此。

731

八	使	啊	八	皇
Bet	saeq	ha	bet	vuengz
pɛt⁸	θai⁵	ha¹	pɛt⁸	wuːŋ²
八	司	啊	八	王

八司啊八王，

732

娋　兀　啊　俱　儂

Sau　ndei　ha　beix　nuengx

θaːu¹　ʔdi¹　ha¹　pi⁴　nuːŋ⁴

姑娘　好　啊　姐　妹

姑娘啊姐妹。

733

歆　歆　伻　口　皇

Ndwj　ndwj　mij　guh　vuengz

ʔdɯ⁴　ʔdɯ⁴　mi²　kɔk⁸　wuːŋ²

久　久　不　做　王

久不行巫事，

734

歆　难　伻　口　琉

Ndwj　nanz　mij　guh　liuh

ʔdɯ⁴　naːn²　mi²　kɔk⁸　liu⁶

久　久　不　做　玩耍

久不曾游玩。

735

怠　嚢　儂　胴　慌

Nawh　naj　nuengx　dungx　vueng

nɯ⁶　na³　nuːŋ⁴　tuŋ⁴　wuːŋ¹

想　脸　妹　肚　慌

想妹心难平，

736

怠　業　哥　肚　怖

Nawh　byai　go　dungx　mbuq

nɯ⁶　pjaːi¹　ko¹　tuŋ⁴　ʔbu⁵

想　小　哥　肚　乱

思妹心神乱。

737

俱　彐　ʒ　勒　边

Beix　coh　naengh　raek　benz

pi⁴　ço⁴　naŋ⁶　ɣak⁷　peːn²

兄　就　坐　旁　边

哥靠妹身边，

738

哥　彐　边　垒　伏

Go　coh　benz　bae　fag

ko¹　ço⁴　peːn²　paːi¹　faːk⁸

哥　就　挪　去　对面

哥倚妹身旁。

739

俱　肝　殿　吢　妣

Beix　daengz　dienh　coh　meh

pi⁴　taŋ²　tiːn⁶　ço⁶　me⁶

兄　到　殿　向　母

哥回家问母，

740

哥	毕	窀	吹	她
Go	bae	ranz	coh	meh
ko¹	pai¹	ɣaːn²	ço⁶	me⁶
哥	去	家	向	母

哥返家问妈。

741

兀	俱	啊	耒	哥
Ndei	beix	ha	byai	go
ʔdi¹	pi⁴	ha¹	pjaːi¹	ko¹
好	兄	啊	小	哥

哥的小情妹,

742

儂	彐	ʒ	㠭	哥
Nuengx	coh	naengh	caj	go
nuːŋ⁴	ço⁴	naŋ⁶	ça³	ko¹
妹	就	坐	等	哥

妹坐等哥来,

743

ʒ	埊	歪	㠭	俱
Naengh	deih	gwnz	caj	beix
naŋ⁶	ti⁶	kɯn²	ça³	pi⁴
坐	地方	上	等	兄

坐上方等哥。

744

許	使	㐹	毕	喬
Hawj	saeq	geq	bae	biengz
haɯ³	θai⁵	tçe⁵	pai¹	pɯːŋ²
给	师	老	去	地方

随师巡天下,

745

許	媌	哥	毕	国
Hawj	sau	go	bae	guek
haɯ³	θaːu¹	ko¹	pai¹	kuk⁸
给	姑娘	哥	去	国

跟哥游四方。

746

俱	ʒ	樽	乑	山
Beix	naengh	daengq	laj	canz
pi⁴	naŋ⁶	taŋ⁵	la³	çaːn²
兄	坐	凳	下	晒台

哥坐晒台下,

747

哥	ʒ	樽	乑	纲
Go	naengh	daengq	laj	riep
ko¹	naŋ⁶	taŋ⁵	la³	jip⁸
哥	坐	凳	下	蚊帐

哥在帐下坐。

748

耇 蠨 偻 彐 З

Doek moq raeuz coh naengh

tɔk⁷ mo⁵ ɣa² ço⁴ naŋ⁶

次 新 我们 就 坐

回头咱再坐，

749

耇 楞 偻 彐 案

Doek laeng raeuz coh anq

tɔk⁷ laŋ¹ ɣa² ço⁴ ʔaːn⁵

次 后 我们 就 案

过后咱再聚。

750

份 咧 眉 伝 夠

Fwx le miz vunz lai

fu⁴ le¹ mi² hun² laːi¹

别人 啊 有 人 多

别处小伙多，

751

佬 伝 哂 報 婋

Lau vunz lawz bauq youx

laːu¹ hun² laːu² paːu⁵ ju⁴

怕 人 哪 报 情人

恐有追妹人。

13. 情妹唱

752

希 俱 叩 样 訌

Cix beix guh yiengh hongz

çi⁴ pi⁴ kɔk⁸ jiːŋ⁶ hoːŋ²

若 兄 做 样 说

哥若这样说，

753

嶂 儂 欧 介 魊

Caj nuengx aeu gaiq fangz

ça³ nuːŋ⁴ ʔau¹ kaːi⁵ faːŋ²

等 妹 要 这 鬼

妹将嫁鬼神。

754

嶂 娘 欧 塏 奻

Caj nangz aeu deih giuq

ça³ naːŋ² ʔau¹ ti⁶ tçiu⁵

等 姑娘 要 地方 妖

妹要嫁妖精，

755

俱	奴	田	样	謤
Beix	daeuq	guh	yiengh	hauq
pi⁴	tau⁵	kɔk⁸	ji:ŋ⁶	ha:u⁵
兄	又	做	样	说

哥又这样说，

756

哥	古	田	样	嗹
Go	gou	guh	yiengh	gangj
ko¹	ku¹	kɔk⁸	ji:ŋ⁶	ka:ŋ³
哥	我	做	样	讲

我哥这样讲。

757

盲	奔	偻	与	意
Mwh	nduj	raeuz	lij	iq
mə⁶	ʔdu⁴	ɣa²	li³	ʔe⁶
时	古	我们	还	小

咱俩小时候，

758

偻	同	之	乔	桸
Raeuz	doengz	ce	laj	faex
ɣa²	tɔŋ²	çe¹	la³	mai⁴
我们	同	置于	下	树

咱相依树下，

759

偻	弛	圣	呑	架
Raeuz	caemh	youq	laj	caz
ɣa²	çam⁶	ʔju⁵	la³	ça²
我们	同	在	下	树丛

相偎在树丛。

760

她	打	仪	同	意
Meh	daj	boh	doengz	eiq
me⁶	ta³	po⁶	tɔŋ²	ʔei⁵
母	和	父	同	意

父母都乐意，

761

欧	偻	田	俟	妑
Aeu	raeuz	guh	gvan	baz
ʔau¹	ɣa²	kɔk⁸	kwa:n¹	pa²
要	我们	做	夫	妻

让咱做夫妻，

762

許	双	偻	田	對
Hawj	song	raeuz	guh	doih
hau³	θo:ŋ¹	ɣa²	kɔk⁸	to:i⁶
给	两	我们	做	对

要咱做一对。

① 芘芭 [pjak⁷ pja²]：芋荷菜。芋荷是多年生宿根草本植物，别名芋艿、水芋等，其秆可食用。

763

希　俱　口　样　訌

Cix　beix　guh　yiengh　hongz

çi⁴　pi⁴　kɔk⁸　ji:ŋ⁶　ho:ŋ²

若　兄　做　样　说

哥若这样说，

764

希　哥　口　样　嗛

Cix　go　guh　yiengh　gangj

çi⁴　ko¹　kɔk⁸　ji:ŋ⁶　ka:ŋ³

若　哥　做　样　讲

若哥这样讲。

765

巋　偻　侵　巋　偻

Dai　raeuz　caemh　dai　raeuz

ta:i¹　ɣa²　çam⁶　ta:i¹　ɣa²

死　我们　同　死　我们

咱求同日死，

766

巋　乔　茂　芘　芭①

Dai　laj　maeuj　byaek　byaz

ta:i¹　la³　mau³　pjak⁷　pja²

死　下　丛　菜　芋荷

死于芋菜丛，

767

巋　乔　架　排　檑

Dai　laj　caz　faex　laeq

ta:i¹　la³　ça²　mai⁴　ɣai⁵

死　下　树丛　树　栗

死于栗树下。

768

使　赮　使　忞　欧

Saeq　raen　saeq　yaek　aeu

θai¹　han¹　θai⁵　jak⁷　ʔau¹

司　见　司　想　要

官人见想要，

769

鳥　鷄　赮　忞　啒

Roeg　raeu　raen　yaek　dot

ɣɔk⁸　ɣau¹　han¹　jak⁷　tot⁸

鸟　斑鸠　见　想　啄

斑鸠见想啄。

770

穏　蕛　許　貧　挪

Ndaem　gyoij　hawj　baenz　ndok

ʔdam¹　tɕo:i³　hau³　pan²　ʔdɔk⁸

种　芭蕉　给　成　串

芭蕉结硕果，

771

独	鳩	許	貧	對
Duz	roeg	hawj	baenz	doih
tu²	ɣɔk⁸	hau³	pan²	to:i⁶
只	鸟	给	成	对

鸟雀配成对。

772

秭	蒜	許	貧	花
Mbuq	soiq	hawj	baenz	va
ʔbu⁵	θo:i⁵	hau³	pan²	wa¹
葱	蒜	给	成	双

葱蒜结成双，

773

双	偻	弛	双	偻
Song	raeuz	caemh	song	raeuz
θo:ŋ¹	ɣa²	cam⁶	θo:ŋ¹	ɣa²
两	我们	同	两	我们

咱成双成对。

774

兒	偻	弛	构	匾
Dai	raeuz	caemh	gouh	benj
ta:i¹	ɣa²	cam⁶	ku⁶	pe:n³
死	我们	同	副	棺材

死后同棺椁，

775

弛	构	匾	排	楼
Caemh	gouh	benj	faex	raeu
cam⁶	ku⁶	pe:n³	mai⁴	ɣau¹
同	副	棺材	树	枫

同入枫树棺，

776

弛	构	種	排	棫
Caemh	gouh	congz	faex	haemz
cam⁶	ku⁶	co:ŋ²	mai⁴	ham²
同	副	棺材	树	油杉

同享杉树椁。

777

遴	构	排	否	宏
Bungz	gouh	faex	mbouj	hung
puŋ⁵	ku⁶	mai⁴	ʔbu⁵	huŋ¹
遇	副	棺材	不	大

若棺材不大，

778

遴	构	種	否	壙
Bungz	gouh	congz	mbouj	gvangq
puŋ⁵	ku⁶	co:ŋ²	ʔbu⁵	kwa:ŋ⁵
遇	副	棺材	不	宽

若棺椁不宽。

779

尬 否 壥 尬 宽

Gwq mbouj gvangq gwq gvenz

ka² ʔbu⁵ kwa:ŋ⁵ ka² kwe:n²

越 不 宽 越 扩

不宽越要扩,

780

双 偻 将 叹 棑

Song raeuz nyeng haeuj faex

θo:ŋ¹ ɣa² ȵe:ŋ¹ hau³ mai⁴

两 我们 侧身 入 棺材

咱侧身入殓。

781

偻 先 抢 時 卯

Raeuz senq ndonj seiz maux

ɣa² θe:n⁵ ʔdo:n³ çi² mau³

我们 先 钻入 时 卯

卯时咱先进,

782

偻 先 叹 時 辰

Raeuz senq haeuj seiz ceiz

ɣa² θe:n⁵ hau³ çi² çi²

我们 先 入 时 辰

辰时咱先入,

783

冚 哥 兀 值 冚

Ndaej go ndei geq ndaej

ʔdai³ ko¹ ʔdi¹ tçe⁵ ʔdai³

得 哥 好 值 得

有哥就值得。

14. 伯母唱

784

希 儂 凹 样 訌

Cix nuengx guh yiengh hongz

çi⁴ nu:ŋ⁴ kɔk⁸ ji:ŋ⁶ ho:ŋ²

若 妹 做 样 说

若妹这么说,

785

希 娘 凹 样 嗛

Cix nangz guh yiengh gangj

çi⁴ na:ŋ² kɔk⁸ ji:ŋ⁶ ka:ŋ³

若 姑娘 做 样 讲

若妹这样讲。

786

她　古　嫁　佲　瓢

Meh　gou　gai　gaz　beuz

me⁶　ku¹　kaːi¹　kaz　piu²

母　我　嫁　像　瓢

嫁女如卖瓢，

787

她　古　嫁　佲　苩

Meh　gou　gai　gaz　biek

me⁶　ku¹　kaːi¹　ka²　pek⁸

母　我　嫁　像　芋

嫁女像卖芋。

788

纳　佲　碝　壬　圌

Naek　gaz　mak　youq　suen

nak⁷　ka²　mak⁸　ʔju⁵　θuːn¹

亲　像　果　在　园子

亲像园中果，

789

纳　佲　棵　挪　婍

Naek　gaz　go　ndok　youx

nak⁷　ka²　ko¹　ʔdɔk⁸　ju⁴

亲　像　棵　花　情人

视若情人花。

790

纳　佲　棵　兴　冇

Naek　gaz　go　hing　ndwi

nak⁷　ka²　ko¹　hiŋ¹　ʔdɯi¹

亲　像　棵　姜　空

爱似独生姜，

791

纳　佲　棵　苩　独

Naek　gaz　go　biek　dog

nak⁷　ka²　ko¹　pek⁸　toːk⁸

亲　像　棵　芋　独

怜如独棵芋。

792

虺　佲　苩　佲　瓢

Gyaeuj　gaz　biek　gaz　beuz

tɕau³　ka²　pek⁸　ka²　piu²

头　像　芋　像　瓢

头如瓢如芋，

793

份　先　嘹　同　纳

Fwx　senq　riuz　doengh　naek

fu⁴　θeːn⁵　ɣiu²　tuŋ⁴　nak⁷

别人　早　传　相　重情

人传早相爱。

794

瑝	栖	彐	贫	花
Fwngz	swix	coh	baenz	va
fɯŋ²	θɯi⁴	ço⁴	pan²	wa¹
手	左	向	成	花

左手牵像花，

795

瑝	卦	啊	贫	蒜
Fwngz	gvaz	hob	baenz	soiq
fɯŋ²	kwa²	ho:p⁸	pan²	θo:i⁵
手	右	合	成	蒜

右手扣成蒜。

796

眉	介	侬	她	娘
Miz	gaiq	nuengx	meh	nangz
mi²	ka:i⁵	nu:ŋ⁴	me⁶	na:ŋ²
有	这	妹	母	姑娘

若有姑娘妹，

797

揣	伏	古	伏	俫
Sing	gvan	gou	dah	raix
θiŋ¹	kwa:n¹	ku¹	ta⁶	ɣa:i⁴
抢	夫	我	真	实

真敢抢我夫。

798

纳	伏	侬	田	伏
Naek	gvan	nuengx	guh	gvan
nak⁷	kwa:n¹	nu:ŋ⁴	kɔk⁸	kwa:n¹
亲	夫	妹	做	夫

爱我夫当夫，

799

揣	伏	娘	田	布
Sing	gvan	nangz	guh	baeuq
θiŋ¹	kwa:n¹	na:ŋ²	kɔk⁸	pau⁵
抢	夫	姑娘	做	丈夫

抢我夫做夫，

800

胅	迭	啊	肬	丹
Daep	dieb	ha	caw	danz
tap⁷	te:p⁸	ha¹	çɯ¹	ta:n²
肝	跳	啊	心	惊

心慌啊宝贝。

801

银	俏	是	古	得
Ngaenz	laux	cawh	gou	dawz
ŋan²	la:u⁴	çɯ⁶	ku¹	tɯ²
银	大	是	我	拿

我掌管银锭，

802

古　偹　舛　許　儂

Gou　mij　baen　hawj　nuengx

ku¹　mi²　pan¹　haɯ³　nuːŋ⁴

我　不　分　给　妹

我不分别人，

803

古　与　是　俱　揬

Gou　lij　cawh　beix　dawz

ku¹　li³　ɕɯ⁶　pi⁴　tɯ²

我　还　是　兄　拿

我与哥共管。

804

她　裕　古　兀　卦

Meh　goek　gou　ndei　gvaq

me⁶　kɔk⁷　ku¹　ʔdi¹　kwa⁵

母　根　我　好　过

祖母安置好，

805

粝　茫　是　古　添

Haeux　byaek　cawh　gou　diemz

hau⁴　pjak⁷　ɕɯ⁶　ku¹　tim²

饭　菜　是　我　添

饭菜我来添，

806

银　钱　是　古　挡

Ngaenz　cienz　cawh　gou　dang

ŋan²　ɕiːn²　ɕɯ⁶　ku¹　taːŋ¹

银　钱　是　我　担

钱财我来担。

807

银　傛　是　古　拎

Ngaenz　laux　cawh　gou　gaem

ŋan²　laːu⁴　ɕɯ⁶　ku¹　kam¹

银　大　是　我　拿

银锭我掌管，

808

偹　肕　佲　枓　办

Mij　daengz　mwngz　daeuj　banh

mi²　taŋ²　mɯŋ²　tau³　paːn⁶

不　到　你　来　办

无须你来办。

809

扒　眳　是　古　赔

Bax　neij　cawh　gou　boiz

pa⁴　ni³　ɕɯ⁶　ku¹　poːi²

背负债　是　我　赔

负债是我赔，

810

丂 样 是 古 开

Fanh yiengh cawh gou hai

fa:n⁶ ji:ŋ⁶ ɕu⁶ ku¹ ha:i¹

万 样 是 我 开

万事我操心，

811

顾 佲 乖 枉 费

Guq mwngz gvai vueng feiq

ku⁵ muŋ² kwa:i¹ wu:ŋ¹ fei⁵

顾 你 机灵 枉 费

枉费你乖巧。

15. 小伙唱

812

肽 迭 啊 妑 苗

Daep dieb ha baz miuz

tap⁷ te:p⁸ ha¹ pa² miu²

肝 跳 啊 妻 辈

妻辈心慌乱，

813

怂 兀 啊 妑 使

Caw ndei ha baz saeq

ɕɯ¹ ʔdi¹ ha¹ pa² θai⁵

心 好 啊 妻 师

仙婆心地好。

814

兜 俱 啊 娟 哥

Noix beix ha sau go

no:i⁶ pi⁴ ha¹ θa:u¹ ko¹

小 哥 啊 姑娘 哥

哥的小情妹，

815

兜 俱 勒 怂 慌

Noix beix laeg caw vueng

no:i⁶ pi⁴ lak⁸ ɕɯ¹ wu:ŋ¹

小 哥 别 心 慌

情妹不心慌，

816

籴 哥 勒 胴 怖

Byai go laeg dungx mbuq

pja:i¹ ko¹ lak⁸ tuŋ⁴ ʔbu⁵

尾 哥 别 肚 乱

小妹别心乱。

817

娿	否	歃	否	难
Bae	mbouj	ndwj	mbouj	nanz
pai¹	ʔbu⁵	ʔdɯ³	ʔbu⁵	naːn²
去	不	久	不	久

哥去不长久，

818

哥	与	拦	到	籵
Go	lij	lanz	dauq	daeuj
ko¹	li³	laːn²	taːu⁵	tau³
哥	还	转	回	来

哥还转回头。

819

兜	俱	勒	陇	山
Noix	beix	laeg	roengz	canz
noːi⁶	pi⁴	lak⁸	ɣoŋ²	ɕaːn²
小	兄	别	下	晒台

妹莫下晒台，

820

佲	呀	鲍	簿	哥
Mwngz	yaz	mbauq	caj	go
mɯŋ²	jua²	ʔbaːu⁵	ɕa³	ko¹
你	哄	小伙	等	哥

你哄娃等哥，

821

粜	呀	郎	簿	俱
Byai	yaz	langz	caj	beix
pjaːi¹	jua²	laːŋ²	ɕa³	pi⁴
尾	哄	郎	等	兄

哄儿等哥回。

822

麻	ʒ	俱	帮	排
Ma	naengh	beix	bang	baij
ma¹	naŋ⁶	pi⁴	paːŋ¹	paːi³
来	坐	兄	帮	摆

哥摆凳妹坐，

823

桦	坏	哥	帮	撮
Mbonq	vaih	go	bang	coih
ʔboːn⁵	waːi⁶	ko¹	paːŋ¹	ɕoːi⁶
床	坏	哥	帮	修

床坏哥帮修。

824

兜	儂	勒	忿	移
Noix	nuengx	laeg	nawh	lai
noːi⁶	nuːŋ⁴	lak⁸	nu⁶	laːi¹
小	妹	别	想	多

小妹别多想，

① 邦［pa:ŋ¹］：神煞。此处指壮族民间举行的法事仪式，壮语称"叩邦"［kɔk⁸ pa:ŋ¹］。

825

眉　　業　　偻　　与　　独

Miz　byai　raeuz　lij　dog

mi²　pja:i¹　ɣa²　li³　to:k⁸

有　　尾　　我们　还　　独

咱还有独儿。

826

兜　　偻　　冗　　八　　脥

Noix　raeuz　ndaej　bet　ndwen

no:i⁶　ɣa²　ʔdai³　pɛt⁸　ʔdɯ:n¹

小　　我们　得　　八　　月

小儿得八月，

827

勒　　許　　他　　秊　　乑

Laeg　hawj　de　doek　laj

lak⁸　hauɯ³　te¹　tɔk⁷　la³

别　　给　　他　　跌　　下

别让他跌跤，

828

勒　　許　　他　　秊　　歪

Laeg　hawj　de　doek　gwnz

lak⁸　hauɯ³　te¹　tɔk⁷　kɯn²

别　　给　　他　　磕　　上

别让磕到头。

829

勒　　許　　業　　偻　　忆

Laeg　hawj　byai　raeuz　heiq

lak⁸　hauɯ³　pja:i¹　ɣa²　hi⁵

别　　给　　尾　　我们　愁

莫让咱儿忧，

830

儂　　譹　　一　　二　　邦①

Nuengx　hauq　it　ngeih　bang

nu:ŋ⁴　ha:u⁵　ʔit⁷　ŋi⁶　pa:ŋ¹

妹　　说　　一　　二　　神煞

妹屡问巫事。

831

俱　　料　　噆　　琉　　壇

Beix　daeuj　cam　liux　danz

pi⁴　tau³　ça:m¹　le⁴　ta:n²

兄　　来　　问　　众　　坛

哥就问众坛，

832

哥　　噆　　魸　　眼　　齏

Go　cam　fangz　ndaengq　naj

ko¹　ça:m¹　fa:ŋ²　ʔdaŋ⁵　na³

哥　　问　　鬼　　看　　脸

哥占算详情。

833

琉	姪	冕	秽	苗
Liuh	youx	ndaej	lai	miuz
le⁶	ju⁴	ʔdai³	laːi¹	miu²
玩耍	情人	得	多	辈

交友已多年，

834

妃	苗	故	嚎	份
Baz	miuz	goj	hauq	fwx
pa²	miu²	ko³	haːu⁵	fu⁴
妻	辈	也	说	别人

还说是外人。

835

欧	兜	粰	伩	嘾
Aeu	noix	daeuj	boh	cam
ʔau¹	noːi⁶	tau³	po⁶	ɕaːm¹
要	小	来	父	问

爹请妹来问，

836

嘾	妃	苗	埄	隸
Cam	baz	miuz	baih	rongh
ɕaːm¹	pa²	miu²	paːi⁶	ɣoːŋ⁶
问	妻	辈	方	亮

问妻阳间事。

837

偻	欧	樽	嘾	壇
Raeuz	aeu	daengq	cam	danz
ɣa²	ʔau¹	taŋ⁵	ɕaːm¹	taːn²
我们	要	凳	问	坛

摆凳问师娘，

838

嘾	伩	她	俱	儂
Cam	boh	meh	beix	nuengx
ɕaːm¹	po⁶	me⁶	pi⁴	nuːŋ⁴
问	父	母	兄	弟

问父母兄弟。

839

兜	儂	啊	肶	丹
Noix	nuengx	ha	saem	danz
noːi⁶	nuːŋ⁴	ha¹	θam¹	taːn²
小	妹	啊	心	惊

心慌啊情妹，

840

粜	哥	啊	娘	痼
Byai	go	ha	nangz	in
pjaːi¹	ko¹	ha¹	naːŋ²	ʔin¹
尾	哥	啊	姑娘	疼

小妹啊爱妻。

841

兜　儂　眉　栖　花

Noix　nuengx　miz　swiz　va

noːi⁶　nuːŋ⁴　mi²　θɯi²　wa¹

小　妹　有　枕　花

妹有花枕头，

842

眉　伝　鮎　打　觑

Miz　vunz　hah　daek　gonq

mi²　hun²　ha¹　tak⁷　koːn⁵

有　人　占　往　先

有人抢在先。

843

恅　眉　鏈　栓　躺

Lau　miz　lienh　con　ndang

laːu¹　mi²　liːn⁶　ɕoːn¹　ʔdaːŋ¹

怕　有　链　拴　身

恐有链拴身，

844

恅　眉　侠　管　魃

Lau　miz　gvan　guenj　gyaeuj

laːu¹　mi²　kwaːn¹　kuːn⁴　tɕau³

怕　有　夫　管　头

恐丈夫严管。

845

俱　欧　儂　叩　妃

Beix　aeu　nuengx　guh　baz

pi⁴　ʔau¹　nuːŋ⁴　kɔk⁸　pa²

兄　娶　妹　做　妻

哥娶妹做妻，

846

列　娟　取　吧　未

Lez　sau　nyi　naeuz　fih

le²　θaːu¹　ɲi¹　nau²　fi⁶

不　知　姑娘　听　说　未

不知妹愿否。

847

俱　旦　磅　当　空

Beix　daemj　lauq　dang　ranz

pi⁴　tam³　laːu⁵　taːŋ¹　ɣaːn²

兄　接管　坛子　当　家

哥管物当家，

848

哥　旦　空　当　地

Go　daemj　ranz　dang　daej

ko¹　tam³　ɣaːn²　taːŋ¹　tai³

哥　接管　家　当　底

哥管家做主。

娅王经诗译注

849

竜　　俱　　唎　　妲　　粜

Lueng　beix　le　baz　byai

luːŋ¹　pi⁴　le¹　pa²　pjaːi¹

大　　哥　　啊　　妻　　尾

情妹啊爱妻,

850

竜　　哥　　唎　　妲　　夵

Lueng　go　le　baz　gaeuq

luːŋ¹　ko¹　le¹　pa²　kau⁵

大　　哥　　啊　　妻　　旧

情友啊发妻。

16. 情妹唱

851

希　　俱　　囗　　样　　訌

Cix　beix　guh　yiengh　hongz

çi⁴　pi⁴　kɔk⁸　jiːŋ⁶　hoːŋ²

若　　兄　　做　　样　　说

哥若这样说,

852

希　　哥　　囗　　样　　嗉

Cix　go　guh　yiengh　gangj

çi⁴　ko¹　kɔk⁸　jiːŋ⁶　kaːŋ³

若　　哥　　做　　样　　讲

若哥这样讲。

853

哥　　愿　　欧　　达　　娝

Go　nyienh　aeu　dah　sau

ko¹　n̠iːn⁶　ʔau¹　ta⁶　θaːu¹

哥　　愿　　娶　　这　　姑娘

哥愿娶情妹,

854

哥　　愿　　欧　　娝　　兜

Go　nyienh　aeu　sau　noix

ko¹　n̠iːn⁶　ʔau¹　θaːu¹　noːi⁶

哥　　愿　　娶　　姑娘　　小

哥愿娶小妹。

855

各　　布　　哥　　各　　嗲

Gak　boux　go　gak　cam

kaːk⁷　pu⁴　ko¹　kaːk⁷　çaːm¹

各　　个　　哥　　各　　问

哪个哥自问,

856

各 伝 哥 各 訂

Gak vunz go gak dingh

ka:k⁷ hun² ko¹ ka:k⁷ tiŋ⁶

各 人 哥 各 定

谁人哥自定。

857

肛 底 欧 布 哬

Daengz daej aeu boux lawz

taŋ² tai³ ʔau¹ pu⁴ lau²

到 底 娶 人 哪

到底娶哪个，

858

呾 娋 雅 眼 醒

Naeuz sau yawz ndaengq naj

nau² θa:u¹ jaɯ² ʔdaŋ⁵ na³

说 姑娘 漂亮 看 脸

请妹露个脸。

859

訂 列 訂 肛 冇

Dingh lez dingh daengz ndwi

tiŋ⁶ le² tiŋ⁶ taŋ² ʔdɯi¹

定 也 定 到 空

定情也白定，

860

訂 ヨ 訂 肛 呀

Dingh coh dingh daengz ya

tiŋ⁶ ço⁴ tiŋ⁶ taŋ² ʔja¹

定 也 定 到 空

定情也枉费。

861

貧 哬 俫 艸 差

Baenz lawz mij cuengq cai

pan² lau² mi² çu:ŋ⁵ ça:i¹

成 哪 不 放 差人

何不派差使，

862

貧 哬 俫 艸 婿

Baenz lawz mij cuengq sawj

pan² lau² mi² çu:ŋ⁵ θaɯ³

成 哪 不 放 使者

怎不遣媒人。

863

兜 儂 忧 故 佬

Noix nuengx you goj lau

no:i⁶ nu:ŋ⁴ jou¹ ko³ la:u¹

小 妹 忧 也 怕

小妹忧又怕，

864

媌	爱	哥	俫	冇
Sau	ngaiq	go	mij	ndaej
θaːu¹	ŋaːi⁵	ko¹	mi²	ʔdai³
姑娘	爱	哥	不	得

妹爱哥不得。

865

昑	俱	欧	田	妑
Ngoenz	beix	aeu	guh	baz
ŋon²	pi⁴	ʔau¹	kɔk⁸	pa²
天	兄	娶	做	妻子

今娶妹当妻，

866

昑	欧	妑	双	儂
Ngoenz	aeu	baz	song	nuengx
ŋon²	ʔau¹	pa²	θoːŋ¹	nuːŋ⁴
天	娶	妻子	两	妹

今娶双妻伴。

867

儂	兇	未	冇	哥
Nuengx	noix	fih	ndaej	go
nuːŋ⁴	noːi⁶	fi⁶	ʔdai³	ko¹
妹	小	不	得	哥

小妹无情郎，

868

她	她	跟	哥	琉
Meh	meh	niengz	go	liuh
me⁶	me⁶	nuːŋ²	ko¹	liu⁶
母	母	跟	哥	玩耍

人人愿跟哥。

869

肛	底	爱	佬	喇
Daengz	daej	ngaiq	laux	lawz
taŋ²	tai³	ŋaːi⁵	laːu⁴	lauɯ²
到	底	爱	个	哪

到底爱哪个，

870

呠	媌	兀	打	儂
Naeuz	sau	ndei	daj	nuengx
nau²	θaːu¹	ʔdi¹	ta³	nuːŋ⁴
说	姑娘	好	和	妹

哪个姑娘好，

871

哥	ⲥ	嗛	呠	明
Go	coh	gangj	naeuz	mingz
ko¹	ço⁴	kaːŋ³	nau²	miŋ²
哥	就	讲	说	明

哥就讲明白，

872

勒　欧　掚　欧　卦

Laeg　aeu　swix　aeu　gvaz

lak^{8}　ʔau^{1}　θɯi^{4}　ʔau^{1}　kwa^{2}

别　娶　左　娶　右

别左拥右抱。

873

偻　正　真　爱　惿

Raeuz　cingq　caen　ngaiq　gyoh

ɣa^{2}　ɕiŋ^{5}　ɕan^{1}　ŋa:i^{5}　tɕo^{6}

我们　正　真　爱　疼爱

咱真正相爱，

874

愿　皿　椕　皿　娋

Nyienh　guh　goek　guh　sau

ȵi:n^{6}　kɔk^{8}　kɔk^{7}　kɔk^{8}　θa:u^{1}

愿　做　大　做　姑娘

做妻妾无妨。

875

纳　尥　皓　卦　蒙

Naek　gyaeuj　hau　gvaq　mboengq

nak^{7}　tɕau^{3}　ha:u^{1}　kwa^{5}　ʔbɔŋ^{5}

重情　头　白　过　世

相爱到白头，

876

罯　各　偻　扢　桥

Naj　gag　raeuz　haet　giuz

na^{3}　ka:k^{8}　ɣa^{2}　hat^{7}　tɕiu^{2}

前　自　我们　搭　桥

只要有姻缘，

877

份　嘹　偻　厘　俱

Fwx　riuz　raeuz　ndij　beix

fɯ^{4}　ɣiu^{2}　ɣa^{2}　ʔdi^{3}　pi^{4}

别人　传　我们　与　兄

别人传我俩。

878

啊　的　俱　帏　龙

Ha　diz　beix　mauh　lungz

ha^{1}　ti^{2}　pi^{4}　ma:u^{6}　luŋ^{2}

啊　那　兄　帽　龙

情哥戴龙帽，

879

啊　的　哥　帏　顶

Ha　diz　go　mauh　dingj

ha^{1}　ti^{2}　ko^{1}　ma:u^{6}　tiŋ^{3}

啊　那　哥　帽　顶

情哥戴尖帽。

880

韬	内	料	拈	勾
Haemh	neix	daeuj	nip	gaeu
ham⁶	ni⁵	tau³	nip⁷	ku¹
晚	这	来	拈	阄

今晚来抓阄，

881

韬	内	料	拈	命
Haemh	neix	daeuj	nip	mingh
ham⁶	ni⁵	tau³	nip⁷	miŋ⁶
晚	这	来	拈	命

今晚来拈命。

882

佬	哂	弛	吽	粦
Laux	lawz	caemh	gwn	ringz
la:u⁴	lau²	çam⁶	kɯn¹	ɣiŋ²
个	哪	同	吃	午饭

哪个能同餐，

883

肖	内	俱	先	娿
Mwh	neix	beix	senq	bae
mə⁶	ni⁵	pi⁴	θe:n⁵	pai¹
时	这	兄	先	去

现哥先上前，

884

肖	内	偻	带	头
Mwh	neix	raeuz	daiq	daeuz
mə⁶	ni⁵	ɣa²	ta:i⁵	tau²
时	这	我们	带	头

现咱俩带头。

885

趄	疠	簩	肞	訂
Yiet	naiq	caj	caw	dingh
jet⁷	na:i⁵	ça³	çɯ¹	tiŋ⁶
歇	息	等	心	定

歇息待心静，

886

丞	肞	簩	八	儂
Youq	saem	caj	bet	nuengx
ʔju⁵	θam¹	ça³	pɛt⁸	nu:ŋ⁴
定	心	等	八	妹

静心等众妹。

第三篇 最后一面

本篇主要描述众人、众"神"短暂歇息后，快马加鞭前去探望娅王的过程及所见。从唱词中反映出众人、众"神"的心情十分不平静，"心慌乱难平"，"心神全慌乱"。于是，大家互相鼓励，快马加鞭，"策马上高殿，装扮去新殿"，"谁都别迷路，谁都莫掉队"，"扬鞭马蹄疾，双脚快如飞"。不久，众人、众"神"来到父王家门口，看到"闸门站满人"，"闸门满猪毛，家门遍地鸡"。众人、众"神"心情更加不平静，"站上心慌乱，站下心神慌"。最终，"八司都来齐，八王都到全"，见到了娅王。"母王渐入睡，娅王渐沉睡"。本篇反映出众人、众"神"想尽早见到娅王的急切心情，突出了娅王在人们心中的高大形象。

1. 领队唱

887

挞 迭 啊 肚 乖

Daep dieb ha caw gvai

tap⁷ te:p⁸ ha¹ ɕɯ¹ kwa:i¹

肝 跳 啊 心 机灵

心慌啊宝贝,

888

肚 兙 啊 儂 兜

Caw ndei ha nuengx noix

ɕɯ¹ ʔdi¹ ha¹ nu:ŋ⁴ no:i⁶

心 好 啊 妹 小

心好啊小妹。

889

尥 佫 苩 倫 瓢

Gyaeuj gaz biek lumj beuz

tɕau³ ka² pek⁸ lum³ piu²

头 像 芋 像 瓢

头如芋如瓢,

890

份 嘹 名 伏 侎

Fwx riuz mingz dah raix

fɯ⁴ ɣiu² miŋ² ta⁶ ɣa:i⁴

别人 传 名 真 实

人传你美名。

891

未 霖 银 霖 钱

Fih loem ngaenz loem cienz

fi⁶ lɔm¹ ŋan² lɔm¹ ɕi:n²

不 输 银 输 钱

虽不输钱财,

892

未 貧 滍 儂 兜

Fih baenz bengz nuengx noix

fi⁶ pan² pe:ŋ² nu:ŋ⁴ no:i⁶

不 成 贵 妹 小

但非金贵身。

893

银 玉 侎 弛 捍

Ngaenz viq mij caemh dawz

ŋan² wi³ mi² ɕam⁶ tu²

银 玉 不 同 拿

无权管钱财,

894

欧	伕	佲	否	咠
Aeu	gvan	mwngz	mbouj	ndaej
ʔau¹	kwaːn¹	mɯŋ²	ʔbu⁵	ʔdai³
要	夫	你	不	得

不能夺你夫。

895

盲	内	贫	桐	梓
Mwh	neix	baenz	dongh	saeu
mə⁶	ni⁵	pan²	toŋ⁶	θau¹
时	这	成	桩	柱

现呆如木桩,

896

伕	妸	俫	同	颥
Gvan	baz	mij	doengh	ngwz
kwaːn¹	pa²	mi²	tuŋ⁴	ŋɯ²
夫	妻	不	相	看

夫妻两相厌。

897

趰	疠	時	双	時
Yiet	naiq	seiz	song	seiz
jet⁷	naːi⁵	ɕi²	θoːŋ¹	ɕi²
歇	息	时	两	时

暂时歇一会,

898

伕	妸	佲	打	齬
Gvan	baz	mwngz	daek	gonq
kwaːn¹	pa²	mɯŋ²	tak⁷	koːn⁵
夫	妻	你	往	先

你夫妻先行。

899

盯	姂	㞘	殿	閗
Din	swix	hwnj	dienh	ndaw
tin¹	θɯi⁴	hɯn³	tiːn⁶	ʔdaɯ¹
脚	左	上	殿	内

左脚进殿内,

900

盯	卦	偻	先	踸
Din	gvaz	raeuz	senq	yamq
tin¹	kwa²	ya²	θeːn⁵	ʔjaːm⁵
脚	右	我们	先	迈步

咱右脚先迈。

901

佬	佬	眉	莦	胠
Laux	laux	miz	gen	ga
laːu⁴	laːu⁴	mi²	tɕeːn¹	ka¹
个	个	有	手臂	脚

个个有手脚,

902

許 佲 逻 侎 賟

Hawj mwngz ra mij raen

hau³ muɯŋ² ɣa¹ mi² han¹

给 你 找 不 见

你也找不见。

903

踥 踥 逻 得 酊

Yamq yamq ra dwk din

ʔjaːm⁵ ʔjaːm⁵ ɣa¹ tu⁷ tin¹

迈步 迈步 找 踩中 脚

快步踩中脚，

904

昑 内 揩 伏 俫

Ngoenz neix ciengj dah raix

ŋon² ni⁵ θeːŋ⁴ ta⁶ ɣaːi⁴

天 这 抢 真 实

今天要抢先。

905

踥 踥 咯 众 壇

Yamq yamq lo gyoengq danz

ʔjaːm⁵ ʔjaːm⁵ lo¹ tɕoŋ⁵ taːn²

迈步 迈步 啰 众 坛

众师娘快走，

906

瓸 瓸 咯 众 使

Mbin mbin lo gyoengq saeq

ʔbin¹ ʔbin¹ lo¹ tɕoŋ⁵ θai⁵

飞 飞 咯 众 师

众仙姑快飞。

907

胴 怖 恀 怖 恀

Dungx mbuq linz mbuq linz

tuŋ⁴ ʔbu⁵ lin² ʔbu⁵ lin²

肚 慌 乱 慌 乱

心慌乱难平，

908

脆 兀 侎 安 定

Caw ndei mij an dingh

ɕu¹ ʔdi¹ mi² ʔaːn¹ tiŋ⁶

心 好 不 安 定

心善也难安。

909

胴 怖 煞 怖 㤵

Dungx mbuq caek mbuq ca

tuŋ⁴ ʔbu⁵ ɕwak⁷ ʔbu⁵ ɕwa¹

肚 慌 乱 慌 张

心神全慌乱，

910

偻	与	麻	殿	蕭
Raeuz	lij	ma	dienh	moq
ɣa²	li³	ma¹	tiːn⁶	mo⁵
我们	还	回	殿	新

咱回新殿去。

911

些	佬	勒	貧	谋
Saek	laux	laeg	baenz	maeuz
θak⁷	laːu⁴	lak⁸	pan²	mau²
哪	个	别	成	昏

谁都别发昏，

912

些	伝	勒	貧	暗
Saek	vunz	laeg	baenz	ngawh
θak⁷	hun²	lak⁸	pan²	ŋaɯ⁶
哪	人	别	成	愣

谁都别犯傻。

913

胅	迭	使	移	骜
Daep	dieb	saeq	lai	biengz
tap⁷	teːp⁸	θai⁵	laːi¹	pɯːŋ²
肝	跳	师	多	地方

众师娘心慌，

914

胏	兀	皇	移	板
Caw	ndei	vuengz	lai	mbanj
ɕɯ¹	ʔdi¹	wuːŋ²	laːi¹	ʔbaːn³
心	好	王	多	村寨

各仙姑心好。

915

琉	使	呀	啊	壇
Liux	saeq	ha	a	danz
le⁴	θai⁵	ha¹	ʔa¹	taːn²
众	师	啊	阿	坛

师娘啊仙姑，

916

各	壇	使	各	麻
Gak	danz	saeq	gak	ma
kaːk⁷	taːn²	θai⁵	kaːk⁷	ma¹
各	坛	师	各	回

各坛主自来，

917

各	佥	骀	各	踜
Gak	cang	ndang	gak	yamq
kaːk⁷	ɕwaːŋ¹	ʔdaːŋ¹	kaːk⁷	ʔjaːm⁵
各	打扮	身	各	迈步

穿戴好自来。

918

踜　啰　使　杪　裔

Yamq lo saeq lai biengz

ʔjaːm⁵ lo¹ θai⁵ laːi¹ puɯŋ²

迈步　啰　师　多　地方

各地师娘去，

919

麻　啰　皇　杪　板

Ma lo vuengz lai mbanj

ma¹ lo¹ wuːŋ² laːi¹ ʔbaːn³

回　啰　王　多　村寨

多村仙姑来。

920

硌　布　硌　佘　舶

Dangq boux dangq cang ndang

taːŋ⁵ pu⁴ taːŋ⁵ ɕwaːŋ¹ ʔdaːŋ¹

各　人　各　打扮　身

各人自打扮，

921

硌　伝　硌　佘　躴

Dangq vunz dangq cang rangh

taːŋ⁵ hun² taːŋ⁵ ɕwaːŋ¹ ɣaːŋ⁶

各　人　各　打扮　身

各人各装扮。

922

踜　踜　啰　伩　皇

Yamq yamq lo boh vuengz

ʔjaːm⁵ ʔjaːm⁵ lo¹ po⁶ wuːŋ²

迈步　迈步　啰　父　王

父王快快走，

923

瓲　瓲　啰　伩　使

Mbin mbin lo boh saeq

ʔbin¹ ʔbin¹ lo¹ po⁶ θai⁵

飞　飞　啰　父　司

祖师速速行。

924

发　馬　麻　殿　䮰

Fad max ma dienh sang

faːt⁸ ma⁴ ma¹ tiːn⁶ θaːŋ¹

鞭策　马　来　殿　高

策马上高殿，

925

佘　舶　麻　殿　䎹

Cang ndang ma dienh moq

ɕwaːŋ¹ ʔdaːŋ¹ ma¹ tiːn⁶ mo⁵

打扮　身　来　殿　新

装扮去新殿。

926
叫　粝　偻　𨁈　𡘫
Gwn　haeux　raeuz　ok　biengz
kɯn[1]　hau[4]　ɣa[2]　ʔɔk[8]　pɯːŋ[2]
吃　饭　我们　出　地方
饭后咱出村，

927
叫　粮　偻　𨁈　板
Gwn　ringz　raeuz　ok　mbanj
kɯn[1]　ɣiŋ[2]　ɣa[2]　ʔɔk[8]　ʔbaːn[3]
吃　午饭　我们　出　村寨
饭后咱离寨。

928
发　馬　麻　殿　𩫱
Fad　max　ma　dienh　sang
faːt[8]　ma[4]　ma[1]　tiːn[6]　θaːŋ[1]
鞭策　马　回　殿　高
策马上高殿，

929
衾　䠶　麻　谋　𣵀
Cang　ndang　ma　maeuj　moq
çwaːŋ[1]　ʔdaːŋ[1]　ma[1]　mau[3]　mo[5]
打扮　身　回　地方　新
装扮去新地。

930
发　馬　麻　殿　䋮
Fad　max　ma　dienh　nding
faːt[8]　ma[4]　ma[1]　tiːn[6]　ʔdiŋ[2]
鞭策　马　回　殿　红
策马登红殿，

931
衾　䠶　麻　沛　曰
Cang　ndang　ma　Mboq　Vez
çwaːŋ[1]　ʔdaːŋ[1]　ma[1]　ʔbo[5]　we[2]
打扮　身　回　泉　旧
打扮到旧泉。

932
跈　玎　麻　閂　𡎺
Yamq　din　ma　ndaw　ndoi
ʔjaːm[5]　tin[1]　ma[1]　ʔdaɯ[1]　ʔdoːi[1]
迈步　脚　回　内　山坡
迈步进坡岭，

933
米　玎　貧　�　霡
Byai　din　baenz　laep　mok
pjaːi[1]　tin[1]　pan[2]　lap[7]　mɔk[8]
尾　脚　成　黑　雾
脚似踏云雾。

934

些　佬　勒　落　坤

Saek　laux　laeg　lot　roen

θak^7　$la\!:\!u^4$　lak^8　lot^8　hon^1

哪　个　别　落下　路

谁都别迷路，

935

些　壇　勒　落　路

Saek　danz　laeg　lot　loh

θak^7　$ta\!:\!n^2$　lak^8　lot^8　lo^6

哪　坛　别　落下　路

谁都莫掉队。

936

偻　岜　板　琉　坤

Raeuz　bae　mbanj　liuh　roen

γa^2　pai^1　$\text{?}ba\!:\!n^3$　liu^6　hon^1

我们　去　村寨　玩耍　路

咱进村游玩，

937

偻　岜　夯　琉　路

Raeuz　bae　biengz　liuh　loh

γa^2　pai^1　$pw\!:\!n^2$　liu^6　lo^6

我们　去　地方　玩耍　路

咱游走多地，

938

肝　坮　坤　同　别

Daengz　gap　roen　doengh　bied

tan^2　kap^8　hon^1　tun^4　$pi\!:\!t^8$

到　岔　路　相　分离

到岔路分离。

939

啊　琉　使　来　夯

Ha　liux　saeq　lai　biengz

ha^1　le^4　θai^5　$la\!:\!i^1$　$pw\!:\!n^2$

啊　众　师　多　地方

多地众师娘，

940

啊　琉　皇　夥　板

Ha　liux　vuengz　lai　mbanj

ha^1　le^4　$wu\!:\!n^2$　$la\!:\!i^1$　$\text{?}ba\!:\!n^3$

啊　众　王　多　村寨

多村众仙姑。

941

坤　歪　坤　騎　馬

Roen　gwnz　roen　gwih　max

hon^1　kum^2　hon^1　kui^6　ma^4

路　上　路　骑　马

上路骑马路，

942

坤　乔　坤　駖　怀

Roen　laj　roen　gwih　vaiz

hɔn¹　la³　hɔn¹　kui⁶　wa:i²

路　下　路　骑　水牛

下道骑牛道，

943

坤　塺　閍　麻　伓

Roen　dieg　gyang　ma　gaeg

hɔn¹　ti:k⁸　tɕa:ŋ¹　ma¹　kak⁸

路　地　中　来　娅王

中路通娅王。

944

踡　踡　啰　仪　皇

Yamq　yamq　lo　boh　vuengz

ʔja:m⁵　ʔja:m⁵　lo¹　po⁶　wɯ:ŋ²

迈步　迈步　啰　父　王

父王快快走，

945

𤲃　𤲃　啰　仪　使

Mbin　mbin　lo　boh　saeq

ʔbin¹　ʔbin¹　lo¹　po⁶　θai⁵

飞　飞　啰　父　司

祖师速速行。

946

叔　煞　肟　殿　丕

Cuq　caed　daengz　dienh　gwnz

ɕu⁵　ɕat⁸　taŋ²　ti:n⁶　kɯn²

忽然　到　殿　上

马上就到殿，

947

偻　麻　肟　殿　伓

Raeuz　ma　daengz　dienh　gaeg

ɣa²　ma¹　taŋ²　ti:n⁶　kak⁸

我们　回　到　殿　娅王

咱到娅王殿。

948

麻　閗　坤　侣　难

Ma　ndaw　roen　ciuh　nanz

ma¹　ʔdaɯ¹　hɔn¹　ɕiu⁶　na:n²

回　内　路　世　久

走进古代路，

949

麻　坤　班　侣　夯

Ma　roen　ban　ciuh　nduj

ma¹　hɔn¹　pa:n¹　ɕiu⁶　ʔdu³

来　路　那时　世　古

走上远古道。

950

踥　　踥　　啰　　妠　　皇

Yamq　yamq　lo　　meh　　vuengz

ʔjaːm⁵　ʔjaːm⁵　lo¹　me⁶　wɯːŋ²

迈步　迈步　啰　　母　　王

母王快快走，

951

瓫　　瓫　　啰　　尵　　隊

Mbin　mbin　lo　　gyaeuj　doih

ʔbin¹　ʔbin¹　lo¹　tɕau³　toːi⁶

飞　　飞　　啰　　头　　队

领头速速行。

952

啊　　琉　　使　　几　　�

Ha　　liux　saeq　geij　biengz

ha¹　le⁴　θai⁵　tɕi³　pɯːŋ²

啊　　众　　师　　几　　地方

多地众师娘，

953

啊　　琉　　魁　　几　　板

Ha　　liux　fangz　geij　mbanj

ha¹　le⁴　faːŋ²　tɕi³　ʔbaːn³

啊　　众　　鬼　　几　　村寨

多村众祖神。

954

佬　　佬　　他　　跟　　皇

Laux　laux　doq　niengz　vuengz

laːu⁴　laːu⁴　ta⁵　nɯːŋ²　wɯːŋ²

个　　个　　都　　跟　　王

都跟师娘走，

955

伝　　伝　　他　　跟　　使

Vunz　vunz　doq　niengz　saeq

hun²　hun²　ta⁵　nɯːŋ²　θai⁵

人　　人　　都　　跟　　师

都随仙姑行。

956

些　　佬　　勒　　落　　坤

Saek　laux　laeg　lot　　roen

θak⁷　laːu⁴　lak⁸　lɔt⁸　hɔn¹

哪　　个　　别　　落下　路

谁都别迷路，

957

些　　伝　　勒　　落　　路

Saek　vunz　laeg　lot　　loh

θak⁷　hun²　lak⁸　lɔt⁸　lo⁶

哪　　人　　别　　落下　路

谁都别掉队。

958

胴	怖	恡	怖	恡
Dungx	mbuq	linz	mbuq	linz
tuŋ⁴	ʔbu⁵	lin²	ʔbu⁵	lin²
肚	慌	乱	慌	乱

心神全慌乱,

959

啊	的	伝	夥	板
Ha	diz	vunz	lai	mbanj
ha¹	ti²	hun²	la:i¹	ʔba:n³
啊	那	人	多	村寨

各寨众人们。

960

胴	怖	煞	怖	忰
Dungx	mbuq	caek	mbuq	ca
tuŋ⁴	ʔbu⁵	çak⁷	ʔbu⁵	çwa¹
肚	慌	乱	心	慌张

心惊又慌乱,

961

啊	的	魅	几	垫
Ha	diz	fangz	geij	deih
ha¹	ti²	fa:ŋ²	tçi³	ti⁶
啊	那	鬼	几	地方

多地众祖神。

962

发	馬	麻	令	令
Fad	max	ma	rinh	rinh
fa:t⁸	ma⁴	ma¹	ɣin⁶	ɣin⁶
鞭策	马	来	速	速

扬鞭马蹄疾,

963

踏	盯	瓫	柳	柳
Daeb	din	mbin	liuh	liuh
tap⁸	tin¹	ʔbin¹	liu⁶	liu⁶
踏	脚	飞	速	速

双脚快如飞。

964

叔	煞	肝	咟	丫
Cuq	caed	daengz	bak	ngamz
çu⁵	çat⁸	taŋ²	pak⁸	ŋa:m²
忽	然	到	口	山垭

瞬间到垭口,

965

矑	閗	竺	伩	佬
Raen	dou	ranz	boh	laux
han¹	tu¹	ɣa:n²	po⁶	la:u⁴
见	门	家	父	大

看见父家门。

966

啊 琉 樽 杦 夯

Ha liux daengq lai biengz

ha¹ le⁴ taŋ⁵ la:i¹ puɯ:ŋ²

啊 众 凳 多 地方

多地众师娘，

967

啊 琉 壇 杦 板

Ha liux danz lai mbanj

ha¹ le⁴ ta:n² la:i¹ ʔba:n³

啊 众 坛 多 村寨

多村众仙姑。

968

閁 重 闓 介 伝

Dou gyoeg rim gaiq vunz

tu¹ tɕok⁸ ɣim¹ ka:i⁵ hun²

门 闸 满 这 人

闸门站满人，

969

閁 宯 闓 介 使

Dou ranz rim gaiq saeq

tu¹ ɣa:n² ɣim¹ ka:i⁵ θai⁵

门 家 满 这 师

师娘满家门。

970

闓 介 使 几 夯

Rim gaiq saeq geij biengz

ɣim¹ ka:i⁵ θai⁵ tɕi³ puɯ:ŋ²

满 这 师 几 地方

多方师娘临，

971

闓 介 皇 几 埊

Rim gaiq vuengz geij deih

ɣim¹ ka:i⁵ wɯ:ŋ² tɕi³ ti⁶

满 这 王 几 地方

多地仙姑来。

972

啊 琉 婋 琉 婋

Ha liux youx liux youx

ha¹ le⁴ ju⁴ le⁴ ju⁴

啊 众 情人 众 情人

众情哥情妹，

973

佺 躺 岊 柳 柳

Cang ndang bae liuh liuh

ɕwa:ŋ¹ ʔda:ŋ¹ pai¹ liu⁶ liu⁶

打扮 身 去 速 速

装扮纷纷去。

974

脄	迭	啊	几	夽
Daep	dieb	ha	geij	biengz
tap⁷	te:p⁸	ha¹	tɕi³	pɯ:ŋ²
肝	跳	啊	几	地方

多地人心慌，

975

胗	旡	啊	几	埊
Caw	ndei	ha	geij	deih
ɕɯ¹	ʔdi¹	ha¹	tɕi³	ti⁶
心	好	啊	几	地方

各地人心好。

976

八	俱	儂	肕	齐
Bet	beix	nuengx	daengz	caez
pɛt⁸	pi⁴	nu:ŋ⁴	taŋ²	ɕai²
八	兄	妹	到	齐

八兄妹到齐，

977

伝	ȝ	歪	ȝ	乑
Vunz	ndwn	gwnz	ndwn	laj
hun²	ʔdɯn¹	kɯn²	ʔdɯn¹	la³
人	站	上	站	下

上下都站满。

978

伝	ȝ	歪	胗	怖
Vunz	ndwn	gwnz	saem	mbuq
hun²	ʔdɯn¹	kɯn²	θam¹	ʔbu⁵
人	站	上	心	乱

站上心慌乱，

979

伝	ȝ	乑	胗	慌
Vunz	ndwn	laj	saem	vueng
hun²	ʔdɯn¹	la³	θam¹	wu:ŋ¹
人	站	下	心	慌

站下心神慌。

980

胗	旡	呀	琉	俱
Caw	ndei	ya	liux	beix
ɕɯ¹	ʔdi¹	ja¹	le⁴	pi⁴
心	好	呀	众	兄

众哥心善良，

981

踏	跶	罢	令	令
Dap	yamq	bae	rinh	rinh
tap⁸	ʔja:m⁵	pai¹	ɣin⁶	ɣin⁶
踏	迈步	去	速	速

迈步疾疾去。

982

踏	町	湓	立	柳
Dap	din	mbin	liq	liuh
tap[8]	tin[1]	ʔbin[1]	li[5]	liu[6]
踏	脚	飞	迅	速

提脚速速飞,

983

各	佬	各	跟	皇
Gak	laux	gak	niengz	vuengz
ka:k[7]	la:u[4]	ka:k[7]	nɯːŋ[2]	wuːŋ[2]
各	个	各	跟	王

各随师娘来。

984

侴	舑	肝	閗	重
Cang	ndang	daengz	dou	gyoeg
ɕwa:ŋ[1]	ʔda:ŋ[1]	taŋ[2]	tu[1]	tɕɔk[8]
打扮	身	到	门	闸

装扮到闸门,

985

閗	重	闗	品	猱
Dou	gyoeg	rim	bwn	mou
tu[1]	tɕɔk[8]	ɣim[1]	pɯn[1]	mu[1]
门	闸	满	毛	猪

闸门满猪毛,

986

閗	宯	闗	独	鸼
Dou	ranz	rim	duz	gaeq
tu[1]	ɣaːn[2]	ɣim[1]	tu[2]	kai[5]
门	家	满	只	鸡

家门遍地鸡。

987

啊	琉	使	几	骜
Ha	liux	saeq	geij	biengz
ha[1]	le[4]	θai[5]	tɕi[3]	pɯŋ[2]
啊	众	师	几	地方

多地众师娘,

988

啊	琉	皇	几	板
Ha	liux	vuengz	geij	mbanj
ha[1]	le[4]	wuːŋ[2]	tɕi[3]	ʔbaːn[3]
啊	众	王	几	村寨

多村众仙姑。

989

琉	使	佲	先	肝
Liux	saeq	mwngz	senq	daengz
le[4]	θai[5]	mɯŋ[2]	θeːn[5]	taŋ[2]
众	师	你	早	到

众仙姑早到,

990

琉	傲	佲	先	料
Liux	au	mwngz	senq	daeuj
le⁴	ʔaːu¹	muɯŋ²	θeːn⁵	tau³
众	叔	你	早	来

众叔伯已来。

991

夥	矞	佬	佬	料
Lai	biengz	laux	laux	daeuj
laːi¹	puɯŋ²	laːu⁴	laːu⁴	tau³
多	地方	个	个	来

各地人都来，

992

夥	板	夥	伝	肛
Lai	mbanj	lai	vunz	daengz
laːi¹	ʔbaːn³	laːi¹	hun²	taŋ²
多	村寨	多	人	到

多村人都到。

993

偻	与	卦	几	矞
Raeuz	lij	gvaq	geij	biengz
ɣa²	li³	kwa⁵	tɕi³	puɯŋ²
我们	还	过	几	地方

咱还过多地，

994

偻	与	伦	几	板
Raeuz	lij	lwd	geij	mbanj
ɣa²	li³	luɯt⁸	tɕi³	ʔbaːn³
我们	还	巡	几	村寨

咱还走几村。

995

肛	時	巳	盲	餲
Daengz	seiz	sawj	mwh	ngaiz
taŋ²	ɕi²	θuɯ³	mə⁶	ŋaːi²
到	时	巳	时	饭

巳时该早饭，

996

料	肛	快	時	午
Daeuj	daengz	gvaiz	seiz	hax
tau³	taŋ²	kwaːi²	ɕi²	ha⁴
来	到	迟	时	午

到时已午时。

997

胳	佬	胳	丝	圩
Dangq	laux	dangq	bae	haw
taːŋ⁵	laːu⁴	taːŋ⁵	pai¹	huɯ¹
各	个	各	去	街

各自去赶街，

998

垱 伝 垱 嗭 渌

Dangq vunz dangq bae lueg

ta:ŋ⁵ hun² ta:ŋ⁵ pai¹ lu:k⁸

各 人 各 去 集市

各自去集市。

999

嗭 渌 賍 独 猀

Bae lueg cawx duz mou

pai¹ lu:k⁸ ɕu⁴ tu² mu¹

去 集市 买 头 猪

去集市买猪,

1000

麻 圩 賍 独 鸡

Ma haw cawx duz gaeq

ma¹ huɯ¹ ɕu⁴ tu² kai⁵

去 街 买 只 鸡

去圩场买鸡。

1001

独 鸡 独 哂 肶

Duz gaeq duz lawz biz

tu² kai⁵ tu² lauɯ² pi²

只 鸡 只 哪 肥

须挑肥美鸡,

1002

独 猀 独 哂 傛

Duz mou duz lawz laux

tu² mu¹ tu² lauɯ² la:u⁴

头 猪 头 哪 大

要选壮硕猪。

1003

搭 鸡 麻 眿 她

Dab gaeq ma ndaengq meh

ta:p⁸ kai⁵ ma¹ ʔdaŋ⁵ me⁶

装 鸡 来 看 母

提鸡去探母,

1004

搭 芷 灾 眿 她

Dab byaek cai ndaengq meh

ta:p⁸ pjak⁷ ɕa:i¹ ʔdaŋ⁵ me⁶

装 菜 斋 看 母

提菜去看娘。

1005

胈 迭 啊 先 軍

Daep dieb ha sien gun

tap⁷ te:p⁸ ha¹ θi:n¹ kun¹

肝 跳 啊 先 军

心慌啊领队,

① 白莲［pe:k^8 li:n^2］：人名，是参加唱娅王仪式的师娘。

1006

肵 兀 啊 白 莲①

Caw ndei ha Beg Lienz

çɯ^1 ʔdi^1 ha^1 pe:k^8 li:n^2

心 好 啊 白 莲

好心啊白莲。

1007

她 打 先 盯 偻

Meh dwg senq muengh raeuz

me^6 tuk^8 θe:n^5 mu:ŋ^6 ɣa^2

母 是 早 盼望 我们

母早盼咱来，

1008

她 先 盯 偻 料

Meh senq muengh raeuz daeuj

me^6 θe:n^5 mu:ŋ^6 ɣa^2 tau^3

母 早 盼望 我们 到

娘早盼咱回。

1009

佲 先 料 時 辰

Mwngz senq daeuj seiz ceiz

mɯŋ^2 θe:n^5 tau^3 çi^2 çi^2

你 早 来 时 辰

你到正吉时，

1010

時 内 兀 介 儂

Seiz neix ndei gaiq nuengx

çi^2 ni^5 ʔdi^1 ka:i^5 nu:ŋ^4

时 这 好 这 妹

吉时利众妹，

1011

時 内 利 介 傲

Seiz neix leih gaiq au

çi^2 ni^5 li^6 ka:i^5 ʔa:u^1

时 这 吉利 这 叔

吉时利叔伯，

1012

叵 肵 皓 胴 壙

Guh caw hau dungx gvangq

kɔk^8 çɯ^1 ha:u^1 tuŋ^4 kwa:ŋ^5

做 心 白 肚 宽

心诚天地宽。

① 邓公：壮族师娘尊崇的先贤。相传邓公为云南省广南县八宝镇交播村草赖屯人，是娅王弟子，附近师娘均师承于他，尊他为祖师，每举行仪式必设邓公香位供奉。

2. 邓公①唱

1013

八　使　貧　麻　塆

Bet　saeq　baenz　maz　deih

$\text{p}\varepsilon\text{t}^8$　θai^5　pan^2　ma^2　ti^6

八　司　成　哪　地

众王在何地，

1014

击　击　琉　佲　呀

Giz　giz　liux　mwngz　ya

ki^2　ki^2　le^4　$\text{mu}\eta^2$　ja^1

处　处　众　你　呀

处处有你们，

1015

昨　昨　麻　跟　楞

Gau　gau　ma　niengz　laeng

kau^1　kau^1　ma^1　$\text{nu:}\eta^2$　$\text{la}\eta^1$

时　时　来　跟　后

时时来跟随。

1016

提　幐　使　六　生

Deq　caj　saeq　Luq　Swngz

te^5　ça^3　θai^5　lu^5　$\theta\text{ə}\eta^2$

等　等　师　六　生

等六生师娘，

1017

幐　介　皇　六　羊

Caj　gaiq　vuengz　Luq　Yangq

ça^3　ka:i^5　$\text{wu:}\eta^2$　lu^5　$\text{ja:}\eta^5$

等　这　王　六　羊

待六羊仙姑，

1018

麻　献　種　独　咧

Ma　yenq　congz　duz　le

ma^1　je:n^5　$\text{ço:}\eta^2$　tu^2　le^1

来　献　桌　只　咧

摆桌来献祭。

1019

八　使　琉　佲　呀

Bet　saeq　liux　mwngz　ya

$\text{p}\varepsilon\text{t}^8$　θai^5　le^4　$\text{mu}\eta^2$　ja^1

八　司　众　你　呀

众王啊众王，

1020

昨　昨　爱　跟　楞

Gau　gau　ngaiq　niengz　laeng

kau¹　kau¹　ŋaːi⁵　nɯːŋ²　laŋ¹

时　时　爱　跟　后

时时紧跟随。

1021

先　打　使　彩　旁

Senq　daj　saeq　lai　biengz

θeːn⁵　ta³　θai⁵　laːi¹　pɯːŋ²

早　和　师　多　地方

你早随师娘，

1022

先　打　皇　彩　板

Senq　daj　vuengz　lai　mbanj

θeːn⁵　ta³　wuːŋ²　laːi¹　ʔbaːn³

早　和　王　多　村寨

早应跟仙姑，

1023

料　商　量　麻　作

Daeuj　sieng　liengz　ma　gaeg

tau³　θiːŋ¹　liːŋ²　ma¹　kak⁸

来　商　量　来　娅王

商量探娅王。

1024

俅　贫　啰　八　使

Mij　baenz　lo　bet　saeq

mi²　pan²　lo¹　pet⁸　θai⁵

不　成　啰　八　司

不好了众王，

1025

㳠　蘱　勒　冧　啊

Baez　moq　laeg　lumz　ha

pai²　mo⁵　lak⁸　lum²　ha¹

次　新　别　忘　啊

下次不要忘。

1026

許　使　３　胩　乾

Hawj　saeq　ndwn　ga　geng

hauɯ³　θai⁵　ʔdɯn¹　ka¹　tɕeːŋ¹

给　师　站　腿　硬

师站到腿僵，

1027

俅　贫　俅　贫　啰

Mij　baenz　mij　baenz　lo

mi²　pan²　mi²　pan²　lo¹

不　成　不　成　啰

实在不像样。

1028

使	六	生	皇	六	羊
Saeq	Luq	Swngz	vuengz	Luq	Yangq

θai⁵ lu⁵ θəŋ² wuːŋ² lu⁵ jaːŋ⁵

师 六 生 王 六 羊

六生六羊师，

1029

苗	楞	苗	蘕	啊
Miuz	laeng	miuz	moq	ha

miu² laŋ¹ miu² mo⁵ ha¹

辈 后 辈 新 啊

今生和后世，

1030

将	就	古	业	啰
Gieng	couh	gou	yet	lo

tɕiːŋ¹ ɕou⁶ ku¹ jet⁸ lo¹

将 就 我 一点 啰

照顾我一点。

1031

献	猓	狽	份	許
Yenq	mou	mbej	fwx	hawj

jeːn⁵ mu¹ ʔbe³ fɯ⁴ haɯ³

献 猪 羊 别人 给

别人献猪羊，

1032

使	六	生	皇	六	羊
Saeq	Luq	Swngz	vuengz	Luq	Yangq

θai⁵ lu⁵ θəŋ² wuːŋ² lu⁵ jaːŋ⁵

师 六 生 王 六 羊

六生六羊师，

1033

麻	侍	地	覟	唎
Ma	sawj	dieg	gonq	le

ma¹ θaɯ³ tiːk⁸ koːn⁵ le¹

回 献祭 地方 先 唎

先来献祭吧，

1034

許	使	肞	饫	唎
Hawj	saeq	daengz	yeu	le

hau³ θai⁵ taŋ² jeːu¹ le¹

给 师 到 饿 唎

师娘已饥饿。

1035

使	六	生	皇	六	羊
Saeq	Luq	Swngz	vuengz	Luq	Yangq

θai⁵ lu⁵ θəŋ² wuːŋ² lu⁵ jaːŋ⁵

师 六 生 王 六 羊

六生六羊师，

1036

麻 献 埊 [illegible] 咧

Ma yenq deih gonq le

ma^{1} je:n^{5} ti^{6} ko:n^{5} le^{1}

回 献 地 先 咧

先来献祭吧，

1037

麻 扒 掮 扒 胩

Ma rub gen rub ga

ma^{1} ɣup^{8} tɕe:n^{1} ɣup^{8} ka^{1}

回 揉 手臂 揉 腿

来捶肩揉腿，

1038

麻 洗 躺 許 儂

Ma swiq ndang hawj nuengx

ma^{1} θɯi^{5} ʔda:ŋ^{1} haɯ^{3} nu:ŋ^{4}

回 洗 身 给 妹

来沐浴净身。

1039

琉 使 佲 麻 喂

Liux saeq mwngz ma vei

le^{4} θai^{5} mɯŋ^{2} ma^{1} wei^{1}

众 师 你 回 吧

众师娘请回，

1040

[illegible] [illegible] 侎 䛟 项

Bae bae mij gyab hangz

pai^{1} pai^{1} mi^{2} tɕa:p^{8} ha:ŋ^{2}

去 去 不 说 话

默默返回程。

1041

昙 内 值 钱 啰

Ngoenz neix cig cienz lo

ŋɔn^{2} ni^{5} ɕik^{8} ɕi:n^{2} lo^{1}

天 这 值 钱 啰

今天好日子，

1042

許 琉 樽 琉 壇

Hawj liux daengq liux danz

haɯ^{3} le^{4} taŋ^{5} le^{4} ta:n^{2}

给 众 凳 众 坛

给师娘设坛。

1043

[illegible] 吞 棑 [illegible] 皇

Naengh gwnz faex caj vuengz

naŋ^{6} kɯn^{2} mai^{4} ɕa^{3} wu:ŋ^{2}

坐 上 树 等 王

坐树上等师，

1044

3 歪 礦 嶹 使

Naengh gwnz rin caj saeq

naŋ⁶ kɯn² hin¹ ça³ θai⁵

坐 上 石 等 师

坐石上等师。

1045

許 琉 使 嶹 佲

Hawj liux saeq caj mwngz

hau³ le⁴ ʔai⁵ ça³ mɯŋ²

给 众 师 等 你们

让众师等你，

1046

侎 貧 侎 貧 啰

Mij baenz mij baenz lo

mi² pan² mi² pan² lo¹

不 成 不 成 啰

实在不像样。

3. 领队唱

1047

跶 迭 啊 伩 皇

Daep dieb ha boh vuengz

tap⁷ te:p⁸ ha¹ po⁶ wu:ŋ²

肝 跳 啊 父 王

心慌啊父王，

1048

胁 兡 啊 伩 使

Caw ndei ha boh saeq

çɯ¹ ʔdi¹ ha¹ po⁶ θai⁵

心 好 啊 父 司

心好啊祖师。

1049

田 胁 壙 黄 家

Guh caw gvangq vangz gya

kɔk⁸ çɯ¹ kwa:ŋ⁵ wa:ŋ² tça¹

做 心 宽 黄 家

对黄家宽厚，

① 黄满〔wa:ŋ² ma:n³〕：人名。

1050

回　脋　兀　黄　满①

Guh　caw　ndei　Vangz　Manj

kɔk⁸　ɕɯ¹　ʔdi¹　wa:ŋ²　ma:n³

做　心　好　黄　满

对黄满仁慈。

1051

使　列　使　六　生

Saeq　lez　saeq　Luq　Swngz

θai⁵　le²　θai⁵　lu⁵　θəŋ²

师　是　师　六　生

师娘六生人，

1052

皇　列　皇　六　羊

Vuengz　lez　vuengz　Luq　Yangq

wuːŋ²　le²　wuːŋ²　lu⁵　ja:ŋ⁵

王　是　王　六　羊

仙姑六羊人。

1053

万　样　万　麻　税

Fanh　yiengh　fanh　ma　yawj

fa:n⁶　ji:ŋ⁶　fa:n⁶　ma¹　ʔjɯ³

万　样　万　来　看

万物都来探，

1054

万　雅　万　麻　佧

Fanh　yaiz　fanh　ma　gaeg

fa:n⁶　ja:i²　fa:n⁶　ma¹　kak⁸

万　部族　万　来　娅王

都来看娅王。

1055

官　内　使　肛　州

Mwh　neix　saeq　daengz　cou

mə⁶　ni⁵　θai⁵　taŋ²　ɕu¹

时　这　师　到　州府

现众师至城，

1056

官　内　偻　肛　殿

Mwh　neix　raeuz　daengz　dienh

mə⁶　ni⁵　ɣa²　taŋ²　ti:n⁶

时　这　我们　到　殿

现我们到殿。

1057

官　偻　ヨ　朵　嚣

Mwh　raeuz　ndwn　dok　naj

mə⁶　ɣa²　ʔdɯn¹　tɔk⁸　na³

时　我们　站　对　面

我们站对面，

1058

挦	鈌	僗	楞	皇
Dawz	yangx	laux	laeng	vuengz
tu²	ʔjaːŋ⁴	laːu⁴	laŋ¹	wuːŋ²
拿	剑	大	后	王

持长剑随王，

1059

挦	錄	皓	楞	使
Dawz	rok	hau	laeng	sae
tu²	ɣok⁸	haːu¹	laŋ¹	θai⁵
拿	矛	白	后	师

拿白矛随师。

1060

嘇	琉	佬	开	閗
Raez	liux	laux	hai	dou
ɣai²	le⁴	laːu⁴	haːi¹	tu¹
叫	众	个	开	门

请众老开门，

1061

嘇	琉	伝	开	重
Raez	liux	vunz	hai	gyoeg
ɣai²	le⁴	hun²	haːi¹	tɕok⁸
叫	众	人	开	闸

叫众人开闸。

1062

啊	琉	鮑	挦	州
Ha	liux	mbauq	dawz	cou
ha¹	le⁴	ʔbaːu⁵	tu²	ɕu¹
啊	众	小伙	守	州府

众小伙守城，

1063

胁	兀	啊	四	鮑
Caw	ndei	ha	seiq	mbauq
ɕɯ¹	ʔdi¹	ha¹	θi⁵	ʔbaːu⁵
心	好	啊	四	小伙

众小伙善良。

1064

伓	是	布	哂	嘇
Mij	cawh	boux	lawz	raez
mi²	ɕɯ⁶	pu⁴	lau²	ɣai²
不	是	个	哪	叫

并非哪个喊，

1065

伓	是	伝	哂	嘇
Mij	cawh	vunz	lawz	raez
mi²	ɕɯ⁶	hun²	lau²	ɣai²
不	是	人	哪	叫

不是哪个请。

1066

是	噶	使	六	生
Cawh	gah	saeq	Luq	Swngz
çuɯ⁶	ka⁶	θai⁵	lu⁵	θəŋ²
是	那	师	六	生

是那六生师，

1067

是	噶	皇	六	羊
Cawh	gah	vuengz	Luq	Yangq
çau⁶	ka⁶	wuːŋ²	lu⁵	jaːŋ⁵
是	那	王	六	羊

是那六羊师。

1068

是	噶	使	黄	家
Cawh	gah	saeq	vangz	gya
çɯ⁶	ka⁶	θai⁵	waːŋ²	tça¹
是	那	师	黄	家

是黄家祖师，

1069

是	噶	皇	黄	满
Cawh	gah	vuengz	Vangz	Manj
çɯ⁶	ka⁶	wuːŋ²	waːŋ²	maːn⁶
是	那	王	黄	满

是那黄满师。

1070

开	重	許	使	麻
Hai	gyoeg	hawj	saeq	ma
haːi¹	tçɔk⁸	hauɯ³	θai⁵	ma¹
开	闸	给	师	回

开门迎师回，

1071

开	閗	許	使	叭
Hai	dou	hawj	saeq	haeuj
haːi¹	tu¹	hauɯ³	θai⁵	hau³
开	门	给	师	进

开门接师进。

1072

許	使	卦	麻	閦
Hawj	saeq	gvaq	ma	ndaw
hauɯ³	θai⁵	kwa⁵	ma¹	ʔdaɯ¹
给	师	过	回	里

请师进里面，

1073

許	偻	料	麻	罾
Hawj	raeuz	daeuj	ma	naj
hauɯ³	ɣa²	tau³	ma¹	na³
给	我们	来	回	前

让咱到面前。

1074

卦　麻　罾　啡　啡

Gvaq　ma　naj　fawz　fawz

kwa⁵　ma¹　na³　faɯ²　faɯ²

过　回　前　速　速

速速往前赶，

1075

卦　麻　閦　立　柳

Gvaq　ma　ndaw　liq　liuh

kwa⁵　ma¹　ʔdaɯ¹　li⁵　liu⁶

过　同　里　迅　速

急急往里走。

1076

許　偻　卦　麻　州

Hawj　raeuz　gvaq　ma　cou

haɯ³　ɣa²　kwa⁵　ma¹　ɕu¹

给　我们　过　回　州府

让咱回州城，

1077

跧　閦　窀　使　諎

Hamj　dou　ranz　saeq　geq

ha:m³　tu¹　ɣa:n²　θai⁵　tɕe⁵

跨　门　家　师　老

跨入祖师门。

1078

啊　琉　檕　几　夯

Ha　liux　daengq　geij　biengz

ha¹　le⁴　taŋ⁵　tɕi³　pɯ:ŋ²

啊　众　凳　几　地方

多地众师娘，

1079

啊　琉　壇　几　板

Ha　liux　danz　geij　mbanj

ha¹　le⁴　ta:n²　tɕi³　ʔba:n³

啊　众　坛　几　村寨

各村多仙姑。

1080

万　佬　他　万　麻

Fanh　laux　doq　fanh　ma

fa:n⁶　la:u⁴　ta⁵　fa:n⁶　ma¹

万　个　都　万　回

人人都到来，

1081

琉　偻　他　胴　怖

Liux　raeuz　daz　dungx　mbuq

le⁴　ɣa²　ta²　tuŋ⁴　ʔbu⁵

众　我们　都　肚　慌

我们都心慌。

① 她彩［me⁶ ça:i³］：彩妈，指子女叫"彩"的母亲。旧时壮族妇女有姓无名，成家有儿女后称为"她＋儿女名"，如"她花""她军"等。

1082

咟	堂	闌	噶	皇
Bak	dangq	rim	gah	vuengz
pak⁸	ta:ŋ⁵	ɣim¹	ka⁶	wɯːŋ²

口　窗　满　那　王

门廊满仙姑，

1083

閂	竺	闌	噶	使
Dou	ranz	rim	gah	saeq
tu¹	ɣa:n²	ɣim¹	ka⁶	θai⁵

门　家　满　那　师

门口满师娘。

1084

万	墜	使	万	麻
Fanh	deih	saeq	fanh	ma
fa:n⁶	ti⁶	θai⁵	fa:n⁶	ma¹

万　地　师　万　来

各处师娘来，

1085

矄	伩	皇	胴	怖
Raen	boh	vuengz	dungx	mbuq
han¹	po⁶	wɯːŋ²	tuŋ²	ʔbu⁵

见　父　王　肚　乱

父王心神慌。

1086

毵	扲	蜞	秄	毵
Fwngz	gaem	gyaeq	doek	fwngz
fɯŋ²	kam¹	tɕai⁵	tɔk⁷	fɯŋ²

手　拿　蛋　落　手

抓蛋蛋脱手，

1087

她	彩①	古	胁	乱
Meh	Caij	gou	saem	luenh
me⁶	ça:i³	ku¹	θam¹	lu:n⁶

母　彩　我　心　乱

我心跳不停。

1088

胁	怖	啰	几	耪
Saem	mbuq	lo	geij	biengz
θam¹	ʔbu⁵	lo¹	tɕi³	pɯːŋ²

心　乱　啰　几　地方

众人心不宁，

1089

忦	丞	列	帮	俱
Yak	youq	le	boengj	beix
ʔjak⁸	ʔju⁵	le¹	poŋ³	pi⁴

难　过　那　众　兄

众哥不自在。

1090

八	俱	儂	料	很
Bet	beix	nuengx	daeuj	henz
$pɛt^8$	pi^4	$nuːŋ^4$	tau^3	$heːn^2$
八	兄	妹	到	边

八司都来全,

1091

八	皇	偻	料	了
Bet	vuengz	raeuz	daeuj	liux
$pɛt^8$	$wɯːŋ^2$	$ɣa^2$	tau^3	liu^4
八	王	我们	来	完

八王都到齐。

1092

她	与	吩	粘	疏
Meh	lij	gwn	haeux	cuk
me^6	li^3	$kɯn^1$	hau^4	$ɕuk^7$
母	还	吃	饭	稀

娅王吃稀饭,

1093

她	与	吩	粘	稀
Meh	lij	gwn	haeux	mya
me^6	li^3	$kɯn^1$	hau^4	mja^1
母	还	吃	饭	粥

娅王喝稀粥。

1094

昑	内	昑	十	八
Ngoenz	neix	ngoenz	cib	bet
$ŋɔn^2$	ni^5	$ŋɔn^1$	$ɕip^8$	$pɛt^8$
天	这	天	十	八

今天是十八,

1095

八	使	料	肝	齐
Bet	saeq	daeuj	daengz	caez
$pɛt^8$	$θai^5$	tau^3	$taŋ^2$	$ɕai^2$
八	司	来	到	齐

八司都来齐,

1096

八	皇	料	肝	了
Bet	vuengz	daeuj	daengz	liux
$pɛt^8$	$wɯːŋ^2$	tau^3	$taŋ^2$	liu^4
八	王	来	到	完

八王都到全。

1097

八	使	啊	八	峭
Bet	saeq	ha	bet	sau
$pɛt^8$	$θai^5$	ha^1	$pɛt^8$	$θaːu^1$
八	司	啊	八	姑娘

八司啊八司,

1098

肶　兤　八　俱　儂

Caw　ndei　bet　beix　nuengx

$\text{ç}ɯ^1$　$ʔdi^1$　$pɛt^8$　pi^4　$nuːŋ^4$

心　好　八　兄　妹

众姊妹善良。

1099

兜　哂　兜　先　锋

Noix　lawz　noix　sien　fung

$noːi^6$　$lauɯ^2$　$noːi^6$　$θiːn^1$　$fuŋ^1$

小　哪　小　先　锋

哪个做先锋，

1100

娝　哂　娝　旭　隊

Sau　lawz　sau　gyaeuj　doih

$θaːu^1$　$lauɯ^2$　$θaːu^1$　$tɕau^3$　$toːi^6$

姑娘　哪　姑娘　头　队

谁来做领头。

1101

琉　儂　啊　八　娘

Liux　nuengx　ha　bet　nangz

le^4　$nuːŋ^4$　ha^1　$pɛt^8$　$naːŋ^2$

众　妹　啊　八　姑娘

小妹众姑娘，

1102

肶　兤　啊　俱　儂

Caw　ndei　ha　beix　nuengx

$\text{ç}ɯ^1$　$ʔdi^1$　ha^1　pi^4　$nuːŋ^4$

心　好　啊　兄　妹

众姊妹善良。

1103

兜　揁　她　眰　瞄

Noix　dawz　meh　ninz　ndaek

$noːi^6$　$tɯ^2$　me^6　nin^2　$ʔdak^7$

小　守　母　睡　沉睡

母王渐入睡，

1104

娝　揁　她　眰　暗

Sau　dawz　meh　ninz　ngawh

$θaːu^1$　$tɯ^2$　me^6　nin^2　$ŋau^6$

姑娘　守　母　睡　愣

娅王渐沉睡。

第四篇　净身入殓

　　本篇主要叙述娅王去世后，孝子孝女们给她整理仪容、净身入殓、请"神"超度等过程与情形。壮族的宇宙观、父母观、信仰及习俗等在本篇中均有所反映。娅王过世，众人悲痛不已。孝子孝女们按照习俗给娅王整理仪容、洗浴净身。她们给娅王"拿玉水洗身，要金水洗脸"，"金饰扮嘴部，玉饰戴脖子"，给她穿衣、穿鞋袜、戴腰带，在她的衣服上"盖王印""盖官印"，"打扮母漂亮，装扮娘安详"。各种准备工作都完成后，"扶咱母入殓，搀咱母入棺"，摆正好位置，"把棺材盖好，把祭桌搭牢"，完成了入殓仪式。接着，众人、众"神"去请布洛陀祖师来主持娅王超度仪式，"去问布洛陀，去问麽六甲"，"布洛陀有法，麽六甲有符"。布洛陀随众人、众"神"来到娅王殿，"超度这亡魂，回到神仙界。超度这亡人，去往神仙界"。此外，其他麽公、道公等都参与其中，共同完成了整个仪式。本篇内容再现了壮族地区买水浴尸等特色丧葬习俗，并体现出当地民间信仰多元，且互相融合、和谐共存等特点。

1. 领队唱

1105

她　　佅　　毳　　時　　哂
Meh　　gaeg　　dai　　seiz　　lawz
me[6]　　kak[8]　　ta:i[1]　　çi[2]　　lau[2]
母　　娅王　　死　　时　　哪
娅王何时逝？

1106

她　　古　　毳　　時　　哂
Meh　　gou　　dai　　seiz　　lawz
me[6]　　ku[1]　　ta:i[1]　　çi[2]　　lau[2]
母　　我　　死　　时　　哪
母王哪时亡？

1107

佅　　得　　信　　吧　　古
Mij　　dwk　　saenq　　naeuz　　gou
mi[2]　　tuuk[7]　　θan[5]　　nau[2]　　ku[1]
不　　写　　信　　告诉　　我
没得到消息，

1108

佅　　得　　斠　　吧　　俱
Mij　　dwk　　saw　　naeuz　　beix
mi[2]　　tuuk[7]　　θuu[1]　　nau[2]　　pi[4]
不　　打　　字　　告诉　　兄
未看见文书。

1109

众　　兜　　佲　　胆　　臡
Gyoeg　　noix　　mwngz　　damj　　na
tçɔk[8]　　no:i[6]　　muuŋ[2]　　ta:m[3]　　na[1]
众　　小　　你　　胆　　厚
众儿郎胆大，

1110

八　　娟　　佲　　胆　　傛
Bet　　sau　　mwngz　　damj　　laux
pet[8]　　θa:u[1]　　muuŋ[2]　　ta:m[3]　　la:u[4]
八　　姑娘　　你　　胆　　大
众姑娘心定。

1111

晛　　内　　八　　使　　圣
Ngoenz　　neix　　bet　　saeq　　youq
ŋɔn[2]　　ni[5]　　pet[8]　　θai[5]　　ʔju[5]
天　　这　　八　　司　　在
今八司到来，

① 淰玉〔ɣam⁴ wi³〕：玉水，指师娘为娅王沐浴净身的水。下文"淰金〔ɣam⁴ tɕim¹〕"（金水）同。
② 吊〔tiu⁶〕：计量单位，一"吊"为十斤。

1112

偻	欧	法	否	冴
Raeuz	aeu	fap	mbouj	ndaej
ɣa²	ʔau¹	fap⁸	ʔbu⁵	ʔdai³
我们	要	法	不	得

由不得我们。

1113

盲	内	八	使	料
Mwh	neix	bet	saeq	daeuj
mə⁶	ni⁵	pet⁸	θai⁵	tau³
时	这	八	司	来

现八司亲临，

1114

八	皇	料	圣	赵
Bet	vuengz	daeuj	youq	gyawj
pɛt⁸	wɯːŋ²	tau³	ʔju⁵	tɕaɯ³
八	王	来	在	近

八王到身边。

1115

兜	喕	兜	先	锋
Noix	lawz	noix	sien	fung
noːi⁶	lau²	noːi⁶	θiːn¹	fuŋ¹
小	哪	小	先	锋

哪个是先锋，

1116

娋	喕	娋	魁	队
Sau	lawz	sau	gyaeuj	doih
θaːu¹	lau²	θaːu¹	tɕau³	toːi⁶
姑娘	哪	姑娘	头	队

谁人做领头。

1117

淰	玉①	得	盆	佧
Raemx	viq	dwk	bat	gaeg
ɣam⁴	wi³	tuk⁷	pat⁸	kak⁸
水	玉	放	盆	娅王

玉水给娅王，

1118

淰	佧	得	盆	龙
Raemx	gaeg	dwk	bat	lungz
ɣam⁴	kak⁸	tuk⁷	pat⁸	luŋ²
水	娅王	放	盆	龙

龙盆盛玉水。

1119

得	八	吊②	淰	玉
Dwk	bet	diuh	raemx	viq
tuk⁷	pɛt⁸	tiu⁶	ɣam⁴	wi³
放	八	十斤	水	玉

玉水八十斤，

1120

得	八	吊	淰	金
Dwk	bet	diuh	raemx	gim
tuuk⁷	pɛt⁸	tiu⁶	ɣam⁴	tɕim¹
放	八	十斤	水	金

金水八十斤。

1121

淰	玉	欧	洗	躺
Raemx	viq	aeu	swiq	ndang
ɣam⁴	wi³	ʔau¹	θɯi⁵	ʔda:ŋ¹
水	玉	拿	洗	身

拿玉水洗身，

1122

淰	金	欧	洗	罱
Raemx	gim	aeu	swiq	naj
ɣam⁴	tɕim¹	ʔau¹	θɯi⁵	na³
水	金	拿	洗	脸

要金水洗脸。

1123

兜	唎	揭	峢	幧
Noix	lawz	dawz	rez	gaen
no:i⁶	lau²	tuu²	ɣe²	kin¹
小	哪	带	巾	巾

哪个拿帕巾，

1124

娟	唎	揭	峢	罱
Sau	lawz	dawz	rez	naj
θa:u¹	lau²	tuu²	ɣe²	na³
姑娘	哪	拿	巾	脸

谁人拿脸巾。

1125

娟	捬	歪	捬	乔
Sau	rumh	gwnz	rumh	laj
θa:u¹	ɣum⁶	kɯn²	ɣum⁶	la³
姑娘	抹	上	抹	下

妹洗上洗下，

1126

兜	洗	罱	許	她
Noix	swiq	naj	hawj	meh
no:i⁶	θɯi⁵	na³	hau³	me⁶
小	洗	脸	给	母

妹帮娘洗脸。

1127

胀	兀	八	俱	儂
Caw	ndei	bet	beix	nuengx
ɕɯ¹	ʔdi¹	pɛt⁸	pi⁴	nu:ŋ⁴
心	好	八	兄	妹

众兄妹善良，

1128

淰　玉　欧　洗　舲

Raemx　viq　aeu　swiq　ndang

ɣam⁴　wi³　ʔau¹　θɯi⁵　ʔdaːŋ¹

水　玉　拿　洗　身

拿玉水洗身，

1129

淰　金　欧　洗　䨵

Raemx　gim　aeu　swiq　naj

ɣam⁴　tɕim¹　ʔau¹　θɯi⁵　na³

水　金　拿　洗　脸

要金水洗脸。

1130

洗　䨵　許　䨵　皓

Swiq　naj　hawj　naj　hau

θɯi⁵　na³　haɯ³　na³　haːu¹

洗　脸　给　脸　白

把脸洗白净，

1131

洗　舲　許　舲　褖

Swiq　ndang　hawj　ndang　rongh

θɯi⁵　ʔdaːŋ¹　haɯ³　ʔdaːŋ¹　ɣoːŋ⁶

洗　身　给　身　亮

将身洗清爽。

1132

許　的　褖　貧　雷

Hawj　de　rongh　baenz　lwenq

haɯ³　te¹　ɣoːŋ⁶　ban²　luːn⁵

给　她　亮　成　亮

干净如光照，

1133

許　的　褖　貧　恩

Hawj　de　rongh　baenz　aen

haɯ³　te¹　ɣoːŋ⁶　pan²　ʔan¹

给　她　亮　成　个

洁净如明镜。

1134

皓　貧　瀎　抄　蓒

Hau　baenz　bengz　cat　moq

haːu¹　pan²　peːŋ²　ɕaːt⁸　mo⁵

白　成　壶　擦　新

白净如新壶，

1135

瀎　抄　蓒　皓　绿

Bengz　cat　moq　hau　loeg

peːŋ²　ɕaːt⁸　mo⁵　haːu¹　lɔk⁸

壶　擦　新　白　绿

如新壶透亮。

1136

否	貧	秋	份	爱
Mbouj	baenz	geu	fwx	ngaiq
ʔbu⁵	pan²	tɕeːu¹	fu⁴	ŋaːi⁵
不	成	样子	别人	爱

安祥惹人怜,

1137

許	的	故	凹	伝
Hawj	de	goj	guh	vunz
hauɯ³	te¹	ko³	kɔk⁸	hun²
给	她	也	做	人

恍如睡中人,

1138

許	凹	伝	定	定
Hawj	guh	vunz	dingx	dingx
hauɯ¹	kɔk⁸	hun²	tiŋ⁴	tiŋ⁴
给	做	人	端	端

看似好端端。

1139

胅	迭	啊	八	皇
Daep	dieb	ha	bet	vuengz
tap⁷	teːp⁸	ha¹	pɛt⁸	wɯːŋ²
肝	跳	啊	八	王

心慌啊八王,

1140

胚	兀	啊	八	使
Caw	ndei	ha	bet	saeq
ɕɯ¹	ʔdi¹	ha¹	pɛt⁸	θai⁵
心	好	啊	八	司

心好啊八司。

1141

淰	玉	得	盒	龙
Raemx	viq	dwk	hab	lungz
ɣam⁴	wi³	tuk⁷	haːp⁸	luŋ²
水	玉	放	盒	龙

玉水放龙盒,

1142

洗	方	歪	方	乑
Swiq	fueng	gwnz	fueng	laj
θɯi⁵	fuːŋ¹	kɯn²	fuːŋ¹	la³
洗	方	上	方	下

上上下下洗。

1143

宵	洗	許	她	净
Mwh	swiq	hawj	meh	seuq
mə⁶	θɯi⁵	hauɯ³	me⁶	θeːu⁵
时	洗	给	母	净

为娅王洗身,

1144

盲	洗	躺	她	了
Mwh	swiq	ndang	meh	liux
$mə^6$	$θɯi^5$	$ʔdaːŋ^1$	me^6	liu^4
时	洗	身	母	完

洗身礼完毕。

1145

兜	哂	俱	开	柜	欧	棚
Noix	lawz	bae	hai	gvih	aeu	baengz
$noːi^6$	lau^2	pai^1	$haːi^1$	kwi^6	$ʔau^1$	$paŋ^2$
小	哪	去	开	柜	拿	布

谁开柜拿布？

1146

娘	哂	鋆	开	箱	欧	裇
Nangz	lawz	bae	hai	sieng	aeu	buh
$naːŋ^2$	lau^2	pai^1	$haːi^1$	$θiːŋ^1$	$ʔau^1$	pu^6
姑娘	哪	去	开	箱子	拿	衣服

谁开箱拿衣？

1147

邪	龙	圣	楞	爹
Seiz	lungj	youq	laeng	di
$çi^2$	$luŋ^3$	$ʔju^5$	$laŋ^1$	ti^1
钥	匙	在	后	爹

钥匙老父拿，

1148

邪	龙	圣	楞	伩
Seiz	lungj	youq	laeng	boh
$çi^2$	$luŋ^3$	$ʔju^5$	$laŋ^1$	po^6
钥	匙	在	后	父

钥匙老父管。

1149

啊	伩	啊	阿	爹
Ha	boh	ha	a	di
ha^1	po^6	ha^1	$ʔa^1$	ti^1
啊	父	啊	阿	爹

老父啊老父，

1150

欧	邪	龙	許	娘
Aeu	seiz	lungj	hawj	nangz
$ʔau^1$	$çi^2$	$luŋ^3$	hau^3	$naːŋ^2$
要	钥	匙	给	姑娘

钥匙给姑娘，

1151

欧	邪	龙	許	兜
Aeu	seiz	lungj	hawj	noix
$ʔau^1$	$çi^2$	$luŋ^3$	hau^3	$noːi^6$
要	钥	匙	给	小

钥匙给小妹。

1152

开 柜 欧 袆 妑

Hai gvih aeu buh meh

ha:i^{1} kwi^{6} ʔau^{1} pɯ^{6} me^{6}

开 柜 要 衣服 母

开柜取母衣，

1153

开 箱 欧 袆 妑

Hai sieng aeu buh meh

ha:i^{1} θi:ŋ^{1} ʔau^{1} pɯ^{6} me^{6}

开 箱 要 衣 母

开箱拿娘服。

1154

妑 扽 橦 哂 舩

Meh daenj cuengz lawz rongh

me^{6} tan^{3} ɕo:ŋ^{2} laɯ^{2} ɣo:ŋ^{6}

母 穿 件 哪 亮

母穿哪套艳？

1155

妑 扽 重 哂 倫

Meh daenj gyoengq lawz luemj

me^{6} tan^{3} tɕɔŋ^{5} laɯ^{2} lu:m^{3}

母 穿 套 哪 美丽

娘穿哪套美？

2. 邓公唱

1156

琉 麅 啊 **米 爹**

Liux mbauq ha byai di

le^{4} ʔba:u^{5} ha^{1} pja:i^{1} ti^{1}

众 小伙 啊 小 爹

儿郎啊儿郎，

1157

琉 郎 啊 躴 柳

Liux langz ha rangh reuz

le^{4} la:ŋ^{2} ha^{1} ɣa:ŋ^{6} ɣe:u^{2}

众 郎 啊 英 俊

众儿郎英俊，

1158

肐 兀 啊 宝 貝

Caw ndei ha bauj bei

ɕɯ^{1} ʔdi^{1} ha^{1} pa:u^{3} pei^{1}

心 好 啊 宝 贝

众小伙善良。

1159

宧	欧	金	立	咟
Mwh	aeu	gim	lab	bak
mə⁶	ʔau¹	tɕim¹	la:p⁸	pak⁸
时	要	金	装	嘴

金饰扮嘴部，

1160

宧	欧	玉	立	项
Mwh	aeu	viq	lab	hangz
mə⁶	ʔau¹	wi³	la:p⁸	ha:ŋ²
时	要	玉	装	下巴

玉饰戴脖子，

1161

欧	立	躺	她	使
Aeu	lab	ndang	meh	saeq
ʔau¹	la:p⁸	ʔda:ŋ¹	me⁶	θai⁵
要	装	身	母	司

装扮娅王身。

1162

胀	兏	啊	宝	貝
Caw	ndei	ha	bauj	bei
ɕɯ¹	ʔdi¹	ha¹	pa:u³	pei¹
心	好	啊	宝	贝

众小伙善良，

1163

她	拕	裇	核	橦
Meh	daenj	buh	lai	cuengz
me⁶	tan³	pu⁶	la:i¹	ço:ŋ²
母	穿	衣服	多	件

给娘多穿衣，

1164

她	所	鞍	核	楛
Meh	soed	haiz	lai	gouh
me⁶	θot⁸	ha:i²	la:i¹	ku⁶
母	穿	鞋	多	双

为母穿双鞋。

3. 邓公唱

1165

琉	兜	啊	琉	劲
Liux	noix	ha	liux	lwg
le⁴	no:i⁶	ha¹	le⁴	lɯk⁸
众	小	啊	众	儿

儿郎啊儿郎，

1166

财 爹 啊 宝 貝

Sai di ha bauj bei

θaːi¹　ti¹　ha¹　paːu³　pei¹

男 爹 啊 宝 贝

小伙啊宝贝。

1167

八 鮑 貧 脥 孯

Bet mbauq baenz daep na

pɛt⁸　ʔbaːu⁵　pan²　tap⁷　na¹

八 小伙 成 肝 厚

众儿郎心急，

1168

财 爹 貧 脥 僗

Sai di baenz daep laux

θaːi¹　ti¹　pan²　tap⁷　laːu⁴

男 爹 成 肝 大

众小伙心焦。

1169

時 哂 她 加 将

Seiz lawz meh gya gyangz

çi²　lauɯ²　me⁶　tɕa¹　tɕaːŋ²

时 哪 母 加 灾难

何时母患病？

1170

時 哂 她 加 病

Seiz lawz meh gya bingh

çi²　lauɯ²　me⁶　tɕa¹　piŋ⁶

时 哪 母 加 病

哪时娘病重？

1171

啊 八 使 脥 孯

Ha bet saeq daep na

ha¹　pɛt⁸　θai⁵　tap⁷　na¹

啊 八 司 肝 厚

八司啊忧心，

1172

啊 八 皇 脥 僗

Ha bet vuengz daep laux

ha¹　pɛt⁸　wuːŋ²　tap⁷　laːu⁴

啊 八 王 肝 大

八王啊忧愁。

1173

她 葶 鮑 咁 茶

Meh caj mbauq gwn caz

me⁶　ça³　ʔbaːu⁵　kun¹　ça²

母 等 小伙 吃 茶

母盼儿酙茶，

1174

娅	㝓	财	咟	淰
Meh	caj	sai	gwn	raemx
me⁶	ça³	θaːi¹	kun¹	ɣam⁴
母	等	男	吃	水

娘等儿端水。

1175

娅	饿	淰	嘲	㖕
Meh	gyaenj	raemx	hoz	roz
me⁶	tçan³	ɣam⁴	ho²	ɣo²
母	饿	水	喉	干

母缺水口干，

1176

娅	饮	茶	嘲	燒
Meh	yeu	caz	hoz	reng
me⁶	jeːu¹	ça²	ho²	ɣeːŋ¹
母	饿	茶	喉	干燥

娘无茶舌燥。

1177

娅	列	卦	時	兝
Meh	lez	gvaq	seiz	ndei
me⁶	le²	kwa⁵	çi²	ʔdi¹
母	是	过	时	好

母吉时过世，

1178

娅	列	㞫	時	卯
Meh	lez	bae	seiz	maux
me⁶	le²	pai¹	çi²	mau³
母	是	去	时	卯

娘卯时长眠。

1179

娅	列	㞫	時	辰
Meh	lez	bae	ceiz	ceiz
me⁶	le²	pai¹	çi²	çi²
母	是	去	时	辰

母辰时归西，

1180

财	伦	侎	肝	赵
Sai	boh	mij	daengz	gyawj
θaːi¹	po⁶	mi²	taŋ²	tçauɯ³
男	父	不	到	近

无儿到跟前。

1181

啊	八	鹋	威	风
Ha	bet	mbauq	vi	fung
ha¹	pɛt⁸	ʔbaːu⁵	wi¹	fuŋ¹
啊	八	小伙	威	风

众小伙威风，

1182

八	娧	的	风	流
Bet	sau	de	fung	louz
pet[8]	θa:u[1]	te[1]	fuŋ[1]	lou[2]
八	姑娘	她	风	流

众姑娘俊俏。

1183

八	豹	列	胆	厚
Bet	mbauq	lez	damj	na
pet[8]	ʔba:u[5]	le[2]	ta:m[3]	na[1]
八	小伙	是	胆	厚

众小伙心急，

1184

财	伩	貧	胆	傍
Sai	boh	baenz	damj	laux
θa:i[1]	po[6]	pan[2]	ta:m[3]	la:u[4]
男	父	成	胆	大

众儿郎心焦。

1185

豹	伩	与	毕	夯
Mbauq	boh	lij	bae	biengz
ʔba:u[5]	po[6]	li[3]	pai[1]	pɯ:ŋ[2]
小伙	父	还	去	地方

儿郎去走村，

1186

财	伩	与	琉	路
Sai	boh	lij	liuh	loh
θa:i[1]	po[6]	li[3]	liu[6]	lo[6]
男	父	还	玩	路

小伙去串寨。

1187

琉	板	俅	胴	慌
Liuh	mbanj	mij	dungx	vueng
liu[6]	ʔba:n[3]	mi[2]	tuŋ[4]	wu:ŋ[1]
玩	村寨	不	肚	慌

走村不心慌，

1188

毕	夯	俅	胴	怖
Bae	biengz	mij	dungx	mbuq
pai[1]	pɯ:ŋ[2]	mi[2]	tuŋ[4]	ʔbu[5]
去	地方	不	肚	乱

串寨不慌乱。

4. 领队唱

1189

伩　使　啊　伩　皇

Boh　saeq　ha　boh　vuengz

po⁶　θai⁵　ha¹　po⁶　wɯ:ŋ²

父　司　啊　父　王

祖师啊父王，

1190

伩　伻　啊　伩　使

Boh　gaeg　ha　boh　saeq

po⁶　kak⁸　ha¹　po⁶　θai⁵

父　娅王　啊　父　司

娅王啊祖师。

1191

八　使　先　忎　麻

Bet　saeq　senq　yaek　ma

pɛt⁸　θai⁵　θe:n⁵　jak⁷　ma¹

八　司　早　想　回

八司早想回，

1192

八　尉　先　忎　斜

Bet　sai　senq　yaek　daeuj

pɛt⁸　θa:i¹　θe:n⁵　jak⁷　tau³

八　男　早　想　来

八王早要来。

1193

踥　踥　相　尜　歪

Yamq　yamq　siengj　bae　gwnz

ʔja:m⁵　ʔja:m⁵　θi:ŋ³　pai¹　kɯn²

迈步　迈步　偏　去　上

一走却往北，

1194

锐　锐　相　尜　板

Yoix　yoix　siengj　bae　mbanj

jo:i⁴　jo:i⁴　θi:ŋ³　pai¹　ʔba:n³

去　去　偏　去　村寨

一去偏走村。

1195

佬　溇　䐡　未　眉

Lau　laeuj　noh　fih　miz

la:u¹　lau³　no⁶　fi⁶　mi²

怕　酒　肉　没　有

怕酒肉还缺，

1196

佬 鸠 麁 未 冗

Lau gaeq dai fih ndaej

laːu¹ kai⁵ taːi¹ fi⁶ ʔdai³

怕 鸡 死 不 得

怕鸡牲未有。

1197

未 眉 鸠 喓 她

Fih miz gaeq yauq meh

fi⁶ mi² kai⁵ jaːu⁵ me⁶

没 有 鸡 祭 母

没有鸡祭母，

1198

未 眉 猍 喓 她

Fih miz mou yauq meh

fi⁶ mi² mu¹ jaːu⁵ me⁶

没 有 猪 祭 母

没有猪祭娘。

1199

佹 彐 冗 簿 的

Hoiq coh ndaej caj de

hoːi⁵ ço⁴ ʔdai³ ça³ te¹

我 只 得 等 它

我只好等待，

1200

兜 彐 冗 簿 料

Noix coh ndaej caj daeuj

noːi⁶ ço⁴ ʔdai³ ça³ tau³

小 只 得 等 来

小女只能等。

1201

佼 爱 訌 侣 訌

Boh ngaiq hongz lawq hongz

po⁶ ŋaːi⁵ hoːŋ² lauɯ⁵ hoːŋ²

父 爱 骂 就 骂

父亲骂便骂，

1202

欧 邪 龙 許 兜

Aeu seiz lungj hawj noix

ʔau¹ çi² luŋ³ hauɯ³ noːi⁶

要 钥 匙 给 小

钥匙给小女，

1203

欧 邪 锁 許 耒

Aeu ceiz suj hawj byai

ʔau¹ çi² θo³ hauɯ³ pjaːi¹

要 匙 锁 给 小

钥匙给小儿。

1204

开	笼	欧	裇	她
Hai	loengx	aeu	buh	meh
ha:i[1]	loŋ[4]	ʔau[1]	pu[6]	me[6]
开	箱	要	衣服	母

开柜拿母衣，

1205

开	箱	欧	裇	她
Hai	sieng	aeu	buh	meh
ha:i[1]	θi:ŋ[1]	ʔau[1]	pu[6]	me[6]
开	箱	要	衣服	母

开箱取娘服。

1206

八	使	偻	料	开
Bet	saeq	raeuz	daeuj	hai
pɛt[8]	θai[5]	ɣa[2]	tau[3]	ha:i[1]
八	司	我们	来	开

八司同来开，

1207

八	财	偻	料	赵
Bet	sai	raeuz	daeuj	gyawj
pɛt[8]	θa:i[1]	ɣa[2]	tau[3]	tɕau[3]
八	男	我们	来	近

八王齐往前。

1208

宜	冏	重	裇	宏
Mwh	ndaej	gyoengq	buh	hung
mə[6]	ʔdai[3]	tɕɔŋ[5]	pu[6]	huŋ[1]
时	得	套	衣服	大

得套大衣服，

1209

宜	冏	重	裇	傍
Mwh	ndaej	gyoengq	buh	laux
mə[6]	ʔdai[3]	tɕɔŋ[5]	pu[6]	la:u[4]
时	得	套	衣服	大

得套宽衣服。

1210

裇	傍	堒	印	皇
Buh	laux	goemq	yaenq	vuengz
pu[6]	la:u[4]	kum[5]	jan[5]	wɯ:ŋ[2]
衣服	大	盖	印	王

衣服盖王印，

1211

裇	歃	堒	印	使
Buh	mbwk	goemq	yaenq	saeq
pu[6]	ʔbɯk[7]	kum[5]	jan[5]	θai[5]
衣服	大	盖	印	司

衣服盖官印。

1212

官 八 使 傓 她

Mwh bet saeq cang meh

mə⁶ pet⁸ θai⁵ ɕwa:ŋ¹ me⁶

时 八 司 打扮 母

八司为母妆，

1213

肶 兀 偻 傓 她

Caw ndei raeuz cang meh

ɕɯ¹ ʔdi¹ ɣa² ɕwa:ŋ¹ me⁶

心 好 我们 打扮 母

我们为娘扮。

1214

傓 許 她 偻 乖

Cang hawj meh raeuz gvai

ɕwa:ŋ¹ hau³ me⁶ ɣa² kwa:i¹

打扮 给 母 我们 美丽

打扮母漂亮，

1215

傓 許 她 偻 倫

Cang hawj meh raeuz ronj

ɕwa:ŋ¹ hau³ me⁶ ɣa² ɣo:n³

打扮 给 母 我们 美丽

装扮娘安详。

1216

跶 迭 啊 肶 乖

Daep dieb ha saem gvai

tap⁷ te:p⁸ ha¹ θam¹ kwa:i¹

肝 跳 啊 心 机灵

众姑娘心惊，

1217

肶 兀 八 俱 儂

Caw ndei bet beix nuengx

ɕɯ¹ ʔdi¹ pɛt⁸ pi⁴ nu:ŋ⁴

心 好 八 兄 妹

众姐妹心好。

1218

官 拕 袜 拕 鞵

Mwh daenj maed daenj haiz

mə⁶ tan³ mat⁸ tan³ ha:i²

时 穿 袜子 穿 鞋子

给母穿鞋袜，

1219

她 古 捯 孝 暖

Meh gou dawz hauq oiq

me⁶ ku¹ tu² ha:u⁵ ʔo:i⁵

母 我 披 孝 浅

为娘披孝衣。

1220

她　与　嘇　欧　腮

Meh　lij　cam　aeu　sai

me⁶　li³　ça:m¹　ʔau¹　θa:i¹

母　还　问　要　带

母问要腰带，

1221

粜　与　抠　許　了

Byai　lij　gvax　hawj　liux

pja:i¹　li³　kwa⁴　hau³　liu⁴

小　还　抓　给　完

小儿备齐全。

1222

八　使　偻　弛　齐

Bet　saeq　raeuz　caemh　caez

pɛt⁸　θai⁵　ɣa²　çam⁶　çai²

八　司　我们　同　齐

众姊妹齐心，

1223

八　財　偻　壬　艮

Bet　sai　raeuz　youq　gwnq

pɛt⁸　θa:i¹　ɣa²　ʔju⁵　kɯn⁵

八　男　我们　在　这

众男子齐聚。

1224

宦　扒　咟　她　毞

Mwh　rub　bak　meh　bae

mə⁶　ɣup⁸　pak⁸　me⁶　pai¹

时　揉　嘴　母　去

母合嘴离去，

1225

宦　扒　项　她　訂

Mwh　rub　hangz　meh　dingh

mə⁶　ɣup⁸　ha:ŋ²　me⁶　tiŋ⁶

时　揉　下巴　母　定

母合腮安详。

1226

八　使　啊　八　皇

Bet　saeq　ha　bet　vuengz

pɛt⁸　θai⁵　ha¹　pɛt⁸　wɯ:ŋ²

八　司　啊　八　王

八司啊八王，

1227

娔　兀　啊　躴　柳

Sau　ndei　ha　rangh　reuz

θa:u¹　ʔdi¹　ha¹　ɣa:ŋ⁶　ɣe:u²

姑娘　好　啊　英　俊

姑娘啊小伙，

1228

各 样 偻 田 齐

Gak yiengh raeuz guh caez

ka:k⁷ ji:ŋ⁶ ɣa² kɔk⁸ çai²

各 样 我们 做 齐

咱各样做齐。

1229

樗 排 未 娸 逻

Gouh faex fih bae ra

ku⁶ mai⁴ fi⁶ pai¹ ɣa¹

副 棺材 不 去 找

棺材未去找，

1230

偻 娸 逻 料 眼

Raeuz bae ra daeuj ndaengq

ɣa² pai¹ ɣa¹ tau³ ʔdaŋ⁵

我们 去 找 来 看

咱去找来看。

1231

挞 迭 啊 琉 哥

Daep dieb ha liux go

tap⁷ te:p⁸ ha¹ le⁴ ko¹

肝 跳 啊 众 哥

心慌啊众哥，

1232

肔 乖 啊 琉 俱

Caw gvai ha liux beix

çɯ¹ kwa:i¹ ha¹ le⁴ pi⁴

心 机灵 啊 众 兄

众兄心地好。

1233

胴 怖 恡 怖 恡

Dungx mbuq linz mbuq linz

tuŋ⁴ ʔbu⁵ lin² ʔbu⁵ lin²

肚 慌 乱 慌 乱

慌乱心难安，

1234

肔 兀 啊 琉 俱

Caw ndei ha liux beix

çɯ¹ ʔdi¹ ha¹ le⁴ pi⁴

心 好 啊 众 兄

众哥心善良。

1235

开 柜 欧 裪 堒

Hai gvih aeu baengz goemq

ha:i¹ kwi⁶ ʔau¹ paŋ² kum⁵

开 柜 拿 布 盖

开柜拿布盖，

1236

开　锁　欧　棚　开

Hai　suj　aeu　baengz　hai

ha:i¹　θo³　ʔau¹　paŋ²　ha:i¹

开　锁　拿　布　垫

开锁要布垫。

1237

胁　兀　八　俱　儂

Caw　ndei　bet　beix　nuengx

ɕɯ¹　ʔdi¹　pɛt⁸　pi⁴　nu:ŋ⁴

心　好　八　兄　妹

众兄妹善良，

1238

八　俱　儂　弛　齐

Bet　beix　nuengx　caemh　caez

pɛt⁸　pi⁴　nu:ŋ⁴　ɕam⁶　ɕai²

八　兄　妹　同　齐

众兄妹到齐，

1239

胁　兀　啊　胁　怖

Caw　ndei　ha　saem　mbuq

ɕɯ¹　ʔdi¹　ha¹　θam¹　ʔbu⁵

心　好　啊　心　慌

心好却慌神。

1240

棚　床　的　未　刡

Baengz　gyoengq　de　fih　daet

paŋ²　tɕoŋ⁵　te¹　fi⁶　tat⁷

布　床　它　不　剪断

床布未裁剪，

1241

棚　皓　的　未　连

Baengz　hau　de　fih　lienz

paŋ²　ha:u¹　te¹　fi⁶　li:n²

布　白　它　不　铺

白布未铺垫。

1242

撮　枸　匾　她　兀

Coih　gouh　benj　meh　ndei

ɕo:i⁶　ku⁶　pe:n³　me⁶　ʔdi¹

修　副　棺材　母　好

棺材要摆好，

1243

佥　枸　種　她　坪

Cang　gouh　congz　meh　bingz

ɕwa:ŋ¹　ku⁶　ɕo:ŋ²　me⁶　pi:ŋ⁶

装　副　桌　母　平

祭桌要放平。

1244

胁　兀　八　俱　儂

Caw　ndei　bet　beix　nuengx

çɯ¹　ʔdi¹　pɛt⁸　pi⁴　nu:ŋ⁴

心　好　八　兄　妹

众兄妹善良，

1245

時　内　兀　玄　兀

Seiz　neix　ndei　engq　ndei

çi²　ni⁵　ʔdi¹　ʔe:ŋ⁵　ʔdi¹

时　这　好　更　好

此日是吉日，

1246

時　内　利　玄　利

Seiz　neix　leih　engq　leih

çi²　ni⁵　li⁶　ʔe:ŋ⁵　li⁶

时　这　吉利　更　吉利

此时是吉时。

1247

八　娋　料　扒　她

Bet　sau　daeuj　rouz　meh

pɛt⁸　θa:u¹　tau³　ɣu²　me⁶

八　姑娘　来　扶　母

众妹来扶母，

1248

八　财　偻　扒　她

Bet　sai　raeuz　rouz　meh

pɛt⁸　θa:i¹　ɣa²　ɣu²　me⁶

八　男　我们　扶　母

众哥来搀母。

1249

扒　她　偻　陇　闄

Rouz　meh　raeuz　roengz　gumz

ɣu²　me⁶　ɣa²　ɣɔŋ²　kum²

扶　母　我们　下　墓穴

扶咱母入殓，

1250

扒　她　偻　叺　棑

Rouz　meh　raeuz　haeuj　faex

ɣu²　me⁶　ɣa²　hau³　mai⁴

扶　母　我们　入　棺材

搀咱母入棺。

1251

欧　叺　匾　棑　枫

Aeu　haeuj　benj　faex　fung

ʔau¹　hau³　pe:n³　mai⁴　fuŋ¹

要　进　棺材　树　枫

扶入枫树棺，

1252

欧	叹	椬	棑	槭
Aeu	haeuj	congz	faex	haemz
ʔau¹	hau³	ço:ŋ²	mai⁴	ham²
要	进	棺材	树	油杉

攉入杉树椬。

1253

勒	許	旭	她	坚
Laeg	hawj	gyaeuj	meh	ngeng
lak⁸	hau³	tçau³	me⁶	ŋe:ŋ¹
别	给	头	母	歪

别让母头歪,

1254

勒	許	楋	她	莱
Laeg	hawj	swiz	meh	laiq
lak⁸	hau³	θɯi²	me⁶	la:i⁵
别	给	枕	母	偏

莫给枕头斜。

1255

她	古	列	叹	椬
Meh	gou	lez	haeuj	congz
me⁶	ku¹	le²	hau³	ço:ŋ²
母	我	已	入	棺材

我母已入棺,

1256

八	俱	儂	弛	取
Bet	beix	nuengx	caemh	nyi
pɛt⁸	pi⁴	nu:ŋ⁴	çam⁶	ɲi¹
八	兄	妹	同	听

众姊妹来听,

1257

八	皇	偻	弛	料
Bet	vuengz	raeuz	caemh	daeuj
pɛt⁸	wɯ:ŋ²	ɣa²	çam⁶	tau³
八	王	我们	同	来

众男子同来。

1258

盲	搙	唡	她	净
Mwh	rumh	bak	meh	seuq
mə⁶	ɣum⁶	pak⁸	me⁶	θe:u⁵
时	抹	嘴	母	净

擦母嘴干净,

1259

盲	扒	舀	她	坪
Mwh	rub	ndang	meh	bingz
mə⁶	ɣup⁸	ʔda:ŋ¹	me⁶	pi:ŋ⁶
时	揉	身	母	平

摆母身平正。

1260

追　　床　　襯　　籵　　罡

Gyaeh　gyoengq　baengz　daeuj　gang

tɕai⁶　tɕɔŋ⁵　paŋ²　tau³　kaːŋ¹

找　　床　　布　　来　　撑

找床布来挂，

1261

欧　　籵　　罡　　朵　　甈

Aeu　daeuj　gang　dok　naj

ʔau¹　tau³　kaːŋ¹　tɔk⁸　na³

要　　来　　撑　　对　　前

要挂棺椁前。

1262

欧　　籵　　舍　　埔　　歪

Aeu　daeuj　haemq　baih　gwnz

ʔau¹　tau³　ham⁵　paːi⁶　kɯn²

要　　来　　盖　　方　　上

要来盖上面，

1263

欧　　籵　　扟　　俱　　儂

Aeu　daeuj　yaz　beix　nuengx

ʔau¹　tau³　ja²　pi⁴　nuŋ⁴

要　　来　　挡　　兄　　妹

要来隔阴阳。

1264

舍　　柺　　排　　許　　兀

Haemq　gouh　faex　hawj　ndei

ham⁵　ku⁶　mai⁴　hauɯ³　ʔdi¹

盖　　副　　棺材　　给　　好

把棺材盖好，

1265

舍　　柺　　橦　　許　　枏

Haemq　gouh　congz　hawj　maenh

ham⁵　ku⁶　ɕoːŋ²　hauɯ³　man⁶

盖　　副　　桌　　给　　牢

把祭桌搭牢。

1266

柺　　匾　　非　　上　　氿

Gouh　benj　fih　cangq　caet

ku⁶　peːn³　fi⁶　ɕaːŋ⁵　ɕɛt⁷

副　　棺材　　没　　上　　漆

棺材未上漆，

1267

許　　等　　蒡　　与　　孝

Hawj　daengx　biengz　lij　hauq

hauɯ³　taŋ⁴　pɯːŋ²　li³　haːu⁵

给　　全　　地方　　还　　孝

全天下戴孝。

1268

胴　怖　恔　怖　恔

Dungx mbuq linz mbuq linz

tuŋ⁴　ʔbu⁵　lin²　ʔbu⁵　lin²

肚　慌　乱　慌　乱

心慌乱难平，

1269

啊　樽　芌　乑　埊

Ha daengq nding laj deih

ha¹　taŋ⁵　ʔdiŋ²　la³　ti⁶

啊　凳　红　下　地界

下界多坛主。

1270

胴　怖　煞　怖　煞

Dungx mbuq caek mbuq caek

tuŋ⁴　ʔbu⁵　ɕwak⁷　ʔbu⁵　ɕwak⁷

肚　慌　乱　慌　乱

心慌乱迷糊，

1271

伓　犥　打　主　意

Mij rox daj cawj eiq

mi²　ɣo⁴　ta³　ɕauɯ³　ʔei⁵

不　会　出　主　意

不会拿主意。

1272

許　仪　料　主　張

Hawj boh daeuj cawj cieng

hauɯ³　po⁶　tau³　ɕauɯ³　ɕiːŋ¹

给　父　来　主　张

让父出主张，

1273

宜　仪　打　主　意

Mwh boh daj cawj eiq

mə⁶　po⁶　ta³　ɕauɯ³　ʔei⁵

时　父　出　主　意

由父拿主意。

1274

宜　使　婆　嗲　仪

Mwh saeq bae cam boh

mə⁶　θai⁵　pai¹　ɕaːm¹　po⁶

时　师　去　问　父

师娘去问父，

1275

宜　偻　婆　嗲　仪

Mwh raeuz bae cam boh

mə⁶　ɣa²　pai¹　ɕaːm¹　po⁶

时　我们　去　问　父

我们问父王。

1276

宩 逻 道 哷 兀

Bae ra dauh lawz ndei

pai[1] ɣa[1] taːu[6] lauɯ[2] ʔdi[1]

去 找 道公 哪 好

找哪道公好?

1277

宩 嚓 麽 哷 利

Bae cam mo lawz leih

pai[1] ɕaːm[1] mo[1] lauɯ[2] li[6]

去 问 麽公 哪 吉利

问哪麽公灵?

1278

啊 仪 啊 仪 皇

Ha boh ha boh vuengz

ha[1] po[6] ha[1] po[6] wuɯːŋ[2]

啊 父 啊 父 王

父王啊父王,

1279

仪 作 啊 仪 使

Boh gaeg ha boh saeq

po[6] kak[8] ha[1] po[6] θai[5]

父 娅王 啊 父 司

祖师啊祖父。

1280

八 使 否 主 張

Bet saeq mbouj cawj cieng

pɛt[8] θai[5] ʔbu[5] ɕauɯ[3] ɕiːŋ[1]

八 司 不 主 张

众王没主张,

1281

八 財 否 主 意

Bet sai mbouj cawj eiq

pɛt[8] θai[1] ʔbu[5] ɕauɯ[3] ʔei[5]

八 男 不 主 意

众男没主意。

1282

八 使 料 嚓 爹

Bet saeq daeuj cam di

pɛt[8] θai[5] tau[3] ɕaːm[1] ti[1]

八 司 来 问 爹

众王来问爹,

1283

八 財 料 嚓 仪

Bet sai daeuj cam boh

pɛt[8] θaːi[1] tau[3] ɕaːm[1] po[6]

八 男 来 问 父

众男来问父。

1284

她	列	欧	叺	橦
Meh	le	aeu	haeuj	congz
me⁶	le¹	ʔau¹	hau³	ço:ŋ²
母	已	要	进	棺材

母要入棺椁，

1285

她	列	欧	叺	桸
Meh	le	aeu	haeuj	faex
me⁶	le¹	ʔau¹	hau³	mai⁴
母	已	要	进	棺材

娘要进棺材。

1286

八	俱	儂	商	量
Bet	beix	nuengx	sieng	liengz
pɛt⁸	pi⁴	nu:ŋ⁴	θi:ŋ¹	li:ŋ²
八	兄	妹	商	量

众兄弟商量，

1287

八	财	偻	計	划
Bet	sai	raeuz	geiq	veh
pɛt⁸	θa:i¹	ɣa²	tçi⁵	we⁶
八	男	我们	计	划

众男子合计。

1288

娿	逻	道	列	兀
Bae	ra	dauh	le	ndei
pai¹	ɣa¹	ta:u⁶	le¹	ʔdi¹
去	找	道公	那	好

找那道公好，

1289

娿	逻	麽	列	利
Bae	ra	mo	le	leih
pai¹	ɣa¹	mo¹	le¹	li⁶
去	找	麽公	那	吉利

找那麽公灵。

1290

伏	ㅌ	吜	八	财
Boh	coh	naeuz	bet	sai
po⁶	ço⁴	nau²	pɛt⁸	θa:i¹
父	就	说	八	男

父说众男子，

1291

伏	ㅌ	吜	八	兜
Boh	coh	naeuz	bet	noix
po⁶	ço⁴	nau²	pɛt⁸	no:i⁶
父	就	说	八	小

父嘱众小妹。

① 父王：娅王的丈夫，众师娘崇奉他为父亲。壮族民间认为，父王与娅王共同主管生灵万物，父王于娅王逝世后次年去世，因此，壮族民间通常双岁祭祀娅王，单岁祭祀父王。

5. 父王①唱

1292

倻 伩 啊 倻 爹

Byai boh ha byai di

pja:i¹ po⁶ ha¹ pja:i¹ ti¹

小 父 啊 小 爹

儿郎众儿郎，

1293

倻 伩 啊 八 觑

Byai boh ha bet mbauq

pja:i¹ po⁶ ha¹ pet⁸ ʔba:u⁵

小 父 啊 八 小伙

儿郎啊小伙。

1294

昑 内 妑 佲 毙

Ngoenz neix meh mwngz dai

ŋon² ni⁵ me⁶ mɯŋ² ta:i¹

天 这 母 你 死

今天母去世，

1295

伩 呗 災 否 赳

Boh gwn cai mbouj hwnq

po⁶ kɯn¹ ça:i¹ ʔbu⁵ hɯn⁵

父 吃 斋 不 起

父守戒不起。

1296

伩 列 疠 蹐 胛

Boh le naiq gen ga

po⁶ le¹ na:i⁵ tɕe:n¹ ka¹

父 已 虚弱 手臂 脚

父手脚瘫软，

1297

蠼 閗 窂 否 冺

Ok dou ranz mbouj ndaej

ʔɔk⁸ tu¹ ɣa:n² ʔbu⁵ ʔdai³

出 门 家 不 得

没力气出门。

1298

伩 肛 粝 佊 乧

Boh daengz haeux mij rung

po⁶ taŋ² hau⁴ mi² ɣuŋ¹

父 到 饭 不 煮

父也不煮饭，

① 妚［pa²］：原指妻子，此指师娘。

1299

仪	肝	斐	否	採
Boh	daengz	feiz	mbouj	saiq
po⁶	taŋ²	fi²	ʔbu⁵	θaːi⁵
父	到	火	不	扒开

父也不烧火。

1300

否	燶	佬	哹	俫
Mbouj	rox	laux	lawz	raix
ʔbu⁵	ɣo⁴	laːu⁴	lauɯ²	ɣaːi⁴
不	知	个	哪	真

不知真或假，

1301

佅	燶	伝	哹	利
Mij	rox	vunz	lawz	leih
mi²	ɣo⁴	hun²	lauɯ²	li⁶
不	知	人	哪	吉利

不知找谁解。

1302

斖	嗲	妚①	乔	荟
Bae	cam	baz	laj	mbwn
pai¹	ça:m¹	pa²	la³	ʔbɯn¹
去	问	妻	下	天

去问众师娘，

1303

斖	嗲	妚	乔	垫
Bae	cam	baz	laj	deih
pai¹	ça:m¹	pa²	la³	ti⁶
去	问	妻	下	地界

去问众仙姑。

1304

啊	八	使	㫔	真
Ha	bet	saeq	rangh	caen
ha¹	pɛt⁸	θai⁵	ɣaːŋ⁶	çan¹
啊	八	司	身	真

众女真俊俏，

1305

啊	八	豺	㫔	柳
Ha	bet	sai	rangh	reuz
ha¹	pɛt⁸	θaːi¹	ɣaːŋ⁶	ɣeːu²
啊	八	男	英	俊

众男真英俊。

6. 领队唱

1306

胅 迭 啊 琉 妃

Daep dieb ha liux baz

tap⁷ te:p⁸ ha¹ le⁴ pa²

肝 跳 啊 众 妻

众媳妇心慌，

1307

胣 兀 啊 琉 儂

Caw ndei ha liux nuengx

ɕɯ¹ ʔdi¹ ha¹ le⁴ nu:ŋ⁴

心 好 啊 众 妹

众仙姑心善。

1308

啊 琉 婤 几 夯

Ha liux youx geij biengz

ha¹ le⁴ ju⁴ tɕi³ pɯ:ŋ²

啊 众 情 人 几 地方

各地众情友，

1309

啊 琉 妃 几 板

Ha liux baz geij mbanj

ha¹ le⁴ pa² tɕi³ ʔba:n³

啊 众 妻 几 村寨

各村众媳妇。

1310

琉 婤 𡃣 主 張

Liux youx ok cawj cieng

le⁴ ju⁴ ʔɔk⁸ ɕaɯ³ ɕi:ŋ¹

众 情人 出 主 张

情友出主张，

1311

妃 古 打 主 意

Baz gou daj cawj eiq

pa² ku¹ ta³ ɕaɯ³ ʔei⁵

妻 我 出 主 意

媳妇拿主意。

1312

𡃣 主 意 許 魁

Ok cawj eiq hawj fangz

ʔɔk⁸ ɕaɯ³ ʔei⁵ haɯ³ fa:ŋ²

出 主 意 给 鬼

拿主意给神，

1313

蹰	主	張	許	使
Ok	cawj	cieng	hawj	saeq
ʔɔk⁸	ɕauɯ³	ɕiːŋ¹	hauɯ³	θai⁵
出	主	张	给	师

出主张给师。

1314

勒	許	使	貧	昴
Laeg	hawj	saeq	baenz	maeuh
lak⁸	hauɯ³	θai⁵	pan²	mau⁶
别	给	师	成	昏

莫让师昏庸，

1315

勒	許	偻	貧	暗
Laeg	hawj	raeuz	baenz	ngamx
lak⁸	hauɯ³	ɣa²	pan²	ŋaːm⁴
别	给	我们	成	憨

莫让咱犯傻。

1316

俱	列	圣	定	閧
Beix	lez	youq	dingx	gyang
pi⁴	le²	ʔju⁵	tiŋ⁴	tɕaːŋ¹
兄	是	在	正	中

哥站正中央，

1317

遥	旷	紗	否	冕
Yiu	mbaw	sa	mbouj	ndaej
jiu¹	ʔbau¹	θa¹	ʔbu⁵	ʔdai³
拿	张	纸	不	得

拿张纸不稳。

1318

娄	逻	道	哂	真
Bae	ra	dauh	lawz	caen
pai¹	ɣa¹	taːu⁶	lau²	ɕan¹
去	找	道公	哪	真

找哪道公好？

1319

娄	逻	麽	哂	利
Bae	ra	mo	lawz	leih
pai¹	ɣa¹	mo¹	lau²	li⁶
去	找	麽公	哪	吉利

找哪麽公灵？

1320

許	樽	蹰	主	張
Hawj	daengq	ok	cawj	cieng
hauɯ³	taŋ⁵	ʔɔk⁸	ɕauɯ³	ɕiːŋ¹
给	凳	出	主	张

师娘出主张，

1321

琉　壇　打　主　意

Liux　danz　daj　cawj　eiq

le⁴　taːn²　ta³　ɕau³　ʔei⁵

众　坛　出　主　意

仙姑拿主意。

1322

嚥　主　意　許　魴

Ok　cawj　eiq　hawj　fangz

ʔɔk⁸　ɕau³　ʔei⁵　hau³　faːŋ²

出　主　意　给　鬼

拿主意给神，

1323

嚥　主　張　許　使

Ok　cawj　cieng　hawj　saeq

ʔɔk⁸　ɕau³　ɕiːŋ¹　hau³　θai⁵

出　主　张　给　师

出主张给师。

1324

勒　許　使　貧　昴

Laeg　hawj　saeq　baenz　maeuh

lak⁷　hau³　θai⁵　pan²　mau⁶

别　给　师　成　昏

别让师昏庸，

1325

勒　許　皇　貧　暗

Laeg　hawj　vuengz　baenz　ngamx

lak⁸　hau³　wuːŋ²　pan²　ŋaːm⁴

别　给　王　成　憨

别让师犯傻。

1326

八　使　啊　八　皇

Bet　saeq　ha　bet　vuengz

pɛt⁸　θai⁵　ha¹　pɛt⁸　wɯːŋ²

八　司　啊　八　王

众女啊众男，

1327

侎　佬　另　侎　佬

Mij　lau　lingh　mij　lau

mi²　laːu¹　liŋ⁶　mi²　laːu¹

不　怕　另　不　怕

不怕不用怕。

1328

与　眉　樘　乏　很

Lij　miz　daengq　youq　henz

li³　mi²　taŋ⁵　ʔju⁵　heːn²

还　有　凳　在　边

有师娘在旁，

① 布洛陀〔pau⁵ lɔk⁸ to²〕：布洛陀，壮族民间崇奉的人文始祖、创世神。壮族民间认为布洛陀无所不知、无所不晓，他开天辟地、创造万物、安排秩序、管理天下，凡遇任何难事，经请教布洛陀均能得到解决。

② 麽六甲〔mo¹ lɔk⁸ tɕa:p⁷〕：麽六甲，壮族民间崇奉的人文始祖母、创世神，传说她是布洛陀的妻子。她与布洛陀一同创世，掌管人间生育。

1329

与	眉	壇	圣	赵
Lij	miz	danz	youq	gyawj
li³	mi²	ta:n²	ʔju⁵	tɕau³
还	有	坛	在	近

有仙姑坐镇。

1330

琉	樽	㭭	主	張
Liux	daengq	ok	cawj	cieng
le⁴	taŋ⁵	ʔɔk⁸	ɕɯ³	ɕi:ŋ¹
众	凳	出	主	张

师娘出主张，

1331

琉	壇	打	主	意
Liux	danz	daj	cawj	eiq
le⁴	ta:n²	ta³	ɕau³	ʔei⁵
众	坛	打	主	意

仙姑拿主意。

1332

琉	使	啊	琉	使
Liux	saeq	ha	liux	saeq
le⁴	θai⁵	ha¹	le⁴	θai⁵
众	师	啊	众	师

各师娘们啊，

1333

娝	嗲	布	洛	陀①
Bae	cam	baeuq	loeg	doz
pai¹	ɕa:m¹	pau⁵	lɔk⁸	to²
去	问	布	洛	陀

去问布洛陀，

1334

娝	嗲	麽	六	甲②
Bae	cam	mo	loeg	gyap
pai¹	ɕa:m¹	mo¹	lɔk⁸	tɕa:p⁷
去	问	麽	六	甲

去问麽六甲。

1335

布	洛	陀	眉	法
Baeuq	loeg	doz	miz	fap
pau⁵	lɔk⁸	to²	mi²	fap⁸
布	洛	陀	有	法

布洛陀有法，

1336

麽	六	甲	眉	符
Mo	loeg	gyap	miz	fouz
mo¹	lɔk⁸	tɕa:p⁷	mi²	fou²
麽	六	甲	有	符

麽六甲有符。

1337

欧 麻 扒 魃 枢

Aeu ma ruz gyaeuj couh

ʔau¹ ma¹ ɣu² tɕau³ ɕou⁶

要 来 扶 头 棺

符法护棺椁，

1338

啊 俰 使 呀 俰

Ha hox saeq ya hox

ha¹ ho⁴ θai⁵ ja¹ ho⁴

啊 众 师 呀 众

众师娘们啊。

7. 领队唱

1339

挞 迭 啊 八 皇

Daep dieb ha bet vuengz

tap⁷ te:p⁸ ha¹ pɛt⁸ wɯ:ŋ²

肝 跳 啊 八 王

心慌啊八王，

1340

肔 兡 啊 八 使

Caw ndei ha bet saeq

ɕɯ¹ ʔdi¹ ha¹ pɛt⁸ θai⁵

心 好 啊 八 司

心好啊八司。

1341

琉 婋 皿 内 訌

Liux youx guh neix hongz

le⁴ ju⁴ kɔk⁸ ni⁵ ho:ŋ²

众 情 人 做 这 说

师娘这样说，

1342

琉 妑 皿 内 嗦

Liux baz guh neix gangj

le⁴ pa² kɔk⁸ ni⁵ ka:ŋ³

众 妻 做 这 讲

仙姑这样讲。

1343

啊 琉 使 弛 瓺

Ha liux saeq caemh mbin

ha¹ le⁴ θai⁵ ɕam⁶ ʔbin¹

啊 众 师 同 飞

众师同飞奔，

① 四使［θi^{5} θai^{5}］：四司，指娅王的八个女儿中的四人。下文"四皇［θi^{5} wuːŋ^{2}］""四佬［θi^{5} laːu^{4}］""四伝［θi^{5} hun^{2}］"等同。

1344

啊 琉 皇 趻 蹓

Ha liux vuengz caemh yamq

ha^{1} le^{4} wuːŋ^{2} ɕam^{6} ʔjaːm^{5}

啊 众 王 同 迈步

众师共迈步。

1345

八 使 偻 趻 超

Bet saeq raeuz caemh hwnq

pet^{8} θai^{5} ɣa^{2} ɕam^{6} hɯn^{5}

八 司 我们 同 起

与八司同程，

1346

八 皇 偻 趻 隊

Bet vuengz raeuz caemh doih

pet^{8} wuːŋ^{2} ɣa^{2} ɕam^{6} toːi^{6}

八 王 我们 同 队

和八王做伴。

1347

四 使① 圣 挦 妚

Seiq saeq youq dawz meh

θi^{5} θai^{5} ʔju^{5} tɯ^{2} me^{6}

四 司 在 守 母

四司留守母，

1348

四 皇 圣 挦 妚

Seiq vuengz youq dawz meh

θi^{5} wuːŋ^{2} ʔju^{5} tɯ^{2} me^{6}

四 王 在 守 母

四王守护母。

1349

四 佬 辈 逻 麽

Seiq laux bae ra mo

θi^{5} laːu^{4} pai^{1} ɣa^{1} mo^{1}

四 个 去 找 麽公

四人找麽公，

1350

四 伝 辈 逻 道

Seiq vunz bae ra dauh

θi^{5} hun^{2} pai^{1} ɣa^{1} taːu^{6}

四 人 去 找 道公

四人寻道公。

1351

蹓 啰 倶 梏 旗

Yamq lo beix goek geiz

ʔjaːm^{5} lo^{1} pi^{4} kɔk^{7} tɕi^{2}

迈步 啰 兄 根 旗

走吧旗手哥，

1352

濆　啰　哥　旐　隊

Mbin　lo　go　gyaeuj　doih

ʔbin¹　lɔ¹　ko¹　tɕau³　toːi⁶

飞　啰　哥　头　队

飞吧领头哥。

1353

踮　踮　啰　彩　珍

Yamq　yamq　lo　Caij　Caen

ʔjaːm⁵　ʔjaːm⁵　lo¹　ɕaːi³　ɕan¹

迈步　迈步　啰　彩　珍

启程吧彩珍，

1354

濆　濆　啰　彩　莲

Mbin　mbin　lo　Caij　Lienz

ʔbin¹　ʔbin¹　lo¹　ɕaːi³　liːn²

飞　飞　啰　彩　莲

飞奔吧彩莲。

1355

踮　啰　俱　耗　龙

Yamq　lo　beix　mauh　lungz

ʔjaːm⁵　lo¹　pi⁴　maːu⁶　luŋ²

迈步　啰　兄　帽　龙

走吧龙帽哥，

1356

毕　啰　哥　耗　顶

Bae　lo　go　mauh　dingj

pai¹　lo¹　ko¹　maːu⁶　tiŋ³

去　啰　哥　帽　顶

去吧尖帽哥。

1357

四　使　料　商　量

Seiq　saeq　daeuj　sieng　liengz

θi⁵　θai⁵　tau³　θiːŋ¹　liːŋ²

四　司　来　商　量

四司来商量，

1358

四　皇　料　计　划

Seiq　vuengz　daeuj　geiq　veh

θi⁵　wuːŋ²　tau³　tɕi⁵　we⁶

四　王　来　计　划

四王来合计。

1359

料　计　划　逻　麼

Daeuj　geiq　veh　ra　mo

tau³　tɕi⁵　we⁶　ɣa¹　mo¹

来　计　划　找　麼

合计找麼公，

① 利市〔li⁶ θi⁶〕：利是，也作利事，即红包，取大吉大利之意。此指延请麽公、道公所需的酬劳礼金。

1360

籵	商	量	逻	道
Daeuj	sieng	liengz	ra	dauh
tau³	θi:ŋ¹	li:ŋ²	ɣa¹	ta:u⁶
来	商	量	找	道公

商量找道公。

1361

榉	樟	囗	内	訌
Goek	daengq	guh	neix	hongz
kɔk⁷	taŋ⁵	kɔk⁸	ni⁵	ho:ŋ²
根	凳	做	这	说

祖师这样说，

1362

坛	古	囗	内	嗛
Danz	gou	guh	neix	gangj
ta:n²	ku¹	kɔk⁸	ni⁵	ka:ŋ³
坛	我	做	这	讲

我师这样讲。

1363

跶	迭	啊	琉	哥
Daep	dieb	ha	liux	go
tap⁷	te:p⁸	ha¹	le⁴	ko¹
肝	跳	啊	众	哥

心慌啊众哥，

1364

胁	兀	啊	琉	俱
Caw	ndei	ha	liux	beix
çɯ¹	ʔdi¹	ha¹	le⁴	pi⁴
心	好	啊	众	兄

心好啊众哥。

1365

騎	馬	毕	逻	麽
Gwih	max	bae	ra	mo
kui⁶	ma⁴	pai¹	ɣa¹	mo¹
骑	马	去	找	麽公

骑马找麽公，

1366

佥	躺	毕	逻	道
Cang	ndang	bae	ra	dauh
çwa:ŋ¹	ʔda:ŋ¹	pai¹	ɣa¹	ta:u⁶
打扮	身	去	找	道公

动身寻道公。

1367

利	市①	伝	嗬	挦
Lih	cih	vunz	lawz	dawz
li⁶	θi⁶	hun²	lau²	tɯ²
利	是	人	哪	拿

哪个拿利是？

① 城洛陀〔 ¢iŋ² lɔk⁸ to²〕：洛陀城，指壮族人文始祖布洛陀居住之地。壮族民间传说，布洛陀是人间最高神，他居住的城池是人间最繁华之地。布洛陀在其官殿内制定仪规，颁布法令，管理人间秩序。下句"州六甲"即麽六甲居住之州府。

1368

伩　封　伝　哪　嚩

Nding　fung　vunz　lawz　ok

ʔdiŋ²　fuŋ¹　hun²　lau²　ʔɔk⁸

红　封　人　哪　出

谁人出红包？

1369

眉　利　市　叭　窎

Miz　lih　cih　haeuj　ranz

mi²　li⁶　θi⁶　hau³　ɣaːn²

有　利　是　进　家

备利是进门，

1370

眉　伩　封　魆　城

Miz　nding　fung　gyaeuj　singz

mi²　ʔdiŋ²　fuŋ¹　tɕau³　¢iŋ²

有　红　封　头　城

有红包进城。

1371

偻　畀　城　舖　麽

Raeuz　bae　singz　baeuq　mo

ɣa²　pai¹　¢iŋ²　pau⁵　mo¹

我们　去　城　公　麽

咱进麽公城，

1372

偻　畀　州　舖　道

Raeuz　bae　cou　baeuq　dauh

ɣa²　pai¹　¢u¹　pau⁵　taːu⁶

我们　去　州府　公　道

咱去道公州。

1373

偻　畀　城　洛　陀①

Raeuz　bae　singz　loeg　doz

ɣa²　pai¹　¢iŋ²　lɔk⁸　to²

我们　去　城　洛　陀

咱去洛陀城，

1374

偻　畀　州　六　甲

Raeuz　bae　cou　loeg　gyap

ɣa²　pai¹　¢u¹　lɔk⁸　tɕaːp⁷

我们　去　州府　六　甲

咱去六甲州。

1375

发　馬　畀　唥　唥

Fad　max　bae　langz　langz

faːt⁸　ma⁴　pai¹　laːŋ²　laːŋ²

鞭策　马　去　速　速

策马速速去，

1376

仌	躺	娒	立	柳
Cang	ndang	bae	liq	liuh
ɕwaːŋ¹	ʔdaːŋ¹	pai¹	li⁵	liu⁶
打扮	身	去	迅	速

动身疾疾走。

1377

踥	踥	啰	先	軍
Yamq	yamq	lo	sien	gun
ʔjaːm⁵	ʔjaːm⁵	lo¹	θiːn¹	kun¹
迈步	迈步	啰	先	军

先军们快走,

1378

㴓	㴓	啰	俱	儂
Mbin	mbin	lo	beix	nuengx
ʔbin¹	ʔbin¹	lo¹	pi⁴	nuːŋ⁴
飞	飞	啰	兄	妹

兄妹们快飞。

1379

叔	煞	肝	咟	丫
Caq	caed	daengz	bak	ngamz
ɕu⁵	ɕat⁸	taŋ²	pak⁸	ŋaːm²
忽然	到	口	山垭

忽然到隘口,

1380

瞤	閗	窂	六	甲
Cim	dou	ranz	loeg	gyap
ɕim¹	tu¹	ɣaːn²	lɔk⁸	tɕaːp⁷
看	门	家	六	甲

看见六甲家,

1381

瞤	閗	重	洛	陀
Cim	dou	gyoeg	loeg	doz
ɕim¹	tu¹	tɕɔk⁸	lɔk⁸	to²
看	门	闸	洛	陀

看见洛陀门。

1382

胀	朩	啊	胀	怖
Caw	ndei	ha	saem	mbuq
ɕɯ¹	ʔdi¹	ha¹	θam¹	ʔbu⁵
心	好	啊	心	慌

兄妹好心慌,

1383

叔	煞	肝	閗	窂
Cuq	caed	daengz	dou	ranz
ɕu⁵	ɕat⁸	taŋ²	tu¹	ɣaːn²
忽然	到	门	家

忽然到家门,

1384

忧 ⿰月心 盯 閗 重

You saem daengz dou gyoeg

jou^{1} θam^{1} taŋ^{2} tu^{1} tɕɔk^{8}

忧 心 到 门 闸

忧心到闸门。

1385

⿰月丁 閗 重 洛 陀

Daengz dou gyoeg loeg doz

taŋ^{2} tu^{1} tɕɔk^{8} lɔk^{8} to^{2}

到 门 闸 洛 陀

到洛陀大门，

1386

⿰月丁 閗 ⿱穴土 六 甲

Daengz dou ranz loeg gyap

taŋ^{2} tu^{1} ɣa:n^{2} lɔk^{8} tɕa:p^{7}

到 门 家 六 甲

到六甲家门。

1387

开 閗 重 使 ⿺走刃

Hai dou gyoeg saeq hwnq

ha:i^{1} tu^{1} tɕɔk^{8} θai^{5} hɯn^{5}

开 门 闸 师 起

开门师上去，

1388

开 閗 ⿱穴土 使 ⿰⻊参

Hai dou ranz saeq yamq

ha:i^{1} tu^{1} ɣa:n^{2} θai^{5} ʔja:m^{5}

开 门 家 师 迈步

开门给师进。

1389

啊 琉 ⿰子力 ⿰扌㝵 閗

Ha liux lwg dawz dou

ha^{1} le^{4} lɯk^{8} tɯ^{2} tu^{1}

啊 众 儿 守 门

众儿郎守家，

1390

啊 琉 侊 ⿰扌㝵 重

Ha liux gvang dawz gyoeg

ha^{1} le^{4} kwa:ŋ^{1} tɯ^{2} tɕɔk^{8}

啊 众 郎 守 闸

众儿郎守门。

1391

钱 开 閗 誰 ⿰山惡

Cienz hai dou coiq ok

ɕi:n^{2} ha:i^{1} tu^{1} ɕo:i^{5} ʔɔk^{8}

钱 开 门 我们 出

开门钱咱出，

1392

钱	开	重	誰	开
Cienz	hai	gyoeg	coiq	hai
çiːn²	haːi¹	tçɔk⁸	çoːi⁵	haːi¹
钱	开	闸	我们	开

开闸钱咱给。

1393

許	誰	卦	麻	閗
Hawj	coiq	gvaq	ma	ndaw
haɯ³	çoːi⁵	kwa⁵	ma¹	ʔdaɯ¹
给	我们	过	来	内

给咱进里面,

1394

許	偻	料	麻	醫
Hawj	raeuz	daeuj	ma	naj
haɯ³	ɣa²	tau³	ma¹	na³
给	我们	来	来	前

让咱向前走。

1395

崟	醫	崟	閗	閗
Bae	naj	bae	ndaw	ndaw
pai¹	na³	pai¹	ʔdaɯ¹	ʔdaɯ¹
去	前	去	内	内

往前走到里,

1396

崟	歪	崟	立	柳
Bae	gwnz	bae	liq	liuh
pai¹	kɯn²	pai¹	li⁵	liu⁶
去	上	去	迅	速

速速往上走。

1397

啊	琉	劤	得	閅
Ha	liux	lwg	dawz	dou
ha¹	le⁴	luk⁸	tɯ²	tu¹
啊	众	儿	守	门

众儿郎守门,

1398

啊	琉	优	得	重
Ha	liux	gvang	dawz	gyoeg
ha¹	le⁴	kwaːŋ¹	tɯ²	tçɔk⁸
啊	众	郎	守	闸

众男子守闸。

1399

佲	傍	客	圣	竺
Boh	laux	gaq	youq	ranz
po⁶	laːu⁴	ka⁵	ʔju⁵	ɣaːn²
父	大	是否	在	家

祖师在家否?

① 守门人：指壮族人文始祖布洛陀家的随从，专司守门、传达。

1400

洛	陀	客	圣	殿

Loeg doz gaq youq dienh

$lɔk^8$ to^2 ka^5 $ʔju^5$ $ti:n^6$

洛　陀　是否　在　殿

布洛陀在否？

1403

請	叭	娭	請	叭	娭

Cingj haeuj bae cingj haeuj bae

$çiŋ^3$ hau^3 pai^1 $çiŋ^3$ hau^3 pai^1

请　进　去　请　进　去

请进吧请进。

8. 守门人①唱

1401

啊	先	生	圣	竺

Ha sien seng youq ranz

ha^1 $θi:n^1$ $se:ŋ^1$ $ʔju^5$ $ɣa:n^2$

啊　先　生　在　家

祖师正在家，

1402

啊	先	生	圣	殿

Ha sien seng youq dienh

ha^1 $θi:n^1$ $θe:ŋ^1$ $ʔju^5$ $ti:n^6$

啊　先　生　在　殿

先生正在屋，

9. 领队唱

1404

胅	迭	啊	四	皇

Daep dieb ha seiq vuengz

tap^7 $te:p^8$ ha^1 $θi^5$ $wɯ:ŋ^2$

肝　跳　啊　四　王

心慌啊四王，

1405

胁	兀	四	俱	儂

Caw ndei seiq beix nuengx

$çɯ^1$ $ʔdi^1$ $θi^5$ pi^4 $nu:ŋ^4$

心　好　四　兄　妹

心好啊四司。

1406

发	馬	麻	立	恰
Fad	max	ma	liq	linz
fa:t⁸	ma⁴	ma¹	li⁵	lin²
鞭策	马	来	急	急

策马去疾疾，

1407

肟	閗	窆	趄	疻
Daengz	dou	ranz	yiet	naiq
taŋ²	tu¹	ɣa:n²	jet⁷	na:i⁵
到	门	家	歇	息

到家门休息。

1408

官	陇	鞍	俱	儂
Mwh	roengz	an	beix	nuengx
mə⁶	ɣoŋ²	ŋa:n¹	pi⁴	nu:ŋ⁴
时	下	鞍	兄	妹

兄妹请下马，

1409

歪	閗	弄	悠	肌
Youq	gyang	luengq	you	saem
ʔju⁵	tɕa:ŋ¹	lu:ŋ⁵	jou¹	θam¹
在	中	巷	悠	心

在巷中休息，

1410

歪	閗	阰	趄	疻
Youq	gyang	hongh	yiet	naiq
ʔju⁵	tɕa:ŋ¹	hoŋ⁶	jet⁷	na:i⁵
在	中	院	歇	息

在院中歇息。

1411

官	四	使	弛	麻
Mwh	seiq	saeq	caemh	ma
mə⁶	θi⁵	θai⁵	ɕam⁶	ma¹
时	四	司	同	回

现众王同去，

1412

官	四	皇	弛	踚
Mwh	seiq	vuengz	caemh	yamq
mə⁶	θi⁵	wu:ŋ²	ɕam⁶	ʔja:m⁵
时	四	王	同	迈步

现众王同行。

1413

跟	八	使	弛	麻
Niengz	bet	saeq	caemh	ma
nw:ŋ²	pɛt⁸	θai⁵	ɕam⁶	ma¹
跟	八	司	同	回

跟八司同去，

1414

跟	八	皇	弛	踜
Niengz	bet	vuengz	caemh	yamq
nɯːŋ²	pɛt⁸	wuːŋ²	ɕam⁶	ʔjaːm⁵
跟	八	王	同	迈步

随八王同行。

1415

嗲	伩	兀	玄	兀
Cam	boh	ndei	engq	ndei
ɕaːm¹	po⁶	ʔdi¹	ʔeːŋ⁵	ʔdi¹
问	父	好	更	好

问祖师可好,

1416

嗲	伩	利	玄	利
Cam	boh	lih	engq	lih
ɕaːm¹	po⁶	li⁶	ʔeːŋ⁵	li⁶
问	父	吉利	更	吉利

问先生安否。

1417

閗	重	盯	丫	竺
Dou	gyoeg	daengz	ngamz	ranz
tu¹	tɕok⁸	taŋ²	ŋaːm²	ɣaːn²
门	闸	到	山岔	家

过闸就到家,

1418

閗	竺	盯	与	圣
Gyang	ranz	daengz	lij	youq
tɕaːŋ¹	ɣaːn²	taŋ²	li³	ʔju⁵
中	家	到	还	在

家中仍如旧。

1419

吉	吉	盯	閗	重
Gyaed	gyaed	daengz	dou	gyoeg
tsat⁸	tsat⁸	taŋ²	tu¹	tɕok⁸
渐	渐	到	门	闸

渐渐到闸口,

1420

踜	踜	盯	閗	竺
Yamq	yamq	daengz	dou	ranz
ʔjaːm⁵	ʔjaːm⁵	taŋ²	tu¹	ɣaːn²
迈步	迈步	到	门	家

再走到家门。

1421

八	仙	種	与	排
Bet	sien	congz	lij	baij
pɛt⁸	θiːn¹	ɕoːŋ²	li³	paːi³
八	仙	桌	还	摆

家摆八仙桌,

1422

赗 敨 捒 笔 墨
Raen	saw	raiz	bit	maeg
han¹	θɯ¹	ɣaːi²	pit⁷	mak⁸
见	书	写	笔	墨

桌有笔墨书。

1423

伩 儥 啊 洛 陀
Boh	laux	ha	loeg	doz
po⁶	laːu⁴	ha¹	lɔk⁸	to²
父	大	啊	洛	陀

布洛陀祖师,

1424

朏 兀 啊 六 甲
Caw	ndei	ha	loeg	gyap
ɕɯ¹	ʔdi¹	ha¹	lɔk⁸	tɕaːp⁷
心	好	啊	六	甲

麽六甲善良。

1425

八 使 列 罷 燒
Bet	saeq	le	naj	reng
pɛt⁸	θai⁵	le¹	na³	ɣeːŋ¹
八	司	已	脸	干燥

八司脸变色,

1426

八 财 列 罷 赫
Bet	sai	le	naj	hawq
pɛt⁸	θaːi¹	le¹	na³	hɯ⁵
八	男	已	脸	干

八王脸发白。

1427

她 使 通 伮 兀
Meh	saeq	dung	mij	ndei
me⁶	θai⁵	tuŋ¹	mi²	ʔdi¹
母	司	已	不	好

娅王病膏肓,

1428

她 古 他 伮 醒
Meh	gou	daz	mij	singj
me⁶	ku¹	ta²	mi²	θiŋ³
母	我	也	不	醒

娅王睡昏沉,

1429

嘹 六 甲 麻 拎
Raez	loeg	gyap	ma	gaem
ɣai²	lɔk⁸	tɕaːp⁷	ma¹	kam¹
喊	六	甲	来	拿

请六甲超度。

1430

六	甲	眉	法	拎
Loeg	gyap	miz	fap	gaem
lɔk⁸	tɕaːp⁷	mi²	fap⁸	kam¹
六	甲	有	法	拿

六甲有法术，

1431

洛	陀	眉	符	禁
Loeg	doz	miz	fug	gimq
lɔk⁸	to²	mi²	fuk⁸	tɕim⁵
洛	陀	有	符	禁

洛陀有灵符。

1432

艄①	眉	法	拎	她
Baeuq	miz	fap	gaem	meh
pau⁵	mi²	fap⁸	kam¹	me⁶
公	有	法	拿	母

有法能超度，

1433

艄	眉	符	禁	她
Baeuq	miz	fug	gimq	meh
pau⁵	mi²	fuk⁸	tɕim⁵	me⁶
公	有	符	禁	母

有符能安神。

10. 布洛陀唱

1434

啊	是	佲	是	佲
Ha	cawh	raix	cawh	raix
ha¹	ɕɯ⁶	ɣaːi⁴	ɕɯ⁶	ɣaːi⁴
啊	是	真	是	真

是啊是的啊，

1435

三	昑	卦	麻
Sam	ngoenz	gvaq	ma
θaːm¹	ŋɔn²	kwa⁵	ma¹
三	天	过	来

三天后再来，

1436

三	昑	卦	麻	啊
Sam	ngoenz	gvaq	ma	ha
θaːm¹	ŋɔn²	kwa⁵	ma¹	ha¹
三	天	过	来	啊

过三天再来。

11. 领队唱

1437

啊　艄　啊　洛　陀

Ha　baeuq　ha　loeg　doz

ha¹　pau⁵　ha¹　lɔk⁸　to²

啊　公　啊　洛　陀

布洛陀祖师,

1438

布　麼　啊　六　甲

Boux　mo　ha　loeg　gyap

pu⁴　mo¹　ha¹　lɔk⁸　tɕaːp⁷

人　麼　啊　六　甲

麼六甲祖母。

1439

時　内　是　時　兀

Seiz　neix　cawh　seiz　ndei

çi²　ni⁵　çɯ⁶　çi²　ʔdi¹

时　这　是　时　好

这时是吉时,

1440

時　添　是　時　利

Seiz　den　cawh　seiz　leih

çi²　teːn¹　çɯ⁶　çi²　li⁶

时　这　是　时　吉利

这日是吉日,

1441

時　内　斜　拎　魩

Seiz　neix　daeuj　gaem　fangz

çi²　ni⁵　tau³　kam¹　faːŋ²

时　这　来　拿　鬼

这时来驱鬼。

1442

艄　拎　籾　栱　银

Baeuq　gaem　cax　gongh　ngaenz

pau⁵　kam¹　ça⁴　koːŋ⁶　ŋan²

公　拿　刀　柄　银

公拿银柄刀,

1443

肛　跰　叆　份　糣

Daengz　din　mbwn　fwx　rox

taŋ²　tin¹　ʔbɯn¹　fu⁴　yo⁴

到　脚　天　别人　知

天下人共知。

1444

峏	掙	鉠	栱	金
Baeuq	dawz	yangx	gongh	gim
pau⁵	tu²²	ʔjaːŋ⁴	koːŋ⁶	tɕim¹
公	拿	剑	柄	金

公拿金柄剑，

1445

四	跘	衾	份	信
Seiq	din	mbwn	fwx	saenq
θi⁵	tin¹	ʔbɯn¹	fu⁴	θan⁵
四	脚	天	别人	信

四海人相信。

1446

許	峏	麻	禁	她
Hawj	baeuq	ma	gimq	meh
hauɯ³	pau⁵	ma¹	tɕim⁵	me⁶
给	公	来	禁	母

请公度娅王，

1447

許	爹	麻	禁	她
Hawj	di	ma	gimq	meh
hauɯ³	ti¹	ma¹	tɕim⁵	me⁶
给	爹	来	禁	母

请公除母厄。

1448

官	内	峏	衾	躺
Mwh	neix	baeuq	cang	ndang
mə⁶	ni⁵	pau⁵	ɕwaːŋ¹	ʔdaːŋ¹
时	这	公	打扮	身

现给父打理，

1449

官	内	峏	衾	躴
Mwh	neix	baeuq	cang	rangh
mə⁶	ni⁵	pau⁵	ɕwaːŋ¹	ɣaːŋ⁶
时	在	公	打扮	身

现为公装扮。

1450

琉	俱	啊	琉	哥
Liux	beix	ha	liux	go
le⁴	pi⁴	ha¹	le⁴	ko¹
众	兄	啊	众	哥

众兄弟们啊，

1451

肶	兀	啊	琉	儂
Caw	ndei	ha	liux	nuengx
ɕɯ¹	ʔdi¹	ha¹	le⁴	nuːŋ⁴
心	好	啊	众	妹

众妹心地好。

1452

扶	六	甲	型	鞍
Bw	loeg	gyap	hwnj	an
pu¹	lɔk⁸	tɕa:p⁷	huɯn³	ŋa:n¹
扶	六	甲	上	鞍

扶六甲上鞍,

1453

扣	洛	陀	歪	馬
Rex	loeg	doz	gwnz	max
ɣe⁴	lɔk⁸	to²	kɯn²	ma⁴
扶	洛	陀	上	马

搀洛陀上马。

1454

双	布	圣	双	边
Song	boux	youq	song	bengx
θo:ŋ¹	pu⁴	ʔju⁵	θo:ŋ¹	pe:ŋ⁴
两	人	在	两	旁边

两人在两边,

1455

双	皇	扶	双	胝
Song	vuengz	bw	song	eiq
θo:ŋ¹	wɯ:ŋ²	pu¹	θo:ŋ¹	ʔi⁵
两	王	扶	两	腋窝

两王搀两腋。

1456

㨂	㩧	法	偻	楞
Dawz	saw	fap	raeuz	laeng
tɯ²	θɯ¹	fap⁸	ɣa²	laŋ¹
拿	书	法	我们	后

咱拿法书跟,

1457

㨂	盘	金	偻	踉
Dawz	banz	gim	raeuz	niengz
tɯ²	pa:n²	tɕim¹	ɣa²	nɯ:ŋ²
拿	盘	金	我们	跟

咱拿罗盘随。

1458

欧	㩧	法	踉	躺
Aeu	saw	fap	niengz	ndang
ʔau¹	θɯ¹	fap⁸	nɯ:ŋ²	ʔda:ŋ¹
要	书	法	跟	身

要法书随身,

1459

欧	㩧	符	立	袋
Aeu	saw	fug	lab	daeh
ʔau¹	θɯ¹	fuk⁸	la:p⁸	tai⁶
要	书	符	装	袋

要法书装袋。

1460

四	使	偻	到	麻
Seiq	saeq	raeuz	dauq	ma
θi⁵	θai⁵	ɣa²	ta:u⁵	ma¹
四	司	我们	回	来

四司一同回，

1461

四	皇	偻	尥	到
Seiq	vuengz	raeuz	gyaeuj	dauq
θi⁵	wu:ŋ²	ɣa²	tɕau³	ta:u⁵
四	王	我们	头	回

四王一同返。

1462

跟	六	甲	麻	竺
Niengz	loeg	gyap	ma	ranz
nɯ:ŋ²	lɔk⁸	tɕa:p⁷	ma¹	ɣa:n²
跟	洛	甲	回	家

随六甲回家，

1463

跟	洛	陀	麻	殿
Niengz	loeg	doz	ma	dienh
nɯ:ŋ²	lɔk⁸	to²	ma¹	ti:n⁶
跟	洛	陀	来	殿

跟洛陀回殿。

1464

发	馬	麻	令	令
Fad	max	ma	rinh	rinh
fa:t⁸	ma⁴	ma¹	ɣin⁶	ɣin⁶
鞭	策	马	回	速	速

策马疾疾回，

1465

衾	躺	麻	立	柳
Cang	ndang	ma	liq	liuh
ɕwa:ŋ¹	ʔda:ŋ¹	ma¹	li⁵	liu⁶
打扮	身	回	迅	速

打扮速速返。

1466

叔	煞	肝	咟	丫
Cuq	caed	daengz	bak	ngamz
ɕu⁵	ɕat⁸	taŋ²	pak⁸	ŋa:m²
忽	然	到	口	岔

一下到岔口，

1467

旭	題	竺	她	使
Ciuq	raen	ranz	meh	saeq
ɕiu⁵	han¹	ɣa:n²	me⁶	θai⁵
看	见	家	母	司

看见娅王家。

1468

肛	閅	重	她	皇
Daengz	dou	gyoeg	meh	vuengz
taŋ²	tu¹	tɕɔk⁸	me⁶	wuːŋ²
到	门	闸	母	王

到母王闸门，

1469

肛	閅	空	她	佧
Daengz	dou	ranz	meh	gaeg
taŋ²	tu¹	ɣaːn²	me⁶	kak⁸
到	门	家	母	婭王

到婭王家门。

1470

趄	疠	觃	八	皇
Yiet	naiq	gonq	bet	vuengz
jet⁷	naːi⁵	kon⁵	pɛt⁸	wuːŋ²
歇	累	先	八	王

八王先歇息，

1471

忧	肕	八	俱	儂
You	saem	bet	beix	nuengx
jou¹	θam¹	pɛt⁸	pi⁴	nuːŋ⁴
忧	心	八	兄	妹

八姊妹心焦。

1472

斜	麼	案	掆	錄
Daeuj	mo	anq	dawz	rok
tau³	mo¹	ʔaːn⁵	tuː²	ɣɔk⁸
来	麼公	案	拿	矛

来案台取刀，

1473

斜	麼	名	掆	鋏
Daeuj	mo	mingz	dawz	yangx
tau³	mo¹	miŋ²	tuː²	ʔjaːŋ⁴
来	麼公	名	拿	剑

来神龛拿剑。

1474

啊	琉	道	祖	翁
Ha	liux	dauh	coj	biengz
ha¹	le⁴	taːu⁶	ço³	puɯːŋ²
啊	众	道	公祖	地方

此村众道公，

1475

啊	琉	麼	祖	板
Ha	liux	mo	coj	mbanj
ha¹	le⁴	mo¹	ço³	ʔbaːn³
啊	众	麼公	祖	村寨

此寨众麼公。

1476

宕 搟 鋏 棋 金

Mwh dawz yangx gongh gim

$mə^6$ $tɯ^2$ $ʔjaːŋ^4$ $koːŋ^6$ $tɕim^1$

时 拿 剑 柄 金

现拿金柄剑，

1477

眂 瞻 歪 瞻 乔

Da cim gwnz cim laj

ta^1 $tɕim^1$ $kɯn^2$ $tɕim^1$ la^3

眼 看 上 看 下

眼向上下看。

1478

宕 搟 鋏 棋 银

Mwh dawz yangx gongh ngaenz

$mə^6$ $tɯ^2$ $ʔjaːŋ^4$ $koːŋ^6$ $ŋan^2$

时 拿 剑 柄 银

现拿银柄剑，

1479

收 独 勉 雌 德

Sou duz fangz coh daeg

$θu^1$ tu^2 $faːŋ^2$ $ço^6$ tak^8

收 个 鬼 母 公

收雌雄二鬼。

1480

宕 内 許 道 拎

Mwh neix hawj dauh gaem

$mə^6$ ni^5 $haɯ^3$ $taːu^6$ kam^1

时 这 给 道公 拿

现道公驱邪，

1481

肝 布 麼 料 办

Daengz boux mo daeuj banh

$taŋ^2$ pu^4 mo^1 tau^3 $paːn^6$

到 人 麼公 米 办

麼公再行法。

1482

宕 内 使 圣 胁

Mwh neix saeq youq saem

$mə^6$ ni^5 $θai^5$ $ʔju^5$ $θam^1$

时 这 司 定 心

时众王安心，

1483

宕 内 皇 趄 疠

Mwh neix vuengz yiet naiq

$mə^6$ ni^5 $wuːŋ^2$ jet^7 $naːi^5$

时 这 王 歇 息

现众王歇息。

12. 布洛陀唱

1484

超	度	亡	魂	内
Ciu	doh	vangz	hoenz	neix
ça:u¹	to⁶	wa:ŋ²	hɔn²	ni⁵
超	度	亡	魂	这

超度这亡魂,

1485

麻	仙	界	生	神
Ma	sien	gyaiq	seng	saenz
ma¹	θi:n¹	tça:i⁵	θe:ŋ¹	θan²
回	仙	边界	生	神

回到神仙界。

1486

抜	度	亡	魂	内
Baz	doh	vangz	hoenz	neix
paz	to⁶	wa:ŋ²	hɔn²	ni⁵
超	度	亡	魂	这

超度这亡人,

1487

壆	仙	界	生	神
Bae	sien	gyaiq	seng	saenz
pai¹	θi:n¹	tça:i⁵	θe:ŋ¹	θan²
去	仙	边界	生	神

去往神仙界。

1488

愿	度	亡	魂	内
Nyienh	doh	vangz	hoenz	neix
ȵi:n⁶	to⁶	wa:ŋ²	hɔ:n²	ni⁵
愿	度	亡	魂	这

愿度此亡魂,

1489

型	仙	界	生	神
Hwnj	sien	gyaiq	seng	saenz
hɯn³	θi:n¹	tça:i⁵	θe:ŋ¹	θan²
上	仙	边界	生	神

升往神仙界。

13. 众王唱

1490

胅	迸	啊	八	皇
Daep	dieb	ha	bet	vuengz
tap⁷	te:p⁸	ha¹	pɛt⁸	wɯ:ŋ²
肝	跳	啊	八	王

心慌啊八王,

1491

胁	兀	啊	八	使
Caw	ndei	ha	bet	saeq
ɕɯ¹	ʔdi¹	ha¹	pɛt⁸	sai⁵
心	好	啊	八	司

心好啊八司。

1492

逻	祔	孝	偻	麻
Ra	buh	hauq	raeuz	ma
ɣa¹	pɯ⁶	ha:u⁵	ɣa²	ma¹
找	衣服	孝	我们	来

找出孝衣来,

1493

鞵	孝	暖	偻	料
Haiz	hauq	unq	raeuz	daeuj
ha:i²	ha:u⁵	ʔun⁵	ɣa²	tau³
鞋	孝	浅	我们	来

拿出孝鞋备。

1494

扨	祔	皓	孝	她
Daenj	buh	hau	hauq	meh
tan³	pɯ⁶	ha:u¹	ha:u⁵	me⁶
穿	衣服	白	孝	母

给母披孝衣,

1495

鞵	皓	暖	孝	她
Haiz	hau	unq	hauq	meh
ha:i²	ha:u¹	ʔun⁵	ha:u⁵	me⁶
鞋	白	浅	孝	母

为娘穿孝鞋。

1496

八	使	啊	八	皇
Bet	saeq	ha	bet	vuengz
pɛt⁸	θai⁵	ha¹	pɛt⁸	wɯ:ŋ²
八	司	啊	八	王

八司啊八王,

① 鼟淰［ɕuɯ⁴ ɣam⁴］：买水，指壮族民间丧葬习俗的买水仪式。壮族民间认为，逝者入棺前尚带有阳间的厄孽，需事先进行
沐浴。沐浴则需向上天买"无根水"，称为"买水"。举行仪式时，逝者子女随麽公或道公到洁净水源之处请水，向水中投
入钱币，再用钵装水带回，即为"买水"。

1497

肞	兀	八	俱	儂
Caw	ndei	bet	beix	nuengx
ɕuɯ¹	ʔdi¹	pet⁸	pi⁴	nu:ŋ⁴
心	好	八	兄	妹

众姊妹善良。

1498

欧	縩	披	栓	帽
Aeu	mae	bwz	con	mauh
ʔau¹	mai¹	pu²	ço:n¹	ma:u⁶
要	线	编	拴	帽

要麻线系帽，

1499

欧	縩	皓	栓	魆
Aeu	mae	hau	con	gyaeuj
ʔau¹	mai¹	ha:u¹	ço:n¹	tɕau³
要	线	白	拴	头

要白线缠头。

1500

抻	帽	三	樑	如
Daenj	mauh	sam	liengz	rouj
tan³	ma:u⁶	θa:m¹	ɣiŋ⁶	ɣu³
戴	帽	三	梁	冠

头戴三棱帽，

1501

跟	麽	毕	鼟	淰①
Niengz	mo	bae	cawx	raemx
nɯ:ŋ²	mo¹	pai¹	ɕuɯ⁴	ɣam⁴
跟	麽公	去	买	水

跟麽公买水。

1502

俱	傣	捛	灵	牌
Beix	laux	dawz	lingz	baiz
pi⁴	la:u⁴	tuɯ²	liŋ²	pa:i²
兄	大	拿	灵	牌

大哥拿灵牌，

1503

琉	傲	捛	旛	很
Liux	au	dawz	fan	henj
le⁴	ʔa:u¹	tuɯ²	fa:n¹	he:n³
众	叔	拿	幡	黄

叔叔扛黄幡。

1504

毕	咟	沛	恀	恀
Bae	bak	mboq	linz	linz
pai¹	pak⁸	ʔbo⁵	lin²	lin²
去	口	泉	急	急

速速到泉口，

1505

毕	边	塘	立	柳
Bae	benz	daemz	liq	liuh
pai¹	pe:n²	tam²	li⁵	liu⁶
去	边	塘	迅	速

疾疾去塘边。

14. 麽公唱

1506

龙	王	水	司	布	众
Lungz	vuengz	suij	sei	boux	gyoeg
luŋ²	wu:ŋ²	θui³	θei¹	pu⁴	tɕɔk⁸
龙	王	水	司	人	众

龙王度众生，

1507

孝	子	汰	很	请	淰
Hauq	swj	dah	henz	cingj	raemx
ha:u⁵	θɯ³	da⁶	he:n²	ɕiŋ³	ɣam⁴
孝	子	河	边	请	水

孝子虔请水。

1508

东	方	一	拜
Doeng	fueng	it	baiq
toŋ¹	fu:ŋ¹	ʔit⁷	pa:i⁵
东	方	一	拜

向东方一拜，

1509

南	方	双	拜
Namz	fueng	song	baiq
na:m²	fu:ŋ¹	θo:ŋ¹	pa:i⁵
南	方	二	拜

向南方二拜，

1510

西	方	三	拜
Sae	fueng	sam	baiq
θai¹	fu:ŋ¹	θa:m¹	pa:i⁵
西	方	三	拜

向西方三拜，

1511

北	方	四	拜
Baek	fueng	seiq	baiq
pak⁷	fu:ŋ¹	θi⁵	pa:i⁵
北	方	四	拜

向北方四拜，

1512

中	閊	五	拜
Cungq	gyang	haj	baiq
ɕuŋ⁵	tɕaːŋ¹	ha³	paːi⁵
中	央	五	拜

向中央五拜。

1513

龙	王	牌	峇	牌	淰
Lungz	vuengz	gai	mbouj	gai	raemx
luŋ²	wuːŋ²	kaːi¹	ʔbu⁵	kaːi¹	ɣam⁴
龙	皇	卖	不	卖	水

龙王卖水否？

1514

龙	王	呕	牌	淰
Lungz	vuengz	naeuz	gai	raemx
luŋ²	wuːŋ²	nau²	kaːi¹	ɣam⁴
龙	王	说	卖	水

龙王说卖水。

15. 麽公唱

1515

眹	迭	啊	八	皇
Daep	dieb	ha	bet	vuengz
tap⁷	teːp⁸	ha¹	pɛt⁸	wuːŋ²
肝	跳	啊	八	王

心慌啊八王，

1516

肶	兀	啊	八	使
Caw	ndei	ha	bet	saeq
ɕɯ¹	ʔdi¹	ha¹	pɛt⁸	θai⁵
心	好	啊	八	司

心好啊八司。

1517

欧	金	很	崔	躰
Aeu	gim	henj	bae	baen
ʔau¹	tɕim¹	heːn³	pai¹	pan¹
拿	金	黄	去	分

要黄金来分，

1518

欧　银　皓　夳　尟

Aeu　ngaenz　hau　bae　cawx

ʔau¹　ŋan²　ha:u¹　pai¹　ɕɯ⁴

拿　银　白　去　买

要白银去买，

1519

尟　淰　到　麻　罖

Cawx　raemx　dauq　ma　ranz

ɕɯ⁴　ɣam⁴　ta:u⁵　ma¹　ɣa:n²

买　水　回　来　家

买水回家来。

1520

琉　使　豵　拎　旛

Liux　saeq　fwngz　gaem　fan

le⁴　θai⁵　fuŋ²　kam¹　fa:n¹

众　师　手　拿　幡

众师手持幡，

1521

皷　锣　夳　得　尮

Gyong　laz　bae　dwk　gonq

tɕo:ŋ¹　la²　pai¹　tuk⁷　ko:n⁵

鼓　锣　去　打　先

锣鼓敲前头，

1522

拎　喌　呿　跟　楞

Gaem　hauh　boq　niengz　laeng

kam¹　ha:u⁶　po⁵　nɯ:ŋ²　laŋ¹

拿　号角　吹　跟　后

唢呐吹随后。

1523

尟　淰　麻　肝　罖

Cawx　raemx　ma　daengz　ranz

ɕɯ⁴　ɣam⁴　ma¹　taŋ²　ɣa:n²

买　水　回　到　家

买水回到家，

1524

欧　淰　抄　躺　她

Aeu　raemx　cat　ndang　meh

ʔau¹　ɣam⁴　ɕat⁸　ʔda:ŋ¹　me⁶

要　水　擦　身　母

要水擦母身，

1525

欧　淰　海　洗　罯

Aeu　raemx　haij　swiq　naj

ʔau¹　ɣam⁴　ha:i³　θɯi⁵　na³

要　水　海　洗　脸

要海水洗脸。

1526

抄　　許　　她　　皓　　净

Cat　hawj　meh　hau　seuq

ça:t⁸　hau³　me⁶　ha:u¹　θe:u⁵

擦　　给　　母　　白　　净

为母洗洁净，

1527

汩　　許　　她　　偻　　净

Rwed　hawj　meh　raeuz　seuq

ɣɯ:t⁸　hau³　me⁶　ɣa²　θe:u⁵

洒　　给　　母　　我们　净

让母身清爽。

1528

肞　　兤　　啊　　𦀴　　麽

Caw　ndei　ha　baeuq　mo

çɯ¹　ʔdi¹　ha¹　pau⁵　mo¹

心　　好　　啊　　公　　麽

布洛陀心善，

1529

肞　　兤　　啊　　六　　甲

Caw　ndei　ha　loeg　gyap

çɯ¹　ʔdi¹　ha¹　lɔk⁸　tça:p⁷

心　　好　　啊　　六　　甲

麽六甲仁厚。

1530

宦　　内　　料　　献　　粘

Mwh　neix　daeuj　yenq　haeux

mə⁶　ni⁵　tau³　je:n⁵　hau⁴

时　　这　　来　　献　　饭

这时来献饭，

1531

偻　　挦　　台　　乃　　溇

Raeuz　dawz　daiz　nai　laeuj

ɣa²　tu²　ta:i²　na:i¹　lau³

我们　拿　　桌　　敬　　酒

咱摆桌敬酒。

1532

乃　　尥　　㐄　　肒　　钉

Nai　gyaeuj　bae　daengz　din

na:i¹　tçau³　pai¹　taŋ²　tin¹

敬　　头　　去　　到　　脚

从头敬到脚，

1533

嘹　　偻　　真　　伏　　俫

Riuz　raeuz　caen　dah　raix

ɣiu²　ɣa²　çan¹　ta⁶　ɣa:i⁴

传　　我们　真　　真　　实

传咱真孝心。

16. 麽公唱

1534

超　度　三　界　难

Ciu　doh　sam　gyaiq　nanz

ça:u¹　to⁶　θa:m¹　tça:i⁵　na:n²

超　度　三　边界　难

普度三界难，

1535

吞　阴　五　舍　癫

Laj　yaem　haj　haemz　gyaej

la³　jam¹　ha³　ham²　tçai³

下　阴间　五　苦难　灾

祛除地狱苦。

1536

悉　皈　太　上　经

Cix　fanh　daih　sangq　ging

çi⁴　fa:n⁶　ta:i⁶　θa:ŋ⁵　tçiŋ¹

若　皈依　太　上　经

皈依太上经，

1537

清　念　稽　首　礼

Cing　nienh　gi　souj　laex

çiŋ¹　ni:n⁶　tçi¹　θu³　lai⁴

清　念　稽　首　礼

清念稽首礼。

1538

捱　吼　三　清　殿

Ngai　naeuz　sam　cing　dienh

ŋa:i¹　nau²　θa:m¹　çiŋ¹　ti:n⁶

仰　告　三　清　殿

虔告三清殿，

1539

判　神　布　毙　毕

Banh　cuengq　boux　dai　bae

pa:n⁶　çu:ŋ⁵　pu⁴　ta:i¹　pai¹

判　放　人　死　去

释放亡人走，

1540

得　超　升

Ndaej　ciu　swng

ʔdai³　ça:u¹　θe:ŋ¹

得　超　升

超度升仙界。

① 朱陵〔ɕu⁶ liŋ³〕：道教神名，全称为朱陵度命天尊，主超度事。

1541

捱	呐	冥	王	殿
Ngai	naeuz	mingz	vuengz	dienh
ŋaːi¹	nau²	miŋ²	wuːŋ²	tiːn⁶
仰	告	冥	王	殿

虔告冥王殿，

1542

判	艸	布	尯	坒
Banh	cuengq	boux	dai	bae
paːn⁶	ɕuːŋ⁵	pu⁴	taːi¹	pai¹
判	放	人	死	去

释放亡人走，

1543

尯	超	升
Ndaej	ciu	swng
ʔdai³	ɕaːu¹	θeːŋ¹
得	超	升

超度升仙界。

1544

捱	呐	府	朱	陵①
Ngai	naeuz	fuj	Cuh	Lingj
ŋaːi¹	nau²	fu³	ɕu⁶	liŋ³
仰	告	府	朱	陵

虔告朱陵府，

1545

尯	超	升
Ndaej	ciu	swng
ʔdai⁴	ɕaːu¹	θeːŋ¹
得	超	升

超度升仙界。

1546

揖	魀	俹	塀	東
Ngoeg	gyaeuj	mbaiq	baih	doeng
ŋɔk⁸	tɕau³	ʔbai⁵	paːi⁶	tɔŋ¹
稽	首	谢	方	东

向东行谢礼，

1547

神	王	颪	無	极
Saenz	vuengz	mbin	mbouj	gig
θan²	wuːŋ²	ʔbin¹	ʔbu⁵	tɕik⁸
神	王	飞	无	极

东方无极神，

1548

大	聖	耒	猷
Daih	swng	gyaeu	ngaeu
taːi⁶	θiŋ⁵	tɕau¹	ŋau¹
大	圣	寿	长

护长生大圣，

1549

無	量	度	伝
Mbouj	liengh	doh	vunz
ʔbu⁵	li:ŋ⁶	to⁶	hun²
无	量	度	人

无量度人尊。

1550

搵	魅	俳	塀	南
Ngoeg	gyaeuj	mbaiq	baih	namz
ŋɔk⁸	tɕau³	ʔba:i⁵	pa:i⁶	na:m²
稽	首	谢	方	南

向南行谢礼,

1551

神	王	瓰	無	极
Saenz	vuengz	mbin	mbouj	gig
θan²	wɯ:ŋ²	ʔbin¹	ʔbu⁵	tɕik⁸
神	王	飞	无	极

南方无极神,

1552

大	聖	耕	猷
Daih	swng	gyaeu	ngaeu
ta:i⁶	θiŋ⁵	tɕau¹	ŋau¹
大	圣	寿	长

护长生大圣,

1553

無	量	度	伝
Mbouj	liengh	doh	vunz
ʔbu⁵	li:ŋ⁶	to⁶	hun²
无	量	度	人

无量度人尊。

1554

搵	魅	俳	塀	西
Ngoeg	gyaeuj	mbaiq	baih	sae
ŋɔk⁸	tɕau³	ʔba:i⁵	pa:i⁶	θai¹
稽	首	谢	方	西

向西行谢礼,

1555

神	王	瓰	無	极
Saenz	vuengz	mbin	mbouj	gig
θan²	wɯ:ŋ²	ʔbin¹	ʔbu⁵	tɕik⁸
神	王	飞	无	极

西方无极神,

1556

大	聖	耕	猷
Daih	swng	gyaeu	ngaeu
ta:i⁶	θiŋ⁵	tɕau¹	ŋau¹
大	圣	寿	长

护长生大圣,

1557

無	量	度	伝

Mbouj liengh doh vunz

ʔbu⁵ liːŋ⁶ to⁶ hun²

无	量	度	人

无量度人尊。

1558

捆	尦	佯	塀	北

Ngoeg gyaeuj mbaiq baih baek

ŋɔk⁸ tɕau³ ʔbaːi⁵ paːi⁶ bak⁷

稽	首	谢	方	北

向北行谢礼，

1559

神	王	凮	無	极

Saenz vuengz mbin mbouj gig

θan² wuːŋ² ʔbin¹ ʔbu⁵ tɕik⁸

神	王	飞	无	极

北方无极神，

1560

大	聖	耨	猷

Daih swng gyaeu ngaeu

taːi⁶ θiŋ⁵ tɕau¹ ŋau¹

大	圣	寿	长

护长生大圣，

1561

無	量	度	伝

Mbouj liengh doh vunz

ʔbu⁵ liːŋ⁶ to⁶ hun²

无	量	度	人

无量度人尊。

1562

捆	尦	佯	中	閚

Ngoeg gyaeuj mbaiq cungq gyang

ŋɔk⁸ tɕau³ ʔbaːi⁵ ɕuŋ⁵ tɕaːŋ¹

稽	首	谢	中	央

向中行谢礼，

1563

神	王	凮	無	极

Saenz vuengz mbin mbouj gig

θan² wuːŋ² ʔbin¹ ʔbu⁵ tɕik⁸

神	王	飞	无	极

中央无极神，

1564

大	聖	耨	猷

Daih swng gyaeu ngaeu

taːi⁶ θiŋ⁵ tɕau¹ ŋau¹

大	圣	寿	长

护长生大圣，

1565

無	量	度	伝
Mbouj	liengh	doh	vunz
ʔbu⁵	liːŋ⁶	to⁶	hun²
无	量	度	人

无量度人尊。

第五篇 娅王功绩

本篇包含两方面内容：其一，众人追忆娅王的伟大功绩，"万物娅王造"，她"造山川造海，造田垌文明"，"分春夏秋冬"，"造山川金银，铸文明康宁"，等等。总之，世间一切都是娅王创造，"娅王殚思虑"，"效劳天下人"。其二，各种动植物向娅王哭诉自身的不幸，有牛、马、羊、猴、鸡、狗、猪、老鼠、虱子等。其实，这是妇女们假托动植物倾诉人生的艰辛和烦恼，宣泄心中的愤懑，希望能得到娅王的理解和帮助。由此，广大妇女的情感有了寄托，精神上获得了安宁，满足了心理的需求，也使得仪式活动具备了强大的延续力。

1. 众师唱

1566

脧 迭 啊 胅 乖

Daep dieb ha caw gvai

tap⁷ te:p⁸ ha¹ çɯ¹ kwa:i¹

肝 跳 啊 心 机灵

心慌啊宝贝，

1567

胅 兀 啊 俱 儂

Caw ndei ha beix nuengx

çɯ¹ ʔdi¹ ha¹ pi⁴ nu:ŋ⁴

心 好 啊 兄 妹

众妹心善良。

1568

峈 佬 峈 洴 她

Dangq laux dangq daej meh

ta:ŋ⁵ la:u⁴ ta:ŋ⁵ tai³ me⁶

各 个 各 哭 母

个个哭娅王，

1569

峈 伝 峈 洴 她

Dangq vunz dangq daej meh

ta:ŋ⁵ hun² ta:ŋ⁵ tai³ me⁶

各 人 各 哭 母

人人悼母王。

1570

脧 迭 啊 先 锋

Daep dieb ha sien fung

tap⁷ te:p⁸ ha¹ θi:n¹ fu:ŋ¹

肝 跳 啊 先 锋

心慌啊先锋，

1571

胅 兀 料 洴 她

Caw ndei daeuj daej meh

çɯ¹ ʔdi¹ tau³ tai³ me⁶

心 好 来 哭 母

齐来哭娅王。

2. 众人唱

1572

她　皇　呀

Meh　vuengz　ya

me⁶　wɯːŋ²　ja¹

母　王　呀

母王啊娅王，

1573

等　样　她　造　貧

Daengx　yiengh　meh　caux　baenz

taŋ⁴　jiːŋ⁶　me⁶　ça:u⁴　pan²

全　样　母　造　成

万物娅王造。

1574

造　档　坡　造　海

Caux　ndangq　bo　caux　haij

ça:u⁴　ʔda:ŋ⁵　po¹　ça:u⁴　ha:i³

造　川　山　造　海

造山川造海，

1575

造　峒　罾　文　明

Caux　doengh　naz　vwnz　mingz

ça:u⁴　toŋ⁶　na²　fan²　miŋ²

造　峒　田　文　明

造田峒文明。

1576

她　皇　怂　否　了

Meh　vuengz　nawh　mbouj　liux

me⁶　wɯːŋ²　nu⁶　ʔbu⁵　liu⁴

母　王　想　不　完

娅王殚思虑，

1577

孙　媥　孙　財　乔　荟

Lwg　mbwk　lwg　sai　laj　mbwn

lɯk⁸　ʔbɯk⁷　lɯk⁸　θa:i¹　la³　ʔbɯn¹

儿　女　儿　男　下　天

忧天下苍生。

1578

她　皇　呀

Meh　vuengz　ya

me⁶　wɯːŋ²　ja¹

母　王　呀

母王呀娅王，

1579

叅	是	灯	昐
Mbwn	cawh	daeng	ngoenz
ʔbɯn¹	ɕɯ⁶	taŋ¹	ŋon²
天	是	灯	日

天上是阳界，

1580

垫	是	阴
Deih	cawh	yaem
ti⁶	ɕɯ⁶	jam¹
地界	是	阴界

地下是阴界。

1581

阴	阳	同	浪	帝
Yaem	yiengz	doengh	rangh	ndaet
jam¹	jiːŋ²	tuŋ⁴	ɣaːŋ⁶	ʔdat⁷
阴	阳	相	连	紧

阴阳紧相连，

1582

敬	叅	町	仪	她
Gingq	mbwn	ndin	boh	meh
tɕiŋ⁵	ʔbɯn¹	ʔdin¹	po⁶	me⁶
敬	天	地	父	母

敬天地父母。

1583

她	皇	怘	否	了
Meh	vuengz	nawh	mbouj	liux
me⁶	wuːŋ²	nɯ⁶	ʔbu⁵	liu⁴
母	王	想	不	完

母王殚思虑，

1584

劝	媔	劝	财	夵	叅
Lwg	mbwk	lwg	sai	laj	mbwn
luk⁸	ʔbɯk⁷	luk⁸	θaːi¹	la³	ʔbɯn¹
儿	女	儿	男	下	天

忧天下苍生。

1585

她	皇	呀
Meh	vuengz	ya
me⁶	wuːŋ²	ja¹
她	王	呀

母王呀娅王，

1586

东	西	南	北	曹	州
Doeng	sae	namz	baek	Cauz	Cou
toŋ¹	θai¹	naːm²	pak⁷	ɕaːu²	ɕu¹
东	西	南	北	曹	州

曹州遍四方，

1587

春	夏	秋	冬	乑	四	苗
Cin	hah	cou	doeng	baen	seiq	miuz
çin¹	ha⁶	çu¹	tɔŋ¹	pan¹	θi⁵	miu²
春	夏	秋	冬	分	四	季

分春夏秋冬，

1588

五	粘	六	粘	她	埊	兴
Haj	haeux	roek	haeux	meh	deih	hwng
ha³	hau⁴	ɣɔk⁷	hau⁴	me⁶	ti⁶	çin¹
五	谷	六	谷	母	地	兴

天下五谷兴。

1589

她	皇	恖	否	了
Meh	vuengz	nawh	mbouj	liux
me⁶	wɯːŋ²	nɯ⁶	ʔbu⁵	liu⁴
母	王	想	不	完

娅王殚思虑，

1590

劲	媥	劲	財	乑	叆
Lwg	mbwk	lwg	sai	laj	mbwn
lɯk⁸	ʔbɯk⁷	lɯk⁸	θaːi¹	la³	ʔbɯn¹
儿	女	儿	男	下	天

忧天下苍生。

1591

她	皇	呀
Meh	vuengz	ya
me⁶	wɯːŋ²	ja¹
母	王	呀

母王呀娅王，

1592

春	料	百	花	开
Cieng	daeuj	bak	va	hai
çiːŋ¹	tau³	pak⁸	wa¹	haːi¹
春	来	百	花	开

春来百花开，

1593

颰	溂	苗	帅	旡
Rumz	fwn	miuz	gwn	ndei
ɣum²	hun¹	miu²	kɯn¹	ʔdi¹
风	雨	季	吃	好

风雨好年景，

1594

稧	坴	糩	糩	牲
Ceh	doek	naed	naed	daeuj
çe⁶	tɔk⁷	nat⁸	nat⁸	tau³
种	掉	粒	粒	生长

播种粒粒生。

1595

她	皇	恖	否	了
Meh	vuengz	nawh	mbouj	liux
me⁶	wɯːŋ²	nɯ⁶	ʔbu⁵	liu⁴
母	王	想	不	完

娅王殚思虑，

1596

孲	媍	孲	财	夯	叠
Lwg	mbwk	lwg	sai	laj	mbwn
luk⁸	ʔbuk⁷	luk⁸	θaːi¹	la³	ʔbɯn¹
儿	女	儿	男	下	天

忧天下苍生。

1597

她	皇	呀
Meh	vuengz	ya
me⁶	wɯːŋ²	ja¹
母	王	呀

母王呀娅王，

1598

瞙	畔	叠	晾	熯
Mboengq	hwngq	mbwn	rengx	ndat
ʔboŋ⁵	haŋ¹	ʔbɯn¹	ɣeːŋ⁴	ʔdat⁸
季	热	天	干	热

夏季天燥热，

1599

苗	粝	騬	冄	兀
Miuz	haeux	maj	ndaej	ndei
miu²	hau⁴	ma³	ʔdai³	ʔdi¹
季	稻谷	生长	得	好

稻谷长势好，

1600

花	粝	葛	跟	飖
Va	haeux	ngeh	niengz	rumz
wa¹	hau⁴	ŋe⁶	nɯːŋ²	ɣum²
花	稻谷	迎	跟	风

遍地稻花扬。

1601

她	皇	恖	否	了
Meh	vuengz	nawh	mbouj	liux
me⁶	wɯːŋ²	nɯ⁶	ʔbu⁵	liu⁴
母	王	想	不	完

娅王殚思虑，

1602

孲	媍	孲	财	夯	叠
Lwg	mbwk	lwg	sai	laj	mbwn
luk⁸	ʔbuk⁷	luk⁸	θaːi¹	la³	ʔbɯn¹
儿	女	儿	男	下	天

忧天下苍生。

1603

她　皇　呀

Meh　vuengz　ya

me⁶　wɯːŋ²　ja¹

母　王　呀

母王呀娅王，

1604

苗　粝　騳　夗　兀

Miuz　haeux　maj　ndaej　ndei

miu²　hau⁴　ma³　ʔdai³　ʔdi¹

季　稻谷　生长　得　好

稻谷长正旺。

1605

她　皇　怸　不　了

Meh　vuengz　nawh　mbouj　liux

me⁶　wɯːŋ²　nɯ⁶　ʔbu⁵　liu⁴

母　王　想　不　完

娅王殚思虑，

1606

劲　媎　劲　財　否　耷

Lwg　mbwk　lwg　sai　laj　mbwn

luk⁸　ʔbuk⁷　luk⁸　θaːi¹　la³　ʔbɯn¹

儿　女　儿　男　下　天

忧天下苍生。

1607

她　皇　呀

Meh　vuengz　ya

me⁶　wɯːŋ²　ja¹

母　王　呀

母王呀娅王，

1608

瞢　凈　桂　花　氽

Mboengq　caemx　gveiq　va　hom

ʔboŋ⁵　ɕam⁴　kui⁶　wa¹　hoːm¹

季　凉　桂　花　香

秋季桂花香。

1609

苗　粝　很　貧　遍

Miuz　haeux　henj　baenz　mbenj

miu²　hau⁴　heːn³　pan²　ʔbeːn³

季　稻谷　黄　成　片

稻田一片黄，

1610

苗　兀　粝　阒　仓

Miuz　ndei　haeux　rim　cang

miu²　ʔdi¹　hau³　ɣim¹　ɕwaːŋ¹

季　好　稻谷　满　仓

丰年谷满仓。

1611

她 皇 恖 不 了

Meh vuengz nawh mbouj liux

me^{6} wɯːŋ^{2} nɯ^{6} ʔbu^{5} liu^{4}

母 王 想 不 完

娅王殚思虑，

1612

劧 媥 劧 財 夵 𡗶

Lwg mbwk lwg sai laj mbwn

lɯk^{8} ʔbɯk^{7} lɯk^{8} θaːi^{1} la^{3} ʔbɯn^{1}

儿 女 儿 男 下 天

忧天下苍生。

1613

她 皇 呀

Meh vuengz ya

me^{6} wɯːŋ^{2} ja^{1}

母 王 呀

母王呀娅王，

1614

𥊫 凒 𩅡 𩙩 𫗒

Mboengq nit nae mbin mbangq

ʔbɔŋ^{5} nit^{7} nai^{1} ʔbin^{1} ʔbaːŋ^{5}

季 冷 雪 飞 飘

冬季雪花飘，

1615

𩅡 舭 拜 𡷞 𠃢

Nae faiq baiq bi gaeuq

nai^{1} faːi^{5} paːi^{5} pi^{1} kau^{5}

雪 棉 拜 岁 旧

飞雪辞旧岁，

1616

春 彐 𤘅 春 彐

Cieng ndeu daeuq cieng ndeu

ɕiːŋ^{1} ʔdeːu^{1} tau^{5} ɕiːŋ^{1} ʔdeːu^{1}

春 一 又 春 一

一春接一春。

1617

她 皇 恖 不 了

Meh vuengz nawh mbouj liux

me^{6} wɯːŋ^{2} nɯ^{6} ʔbu^{5} liu^{4}

母 王 想 不 完

娅王殚思虑，

1618

劧 媥 劧 財 夵 𡗶

Lwg mbwk lwg sai laj mbwn

lɯk^{8} ʔbɯk^{7} lɯk^{8} θaːi^{1} la^{3} ʔbɯn^{1}

儿 女 儿 男 下 天

忧天下苍生。

1619

她	皇	呀
Meh	vuengz	ya
me⁶	wɯːŋ²	ja¹
母	王	呀

母王呀娅王，

1620

四	苗	她	得	疠
Seiq	miuz	meh	dwg	naiq
θi⁵	miu²	me⁶	tɯk⁸	naːi⁵
四	季	母	受	累

四季母操劳，

1621

眣	岜	三	昑	醒
Ninz	bae	sam	ngoenz	singj
nin²	pai¹	θaːm¹	ŋon²	θiŋ³
睡	去	三	天	醒

昏睡三天醒，

1622

为	伝	否	娄	宏
Vih	vunz	laj	mbwn	hong
wi⁶	hun²	la³	ʔbɯn¹	hoːŋ¹
为	人	下	天	工作

效劳天下人。

1623

她	皇	恖	否	了
Meh	vuengz	nawh	mbouj	liux
me⁶	wɯːŋ²	nɯ⁶	ʔbu⁵	liu⁴
母	王	想	不	完

娅王殚思虑，

1624

劲	媥	劲	財	否	娄
Lwg	mbwk	lwg	sai	laj	mbwn
luk⁸	ʔbɯk⁷	luk⁸	θaːi¹	la³	ʔbɯn¹
儿	女	儿	男	下	天

忧天下苍生。

1625

她	皇	呀
Meh	vuengz	ya
me⁶	wɯːŋ²	ja¹
母	王	呀

母王呀娅王，

1626

圣	歪	娄	革	道
Youq	gwnz	mbwn	gwh	dauh
ʔju⁵	kɯn²	ʔbɯn¹	ku⁶	taːu⁶
在	上	天	行	道

母升天行道。

1627

抌　条　叁　革　道

Gaem diuz mbwn gwh dauh

kam¹ tiːu² ʔbɯn¹ kuː⁶ taːu⁶

掌管　条　天　行　道

娅王持天道，

1628

叁　墰　臱　风　流

Mbwn deih ndaej fung louz

ʔbɯn¹ ti⁶ ʔdai³ fuŋ¹ lou²

天　地　得　风　流

天地共欢荣。

1629

她　皇　怘　否　了

Meh vuengz nawh mbouj liux

me⁶ wuːŋ² nɯ⁶ ʔbu⁵ liu⁴

母　王　想　不　完

娅王殚思虑，

1630

劲　媥　劲　財　乑　叁

Lwg mbwk lwg sai laj mbwn

lɯk⁸ ʔbuk⁷ lɯk⁸ θaːi¹ la³ ʔbɯn¹

儿　女　儿　男　下　天

忧天下苍生。

1631

她　皇　呀

Meh vuengz ya

me⁶ wuːŋ² ja¹

母　王　呀

母王呀娅王，

1632

造　档　坡　賍　金　银

Caux ndangq bo cawx gim ngaenz

ɕaːu⁴ ʔdaːŋ⁵ po¹ ɕɯ⁴ tɕim¹ ŋan²

造　川　山　买　金　银

造山川金银，

1633

保　文　明　兀　丞　歆

Bauj vwnz mingz ndei youq ngaeu

paːu³ fan² miŋ² ʔdi¹ ʔju⁵ ŋau¹

保　文　明　好　在　长

铸文明康宁。

1634

她　皇　怘　否　了

Meh vuengz nawh mbouj liux

me⁶ wuːŋ² nɯ⁶ ʔbu⁵ liu⁴

母　王　想　不　完

娅王殚思虑，

1635

劲	媔	劲	財	乔	奙
Lwg	mbwk	lwg	sai	laj	mbwn
luk^8	$ʔbuk^7$	luk^8	$θaːi^1$	laj^3	$ʔbɯn^1$
儿	女	儿	男	下	天

忧天下苍生。

3. 水牛唱

1636

她	使	啊	她	皇
Meh	saeq	ha	meh	vuengz
me^6	$θai^5$	ha^1	me^6	$wuːŋ^2$
母	司	啊	母	王

母王啊婭王，

1637

舍	移	啰	她	佧
Haemz	lai	lo	meh	gaeg
ham^2	$laːi^1$	lo^1	me^6	kak^8
苦	多	啰	母	婭王

牛苦啊婭王。

1638

兜	列	怀	挦	罾
Noix	lez	vaiz	dawz	naz
$noːi^6$	le^2	$waːi^2$	tu^2	na^2
小	是	水牛	耙	田

牛犊就耙田，

1639

怀	伙	畚	排	发
Vaiz	mij	bae	faex	fad
$waːi^2$	mi^2	pai^1	mai^4	$faːd^8$
水牛	不	走	棍	打

走慢被棍打。

1640

佬	艫	列	吽	响
Laux	rox	le	heuh	coenz
$laːu^4$	$ɣo^4$	le^1	$heːu^6$	$ɕon^2$
个	知	就	喊	句

明理者催促，

1641

佬	兀	列	发	绳
Laux	ndei	le	fad	cag
$laːu^4$	$ʔdi^1$	le^1	fad^8	$ɕaːk^8$
个	好	就	打	绳

好人轻抽鞭。

1642

佬　嚍　列　拎　嵩

Laux　yak　le　gaem　cuk

laːu⁴　ʔjak⁸　le¹　kam¹　ɕuk⁷

个　恶　就　拿　打

恶人猛抽打，

1643

怀　否　甾　排　得

Vaiz　mbouj　bae　faex　dwk

waːi²　ʔbu⁵　pai¹　mai⁴　tuk⁷

水牛　不　　走　树枝　打

牛不走鞭抽。

1644

她　皇　啊

Meh　vuengz　ha

me⁶　wɯːŋ²　haː¹

母　王　啊

母王啊娅王，

1645

佬　鳓　欧　黆　哐

Laux　rox　aeu　nya　gw

laːu⁴　ɣo⁴　ʔau¹　ɲa¹　kɯ¹

个　知　要　草　喂

善人喂嫩草，

1646

欧　淰　湎　籵　延

Aeu　raemx　myaeg　daeuj　yienh

ʔau¹　ɣam⁴　mjak⁸　tau³　jeːn⁶

拿　水　淵水　来　传递

拿淵水来喂。

1647

她　伃　啊　她　皇

Meh　gaeg　ha　meh　vuengz

me⁶　kak⁸　haː¹　me　wɯːŋ²

母　娅王　啊　母　王

母王啊娅王，

1648

佬　嚍　欧　穑　羋

Laux　yak　aeu　fiengz　doek

laːu⁴　ʔjak⁸　ʔau¹　fiːŋ²　tɔk⁷

个　恶　拿　稻草　喂

恶人喂稻草。

1649

难　算　啰　她　皇

Nanz　suenq　lo　meh　vuengz

naːn²　θuːn⁵　lo¹　me⁶　wɯːŋ²

难　算　啰　母　王

难过啊母王，

1650

舍	姝	啰	她	佧
Haemz	lai	lo	meh	gaeg
ham²	laːi¹	lo¹	me⁶	kak⁸
苦	多	啰	母	娅王

苦命啊娅王。

4. 师娘唱

1651

兜	内	让	毕	傍
Noix	neix	nyiengh	bae	bangx
noːi⁶	ni⁵	ɲiːŋ⁶	pai¹	paːŋ⁴
小	这	让	去	边

小子一边去，

1652

降	肛	雷	料	渧
Caengz	daengz	ndoiz	daeuj	daej
ɕaŋ²	taŋ²	ʔdoːi²	tau³	tai³
未	到	他	人	来	哭

轮到他人哭。

5. 马哭

1653

她	使	啊	她	皇
Meh	saeq	ha	meh	vuengz
me⁶	θai⁵	ha¹	me⁶	wuːŋ²
母	司	啊	母	王

母王啊娅王，

1654

兜	列	馬	揹	馱
Noix	lez	max	dawz	dah
noːi⁶	le²	ma⁴	tɯ²	ta⁶
小	是	马	拿	驮

马驹驮货物，

1655

昑	跑	百	二	坤
Ngoenz	buet	bak	ngeih	roen
ŋɔn²	put⁸	pak⁸	ŋi⁶	hɔn¹
天	跑	百	二	路

日跑百二里，

1656

掃	駄	百	二	斤
Dawz	dah	bak	ngeih	gaen
tɯ²	ta⁶	pak⁸	ŋi⁶	kan¹
带	驮	百	二	斤

驮重百二斤。

1657

难	算	啰	妲	皇
Nanz	suenq	lo	meh	vuengz
naːn²	θuːn⁵	lo¹	me⁶	wuːŋ²
难	算	啰	母	王

难过啊母王,

1658

舍	籴	啰	妲	佧
Haemz	lai	lo	meh	gaeg
ham²	laːi¹	lo¹	me⁶	kak⁸
苦	多	啰	母	娅王

苦命啊娅王。

1659

佬	艪	欧	料	料
Laux	rox	aeu	liuh	daeuj
laːu⁴	ɣo⁴	ʔau¹	liu⁶	tau³
人	知	拿	料	来

好人用料喂,

1660

佬	噁	稴	黎	延
Laux	yak	fiengz	raez	yienh
laːu⁴	ʔjak⁸	fiːŋ²	ɣai²	jeːn⁶
人	恶	稻草	长	传递

恶人扔枯草。

6. 师娘唱

1661

鮑	内	許	罢	傍
Mbauq	neix	hawj	bae	bangx
ʔbaːu⁵	ni⁵	hauɯ³	pai¹	paːŋ⁴
小伙	这	给	去	旁

小伙一边去,

1662

兕	内	許	罢	放
Noix	neix	hawj	bae	fiengx
noːi⁶	ni⁵	hauɯ³	pai¹	fiːŋ⁴
小	这	让	去	旁

小子让一边。

1663

許	布	蘺	料	开
Hawj	boux	moq	daeuj	gax
hauɯ³	pu⁴	mo⁵	tau³	ka⁴
给	人	新	来	诉

给新人来诉，

1664

許	独	哂	料	淽
Hawj	duz	lawz	daeuj	daej
hauɯ³	tu²	lauɯ²	tau³	tai³
给	个	哪	来	哭

给哪个来哭？

7. 羊哭

1665

她	使	啊	她	皇
Meh	saeq	ha	meh	vuengz
me⁶	θai⁵	ha¹	me⁶	wɯːŋ²
母	司	啊	母	王

母王啊娅王，

1666

舍	夥	啰	她	侟
Haemz	lai	lo	meh	gaeg
ham²	laːi¹	lo¹	me⁶	kak⁸
苦	多	啰	母	娅王

苦命啊娅王。

1667

兜	列	毕	閲	竜
Noix	lez	bae	cunz	ndoeng
noːi⁶	le²	pai¹	ɕoːn¹	ʔdɔŋ¹
小	是	去	巡	林

食草山林间，

1668

独	狽	口	狽	坡
Duz	mbej	guh	mbej	bo
tu²	ʔbe⁴	kɔk⁸	ʔbe⁴	po¹
只	羊	做	羊	山

家羊当野羊。

1669

舍	夥	啰	她	侟
Haemz	lai	lo	meh	gaeg
ham²	laːi¹	lo¹	me⁶	kak⁸
苦	多	啰	母	娅王

命苦啊娅王，

1670

呐	芋	圣	閌	坡
Gwn	nywj	youq	gyang	bo
kɯn¹	ȵɯ³	ʔju⁵	tɕaːŋ¹	po¹
吃	草	在	中	山

在山中吃草。

1671

舍	移	啰	她	皇
Haemz	lai	lo	meh	vuengz
ham²	laːi¹	lo¹	me⁶	wuːŋ²
苦	多	啰	母	王

命苦啊母王,

1672

否	眉	佬	哂	瘆
Mbouj	miz	laux	lawz	in
ʔbu⁵	mi²	laːu⁴	lau²	ʔin¹
不	有	个	哪	疼

没有谁疼爱,

1673

否	眉	伝	哂	念
Mbouj	miz	vunz	lawz	naemj
ʔbu⁵	mi²	hun²	lau²	nam³
不	有	人	哪	想

没有人挂念。

1674

吉	煞	籾	聖	胜
Gyaed	caeg	cax	dan	naeng
tsat⁸	ɕak⁸	ɕa⁴	taːn¹	naŋ¹
猛	然	刀	切	皮

动刀就割皮,

1675

吉	煞	鍨	聖	胬
Gyaed	caeg	yangx	dan	noh
tsat⁸	ɕak⁸	ʔjaːŋ⁴	taːn¹	no⁶
猛	然	剑	切	肉

拔剑就切肉。

1676

难	算	啰	她	皇
Nanz	suenq	lo	meh	vuengz
naːn²	θuːn⁵	lo¹	me⁶	wuːŋ²
难	算	啰	母	王

难过啊母王,

1677

舍	移	啰	她	佧
Haemz	lai	lo	meh	gaeg
ham²	laːi¹	lo¹	me⁶	kak⁸
苦	多	啰	母	娅王

命苦啊娅王。

8. 师娘唱

1678

兜	内	让	毕	傍
Noix	neix	nyiengh	bae	bangx
noːi⁶	ni⁵	ȵiːŋ⁶	pai¹	paːŋ⁴
小	这	让	去	旁

小子一边去，

1679

优	内	踔	毕	很
Gvang	neix	byaij	bae	henz
kwaːŋ¹	ni⁵	pjaːi³	pai¹	heːn²
郎	这	走	去	边

小伙靠边走。

1680

让	布	蕲	料	开
Nyiengh	boux	moq	daeuj	gax
ȵiːŋ⁶	pu⁴	mo⁵	tau³	ka⁴
让	人	新	来	诉

让新人来诉，

1681

許	秅	楞	料	渧
Hawj	doek	laeng	daeuj	daej
haɯ³	tɔk⁷	laŋ¹	tau³	tai³
给	掉	后	来	哭

给后者来哭。

9. 猴子哭

1682

难	算	啰	她	皇
Nanz	suenq	lo	meh	vuengz
naːn²	θuːn⁵	lo¹	me⁶	wuːŋ²
难	算	啰	母	王

难过啊母王，

1683

舍	移	啰	她	佧
Haemz	lai	lo	meh	gaeg
ham²	laːi¹	lo¹	me⁶	kak⁸
苦	多	啰	母	娅王

命苦啊娅王。

1684

琉	她	啊	她	皇
Liux	meh	ha	meh	vuengz
le⁴	me⁶	ha¹	me⁶	wuːŋ²
众	母	啊	母	王

母王啊娅王，

1685

兜	生	貧	独	猃
Noix	seng	baenz	duz	lingz
noːi⁶	θeːŋ¹	pan²	tu²	liŋ²
小	生	成	只	猴子

我生来成猴。

1686

裈	否	眉	卦	侣
Buh	mbouj	miz	gvaq	ciuh
pu⁶	ʔbu⁵	mi²	kwa⁵	ɕiu⁶
衣服	不	有	过	世

一世无衣穿，

1687

吣	醉	栗	閧	坡
Gwn	mak	laeq	gyang	bo
kun¹	mak⁸	lai⁵	tɕaːŋ¹	po¹
吃	果	板栗	中	山

山上吃板栗。

1688

舍	夥	啰	她	佧
Haemz	lai	lo	meh	gaeg
ham²	laːi¹	lo¹	me⁶	kak⁸
苦	多	啰	母	娅王

命苦啊娅王，

1689

兜	列	貧	她	猃
Noix	lez	baenz	meh	lingz
noːi⁶	le²	pan²	me⁶	liŋ²
小	是	成	只	猴子

我是一只猴，

1690

胤	瘴	苦	命	古
Caw	in	hoj	mingh	gou
ɕɯ¹	ʔin¹	ho³	miŋ⁶	ku¹
心	疼	苦	命	我

可怜己命苦。

1691

訧	否	訧	样	咘
Ndaq	mbouj	ndaq	yiengh	lawz
ʔda⁵	ʔbu⁵	ʔda⁵	jiːŋ⁶	lau²
骂	不	骂	样	哪

骂不骂别的，

1692

訦　独　猱　脱　秃

Ndaq　duz　lingz　duet　ndoq

ʔda⁵　tu²　liŋ²　tut⁸　ʔdo⁵

骂　只　猴子　脱　光

就骂猴秃毛。

1693

伖　拕　袔　齧　睞

Mij　daenj　buh　naj　raiz

mi²　tan³　puɯ⁶　na³　ɣaːi²

不　穿　衣服　脸　花

光身脸也花，

1694

变　貧　猱　一　佋

Bienq　baenz　lingz　it　ciuh

piːn⁵　pan²　liŋ²　ʔit⁷　ɕiu⁶

变　成　猴子　一　世

永远变成猴，

1695

亮　否　变　貧　伝

Liengh　mbouj　bienq　baenz　vunz

liːŋ⁶　ʔbu⁵　piːn⁵　pan²　hun²

谅　不　变　成　人

不会变成人。

1696

难　算　啰　她　皇

Nanz　suenq　lo　meh　vuengz

naːn²　θuːn⁵　lo¹　me⁶　wuːŋ²

难　算　啰　母　王

难过啊母王，

1697

舍　糁　啰　她　佧

Haemz　lai　lo　meh　gaeg

ham²　laːi¹　lo¹　me⁶　kak⁸

苦　多　啰　母　娅王

命苦啊娅王。

10. 师娘唱

1698

兜　内　让　毕　傍

Noix　neix　nyiengh　bae　bangx

noːi⁶　ni⁵　ɲiːŋ⁶　pai¹　paːŋ⁴

小　这　让　去　旁

小子一边去，

1699

郎　内　让　𫶸　放

Langz　neix　nyiengh　bae　fiengx

la:ŋ2　ni5　ȵi:ŋ6　pai1　fi:ŋ4

郎　这　让　去　旁

小伙过一边。

1700

让　布　𣃞　料　开

Nyiengh　boux　moq　daeuj　gax

ȵi:ŋ6　pu4　mo5　tau3　ka4

让　人　新　来　诉

让新人来诉，

1701

許　𫠛　楞　料　渧

Hawj　doek　laeng　daeuj　daej

haɯ3　tɔk7　laŋ1　tau3　tai3

给　掉　后　来　哭

让后者来哭。

11. 鸡哭

1702

难　算　啰　𡛔　皇

Nanz　suenq　lo　meh　vuengz

na:n2　θu:n5　lo1　me6　wɯ:ŋ2

难　算　啰　母　王

难过啊母王，

1703

𦧺　𥹭　啰　𡛔　佧

Haemz　lai　lo　meh　gaeg

ham2　la:i1　lo1　me6　kak8

苦　多　啰　母　娅王

命苦啊娅王。

1704

侎　僗　欧　𫶸　儥

Mij　laux　aeu　bae　gai

mi2　la:u4　ʔau1　pai1　ka:i1

不　大　拿　去　卖

幼小拿去卖，

1705

侎	馕	欧	崲	秚
Mij	sang	aeu	bae	gaj

mi^2 $\theta a:\eta^1$ $?au^1$ pai^1 ka^3

| 不 | 高 | 拿 | 去 | 杀 |

尚小拿去杀。

1706

难	算	啰	她	皇
Nanz	suenq	lo	meh	vuengz

$na:n^2$ $\theta u:n^5$ lo^1 me^6 $wu:\eta^2$

| 难 | 算 | 啰 | 母 | 王 |

难过啊母王，

1707

舍	桼	啰	她	仹
Haemz	lai	lo	meh	gaeg

ham^2 $la:i^1$ lo^1 me^6 kak^8

| 苦 | 多 | 啰 | 母 | 娅王 |

命苦啊娅王。

12. 师娘唱

1708

独	内	让	崲	傍
Duz	neix	nyiengh	bae	bangx

tu^2 ni^5 $\textipa{ni:\eta}^6$ pai^1 $pa:\eta^4$

| 只 | 这 | 让 | 去 | 旁 |

这厮一边去，

1709

兜	内	让	崲	放
Noix	neix	nyiengh	bae	fiengx

$no:i^6$ ni^5 $\textipa{ni:\eta}^6$ pai^1 $fi:\eta^4$

| 小 | 这 | 让 | 去 | 旁 |

小子先过边。

1710

牰	独	伤	桼	开
Cuengq	duz	ling	daeuj	gax

$\textipa{\c{c}u:\eta}^5$ tu^2 lin^1 tau^3 ka^4

| 放 | 只 | 别 | 的 | 来 | 诉 |

给别个来诉，

1711
肛　独　𤜶　料　渧
Daengz duz ma daeuj daej
taŋ2 tu2 ma1 tau3 tai3
到　条　狗　来　哭
给狗先来哭。

13. 狗哭

1712
难　算　啰　妑　皇
Nanz suenq lo meh vuengz
na:n2 θu:n5 lo1 me6 wɯ:ŋ2
难　算　啰　母　王
难过啊母王，

1713
殀　列　貧　独　𤜶
Noix lez baenz duz ma
no:i6 le2 pan2 tu2 ma1
小　是　成　条　狗
我生来成狗，

1714
圣　很　橦　吅　髂
Youq henz congz gwn ndok
ʔju5 he:n2 ɕo:ŋ2 kɯn1 ʔdɔk8
在　边　桌　吃　骨头
桌边啃骨头。

1715
很　閅　眸　且　秎
Henz dou ninz gemh fiengz
he:n2 tu1 nin2 tɕe:m6 fi:ŋ2
边　门　睡　里　稻草
睡门边草窝，

1716
彐　吅　殀　捊　閅
Coh naeuz noix dawz dou
ɕo4 nau2 no:i6 tɯ2 tu1
就　说　小　守　门
说给我守门。

1717
难　算　啰　妑　皇
Nanz suenq lo meh vuengz
na:n2 θu:n5 lo1 me6 wɯ:ŋ2
难　算　啰　母　王
难过啊母王，

1718
倉 粆 啰 妣 佧
Haemz lai lo meh gaeg
ham^{2} la:i^{1} lo^{1} me^{6} kak^{8}
苦 多 啰 母 娅王
命苦啊娅王。

1719
彐 吜 宨 捋 窐
Coh naeuz noix dawz ranz
ɕo^{4} nau^{2} no:i^{6} tɯ^{2} ɣa:n^{2}
就 说 小 守 家
要我守房屋，

1720
彐 吜 獁 捋 重
Coh naeuz ma dawz gyoeg
ɕo^{4} nau^{2} ma^{1} tɯ^{2} tɕɔk^{8}
就 说 狗 守 闸
要我守大门，

1721
捋 重 圣 佫 閗
Dawz gyoeg youq gak dou
tɯ^{2} tɕɔk^{8} ʔju^{5} kak^{8} tu^{1}
守 闸 在 角 门
守院趴门角。

1722
倉 粆 啰 妣 佧
Haemz lai lo meh gaeg
ham^{2} la:i^{1} lo^{1} me^{6} kak^{8}
苦 多 啰 母 娅王
命苦啊娅王，

1723
难 算 啰 妣 皇
Nanz suenq lo meh vuengz
na:n^{2} θu:n^{5} lo^{1} me^{6} wu:ŋ^{2}
难 算 啰 母 王
难过啊母王。

1724
佬 兀 吜 捋 碟
Laux ndei naeuz dawz mak
la:u^{4} ʔdi^{1} nau^{2} tɯ^{2} mak^{8}
人 好 说 守 果
好人给守果，

1725
佬 噁 吜 捋 犿
Laux yak naeuz dawz vaiz
la:u^{4} ʔjak^{8} nau^{2} tɯ^{2} wa:i^{2}
人 恶 说 守 水牛
恶人给守牛，

1726

舍	桼	啰	她	侟
Haemz	lai	lo	meh	gaeg
ham²	la:i¹	lo¹	me⁶	kak⁸
苦	多	啰	母	娅王

命苦啊娅王。

14. 师娘唱

1727

兜	内	許	嵙	边
Noix	neix	hawj	bae	bengx
no:i⁶	ni⁵	hau³	pai¹	pe:ŋ⁴
小	这	让	去	旁边

小子一边去，

1728

独	内	蹕	嵙	傍
Duz	neix	byaij	bae	bangx
tu²	ni⁵	pja:i³	pai¹	pa:ŋ⁴
个	这	走	去	旁

这厮去一旁。

1729

許	布	嶄	料	开
Hawj	boux	moq	daeuj	gax
hau³	pu⁴	mo⁵	tau³	ka⁴
给	人	新	来	诉

给别个来诉，

1730

許	独	猍	料	淲
Hawj	duz	mou	daeuj	daej
hau³	tu²	mu¹	tau³	tai³
给	头	猪	来	哭

给那猪来哭。

15. 猪唱

1731

难	算	啰	她	皇
Nanz	suenq	lo	meh	vuengz
na:n²	θu:n⁵	lo¹	me⁶	wu:ŋ²
难	算	啰	母	王

难过啊母王，

1732

舍	儽	啰	她	佧
Haemz	lai	lo	meh	gaeg
ham²	la:i¹	lo¹	me⁶	kak⁸
苦	多	啰	母	娅王

命苦啊娅王。

1733

兜	列	劧	独	猍
Noix	lez	lwg	duz	mou
no:i⁶	le²	luuk⁸	tu²	mu¹
小	是	儿	头	猪

我是一头猪，

1734

舍	儽	啰	她	佧
Haemz	lai	lo	meh	gaeg
ham²	la:i¹	lo¹	me⁶	kak⁸
苦	多	啰	母	娅王

命苦啊娅王，

1735

难	算	啰	她	皇
Nanz	suenq	lo	meh	vuengz
na:n²	θu:n⁵	lo¹	me⁶	wu:ŋ²
难	算	啰	母	王

难过啊母王。

1736

四	胪	圣	胴	她
Seiq	ndwen	youq	dungx	meh
θi⁵	ʔduɯ:n¹	ʔju⁵	tuŋ⁴	me⁶
四	月	在	肚	母

在母肚四月，

1737

嵷	斜	胪	双	胪
Ok	daeuj	ndwen	song	ndwen
ʔɔk⁸	tau³	ʔduɯn¹	θo:ŋ¹	ʔduɯ:n¹
出	来	月	两	月

出生一两月。

1738

胪	奔	吣	妣	她
Ndwen	nduj	gwn	beh	meh
ʔduɯ:n¹	ʔdu³	kɯn¹	pe⁶	me⁶
月	首	吃	乳	母

首月吃母乳，

1739

胪	二	漠	当	餲
Ndwen	ngeih	mog	dang	ngaiz
ʔduɯ:n¹	ŋi⁶	mo:k⁸	ta:ŋ¹	ŋa:i²
月	二	淜水	当	饭

次月吃淜水。

① 瘄疾［ɣa⁵ ŋɔn⁶］：联绵词，指瘟疫之意。

1740

伖　帒　瓢　铙　得

Mij　gwn　beuz　faz　dwk

mi²　kɯn¹　piu²　fa²　tuk⁷

不　吃　瓢　铁　打

不吃铁勺打。

1741

伖　騋　彐　欧　愤

Mij　maj　coh　aeu　gai

mi²　ma³　ço⁴　ʔau¹　ka:i¹

不　生长　就　拿　卖

尚小拿去卖，

1742

猉　伖　騋　彐　蔓

Mou　mij　maj　coh　maemh

mu¹　mi²　ma³　ço⁴　mam⁶

猪　不　生长　就　打骂

长慢就被骂。

1743

茫　介　猉　瘄　疾①

Mieng　gaiq　mou　raq　ngoenh

mi:ŋ¹　ka:i⁵　mu¹　ɣa⁵　ŋɔn⁶

骂　这　猪　瘟　疫

诅咒染瘟疫，

1744

茫　介　兜　瘄　收

Mieng　gaiq　noix　raq　sou

mi:ŋ¹　ka:i⁵　no:i⁶　ɣa⁵　θu¹

骂　这　小　瘟　收

诅染猪瘟死，

1745

茫　介　猉　瘄　欧

Mieng　gaiq　mou　raq　aeu

mi:ŋ¹　ka:i⁵　mu¹　ɣa⁵　ʔau¹

骂　这　猪　瘟疫　要

咒得瘟疫亡。

1746

难　算　啰　她　皇

Nanz　suenq　lo　meh　vuengz

na:n²　θu:n⁵　lo¹　me⁶　wu:ŋ²

难　算　咯　母　王

难过啊母王，

1747

舍　籴　啰　她　佧

Haemz　lai　lo　meh　gaeg

ham²　la:i¹　lo¹　me⁶　kak⁸

苦　多　啰　母　娅王

命苦啊娅王。

16. 师娘唱

1748

兜	内	許	巭	边
Noix	neix	hawj	bae	bengx
no:i⁶	ni⁵	haɯ³	pai¹	pe:ŋ⁴
小	这	给	去	旁边

小子一边去，

1749

独	内	蹕	巭	放
Duz	neix	byaij	bae	fiengx
tu²	ni⁵	pja:i³	pai¹	fi:ŋ⁴
个	这	走	去	旁

这厮过一旁。

1750

許	布	蘭	枓	开
Hawj	boux	moq	daeuj	gax
haɯ³	pu⁴	mo⁵	tau³	ka⁴
给	人	新	来	诉

给别人来诉，

1751

許	独	狄	枓	渧
Hawj	duz	nou	daeuj	daej
haɯ³	tu²	nu¹	tau³	tai³
给	只	鼠	来	哭

给老鼠来哭。

17. 老鼠唱

1752

难	算	啰	她	皇
Nanz	suenq	lo	meh	vuengz
na:n²	θu:n⁵	lo¹	me⁶	wɯ:ŋ²
难	算	啰	母	王

难过啊母王，

1753

舍	移	啰	她	佧
Haemz	lai	lo	meh	gaeg
ham²	la:i¹	lo¹	me⁶	kak⁸
苦	多	啰	母	娅王

命苦啊娅王。

1754

兜	貧	狄	閊	坡
Noix	baenz	nou	gyang	bo
noːi⁶	pan²	nu¹	tɕaːŋ¹	po¹
小	成	鼠	中	山

生来是山鼠，

1755

兜	貧	狄	閮	埔
Noix	baenz	nou	con	namh
noːi⁶	pan²	nu¹	ɕoːn¹	naːm⁶
小	成	鼠	钻	土

老鼠钻土洞。

1756

粝	份	收	麻	罜
Haeux	fwx	sou	ma	ranz
hau⁴	fɯ⁴	θu¹	ma¹	ɣaːn²
稻谷	别人	收	去	家

稻谷收回家，

1757

舍	籾	兜	毳	忆
Haemz	lai	noix	dai	iek
ham²	laːi¹	noːi⁶	taːi¹	ʔjik⁸
苦	多	小	死	饿

命苦挨饿死。

1758

貧	粝	份	欧	麻
Baenz	haeux	fwx	aeu	ma
pan²	hau⁴	fɯ⁴	ʔau¹	ma¹
成	谷	别人	要	回

谷熟人家收，

1759

許	狄	鵁	毳	忆
Hawj	nou	roeg	dai	iek
hauɯ³	nu¹	ɣɔk⁸	taːi¹	ʔjik⁸
给	鼠	鸟	死	饿

鼠雀挨饿死。

1760

勾	赵	到	毕	坡
Gaeu	gyaeuj	dauq	bae	bo
kau¹	tɕau³	taːu⁵	pai¹	po¹
挠	头	回	去	山

挠头回山坡，

1761

四	捌	毕	摁	埔
Seiq	rib	bae	saiq	namh
θi⁵	ɣip⁸	pai¹	θaːi⁵	naːm⁶
四	爪	去	扒开	土

四脚扒泥土。

1762

呋	粮	份	彐	蔓
Gwn	liengz	fwx	coh	maemh
kɯn¹	li:ŋ²	fu⁴	ço⁴	mam⁶
吃	粮	别人	就	打骂

寻食被人骂，

1763

蔓	介	狨	打	狨
Maemh	gaiq	nou	daj	nou
mam⁶	ka:i⁵	nu¹	ta³	nu¹
打骂	这	鼠	和	松

咒骂鼠成患。

1764

贫	独	狨	彐	舍
Baenz	duz	nou	coh	haemz
pan²	tu²	nu¹	ço⁴	ham²
成	只	鼠	就	苦

当鼠真太苦，

1765

贫	独	狨	彐	难
Baenz	duz	nou	coh	nanz
pan²	tu²	nu¹	ço⁴	na:n²
成	只	鼠	就	难

做鼠实在难。

1766

欧	苉	籵	毒	狨
Aeu	yw	daeuj	doeg	nou
ʔau¹	ʔjɯ¹	tau³	tɔk⁸	nu¹
要	药	来	毒	鼠

人用药毒鼠，

1767

尬	咪	凫	尬	秎
Gwq	mij	dai	gwq	gaj
ka²	mi²	ta:i¹	ka²	ka³
越	不	死	越	杀

不死也被杀。

1768

宿	狨	咄	她	皇
Mwh	nou	naeuz	meh	vuengz
mə⁶	nu¹	nau²	me⁶	wɯ:ŋ²
时	鼠	说	母	王

现向母王诉，

1769

伤	心	贫	独	狨
Sieng	sim	baenz	duz	nou
θi:ŋ¹	θim¹	pan²	tu²	nu¹
伤	心	成	只	鼠

老鼠最伤心。

18. 师娘唱

1770

兜	彐	許	嵳	边
Noix	coh	hawj	bae	bengx
no:i⁶	ço⁴	hau³	pai¹	pe:ŋ⁴
小	就	让	去	旁边

小子一边去，

1771

許	独	冇	料	渧
Hawj	duz	ndwi	daeuj	daej
hau³	tu²	ʔdɯi¹	tau³	tai³
给	个	别	来	哭

给别人来哭。

1772

許	布	巅	料	开
Hawj	boux	moq	daeuj	gax
hau³	pu⁴	mo⁵	tau³	ka⁴
给	人	新	来	诉

给别人来诉，

1773

許	伝	夵	份	眼
Hawj	vunz	lai	fwx	ndaengq
hau³	hun²	la:i¹	fu⁴	ʔdaŋ⁵
给	人	多	别人	看

让众人围观。

19. 虱子唱

1774

姟	皇	啊
Meh	vuengz	ha
me⁶	wu:ŋ²	ha¹
母	王	啊

母王啊娅王，

1775

兜	列	贫	独	璽
Noix	lez	baenz	duz	naenz
no:i⁶	le²	pan²	tu²	nan²
小	是	成	只	虱

生来是虱子。

1776

双	甲	板	同	夹
Song	gyap	banj	doengh	gab
θoːŋ¹	tɕap⁸	paːn³	tuŋ⁴	kap⁸
两	片	板	相	夹

被用两板夹,

1777

贫	双	发	料	絭
Baenz	song	fag	daeuj	gaj
pan²	θoːŋ¹	faːk⁸	tau³	ka³
成	两	竹	片	来	杀

挨用竹片杀。

1778

她	皇	啊
Meh	vuengz	ha
me⁶	wuːŋ²	ha¹
母	王	啊

母王啊娅王,

1779

眉	介	兜	难	絭
Miz	gaiq	noix	nanz	lai
mi²	kaːi⁵	noːi⁶	naːn²	laːi¹
有	这	小	难	多

就我苦难多,

1780

眉	介	兜	难	算
Miz	gaiq	noix	nanz	suenq
mi²	kaːi⁵	noːi⁶	naːn²	θuːn⁵
有	这	小	难	算

数我最煎熬。

1781

她	皇	啊
Meh	vuengz	ha
me⁶	wuːŋ²	ha¹
母	王	啊

母王啊娅王,

1782

舍	絭	啰	她	佧
Haemz	lai	lo	meh	gaeg
ham²	laːi¹	lo¹	me⁶	kak⁸
苦	多	啰	母	娅王

命苦啊娅王。

1783

佬	介	兜	贫	独
Lau	gaiq	noix	baenz	duz
laːu¹	kaːi⁵	noːi⁶	pan²	tu²
怕	这	小	成	只

人恐我长大,

1784

欧	双	毪	麻	灭
Aeu	song	fwngz	ma	maet
ʔau¹	θoːŋ¹	fuɯŋ²	ma¹	mat⁷
用	两	手	来	灭

两手齐碾杀。

1785

眉	介	兜	难	矜
Miz	gaiq	noix	nanz	lai
mi²	kaːi⁵	noːi⁶	naːn²	laːi¹
有	这	小	难	多

就我苦难多，

1786

眉	介	粜	难	算
Miz	gaiq	byai	nanz	suenq
mi²	kaːi⁵	pjaːi¹	naːn²	θuːn⁵
有	这	小	难	算

数我最煎熬。

20. 师娘唱

1787

兜	内	許	毕	边
Noix	neix	hawj	bae	bengx
noːi⁶	ni⁵	hauɯ³	pai¹	peːŋ⁴
小	这	给	去	旁边

小子一边去，

1788

独	内	赵	毕	放
Duz	neix	benz	bae	fiengx
tu²	ni⁵	peːn²	pai¹	fiːŋ⁴
只	这	爬	去	旁

这厮爬一旁。

1789

許	布	蛳	料	开
Hawj	boux	moq	daeuj	gax
hauɯ³	pu⁴	mo⁵	tau³	ka⁴
给	人	新	来	诉

让别人来诉，

1790

許	礚	盘	斛	渧
Hawj	mban	banz	daeuj	daej
hau³	ʔbaːn¹	paːn²	tau³	tai³
让	碗	盘	来	哭

给碗盘来哭。

21. 碗唱

1791

她	皇	啊
Meh	vuengz	ha
me⁶	wuːŋ²	ha¹
母	王	啊

母王啊娅王,

1792

生	貧	碹	貧	盆
Seng	baenz	duix	baenz	bat
θeːŋ¹	pan²	tui⁴	pan²	pat⁸
生	成	碗	成	盆

天生是碗盆。

1793

佬	鹰	列	澇	渌
Laux	rox	le	raq	rub
laːu⁴	ɣo⁴	le¹	ɣa⁵	ɣup⁸
个	知	就	洗	抹

明理者轻刷,

1794

佬	逢	碹	盆	托
Laux	nguengh	duix	bat	dok
laːu⁴	ŋuːŋ⁶	tui⁴	pat⁸	tɔk⁸
个	笨	碗	盆	碰

笨人碗碰盘。

1795

碹	同	托	彐	嘺
Duix	doengh	dok	coh	geux
tui⁴	tuŋ⁴	tɔk⁸	ço⁴	tçeːu⁴
碗	相	碰	就	裂开

碗相碰开裂,

1796

盘	同	得	彐	烷
Banz	doengh	dwg	coh	veuq
paːn²	tuŋ⁴	tuk⁸	ço⁴	weːu⁵
盆	相	撞	就	缺

盆相撞缺边。

1797

难　　算　　啰　　她　　皇

Nanz　suenq　lo　meh　vuengz

na:n²　θu:n⁵　lo¹　me⁶　wu:ŋ²

难　　算　　啰　　母　　王

难过啊母王，

1798

舍　　桬　　啰　　她　　佧

Haemz　lai　lo　meh　gaeg

ham²　la:i¹　lo¹　me⁶　kak⁸

苦　　多　　啰　　母　　娅王

命苦啊娅王。

22. 师娘唱

1799

兜　　内　　坚　　㟖　　很

Noix　neix　ngeng　bae　henz

no:i⁶　ni⁵　ŋe:ŋ¹　pai¹　he:n²

小　　这　　歪　　去　　边

小子一边去，

1800

娘　　内　　赴　　㟖　　傍

Nangz　neix　benz　bae　bangx

na:ŋ²　ni⁵　pe:n²　pai¹　pa:ŋ⁴

姑娘　这　爬　去　旁

丫头爬一旁。

1801

許　　布　　蠦　　料　　开

Hawj　boux　moq　daeuj　gax

haɯ³　pu⁴　mo⁵　tau³　ka⁴

给　　人　　新　　来　　诉

让别人来诉，

1802

許　　枸　　籱　　料　　渧

Hawj　gouh　dawh　daeuj　daej

haɯ³　ku⁶　tu⁶　tau³　tai³

给　　双　　筷　　来　　哭

让筷子先哭。

23. 筷子唱

1803

她　皇　啊

Meh　vuengz　ha

me⁶　wɯːŋ²　ha¹

母　王　啊

母王啊娅王，

1804

舍　来　啰　她　佐

Haemz　lai　lo　meh　gaeg

ham²　laːi¹　lo¹　me⁶　kak⁸

苦　多　啰　母　娅王

命苦啊娅王。

1805

兜　夯　贫　排　枋

Noix　nduj　baenz　faex　faiz

noːi⁶　ʔdu³　pan²　mai⁴　faːi²

小　前　成　树　麻竹

前身是竹子，

1806

贫　排　枋　圣　株

Baenz　faex　faiz　youq　gyoeg

pan²　mai⁴　faːi²　ʔju⁵　tɕɔk⁸

成　树　麻竹　在　团

竹子长一丛。

1807

主　欧　莉　毕　刡

Suj　aeu　cax　bae　laeu

θu³　ʔau¹　ça⁴　pai¹　lau¹

主　拿　刀　去　削

主人拿刀砍，

1808

主　欧　鋍　毕　扒

Suj　aeu　van　bae　baq

θu³　ʔau¹　waːn¹　pai¹　pa⁵

主　拿　斧子　去　劈

主人拿斧劈。

1809

欧　偻　料　口　篦

Aeu　raeuz　daeuj　guh　dawh

ʔau¹　ɣa²　tau³　kɔk⁸　tɯ⁶

拿　我们　来　做　筷

拿咱做成箸，

1810

欧　偻　籵　冂　籧

Aeu　raeuz　daeuj　guh　dawh

ʔau¹　ɣa²　tau³　kɔk⁸　tu⁶

拿　我们　来　做　筷

拿咱做成筷。

1811

佬　繇　得　盆　洗

Laux　rox　dwk　bat　swiq

la:u⁴　ɣo⁴　tuk⁷　pat⁸　θɯi⁵

人　知　放　盆　洗

明理者泡洗，

1812

佬　笨　欧　塀　攉

Laux　bamz　aeu　bae　geux

la:u⁴　pa:m²　ʔau¹　pai¹　tɕe:u⁴

人　笨　要　去　扭

笨人两手扭。

1813

佬　繇　列　泐　渌

Laux　rox　le　raq　rub

la:u⁴　ɣo⁴　le¹　ɣa⁵　ɣup⁸

人　知　就　洗　抹

明理者轻刷，

1814

佬　笨　彐　泐　攉

Laux　bamz　coh　raq　geux

la:u⁴　pa:m²　ɕo⁴　ɣa⁵　tɕe:u⁴

人　笨　就　洗　扭

笨人就瞎搅。

1815

难　算　啰　她　皇

Nanz　suenq　lo　meh　vuengz

na:n²　θu:n⁵　lo¹　me⁶　wu:ŋ²

难　算　啰　母　王

难过啊母王，

1816

舍　桬　啰　她　卡

Haemz　lai　lo　meh　gaeg

ham²　la:i¹　lo¹　me⁶　kak⁸

苦　多　啰　母　娅王

命苦啊娅王。

1817

眉　介　兜　难　桬

Miz　gaiq　noix　nanz　lai

mi²　ka:i⁵　no:i⁶　na:n²　la:i¹

有　这　小　难　多

就我苦难多，

1818

眉	介	羕	难	算
Miz	gaiq	byai	nanz	suenq
mi²	kaːi⁵	pjaːi¹	naːn²	θuːn⁵
有	这	小	难	算

数我最煎熬。

第六篇 安葬娅王

　　本篇主要唱述众人一起安葬娅王的过程及情形。在完成了入殓盖棺、追述功绩、轮流哭诉等程序后，众人选好吉时，跟随道公、麽公等一起安葬娅王。"全家都来齐"，"大哥捧灵牌，叔叔扛幡旗"，大家都来跪拜母王，"痛哭泪如雨"，一起"送母升天界，送母回仙境"。众人边挖墓地边随地理师祈福，"挖下第一锄，要有鸡有鸭。挖下第二锄，四处有金银"…… 接着调正棺椁、立碑、安牌位、放鞭炮，叮嘱众人"颂母恩""秉母志"，"人人同富贵""个个都成器"。仪式结束前，众人不忘提醒娅王，"别离开太久，还要转头回"，"三天后复活，五天转回来"。这预示着娅王将会重生，为第二年的仪式活动埋下了伏笔。

1. 师娘唱

1819

妠	皇	啊
Meh	vuengz	ha
me⁶	wu:ŋ²	ha¹
母	皇	啊

母王啊娅王，

1820

众	兜	陇	料	吜
Gyoeg	noix	roengz	daeuj	naeuz
tɕɔk⁸	no:i⁶	ɣoŋ²	tau³	nau²
众	小	下	来	说

众妹都来诉，

1821

众	財	陇	料	報
Gyoeg	sai	roengz	daeuj	bauq
tɕɔk⁸	θa:i¹	ɣoŋ²	tau³	pa:u⁵
众	男	下	来	报

众哥都来报。

1822

餘	介	兜	未	麻
Lw	gaiq	noix	fih	ma
lɯ¹	ka:i⁵	no:i⁶	fi⁶	ma¹
剩	这	小	不	回

剩小妹没来，

1823

餘	介	丵	否	斜
Lw	gaiq	byai	mbouj	daeuj
lɯ¹	ka:i⁵	pja:i¹	ʔbu⁵	tau³
剩	这	小	不	来

差小妹未到。

1824

难	算	啰	妠	皇
Nanz	suenq	lo	meh	vuengz
na:n²	θu:n⁵	lo¹	me⁶	wu:ŋ²
难	算	啰	母	王

难过啊母王，

1825

兜	峜	侎	屄	哊
Noix	bae	mij	ndaej	gwn
no:i⁶	pai¹	mi²	ʔdai³	kun¹
小	去	不	得	吃

小妹缺衣食，

1826

娝	逻	㑴	𡖖	喩
Bae	ra	mij	ndaej	ndoet
pai¹	ɣa¹	mi²	ʔdai³	ʔdɔt⁷
去	找	不	得	喝

生活无着落。

1827

八	使	料	肛	齐
Bet	saeq	daeuj	daengz	caez
pɛt⁸	θai⁵	tau³	taŋ²	çai²
八	司	来	到	齐

众王都来齐,

1828

八	财	料	肛	了
Bet	sai	daeuj	daengz	liux
pɛt⁸	θaːi¹	tau³	taŋ²	liu⁴
八	男	来	到	全

众男都来全。

1829

昑	内	厄	玄	厄
Ngoenz	neix	ndei	engq	ndei
ŋon²	ni⁵	ʔdi¹	ʔeːŋ⁵	ʔdi¹
天	今	好	更	好

今日是吉日,

1830

時	内	利	玄	利
Seiz	neix	leih	engq	leih
çi²	ni⁵	li⁶	ʔeːŋ⁵	li⁶
时	这	吉利	更	吉利

此时是吉时。

1831

脵	迭	啊	先	生
Daep	dieb	ha	sien	seng
tap⁷	teːp⁸	ha¹	θiːn¹	θeːŋ¹
肝	跳	啊	先	生

心慌啊先生,

1832

脃	厄	啊	地	理
Caw	ndei	ha	deih	leix
çɯ¹	ʔdi¹	ha¹	ti⁶	li⁴
心	好	啊	地	理

心好啊师傅。

1833

時	内	利	玄	利
Seiz	neix	leih	engq	leih
çi²	ni⁵	li⁶	ʔeːŋ⁵	li⁶
时	这	吉利	更	吉利

此时是吉时,

1834

胁 兀 八 俱 儂

Caw ndei bet beix nuengx

çɯ¹ ʔdi¹ pɛt⁸ pi⁴ nu:ŋ⁴

心 好 八 兄 妹

众姊妹善良。

1835

八 俱 儂 弛 齐

Bet beix nuengx caemh caez

pɛt⁸ pi⁴ nu:ŋ⁴ çam⁶ çai²

八 兄 妹 同 齐

众姊妹聚齐，

1836

八 皇 偻 弛 圣

Bet vuengz raeuz caemh youq

pɛt⁸ wɯ:ŋ² ɣa² çam⁶ ʔju⁵

八 王 我们 同 在

众王同在场。

1837

胅 迭 啊 胁 胅

Daep dieb ha saem gyaeuj

tap⁷ te:p⁸ ha¹ θam¹ tçau³

肝 跳 啊 心 头

心慌啊宝贝，

1838

胁 兀 啊 胁 怖

Caw ndei ha saem mbuq

çɯ¹ ʔdi¹ ha¹ θam¹ ʔbu⁵

心 好 啊 心 乱

心焦意难平。

1839

跟 道 畀 倒 旛

Niengz dauh bae dauj fan

nɯ:ŋ² ta:u⁶ pai¹ ta:u³ fa:n¹

跟 道公 去 倒 幡

随道公挂幡，

1840

跟 麽 畀 反 橦

Niengz mo bae fan dongh

nɯ:ŋ² mo¹ pai¹ fa:n¹ to:ŋ⁶

跟 麽公 去 倒 桩

跟麽公立柱。

1841

俱 太 料 得 牌

Beix daih daeuj dawz baiz

pi⁴ ta:i⁶ tau³ tɯ² pa:i²

兄 大 来 拿 牌

大哥捧灵牌，

1842

琉	傲	豵	拎	旛
Liux	au	fwngz	gaem	fan
le⁴	ʔaːu¹	fuŋ²	kam¹	faːn¹
众	叔	手	拿	幡

叔叔扛幡旗。

1843

等	竺	伝	蠮	料
Daengx	ranz	vunz	ok	daeuj
taŋ⁴	ɣaːn²	hun²	ʔɔk⁸	tau³
全	家	人	出	来

全家都来齐,

1844

蠮	录	料	送	她
Ok	rog	daeuj	soengq	meh
ʔɔk⁸	ɣok⁸	tau³	θɔŋ⁵	me⁶
出	外	来	送	母

出外来送母。

1845

送	她	引	麻	弼
Soengq	meh	yinx	ma	baed
θɔŋ⁵	me⁶	jin⁴	ma¹	pat⁸
送	母	引	回	神界

送母升天界,

1846

送	她	偻	麻	仙
Soengq	meh	raeuz	ma	sien
θɔŋ⁵	me⁶	ɣa²	ma¹	θiːn¹
送	母	我们	回	仙

送母回仙境。

1847

劲	兜	料	跪	她
Lwg	noix	daeuj	gvih	meh
luk⁸	noːi⁶	tau³	kwi⁶	me⁶
儿	小	来	跪	母

小儿来跪拜,

1848

琉	豺	料	跪	她
Liux	sai	daeuj	gvih	meh
le⁴	θaːi¹	tau³	kwi⁶	me⁶
众	男	来	跪	母

儿郎来谢母,

1849

跪	蹿	燈	蹿	�
Gvih	hoq	daemq	hoq	sang
kwi⁶	ho⁵	tam⁵	ho⁵	θaːŋ¹
跪	膝盖	低	膝盖	高

拜低又拜高。

1850

踵 橙 許 貧 优

Hoq daemq hawj baenz gvang

ho⁵ tam⁵ hauɯ³ pan² kwaːŋ¹

膝盖 低 给 成 郎

拜低成君子，

1851

踵 醸 許 貧 使

Hoq sang hawj baenz saeq

ho⁵ θaːŋ¹ hauɯ³ pan² θai⁵

膝 高 给 成 司

拜高成官吏。

2. 麽公唱

1852

塀 東 度 亡 魂

Baih doeng doh vangz hoenz

paːi⁶ toŋ¹ to⁶ waːŋ² hon²

方 东 度 亡 魂

亡魂度东方，

1853

岜 夯 仙 神 生

Bae biengz sien saenz seng

pai¹ pɯːŋ² θiːn¹ θan² θeːŋ¹

去 地方 仙 神 生

升去神仙界。

1854

塀 南 度 亡 魂

Baih namz doh vangz hoenz

paːi⁶ naːm² to⁶ waːŋ² hon²

方 南 度 亡 魂

亡魂度南方，

1855

岜 夯 仙 神 生

Bae biengz sien saenz seng

pai¹ pɯːŋ² θiːn¹ θan² θeːŋ¹

去 地方 仙 神 生

升去神仙界。

1856

塀 西 度 亡 魂

Baih sae doh vangz hoenz

paːi⁶ θai¹ to⁶ waːŋ² hon²

方 西 度 亡 魂

亡魂度西方，

1857

毕 夯 仙 神 生

Bae　biengz　sien　saenz　seng

pai¹　pɯ:ŋ²　θi:n¹　θan²　θe:ŋ¹

去　地方　仙　神　生

升去神仙界。

1858

塀 北 度 亡 魂

Baih　baek　doh　vangz　hoenz

pa:i⁶　pak⁷　to⁶　wa:ŋ²　hɔn²

方　北　度　亡　魂

亡魂度北方，

1859

毕 夯 仙 神 生

Bae　biengz　sien　saenz　seng

pai¹　pɯ:ŋ²　θi:n¹　θan²　θe:ŋ¹

去　地方　仙　神　生

升去神仙界。

1860

中 閙 度 亡 魂

Cungq　gyang　doh　vangz　hoenz

ɕuŋ⁵　tɕa:ŋ¹　to⁶　wa:ŋ²　hɔn²

中　央　度　亡　魂

亡魂度中央，

1861

毕 夯 仙 神 生

Bae　biengz　sien　saenz　seng

pai¹　pɯ:ŋ²　θi:n¹　θan²　θe:ŋ¹

去　地方　仙　神　生

升去神仙界。

1862

布 歹 型 桥 仙

Boux　dai　hwnj　giuz　sien

pu⁴　ta:i¹　hɯn³　tɕiu²　θi:n¹

人　亡　上　桥　仙

亡魂上仙桥，

1863

跰 毕 逍 遥 路

Buet　bae　siu　yauz　loh

put⁸　pai¹　θiu¹　ja:u²　lo⁶

跑　去　逍　遥　路

走上逍遥路。

1864

坤 歪 荟 坤 歪 荟

Roen　gwnz　mbwn　roen　gwnz　mbwn

hɔn¹　kun²　ʔbun¹　hɔn¹　kun²　ʔbun¹

路　上　天　路　上　天

升上天堂路，

1865

歪　叁　淌　冧　潘

Gwnz mbwn daej lumj fwn

kɯn² ʔbɯn¹ tai³ lum³ hun¹

上　天　哭　如　雨

痛哭泪如雨。

1866

捆　尥　俹　埗　東

Ngoeg gyaeuj mbaiq baih doeng

ŋɔk⁸ tɕau³ ʔba:i⁵ pa:i⁶ toŋ¹

稽　首　谢　方　东

向东行谢礼，

1867

神　王　㑲　無　极

Saenz vuengz mbin mbouj gig

θan² wɯ:ŋ² ʔbin¹ ʔbu⁵ tɕik⁸

神　王　飞　无　极

东方无极神，

1868

大　聖　祷　無　量

Daih swng gyaeu mbouj liengh

ta:i⁶ θiŋ⁵ tɕau¹ ʔbu⁵ li:ŋ⁶

大　圣　寿　无　量

无量长生圣。

1869

坤　歪　叁　坤　歪　叁

Roen gwnz mbwn roen gwnz mbwn

hɔn¹ kɯn² ʔbɯn¹ hɔn¹ kɯn² ʔbɯn¹

路　上　天　路　上　天

升上天堂路，

1870

歪　叁　淌　冧　潘

Gwnz mbwn daej lumj fwn

kɯn² ʔbɯn¹ tai³ lum³ hun¹

上　天　哭　如　雨

痛哭泪如雨。

1871

捆　尥　俹　埗　南

Ngoeg gyaeuj mbaiq baih namz

ŋɔk⁸ tɕau³ ʔba:i⁵ pa:i⁶ na:m²

稽　首　谢　方　南

向南行谢礼，

1872

神　王　㑲　無　极

Saenz vuengz mbin mbouj gig

θan² wɯ:ŋ² ʔbin¹ ʔbu⁵ tɕik⁸

神　王　飞　无　极

南方无极神，

1873

大	聖	耩	無	量
Daih	swng	gyaeu	mbouj	liengh
ta:i⁶	θiŋ⁵	tɕau¹	ʔbu⁵	li:ŋ⁶
大	圣	寿	无	量

无量长生圣。

1874

坤	歪	荟	坤	歪	荟
Roen	gwnz	mbwn	roen	gwnz	mbwn
hɔn¹	kɯn²	ʔbɯn¹	hɔn¹	kɯn²	ʔbɯn¹
路	上	天	路	上	天

升上天堂路，

1875

歪	荟	渧	罧	湆
Gwnz	mbwn	daej	lumj	fwn
kɯn²	ʔbɯn¹	tai³	lum³	hun¹
上	天	哭	如	雨

痛哭泪如雨。

1876

捆	魃	侢	墒	北
Ngoeg	gyaeuj	mbaiq	baih	baek
ŋɔk⁸	tɕau³	ʔba:i⁵	pa:i⁶	pak⁷
叩	首	谢	方	北

向北行谢礼，

1877

神	王	飚	無	极
Saenz	vuengz	mbin	mbouj	gig
θan²	wɯ:ŋ²	ʔbin¹	ʔbu⁵	tɕik⁸
神	王	飞	无	极

北方无极神，

1878

大	聖	耩	無	量
Daih	swng	gyaeu	mbouj	liengh
ta:i⁶	θiŋ⁵	tɕau¹	ʔbu⁵	li:ŋ⁶
大	圣	寿	无	量

无量长生圣。

1879

坤	歪	荟	坤	歪	荟
Roen	gwnz	mbwn	roen	gwnz	mbwn
hɔn¹	kɯn²	ʔbɯn¹	hɔn¹	kɯn²	ʔbɯn¹
路	上	天	路	上	天

升上天堂路，

1880

歪	荟	渧	罧	湆
Gwnz	mbwn	daej	lumj	fwn
kɯn²	ʔbɯn¹	tai³	lum³	hun¹
上	天	哭	如	雨

痛哭泪如雨。

1881

揾	魁	俳	中	閔
Ngoeg	gyaeuj	mbaiq	cungq	gyang
ŋɔk⁸	tɕau³	ʔbaːi⁵	ɕuŋ⁵	tɕaːŋ¹
叩	首	谢	中	央

向中行谢礼，

1882

神	王	漚	無	极
Saenz	vuengz	mbin	mbouj	gig
θan²	wuːŋ²	ʔbin¹	ʔbu⁵	tɕik⁸
神	王	飞	无	极

中央无极神，

1883

大	聖	耢	無	量
Daih	swng	gyaeu	mbouj	liengh
taːi⁶	θiŋ⁵	tɕau¹	ʔbu⁵	liːŋ⁶
大	圣	寿	无	量

无量长生圣。

1884

坤	歪	荟	坤	歪	荟
Roen	gwnz	mbwn	roen	gwnz	mbwn
hɔn¹	kɯn²	ʔbɯn¹	hɔn¹	kɯn²	ʔbɯn¹
路	上	天	路	上	天

升上天堂路，

1885

歪	荟	渧	罧	潸
Gwnz	mbwn	daej	lumj	fwn
kɯn²	ʔbɯn¹	tai³	lum³	hun¹
上	天	哭	如	雨

痛哭泪如雨。

3. 地理师唱

1886

跶	迭	啊	脁	魁
Daep	dieb	ha	caw	gyaeuj
tap⁷	teːp⁸	ha¹	ɕɯ¹	tɕau³
肝	跳	啊	心	头

心惊啊宝贝，

1887

脁	兀	八	俱	儂
Caw	ndei	bet	beix	nuengx
ɕɯ¹	ʔdi¹	pet⁸	pi⁴	nuːŋ⁴
心	好	八	兄	妹

心好众姊妹。

1888

八	俱	儂	圣	齐
Bet	beix	nuengx	youq	caez
pet⁸	pi⁴	nu:ŋ⁴	ʔju⁵	çai²
八	兄	妹	在	齐

众姊妹到齐，

1889

八	财	偻	料	了
Bet	sai	raeuz	daeuj	liux
pet⁸	θa:i¹	ɣa²	tau³	liu⁴
八	男	我们	来	完

众兄弟来全。

1890

昑	内	是	昑	兀
Ngoenz	neix	cawh	ngoenz	ndei
ŋon²	ni⁵	çɯ⁶	ŋon²	ʔdi¹
天	这	是	天	吉

今日是吉日，

1891

時	内	是	時	利
Seiz	neix	cawh	seiz	leih
çi²	ni⁵	çɯ⁶	çi²	li⁶
时	这	是	时	吉利

此时是吉时。

1892

偻	开	埔	許	她
Raeuz	hai	namh	hawj	meh
ɣa²	ha:i¹	na:m⁶	hau³	me⁶
我们	开	土	给	母

咱为母开葬，

1893

偻	开	閗	許	她
Raeuz	hai	gumz	hawj	meh
ɣa²	ha:i¹	kum²	hau³	me⁶
我们	开	墓穴	给	母

咱为娘立坟。

1894

开	鈪	銼	太	一
Hai	gvak	conx	daih	it
ha:i¹	kwak⁸	ço:n⁴	ta:i⁶	ʔit⁷
开	锄头	铲	第	一

挖下第一锄，

1895

許	眉	鴄	眉	鳪
Hawj	miz	bit	miz	gaeq
hau³	mi²	pit⁷	mi²	kai⁵
给	有	鸭	有	鸡

要有鸡有鸭。

1896

开 鍘 鏵 太 二

Hai gvak conx daih ngeih

ha:i¹ kwak⁸ ço:n⁴ ta:i⁶ ŋi⁶

开 锄头 铲 第 二

挖下第二锄，

1897

四 觽 眉 金 银

Seiq ceh miz gim ngaenz

θi⁵ çe⁶ mi² tçim¹ ŋan²

四 角 有 金 银

四处有金银，

1898

四 坢 眉 花 季

Seiq baih miz va geiq

θi⁵ pa:i⁶ mi² wa¹ tçi⁵

四 方 有 花 季

四方花芬芳。

1899

开 鍘 鏵 太 三

Hai gvak conx daih sam

ha:i¹ kwak⁸ ço:n⁴ ta:i⁶ θa:m¹

开 锄头 铲 第 三

挖下第三锄，

1900

四 觽 眉 花 枯

Seiq ceh miz va gut

θi⁵ çe⁶ mi² wa¹ kut⁷

四 方 有 花 菊

四方菊花开，

1901

欧 料 打 边 赵

Aeu daeuj daj benz gyawj

ʔau¹ tau³ ta³ pe:n² tçau³

拿 来 和 边 近

要护身边人。

1902

官 内 兕 圣 兀

Mwh neix noix youq ndei

mə⁶ ni⁵ no:i⁶ ʔju⁵ ʔdi¹

时 这 小 在 好

这时儿女安，

1903

許 貧 兀 卦 份

Hawj baenz ndei gvaq fwx

hau³ pan² ʔdi¹ kwa⁵ fu⁴

给 成 富裕 过 人

富裕过别人。

1904

許	琉	兜	貧	濒
Hawj	liux	noix	baenz	bengz
hau:ɯ³	le⁴	no:i⁶	pan²	pe:ŋ²
给	众	小	成	富贵

祈众儿荣华，

1905

許	琉	壇	貧	念
Hawj	liux	danz	baenz	nyemh
hau:ɯ³	le⁴	ta:n²	pan²	ȵe:m⁶
给	众	坛	成	富贵

求众儿富贵。

1906

四	夘	偻	值	钱
Seiq	mbauq	raeuz	cig	cienz
θi⁵	ʔba:u⁵	ɣa²	ɕik⁸	ɕi:n²
四	小伙	我们	值	钱

儿郎金贵身，

1907

琉	魃	偻	值	夘
Liux	fangz	raeuz	cig	ndaej
le⁴	fa:ŋ²	ɣa²	ɕik⁸	ʔdai³
众	鬼神	我们	值	得

祖神也荣耀。

1908

板	板	許	貧	濒
Mbanj	mbanj	hawj	baenz	bengz
ʔba:n³	ʔba:n³	hau:ɯ³	pan²	pe:ŋ²
村寨	村寨	给	成	富贵

村村变富庶，

1909

夯	夯	許	貧	念
Biengz	biengz	hawj	baenz	nyemh
puɯ:ŋ²	puɯ:ŋ²	hau:ɯ³	pan²	ȵe:m⁶
地方	地方	给	成	富贵

处处呈繁荣。

1910

毕	叩	型	夘	夠
Bae	guh	reih	ndaej	lai
pai¹	kɔk⁸	ɣi⁶	ʔdai³	la:i¹
去	耕	地	得	多

种地多收成，

1911

毕	憒	娘	夘	利
Bae	gai	rengz	ndaej	leih
pai¹	ka:i¹	ɣe:ŋ²	ʔdai³	li⁶
去	卖	力气	得	利

务工得银钱。

1912

放	娑	呆	几	仟
Fan	bae	ndaej	geij	cien
fa:n¹	pai¹	ʔdai³	tɕi³	ɕe:n¹
次	去	得	几	千

一回得几千，

1913

到	庇	呆	几	万
Dauq	bae	ndaej	geij	fanh
ta:u⁵	pai¹	ʔdai³	tɕi³	fa:n⁶
回	去	得	几	万

一趟几万块。

1914

八	使	啊	八	皇
Bet	saeq	ha	bet	vuengz
pɛt⁸	θai⁵	ha¹	pɛt⁸	wɯ:ŋ²
八	司	啊	八	王

八司啊八王，

1915

肶	兀	啊	俱	儂
Caw	ndei	ha	beix	nuengx
ɕɯ¹	ʔdi¹	ha¹	pi⁴	nu:ŋ⁴
心	好	啊	兄	妹

众姊妹善良。

1916

昡	内	兀	玄	兀
Ngoenz	neix	ndei	engq	ndei
ŋɔn²	ni⁵	ʔdi¹	ʔe:ŋ⁵	ʔdei¹
天	这	好	更	好

今日是吉日，

1917

時	内	利	玄	利
Seiz	neix	leih	engq	leih
ɕi²	ni⁵	li⁶	ʔe:ŋ⁵	li⁶
时	这	吉利	更	吉利

此时是吉时。

1918

時	内	是	時	未
Seiz	neix	cawh	seiz	faed
ɕi²	ni⁵	ɕɯ⁶	ɕi²	fad⁸
时	这	是	时	未

此时是未时，

1919

時	兀	眉	贵	人
Seiz	ndei	miz	gviq	yinz
ɕi²	ʔdi¹	mi²	kwi⁵	jin²
时	好	有	贵	人

吉时有贵人。

1920

宦	欧	她	陇	闋
Mwh	aeu	meh	roengz	gumz
mə⁶	ʔau¹	me⁶	ɣɔŋ²	kum²
时	要	母	下	墓穴

现为母下葬,

1921

宦	欧	她	陇	埔
Mwh	aeu	meh	roengz	namh
mə⁶	ʔau¹	me⁶	ɣɔŋ²	na:m⁶
时	要	母	下	土

现送娘入土。

1922

佬	佬	料	扒	橦
Laux	laux	daeuj	rouz	congz
la:u⁴	la:u⁴	tau³	ɣu²	ço:ŋ²
个	个	来	扶	棺材

个个来扶棺,

1923

伝	伝	扒	枸	枅
Vunz	vunz	rouz	gouh	faex
hun²	hun²	ɣu²	ku⁶	mai⁴
人	人	扶	副	棺材

人人来扶椁。

1924

勒	許	觝	她	擤
Laeg	hawj	gyaeuj	meh	mbeuj
lak⁸	haɯ³	tɕau³	me⁶	ʔbe:u³
别	让	头	母	歪

别让母头歪,

1925

勒	許	槌	她	莱
Laeg	hawj	swiz	meh	laiq
lak⁸	haɯ³	θɯi²	me⁶	la:i⁵
别	让	枕	母	偏

莫给枕头斜。

1926

撮	枸	棑	她	兀
Coih	gouh	faex	meh	ndei
ço:i⁶	ku⁶	mai⁴	me⁶	ʔdi¹
修理	副	棺材	母	好

棺木要钉稳,

1927

佥	枸	橦	她	帝
Cang	gouh	congz	meh	ndaet
çwa:ŋ¹	ku⁶	ço:ŋ²	me⁶	ʔdat⁷
装	副	棺材	母	紧

棺椁要封密。

1928

欧　飞　祢　得　埔

Aeu　fe　buh　dwk　namh

$?au^1$　fe^1　pu^6　$tuuk^7$　$na:m^6$

要　衣角　衣　打　土

衣角装土盖，

1929

欧　埔　竔　塻　吞

Aeu　namh　nding　moek　laj

$?au^1$　$na:m^6$　$?din^2$　mok^7　la^3

用　土　红　盖　下

红土盖下方。

1930

佬　咊　料　太　一

Laux　lawz　daeuj　daih　it

$la:u^4$　lau^2　tau^3　$ta:i^6$　$?it^7$

个　哪　来　第　一

哪个先撒土，

1931

财　咊　料　打　舺

Sai　lawz　daeuj　doek　gonq

$\theta a:i^1$　lau^2　tau^3　tak^7　$ko:n^5$

男　哪　来　往　先

男儿谁先来。

1932

八　使　彐　料　齐

Bet　saeq　coh　daeuj　caez

$p\varepsilon t^8$　θai^5　$ço^4$　tau^3　$çai^2$

八　司　才　来　齐

八司刚来齐，

1933

八　皇　彐　料　了

Bet　vuengz　coh　daeuj　liux

$p\varepsilon t^8$　$wu:n^2$　$ço^4$　tau^3　liu^4

八　王　才　来　完

八王刚来全。

1934

欧　花　竔　罢　排

Aeu　va　nding　bae　baij

$?au^1$　wa^1　$?din^2$　pai^1　$pa:i^3$

拿　花　红　去　摆

拿红花去摆，

1935

伝　排　挪　双　挪

Vunz　baij　ndok　song　ndok

hun^2　$pa:i^3$　$?dok^8$　$\theta o:n^1$　$?dok^8$

人　摆　朵　两　朵

每人一两朵。

①閗〔tu¹〕：门，此处指墓门。
②禄位〔lɔk⁸ wi⁶〕：原指俸禄和爵位，此指求官求职的牌位。

1936

琉　兜　啊　八　皇

Liux　noix　ha　bet　vuengz

le⁴　noːi⁶　ha¹　pɛt⁸　wuːŋ²

众　小　啊　八　王

小妹啊众王，

1937

肶　厎　八　俱　儂

Caw　ndei　bet　beix　nuengx

ɕu ¹　ʔdi¹　pɛt⁸　pi⁴　nuːŋ⁴

心　好　八　兄　妹

众姊妹善良。

1938

官　内　料　撮　閗①

Mwh　neix　daeuj　coih　dou

mə⁶　ni⁵　tau³　ɕoːi⁶　tu¹

时　这　来　修　门

现来安正门，

1939

偻　立　碑　許　她

Raeuz　laeb　bei　hawj　meh

ɣa²　lap⁸　pei¹　hau³　me⁶

我们　立　碑　给　母

咱给母立碑，

1940

偻　开　閗　許　她

Raeuz　hai　dou　hawj　meh

ɣa²　haːi¹　tu¹　hau³　me⁶

我们　开　门　给　母

咱为娘立门。

1941

立　碑　烯　枛　纱

Laeb　bei　cit　cungq　sa

lap⁸　pei¹　ɕit⁷　ɕuŋ⁵　θa¹

立　碑　点　枪　纸

立碑点鞭炮，

1942

呾　肛　八　俱　儂

Naeuz　daengz　bet　beix　nuengx

nau²　taŋ²　pɛt⁸　pi⁴　nuːŋ⁴

说　到　八　兄　妹

嘱咐众姊妹，

1943

禄　位②　牌　料　竴

Loeg　vih　baiz　daeuj　daengj

lɔk⁸　wi⁶　paːi²　tau³　taŋ³

禄　位　牌　来　立

禄位牌来立，

1944

許　貧　兀　同　猍

Hawj　baenz　nɗei　doengh　lumj

hau³　pan²　ʔdi¹　tuŋ⁴　lum³

给　成　好　相　同

人人同富贵。

1945

墓　内　是　墓　皇

Moh　neix　cawh　moh　vuengz

mo⁶　ni⁵　ɕu⁶　mo⁶　wɯːŋ²

墓　这　是　墓　王

此是母王墓，

1946

墓　的　是　她　伱

Moh　de　cawh　meh　gaeg

mo⁶　te¹　ɕu⁶　me⁶　kak⁸

墓　那　是　母　娅王

此为娅王坟。

1947

穩　棵　花　朵　罱

Ndaem　go　va　dok　naj

ʔdam¹　ko¹　wa¹　tɔːk⁸　na³

栽　棵　花　对　前

前面种株花，

1948

开　咟　啊　斜　嘫

Hai　bak　ha　daeuj　raez

haːi¹　pak⁸　ha¹　tau³　ɣai²

开　嘴　咧　来　叫

齐声颂母恩。

1949

她　伱　眉　移　罱

Meh　gaeg　miz　lai　naz

me⁶　kak⁸　mi²　laːi¹　na²

母　娅王　有　多　田

娅王赐良田，

1950

她　偻　眉　移　圊

Meh　raeuz　miz　lai　suen

me⁶　ɣa²　mi²　laːi¹　θuːn¹

母　我们　有　多　园子

母王开园圃。

1951

坢　呑　型　麻　嗲

Baih　laj　hwnj　ma　cam

paːi⁶　la³　hɯn³　ma¹　ɕaːm¹

方　下　上　来　问

下方人来问，

① 揾攲〔tɯ² θɯ¹〕：原指持书、拿书，此引申为传承娅王的遗志。下文"揾部〔tɯ² pu⁶〕"同。

1952

埲	歪	陇	料	眼
Baih	gwnz	roengz	daeuj	ndaengq
pa:i⁶	kɯn²	ɣɔŋ²	tau³	ʔdaŋ⁵
方	上	下	来	看

上方人来瞧。

1953

八	使	赛	妣	揾	攲①
Bet	saeq	saeh	meh	dawz	saw
pɛt⁸	θai⁵	θai⁶	me⁶	tɯ²	θɯ¹
八	司	帮	母	拿	书

八司承母意，

1954

八	财	赛	妣	揾	部
Bet	sai	saeh	meh	dawz	bouh
pɛt⁸	θa:i¹	θa:i⁶	me⁶	tɯ²	pu⁶
八	男	帮	母	拿	薄

八王秉母志。

1955

妣	使	啊	妣	皇
Meh	saeq	ha	meh	vuengz
me⁶	θai⁵	ha¹	me⁶	wu:ŋ²
母	司	啊	母	王

母王啊娅王，

1956

肮	兀	啊	妣	使
Caw	ndei	ha	meh	saeq
ɕɯ¹	ʔdi¹	ha¹	me⁶	θai⁵
心	好	啊	母	司

母王心仁慈。

1957

宦	兜	料	欧	作
Mwh	noix	daeuj	aeu	coh
mə⁶	no:i⁶	tau³	ʔau¹	ɕo⁵
时	小	来	取	名

儿女要取名，

1958

先	偻	料	欧	娲
Senq	raeuz	daeuj	aeu	vae
θe:n⁵	ɣa²	tau³	ʔau¹	wai¹
先	我们	来	取	姓氏

家祖要取姓。

1959

八	使	劤	妣	皇
Bet	saeq	lwg	meh	vuengz
pɛt⁸	θai⁵	luk⁸	me⁶	wu:ŋ²
八	司	儿	母	王

母王生众女，

1960

八　財　劢　她　伓

Bet　sai　lwg　meh　gaeg

pɛt⁸　θaːi¹　lɯk⁸　me⁶　kak⁸

八　男　儿　母　娅王

娅王生众男。

1961

佬　佬　許　貧　了

Laux　laux　hawj　baenz　liux

laːu⁴　laːu⁴　hauɯ³　pan²　liu⁴

人　人　给　成　完

个个都成器，

1962

伝　伝　許　同　罧

Vunz　vunz　hawj　doengh　lumj

hun²　hun²　hauɯ³　tuŋ⁴　lum³

人　人　给　相　同

人人均成材。

1963

欧　作　籹　麻　釀

Aeu　coh　daeuj　ma　sang

ʔau¹　ço⁶　tau³　ma¹　θaːŋ¹

取　名　来　回　高

取名耀先祖，

1964

許　兜　舓　卦　份

Hawj　noix　van　gvaq　fwx

hauɯ³　noːi⁶　waːn¹　kwa⁵　fu⁴

给　小　甜　过　别人

儿女富过人。

1965

肔　怖　啊　她　皇

Saem　mbuq　ha　meh　vuengz

θam¹　ʔbu⁵　ha¹　me⁶　wɯːŋ²

心　乱　啊　母　王

心乱啊母王，

1966

肔　兀　啊　她　使

Caw　ndei　ha　meh　saeq

çɯ¹　ʔdi¹　ha¹　me⁶　θai⁵

心　好　啊　母　司

母王心善良。

1967

勒　娝　勒　娝　难

Laeg　bae　laeg　bae　nanz

lak⁸　pai¹　lak⁸　pai¹　naːn²

别　去　别　去　久

别离开太久，

① 挱三昑醒麻［pai¹ θa:m¹ ŋɔn² θiŋ³ ma¹］：三天后醒来。壮族民间传说，十七娅王病，十八娅王死，十九做棺椁，二十葬娅王，
廿一娅王活。

1968

故	与	拦	魽	到

Goj　lij　lamz　gyaeuj　dauq

ko³　li³　la:m²　tɕau³　ta:u⁵

也	还	转	头	回

还要转头回。

1969

挱	三	昑	醒	麻①

Bae　sam　ngoenz　singj　ma

pai¹　θa:m¹　ŋɔn²　θiŋ³　ma¹

去	三	天	醒	回

三天后复活，

1970

挱	五	昑	到	肛

Bae　haj　ngoenz　dauq　daengz

pai¹　ha³　ŋɔn²　ta:u⁵　taŋ²

去	五	天	回	到

五天转回来。

第七篇　拜别父王

　　本篇唱述众人安葬娅王后，跟父王拜别，返回下界的情形。返回前，众人怕父王忧心，发愁生病，于是前去看望和安慰他。众儿女向父王索要钱财，因为"众男刚做主""要啥都没有"，此外，也要分一些给追随而来的众寨人，不能让他们白辛苦。父王没有拒绝，"银钱在柜里，银锭在箱里"，"儿郎自己找，众王自己搜"。但是要求必须来复山，否则"杯盘也不给，碗碟也不送"。父王谆谆告诫儿女们，"勤劳如泉水，祖产如洪水，再多不够用。要各自创造，要各自奋斗"，一定要靠自己的双手才能致富；教育他们"不要去赌钱，给下界蒙羞"，而要拿钱去买水牛、马、猪等家畜；叮嘱他们"拿银买书纸"，让后代子孙都成为文化人。在父王的劝告、教育和祝福中，众人骑马一同回到了下界。本篇通过众人拜别父王，向父王索要金银的情节，将孝敬父母、知恩图报、自力更生、行正道勿赌博等伦理道德和人生哲理灌输给众人，起到了潜移默化的教育作用。

1. 地理师唱

1971

八	使	到	乔	岙

Bet saeq dauq laj mbwn

pet^8 θai^5 $ta:u^5$ la^3 Ωbum^1

八 司 回 下 天

众王回下界，

1972

伩	躺	峚	乔	埜

Cang ndang bae laj deih

$\varsigma wa:\eta^1$ $\Omega da:\eta^1$ pai^1 la^3 ti^6

打扮 身 去 下 地界

装扮返回头，

1973

八	皇	到	麻	殿

Bet vuengz dauq ma dienh

pet^8 $wu:\eta^2$ $ta:u^5$ ma^1 $ti:n^6$

八 王 回 来 殿

众王回宫殿。

1974

跤	跤	啰	八	皇

Yamq yamq lo bet vuengz

$\Omega ja:m^5$ $\Omega ja:m^5$ lo^1 pet^8 $wu:\eta^2$

迈步 迈步 啰 八 王

启程吧八王，

1975

麻	麻	啰	八	使

Ma ma lo bet saeq

ma^1 ma^1 lo^1 pet^8 θai^5

来 来 啰 八 司

快走吧八司。

1976

胠	迭	啊	妮	皇

Daep dieb ha meh vuengz

tap^7 $te:p^8$ ha^1 me^6 $wu:\eta^2$

肝 跳 啊 母 王

心惊啊母王，

1977

胁	兀	啊	妮	佧

Caw ndei ha meh gaeg

ςw^1 Ωdi^1 ha^1 me^6 kak^8

心 好 啊 母 娅王

仁慈啊娅王。

1978

胴	怖	恬	怖	恬
Dungx	mbuq	linz	mbuq	linz
tuŋ⁴	ʔbu⁵	lin²	ʔbu⁵	lin²
肚	慌	乱	慌	乱

心神全慌乱，

1979

怖	貧	粘	佈	罾
Mbuq	baenz	haeux	mbuq	naz
ʔbu⁵	pan²	hau⁴	ʔbu⁵	na²
乱	成	稻谷	倒	田

慌如禾倒伏。

1980

胴	怖	煞	怖	怅
Dungx	mbuq	caek	mbuq	ca
tuŋ⁴	ʔbu⁵	çak⁷	ʔbu⁵	çwa¹
肚	慌	乱	慌	张

心慌乱难平，

1981

怖	貧	莪	佈	袋
Mbuq	baenz	raz	mbuq	daeh
ʔbu⁵	pan²	ŋa²	ʔbu⁵	tai⁶
乱	成	芝麻	倒	袋

慌似芝麻倒。

1982

宦	八	兜	到	坒
Mwh	bet	noix	dauq	deih
mə⁶	pet⁸	noːi⁶	taːu⁵	ti⁶
时	八	小	回	地界

八司回下界，

1983

八	尉	她	赳	到
Bet	sai	meh	gyaeuj	dauq
pet⁸	θaːi¹	me⁶	tçau³	taːu⁵
八	男	母	头	回

八王返回头。

1984

晗	内	麻	佚	皇
Ngoenz	neix	ma	boh	vuengz
ŋɔn²	ni⁵	ma¹	po⁶	wuːŋ²
天	这	来	父	王

今天见父王，

1985

佥	鹐	麻	佚	僗
Cang	ndang	ma	boh	laux
çwaːŋ¹	ʔdaːŋ¹	ma¹	po⁶	laːu⁴
打扮	身	来	父	大

打扮见父王。

① 怏悢〔ŋak⁸ ŋau⁴〕：联绵词，指难受之意。

1986

偻　麻　眼　仪　皇

Raeuz　ma　ndaengq　boh　vuengz

ɣa²　ma¹　ʔdaŋ⁵　po⁶　wɯːŋ²

我们　来　看　父　王

咱去看父王，

1987

佬　介　仪　怏　悢①

Lau　gaiq　boh　nyaeg　nyaeux

laːu¹　kaːi⁵　po⁶　ŋak⁸　ŋau⁴

怕　这　父　难　受

恐父王难受，

1988

佬　仪　偻　咟　忆

Lau　boh　raeuz　gwn　heiq

laːu¹　po⁶　ɣa²　kɯn¹　hi⁵

怕　父　我们　吃　愁

怕父王烦心。

1989

踂　踂　肝　閗　窂

Yamq　yamq　daengz　dou　ranz

ʔjaːm⁵　ʔjaːm⁵　taŋ²　tu¹　ɣaːn²

迈步　迈步　到　门　家

快步到家门，

1990

衾　躺　肝　閗　重

Cang　ndang　daengz　dou　gyaeg

ɕwaːŋ¹　ʔdaːŋ¹　taŋ²　tu¹　tɕak⁸

打扮　身　到　门　闸

装扮到闸口。

1991

肝　閗　重　仪　皇

Daengz　dou　gyaeg　boh　vuengz

taŋ²　tou¹　tɕak⁸　po⁶　wɯːŋ²

到　门　闸　父　王

到父王闸门，

1992

肝　閗　窂　仪　佬

Daengz　dou　ranz　boh　laux

taŋ²　tu¹　ɣaːn²　po⁶　laːu⁴

到　门　家　父　大

到父王家门。

1993

仪　佧　啊　仪　皇

Boh　gaeg　ha　boh　vuengz

po⁶　kak⁸　ha¹　po⁶　wɯːŋ²

父　娅王　啊　父　王

父王啊父王，

① 三财 [θa:m¹ θa:i¹]：三个儿子，此为概数，指多个儿子。壮族民间传说，娅王有八个女儿，有八个女婿，分别称为"八司"
和"八王"。下句"三布 [θa:m¹ pu⁴]"同。

1994

佲 佧 勒 快 恼

Boh　gaeg　laeg　nyaeg　nyaeux

po⁶　kak⁸　lak⁸　n̠ak⁸　n̠au⁴

父　娅王别　难　受

父王别忧心，

1995

佲 偻 勒 咘 忆

Boh　raeuz　laeg　gwn　heiq

po⁶　ɣa²　lak⁸　kɯn¹　hi⁵

父　我们别　吃　愁

父王别伤神。

1996

她 古 眉 三 财①

Meh　gou　miz　sam　sai

me⁶　ku¹　mi²　θa:m¹　θa:i¹

母　我　有　三　男

母王有众儿，

1997

她 古 眉 三 布

Meh　gou　miz　sam　boux

me⁶　ku¹　mi²　θa:m¹　pu⁴

母　我　有　三　人

娅王有众女。

1998

佲 佧 勒 快 恼

Boh　gaeg　laeg　nyaeg　nyaeux

po⁶　kak⁸　lak⁸　n̠ak⁸　n̠au⁴

父　娅王别　难　受

父王莫忧愁，

1999

佲 偻 勒 咘 忆

Boh　raeuz　laeg　gwn　heiq

po⁶　ɣa²　lak⁸　kɯn¹　hi⁵

父　我们别　吃　愁

父王别忧虑。

2000

介 咘 忆 許 消

Gaiq　gwn　heiq　hawj　siu

ka:i⁵　kɯn¹　hi⁵　hau³　θiu¹

这　吃　愁　给　消

让忧虑消退，

2001

介 快 恼 許 散

Gaiq　nyaeg　nyaeux　hawj　sanq

ka:i⁵　n̠ak⁸　n̠au⁴　hau³　θa:n⁵

这　难　受　给　散

让忧愁消散。

2002

忆　移　獢　貧　昴

Heiq　lai　rox　baenz　maeuh

hi⁵　la:i¹　ɣo⁴　pan²　mau⁶

愁　多　会　成　昏

多愁会昏聩，

2003

佬　貧　昴　貧　讹

Lau　baenz　maeuh　baenz　vax

la:u¹　pan²　mau⁶　pan²　ʔwa⁴

怕　成　昏　成　憨

忧心恐变傻。

2004

佬　掃　部　否　貧

Lau　dawz　bouh　mbouj　baenz

la:u¹　tɯ²　pu⁶　ʔbu⁵　pan²

怕　拿　簿　不　成

恐难承母愿，

2005

佬　掃　散　否　乩

Lau　dawz　saw　mbouj　ndaej

la:u¹　tɯ²　θɯ¹　ʔbu⁵　ndai³

怕　拿　书　不　得

恐难传母志。

2006

眼　介　仪　掃　散

Ndaengq　gaiq　boh　dawz　saw

ʔdaŋ⁵　ka:i⁵　po⁶　tɯ²　θɯ¹

看　这　父　拿　书

父引领儿女，

2007

榜　介　仪　掃　部

Baengh　gaiq　boh　dawz　bouh

paŋ⁶　ka:i⁵　po⁶　tɯ²　pu⁶

靠　这　父　拿　簿

父指引小辈。

2008

宜　兜　料　吹　仪

Mwh　noix　daeuj　coh　boh

mə⁶　no:i⁶　tau³　ço⁶　po⁶

时　小　来　向　父

小辈来看父，

2009

宜　粜　料　吹　仪

Mwh　byai　daeuj　coh　boh

mə⁶　pja:i¹　tau³　ço⁶　po⁶

时　小　来　向　父

先来探父王。

2010

伦	故	怎	八	财
Boh	goj	nawh	bet	sai
po⁶	ko³	nɯ⁶	pɛt⁸	θa:i¹
父	也	想	八	男

父王思众男，

2011

伦	古	瘖	八	鼢
Boh	gou	in	bet	mbauq
po⁶	ku¹	ʔin¹	pɛt⁸	ʔba:u⁵
父	我	疼	八	小伙

父王疼儿郎。

2012

八	使	斡	当	空
Bet	saeq	ngamq	dang	ranz
pɛt⁸	θai⁵	ŋa:m⁵	ta:ŋ¹	ɣa:n²
八	司	刚	当	家

众王刚当家，

2013

八	财	ヨ	当	垫
Bet	sai	coh	dang	deih
pɛt⁸	θa:i¹	ço⁴	ta:ŋ¹	ti⁶
八	男	刚	当	地

众男刚做主。

2014

介	逻	样	否	隁
Gaiq	ra	yiengh	mbouj	raen
ka:i⁵	ɣa¹	ji:ŋ⁶	ʔbu⁵	han¹
这	找	样	不	见

要啥都没有，

2015

恩	碓	否	恩	盘
Aen	duix	mbouj	aen	banz
ʔan¹	tui⁴	ʔbu⁵	ʔan¹	pa:n²
个	碗	不	个	盘

家无碗无盘。

2016

兜	当	空	否	冤
Noix	dang	ranz	mbouj	ndaej
no:i⁶	ta:ŋ¹	ɣa:n²	ʔbu⁵	ʔdai³
小	当	家	不	得

儿女难当家，

2017

八	使	否	冤	忺
Bet	saeq	mbouj	ndaej	faengz
pɛt⁸	θai⁵	ʔbu⁵	ʔdai³	fan²
八	司	不	得	欢乐

众王难喜悦，

2018

八　財　未　冞　盟

Bet　sai　fih　ndaej　maengx

pɛt⁸　θaːi¹　fi⁶　ʔdai³　maŋ⁴

八　男　不　得　欢乐

众男难欢欣。

2019

宜　八　使　嗲　伖

Mwh　bet　saeq　cam　boh

mə⁶　pɛt⁸　θai⁵　ça:m¹　po⁶

时　八　司　问　父

众王来问父，

2020

宜　八　皇　吰　伖

Mwh　bet　vuengz　coh　boh

mə⁶　pɛt⁸　wuːŋ²　ço⁶　po⁶

时　八　王　向　父

众王来询爹。

2021

嗲　伖　欧　银　皓

Cam　boh　aeu　ngaenz　hau

ça:m¹　po⁶　ʔau¹　ŋan²　ha:u¹

问　父　拿　银　白

问父讨银钱，

2022

嗲　伖　欧　金　玉

Cam　boh　aeu　gim　viq

ça:m¹　po⁶　ʔau¹　tçim¹　wi³

问　父　拿　金　玉

问爹要钱财。

2023

金　玉　圣　埊　哴

Gim　viq　youq　deih　lawz

tçim¹　wi³　ʔju⁵　ti⁶　laɯ²

金　玉　在　地方　哪

钱财在何处？

2024

银　皓　圣　埊　哴

Ngaenz　hau　youq　deih　lawz

ŋan²　ha:u¹　ʔju⁵　ti⁶　laɯ²

银　白　在　地方　哪

银钱在何方？

2. 父王唱

2025

八　使　啊　八　皇

Bet　saeq　ha　bet　vuengz

pɛt⁸　θai⁵　ha¹　pɛt⁸　wɯːŋ²

八　司　啊　八　王

八司啊八王，

2026

八　尉　啊　宝　贝

Bet　sai　ha　bauj　bei

pɛt⁸　θaːi¹　ha¹　paːu³　pei¹

八　男　啊　宝　贝

儿郎啊宝贝。

2027

希　兜　恖　嗲　银

Cix　noix　nawh　cam　ngaenz

çi⁴　noːi⁶　nɯ⁶　çaːm¹　ŋan²

若　小　想　问　银

若想要银钱，

2028

银　仪　圣　閗　柜

Ngaenz　boh　youq　ndaw　gvih

ŋan²　po⁶　ʔju⁵　ʔdaɯ¹　kwi⁶

银　父　在　内　柜

银钱在柜里，

2029

银　傍　圣　閗　箱

Ngaenz　laux　youq　ndaw　sieng

ŋan²　laːu⁴　ʔju⁵　ʔdaɯ¹　θiːŋ

银　大　在　内　箱

银锭在箱里。

2030

粜　仪　恅　否　乩

Byai　boh　lau　mbouj　ndaej

pjaːi¹　po⁶　laːu¹　ʔbu⁵　ʔdai³

小　父　怕　不　得

若怕找不到，

2031

圣　柜　兀　太　八

Youq　gvih　ndei　daih　bet

ʔju⁵　kwi⁶　ʔdi¹　taːi⁶　pɛt⁸

在　柜　好　第　八

在第八个柜。

2032

柜　咘　纳　是　银

Gvih　lawz　naek　cawh　ngaenz

kwi⁶　law²　nak⁷　ɕɯ⁶　ŋan²

柜　哪　重　是　银

哪柜重是银,

2033

箱　咘　甏　是　袻

Sieng　lawz　mbaeu　cawh　buh

θiːŋ¹　law²　ʔbau¹　ɕɯ⁶　pɯ⁶

箱　哪　轻　是　衣服

哪箱轻是衣。

2034

揯　桦　袻　她　皇

Dawz　mbonq　buh　meh　vuengz

tɯ²　ʔboːn⁵　pɯ⁶　me⁶　wuːŋ²

拿　床　衣服　母　王

拿套母王衣,

2035

揯　桦　袻　她　佧

Dawz　mbonq　buh　meh　gaeg

tɯ²　ʔboːn⁵　pɯ⁶　me⁶　kak⁸

拿　床　衣服　母　娅王

拿套娅王服。

2036

兜　伩　啊　八　皇

Noix　boh　ha　bet　vuengz

noːi⁶　po⁶　ha¹　pɛt⁸　wuːŋ²

小　父　啊　八　王

小儿啊八王,

2037

邪　尨　圣　袻　细

Ciz　lungj　youq　buh　sei

ɕi²　luŋ³　ʔju⁵　pɯ⁶　θei¹

钥匙　在　衣服　丝绸

钥匙在丝衣,

2038

邪　尨　圣　袻　孝

Ciz　lungj　youq　buh　hauq

ɕi²　luŋ³　ʔju⁵　pɯ⁶　haːu⁵

钥匙　在　衣服　孝

钥匙在孝衣。

2039

八　豿　各　麻　逻

Bet　mbauq　gag　ma　ra

pɛt⁸　mbaːu⁵　kaːk⁸　ma¹　ʝa¹

八　小伙　自　回　找

儿郎自己找,

2040

八	皇	各	麻	追
Bet	vuengz	gag	ma	gyaeh
pet⁸	wɯːŋ²	kaːk⁸	ma¹	tɕai⁶
八	王	自	回	寻

众王自己搜。

2041

八	豼	各	麻	开
Bet	mbauq	gag	ma	hai
pet⁸	ʔbaːu⁵	kaːk⁸	ma¹	haːi¹
八	小伙	自	回	开

儿郎自开锁,

2042

八	皇	各	麻	逻
Bet	vuengz	gag	ma	ra
pet⁸	wɯːŋ²	kaːk⁸	ma¹	ɣa¹
八	王	自	回	寻

众王自己寻。

2043

金	玉	圣	閂	柜
Gim	viq	youq	ndaw	gvih
tɕim¹	wi³	ʔju⁵	ʔdaɯ¹	kwi⁶
金	玉	在	内	柜

钱财在柜里,

2044

银	傍	圣	閂	箱
Ngaenz	laux	youq	ndaw	sieng
ŋan²	laːu⁴	ʔju⁵	ʔdaɯ¹	θiːŋ¹
银	大	在	内	箱

银锭在箱里。

2045

八	使	欧	同	𫰦
Bet	saeq	aeu	doengh	baen
pet⁸	θai⁵	ʔau¹	tuŋ⁴	pan¹
八	司	要	相	分

众王要分享,

2046

伩	ヨ	欧	許	兜
Boh	coh	aeu	hawj	noix
po⁶	ço⁴	ʔau¹	haɯ³	noːi⁶
父	才	要	给	小

父分给小辈。

2047

官	内	尫	ヨ	兀
Mwh	neix	ndaej	coh	ndei
mə⁶	ni⁵	ʔdai³	ço⁴	ʔdi¹
时	这	得	就	好

大家同富裕,

① 盯橦㦟淰沛［tin¹ fuŋ² lum³ ɣam⁴ ʔbo⁵］：勤劳如泉水，意指通过勤劳致富，财富如泉水般绵绵不绝。
② 货伬㦟淰泷［hu⁵ po⁶ lum³ ɣam⁴ ɣoːŋ²］：祖产如洪水，意指父母留下的家产如洪水泄流一般，一下就一干二净。

2048

官 内 冗 彐 发

Mwh neix ndaej coh fad

mə⁶ ni⁵ ʔdai³ ço⁴ faːt⁸

时 这 得 才 发

众人共发展。

2049

官 冗 赔 裇 魆

Mwh ndaej boiz buh fangz

mə⁶ ʔdai³ poːi² puɯ⁶ faːŋ²

时 得 赔 衣服 鬼神

给祖宗祭衣，

2050

官 冗 赔 裇 孝

Mwh ndaej boiz buh hauq

mə⁶ ʔdai⁵ poːi² puɯ⁶ haːu⁵

时 得 赔 衣服 孝

为娅王戴孝。

2051

啊 兜 啊 粜 伬

Ha noix ha byai boh

ha¹ noːi⁶ ha¹ pjaːi¹ po⁶

啊 小儿 啊 小 父

儿郎啊宝贝，

2052

盯 橦 㦟 淰 沛①

Din fwngz lumj raemx mboq

tin¹ fuŋ² lum³ ɣam⁴ ʔbo⁵

脚 手 如 水 泉

勤劳如泉水，

2053

货 伬 㦟 淰 泷②

Huq boh lumj raemx rongz

hu⁵ po⁶ lum³ ɣam⁴ ɣoːŋ²

货物 父 如 水 洪

祖产如洪水，

2054

冗 粆 伆 度 帅

Ndaej lai mij doh gwn

ʔdai³ laːi¹ mi² to⁶ kun¹

得 多 不 够 吃

再多不够用。

2055

兜 彐 各 娸 逻

Noix coh gag bae ra

noːi⁶ ço⁴ kaːk⁸ paːi¹ ɣa¹

小儿 就 自 去 找

要各自创造，

2056

羕	伙	各	夆	追
Byai	boh	gag	bae	gyaeh
pja:i¹	po⁶	ka:k⁸	pai¹	tɕai⁶
小	父	自	去	找

要各自奋斗，

2057

兇	ヨ	眉	介	吜
Noix	coh	miz	gaiq	gwn
no:i⁶	ɕo⁴	mi²	ka:i⁵	kɯn¹
小	儿	就	有	这	吃

儿女才富有。

2058

財	伙	倷	甓	忆
Sai	boh	mij	dai	iek
θa:i¹	po⁶	mi²	ta:i¹	ʔjik⁸
男	父	不	死	饿

儿郎食无忧，

2059

八	使	眉	許	慌
Bet	saeq	mij	hawj	vueng
pɛt⁸	θai⁵	mi²	haɯ³	wu:ŋ¹
八	司	不	给	慌

众王才踏实。

2060

佲	呷	伝	厘	份
Mwngz	guh	vunz	ndij	fwx
mɯŋ²	kɔk⁸	hun²	ʔdi³	fɯ⁴
你	做	人	和	别人

不比别人差，

2061

呷	眉	吜	卦	份
Guh	miz	gwn	gvaq	fwx
kɔk⁸	mi²	kɯn¹	kwa⁵	fɯ⁴
做	有	吃	过	别人

比别人富庶。

2062

度	佋	晒	倷	撒
Doh	ciuh	cawx	mij	sat
to⁶	ɕiu⁶	ɕɯ⁴	mi²	θat⁸
够	世	使用	不	完

财富享不完，

2063

呷	貧	兀	卦	份
Guh	baenz	ndei	gvaq	fwx
kɔk⁸	pan²	ʔdi¹	kwa⁵	fɯ⁴
做	成	富裕	过	别人

富裕过别人。

3. 父王唱

2064

八	使	啊	八	皇
Bet	saeq	ha	bet	vuengz

$pɛt^8$　$θai^5$　ha^1　$pɛt^8$　$wɯːŋ^2$

八 司 啊 八 王

八司啊八王，

2065

許	貧	兀	卦	份
Hawj	baenz	ndei	gvaq	fwx

$haɯ^3$　pan^2　$ʔdi^1$　kwa^5　$fɯ^4$

给 成 富裕 过 别人

比别人富裕。

2066

欧	八	卦	嶊	跟
Aeu	bet	gvaq	bae	niengz

$ʔau^1$　$pɛt^8$　kwa^5　pai^1　$nɯːŋ^2$

拿 八 卦 去 跟

八卦算乾坤，

2067

欧	盘	金	嶊	帅
Aeu	banz	gim	bae	cuengq

$ʔau^1$　$paːn^2$　$tɕim^1$　pai^1　$ɕuːŋ^5$

拿 盘 金 去 放

罗盘定风水。

2068

許	介	黻	介	纱
Hawj	gaiq	saw	gaiq	sa

$haɯ^3$　$kaːi^5$　$θɯ^1$　$kaːi^5$　$θa^1$

给 这 书 这 纸

有书和纸张，

2069

許	介	笔	介	墨
Hawj	gaiq	bit	gaiq	maeg

$haɯ^3$　$kaːi^5$　pit^7　$kaːi^5$　mak^8

给 这 笔 这 墨水

有笔和墨水。

2070

仿	許	兜	未	齐
Boh	hawj	noix	fih	caez

po^6　$haɯ^3$　$noːi^6$　fi^6　$ɕai^2$

父 给 小 不 齐

父传儿不齐，

2071

伩	教	業	未	了
Boh	geu	byai	fih	liux
po⁶	tɕe:u¹	pja:i¹	fi⁶	liu⁴
父	教	小	不	完

父教女不够。

2072

兜	与	到	嘇	伩
Noix	lij	dauq	cam	boh
no:i⁶	li³	ta:u⁵	ɕa:m¹	po⁶
小	还	回	问	父

女儿要问父,

2073

財	到	吹	溌	蠇
Sai	dauq	coh	baez	moq
θa:i¹	ta:u⁵	ɕo⁶	pai²	mo⁵
男	回	向	次	新

儿要再问父。

2074

啊	伩	啊	阿	伩
Ha	boh	ha	a	boh
ha¹	po⁶	ha¹	ʔa¹	po⁶
阿	父	啊	阿	父

父亲啊父亲,

2075

眉	琉	使	夥	夯
Miz	liux	saeq	lai	biengz
mi²	le⁴	θai⁵	la:i¹	puɯ:ŋ²
有	众	师	多	地方

各地众师娘,

2076

眉	夥	魊	夥	板
Miz	lai	fangz	lai	mbanj
mi²	la:i¹	fa:ŋ²	la:i¹	ʔba:n³
有	多	鬼神	多	村寨

各村众鬼神。

2077

伩	俅	許	银	皓
Boh	mij	hawj	ngaenz	hau
po⁶	mi²	haɯ³	ŋan²	ha:u¹
父	不	给	银	白

父未给银钱,

2078

对	俅	兒	众	妃
Doiq	mij	ndaej	gyoengq	baz
to:i⁵	mi²	ʔdai³	tɕoŋ⁵	pa²
对	不	得	众	妻

对不起众人。

① 复山［fuk⁸ θaːn¹］：壮族民间丧葬仪式之一。在下葬后第三日，由后辈上坟添土，称为复山。

2079

对 伓 冞 众 婋

Doiq mij ndaej gyoengq youx

$to:i^5$ mi^2 $ʔdai^3$ $tɕɔŋ^5$ ju^4

对 不 得 众 情人

有负众亲友，

2080

伀 許 银 啊 伀

Boh hawj ngaenz ha boh

po^6 hau^3 $ŋan^2$ ha^1 po^6

父 给 银 啊 父

请父给银钱。

4. 父王唱

2081

八 使 啊 粜 伀

Bet saeq ha byai boh

$pɛt^8$ $θai^5$ ha^1 $pja:i^1$ po^6

八 司 啊 小 父

众王啊众儿，

2082

希 兜 忩 欧 银

Cix noix nawh aeu ngaenz

$ɕi^4$ $no:i^6$ $nɯ^6$ $ʔau^1$ $ŋan^2$

若 小 想 要 银

儿郎想要银，

2083

昑 嫲 斜 复 山 ①

Ngoenz moq daeuj fug san

$ŋɔn^2$ mo^5 tau^3 fuk^8 $θa:n^1$

天 后 来 复 山

后天来复山，

2084

娘 伓 嗲 各 送

Nangz mij cam gag soengq

$na:ŋ^2$ mi^2 $ɕa:m^1$ $ka:k^8$ $θɔŋ^5$

姑娘 不 问 自 送

不问也送银。

2085

兜 伓 麻 复 山

Noix mij ma fug san

$no:i^6$ mi^2 ma^1 fuk^8 $θa:n^1$

小 女 不 来 复 山

若不来复山，

2086

恩　盘　伩　之　許

Aen banz mij ce hawj

Ɂan¹ pa:n² mi² çe¹ haɯ³

个　盘　不　留　给

杯盘也不给，

2087

恩　碪　故　伩　延

Aen duix goj mij yienh

Ɂan¹ tui⁴ ko³ mi² je:n⁶

个　碗　也　不　传　递

碗碟也不送，

2088

咄　八　財　㑒　了

Naeuz bet sai mwngz liux

nau² pɛt⁸ θa:i¹ mɯɯ² liu⁴

说　八　男　你　完

众儿我嘱毕。

5. 众师唱

2089

伩　皇　咿　啊

Boh vuengz hi ha

po⁶ wɯɯŋ² hi¹ ha¹

父　王　咿　啊

父王啊父王，

2090

伩　彐　囬　样　訌

Boh coh guh yiengh hongz

po⁶ ço⁴ kɔk⁸ ji:ŋ⁶ ho:ŋ²

父　就　做　样　说

若父这样说，

2091

希　伩　囬　样　嘫

Cix boh guh yiengh gangj

çi⁴ po⁶ kɔk⁸ ji:ŋ⁶ ka:ŋ³

若　父　做　样　讲

若父这样讲。

2092

兜 彐 怂 是 俫

Noix coh nawh cawh raix

noːi⁶ ɕo⁴ nuɯ⁶ ɕɯ⁶ ɣaːi⁴

小 就 想 是 真

妹说也是真,

2093

兜 财 吚 口 仪

Noix sai naeuz guh boh

noːi⁶ θaːi¹ nau² kɔk⁸ po⁶

小 男 说 做 父

儿说与父听。

2094

婋 列 婋 移 夯

Youx lez youx lai biengz

ju⁴ le² ju⁴ laːi¹ pɯːŋ²

情人 是 情人 多 地方

各地情友多,

2095

移 佬 嚹 移 响

Lai laux gangj lai coenz

laːi¹ laːu⁴ kaːŋ³ laːi¹ ɕon²

多 人 讲 多 句

人多说话杂。

2096

宦 八 魊 贫 讹

Mwh bet fangz baenz vax

mə⁶ pɛt⁸ faːŋ² pan² ʔwa⁴

时 八 鬼神 成 憨

众神也犯错,

2097

宦 八 财 贫 昴

Mwh bet sai baenz maeuh

mə⁶ pɛt⁸ θaːi¹ pan² mau⁶

时 八 男 成 昏

众男犯迷糊。

2098

洡 楞 妑 俫 料

Mbat laeng baz mij daeuj

ʔbat⁸ laŋ¹ pa² mi² tau³

次 后 妻 不 来

以后咱不来,

2099

八 使 麻 肟 冇

Bet saeq ma daengz ndwi

pɛt⁸ θai⁵ ma¹ taŋ² ʔdɯi¹

八 司 回 到 空

众王空手来。

2100

八	財	各	麻	独
Bet	sai	gag	ma	dog
pɛt⁸	θaːi¹	kaːk⁸	ma¹	toːk⁸
八	男	自	回	独

众男各自到,

2101

饭	蕲	偻	侎	麻
Mbat	moq	raeuz	mij	ma
ʔbat⁸	mo⁵	ɣa²	mi²	ma¹
次	新	我们	不	回

我们不再来,

2102

八	皇	故	侎	料
Bet	vuengz	goj	mij	daeuj
pɛt⁸	wuːŋ²	ko³	mi²	tau³
八	王	也	不	来

八王也不来,

2103

八	使	各	威	风
Bet	saeq	gag	vi	fung
pɛt⁸	θai¹	kaːk⁸	wi¹	fuŋ¹
八	司	自	威	风

八司自威风。

2104

許	琉	壇	醫	赫
Hawj	liux	danz	naj	hawq
haɯ³	le⁴	taːn²	na³	hɯ⁵
给	众	坛	脸	干

众师娘难堪,

2105

忆	淰	肛	咟	燩
Iek	raemx	daengz	bak	roz
ʔjik⁸	ɣam⁴	taŋ²	pak⁸	ɣo²
饿	水	到	嘴	干

口渴嘴干裂。

2106

否	眉	响	嘇	檉
Mbouj	miz	coenz	cam	daengq
ʔbu⁵	mi²	çon²	çaːm¹	taŋ⁵
不	有	句	问	凳

无人问师娘,

2107

伀	开	柜	欧	银
Boh	hai	gvih	aeu	ngaenz
po⁶	haːi¹	kwi⁶	ʔau¹	ŋan²
爹	开	柜	要	银

问父要银钱,

2108

欧　银　真　银　鮝

Aeu　ngaenz　caen　ngaenz　rongh

ʔau¹　ŋan²　çan¹　ŋan²　ɣoːŋ⁶

要　银　真　银　亮

要亮眼白银。

2109

八　使　陇　乔　耋

Bet　saeq　roengz　laj　mbwn

pɛt⁸　θai⁵　ɣoŋ²　la³　ʔbɯn¹

八　司　下　下　天

八司下地界，

2110

八　皇　陇　乔　塗

Bet　vuengz　roengz　laj　deih

pɛt⁸　wuːŋ²　ɣoŋ²　la³　ti⁶

八　王　下　下　地界

八王降下界。

2111

侎　許　兜　侎　澪

Mij　hawj　noix　mij　bengz

mi²　hau³　noːi⁶　mi²　peːŋ²

不　给　小　不　富贵

不给儿富贵，

2112

恅　妣　金　蟹　赫

Lau　baz　gim　naj　hawq

laːu¹　pa²　tçim¹　na³　hɯ⁵

怕　妻　金　脸　干

恐发妻难堪。

2113

饭　蠨　侎　贫　邦

Mbat　moq　mij　baenz　bang

ʔbat⁸　mo⁵　mi²　pan²　paːŋ¹

次　新　不　成　神煞

以后无鬼邪，

2114

魈　金　侎　贫　将

Fangz　gim　mij　baenz　gyangz

faːŋ²　tçim¹　mi²　pan²　tça:ŋ²

鬼神　金　不　成　灾难

鬼神不结冤。

2115

諓　介　兜　侎　贫

Hauq　gaiq　noix　mij　baenz

haːu⁵　kaːi⁵　noːi⁶　mi²　pan²

说　这　小　不　成

别说儿不好，

2116

訌	介	娘	咟	耗

Hongz gaiq nangz bak mauh

ho:ŋ² ka:i⁵ na:ŋ² pak⁸ ma:u⁶

| 骂 | 这 | 姑娘 | 嘴 | 轻浮 |

别骂女嘴多。

2117

宿	将	否	贫	勒

Mwh gyangz mbouj baenz laeg

mə⁶ tɕa:ŋ² ʔbu⁵ pan² lak⁸

| 时 | 灾难 | 不 | 成 | 严重 |

逢凶自化吉,

2118

银	真	剧	否	冺

Ngaenz cunj sai mbouj ndaej

ŋan² ɕun³ θa:i¹ ʔbu⁵ ʔdai³

| 银 | 替换 | 男 | 不 | 得 |

千金也不换。

6. 父王唱

2119

乸	伩	啊	乸	爹

Byai boh ha byai di

pja:i¹ po⁶ ha¹ pja:i¹ ti¹

| 尾 | 父 | 啊 | 尾 | 爹 |

小儿啊宝贝,

2120

胚	尢	啊	八	貌

Caw ndei ha bet mbauq

ɕɯ¹ ʔdi¹ ha¹ pet⁸ ʔba:u⁵

| 心 | 好 | 啊 | 八 | 小伙 |

众王心善良。

2121

啊	的	使	六	生

Ha diz saeq Luq Swngz

ha¹ ti² θai⁵ lu⁵ θəŋ²

| 啊 | 那 | 师 | 六 | 生 |

那六生师娘,

2122
啊 的 娘 黄 满
Ha diz nangz Vangz Manj
ha^{1} ti^{2} na:ŋ^{2} wa:ŋ^{2} ma:n^{6}
啊 那 姑娘 黄 满
那黄满姑娘。

2123
勒 欧 [illegible] 得 牌
Laeg aeu bae dwk baiz
lak^{8} ʔau^{1} pai^{1} tɯk^{7} pa:i^{2}
别 要 去 打 牌
不要去赌钱，

2124
許 [illegible] 睐 [illegible] [illegible]
Hawj rongh raiz laj deih
haɯ^{3} ɣo:ŋ^{6} ɣa:i^{2} la^{3} ti^{6}
给 亮 花 下 地界
给下界蒙羞。

2125
宜 内 仪 吜 咰
Mwh neix boh naeuz coenz
mə^{6} ni^{5} po^{6} nau^{2} ɕɔn^{2}
时 这 父 说 句
父就说这些，

2126
咰 吖 仪 侎 噔
Coenz ya boh mij daengq
ɕɔn^{2} ja^{1} po^{6} mi^{2} taŋ^{5}
句 其他 父 不 嘱咐
其他父不讲。

2127
希 兇 佲 纳 妑
Cix noix mwngz naek baz
ɕi^{4} no:i^{6} mɯŋ^{2} nak^{7} pa^{2}
若 小 你 重 妻
若你珍爱妻，

2128
欧 [illegible] 圩 貹 [illegible]
Aeu bae haw cawx vaiz
ʔau^{1} pai^{1} hɯ^{1} ɕɯ^{4} wa:i^{2}
拿 去 街 买 水牛
上街买水牛，

2129
欧 [illegible] [illegible] 貹 馬
Aeu bae ranz cawx max
ʔau^{1} pai^{1} ɣa:n^{2} ɕɯ^{4} ma^{4}
拿 去 家 买 马
回家去买马。

2130

与	眉	馬	得	馱
Lij	miz	max	dawz	dah
li³	mi²	ma⁴	tɯ²	ta⁶
还	有	马	帮	驮

有马帮驮货，

2131

与	眉	怀	凹	圈
Lij	miz	vaiz	guh	suen
li³	mi²	waːi²	kɔk⁸	θuːn¹
还	有	水牛	做	园子

有牛帮犁地，

2132

脖	九	馬	馱	粮
Ndwen	gouj	max	dah	liengz
ʔdɯːn¹	ku³	ma⁴	ta⁶	liːŋ²
月	九	马	驮	粮

九月马驮粮。

2133

羕	伩	灵	卦	份
Byai	boh	lingz	gvaq	fwx
pjaːi¹	po⁶	liŋ²	kwa⁵	fu⁴
尾	父	灵	过	别人

小儿乖过人，

2134

欧	毕	許	眭	猱
Aeu	bae	hawj	cawx	mou
ʔau¹	pai¹	haɯ³	ɕɯ⁴	mu¹
要	去	给	买	猪

拿银去买猪，

2135

許	妃	佲	唝	鸼
Hawj	baz	mwngz	gw	gaeq
haɯ³	pa²	mɯŋ²	kɯ¹	kai⁵
给	妻	你	喂	鸡

让你妻养鸡。

2136

脖	腊	肛	脖	二
Ndwen	lab	daengz	ndwen	ngeih
ʔdɯːn¹	laːp⁸	taŋ²	ʔdɯːn¹	ŋi⁶
月	腊	到	月	二

腊月到二月，

2137

殿	殿	眉	猱	傍
Dienh	dienh	miz	mou	laux
tiːn⁶	tiːn⁶	mi²	mu¹	laːu⁴
殿	殿	有	猪	大

大猪满畜栏，

2138

淰	骉	睙	冞	起
Raemx	biengz	ndaengq	ndaej	geij
γam^4	$pw:\eta^2$	$?dan^5$	$?dai^3$	$t\varphi i^3$
水	地方	看	得	起

远近人人赞。

2139

八	使	啊	八	皇
Bet	saeq	ha	bet	vuengz
$p\varepsilon t^8$	$\theta a:i^5$	ha^1	$p\varepsilon t^8$	$ww:\eta^2$
八	司	啊	八	王

八司啊八王，

2140

胮	正	肛	初	二
Ndwen	cieng	daengz	co	ngeih
$?dw:n^1$	$\varphi i:\eta^1$	$ta\eta^2$	φo^1	ηi^6
月	正	到	初	二

正月到初二，

2141

宝	贝	呀	八	财
Bauj	bei	ya	bet	sai
$pa:u^3$	pei^1	ja^1	$p\varepsilon t^8$	$\theta a:i^1$
宝	贝	呀	八	男

众王啊宝贝。

2142

与	眉	样	得	铭
Lij	miz	yiengh	dwk	cauq
li^3	mi^2	$ji:\eta^6$	twk^7	$\varphi a:u^5$
还	有	样	放	锅

锅有东西煮，

2143

与	眉	介	得	榑
Lij	miz	gaiq	dwk	congz
li^3	mi^2	$ka:i^5$	twk^7	$\varphi o:\eta^2$
还	有	东西	放	桌

桌有东西摆，

2144

孞	呷	份	睙	娅
Lan	gwn	faenh	ndaengq	yah
$la:n^1$	kwn^1	fan^6	$?dan^5$	ja^6
孙	吃	名份	看	奶

儿孙承祖产。

2145

八	使	眉	名	声
Bet	saeq	miz	mingz	seng
$p\varepsilon t^8$	$\theta a i^5$	mi^2	$mi\eta^2$	$se:\eta^1$
八	司	有	名	声

八司有名声，

2146

八	皇	眉	名	义
Bet	vuengz	miz	mingz	heiq
pɛt⁸	wwːŋ²	mi²	miŋ²	hei⁵

八 王 有 名 气

八王有名气。

2147

宝	贝	啊	八	财
Bauj	bei	ha	bet	sai
paːu³	pei¹	ha¹	pɛt⁸	θaːi¹

宝 贝 啊 八 男

众王啊宝贝，

2148

許	劲	兜	犏	揉
Hawj	lwg	noix	rox	raiz
hau³	lwk⁸	noːi⁶	ɣo⁴	ɣaːi²

给 儿 小 会 写

保女儿会写，

2149

許	劲	財	犏	画
Hawj	lwg	sai	rox	veh
hau³	lwk⁸	θaːi¹	ɣo⁴	we⁶

给 儿 男 会 画

保男儿会画。

2150

欧	銎	賍	散	纱
Aeu	bae	cawx	saw	sa
ʔau¹	pai¹	ɕw⁴	θw¹	θa¹

拿 去 买 书 纸

拿银买书纸，

2151

欧	銎	許	劲	古
Aeu	bae	hawj	lwg	gou
ʔau¹	pai¹	hau³	lwk⁸	ku¹

拿 去 给 儿 我

银钱给儿女。

2152

殿	殿	宾	夏	连
Dienh	dienh	mbinj	cah	lienz
tiːn⁶	tiːn⁶	ʔbin³	ɕa⁶	liːn²

殿 殿 席 垫 连

处处有席垫，

2153

竺	眉	毡	㧅	必
Ranz	miz	cien	nding	beiq
ɣaːn²	mi²	ɕiːn¹	ʔdiŋ²	pi⁵

家 有 毡 红 铺

家有红毡铺。

2154

孞 孞 眉 文 章

Lwg lwg miz faenz cieng

luk⁸ luk⁸ mi² fan² çi:ŋ¹

儿 儿 有 文 章

个个有文化,

2155

粎 口 忕 值 冺

Byai guh faengz cig ndaej

pja:i¹ kɔk⁸ faŋ² çik⁸ ʔdai³

小 做 欢乐 值 得

儿女乐陶陶。

7. 众师唱

2156

伩 使 啊 伩 皇

Boh saeq ha boh vuengz

po⁶ θai⁵ ha¹ po⁶ wu:ŋ²

父 司 啊 父 王

父王啊父王,

2157

宦 内 噔 伩 乖

Mwh neix daengq boh gvai

mə⁶ ni⁵ taŋ⁵ po⁶ kwa:i¹

时 这 嘱咐 父 机灵

现嘱托父王,

2158

乃 肝 哊 内 了

Nai daengz coenz neix liux

na:i¹ taŋ² çɔn² ni⁵ liu⁴

敬 到 句 这 完

说完这句毕。

2159

伩 欧 兜 貧 熐

Boh aeu noix baenz bengz

po⁶ ʔau¹ no:i⁶ pan² pe:ŋ²

父 要 小 成 富贵

父给儿富贵,

2160

妑 乖 夻 垫 斲

Baz gvai laj deih moq

pa² kwa:i¹ la³ ti⁶ mo⁵

妻 乖 下 地界 新

天下妻乖巧。

2161

众	樽	佲	料	边
Gyoengq	daengq	mwngz	daeuj	bengx
tɕoŋ⁵	taŋ⁵	muɯŋ²	tau³	peːŋ⁴
众	凳	你	来	旁边

你来众师旁,

2162

众	壇	佲	料	赳
Gyoeg	danz	mwngz	daeuj	gyawj
tɕok⁸	taːn²	muɯŋ²	tau³	tɕaɯ³
众	坛	你	来	近

你靠近众师。

2163

发	馬	到	岙	奁
Fad	max	dauq	laj	mbwn
faːt⁸	ma⁴	taːu⁵	la³	ʔbɯn¹
鞭策	马	回	下	天

策马回下界,

2164

发	骡	偻	到	殿
Fad	loz	raeuz	dauq	dienh
faːt⁸	lo²	ɣa²	taːu⁵	tiːn⁶
鞭策	骡	我们	回	殿

骑骡回宫殿。

2165

勒	許	佬	哂	竻
Laeg	hawj	laux	lawz	lamq
lak⁸	haɯ³	laːu⁴	laɯ²	laːm⁵
别	给	个	哪	落下

不给谁落下,

2166

勒	許	伝	哂	竻
Laeg	hawj	vunz	lawz	lamq
lak⁸	haɯ³	hun²	laɯ²	laːm⁵
别	给	人	哪	落下

谁也别落下。

2167

尬	娤	歪	尬	嚰
Gwq	bae	gwnz	gwq	yax
ka²	pai¹	kɯn²	ka²	ja⁴
越	去	上	越	狠

越往上越强,

2168

尬	娤	齏	尬	娘
Gwq	bae	naj	gwq	rengz
ka²	pai¹	na³	ka²	ɣeːŋ²
越	去	前	越	强

越往前越旺。

2169

囬　型　許　冺　杉

Guh　reih　hawj　ndaej　lai

kɔk⁸　ɣi⁶　hau³　ʔdai³　la:i¹

做　地　给　得　多

种地有丰收，

2170

惯　娘　許　冺　利

Gai　rengz　hawj　ndaej　leih

ka:i¹　ɣe:ŋ²　hau³　ʔdai⁴　li⁶

卖　力　给　得　利

务工得赚钱。

2171

讴　馬　許　闐　槽

Ou　max　hawj　rim　coek

ʔu¹　ma⁴　hau³　ɣim¹　çɔk⁷

养　马　给　满　槽

养马马满槽，

2172

餇　怀　許　闐　枹

Ciengx　vaiz　hawj　rim　goengh

çi:ŋ⁴　wa:i²　hau³　ɣim¹　koŋ⁶

养　水牛　给　满　栏

养牛牛满栏。

2173

鴄　鳩　許　闐　笼

Bit　gaeq　hawj　rim　loengx

pit⁷　kai⁵　hau³　ɣim¹　lɔŋ⁴

鸭　鸡　给　满　笼

养鸡鸭满笼，

2174

猍　肶　許　闐　押

Mou　biz　hawj　rim　cab

mu¹　pi²　hau³　ɣim¹　ça:p⁸

猪　肥　给　满　圈

养肥猪满圈。

2175

万　样　万　冺　齐

Fanh　yiengh　fanh　ndaej　caez

fa:n⁶　ji:ŋ⁶　fa:n⁶　ʔdai³　çai²

万　样　万　得　齐

样样得齐全，

2176

万　税　万　冺　了

Fanh　saeh　fanh　ndaej　liux

fa:n⁶　θui⁶　fa:n⁶　ʔdai³　liu⁴

万　事　万　得　完

事事得周全。

2177

毕	毕	啰	八	皇
Bae	bae	lo	bet	vuengz
pai^1	pai^1	lo^1	pɛt^8	wuːŋ^2
去	去	啰	八	王

快走啰八王，

2178

毕	毕	啰	八	使
Bae	bae	lo	bet	saeq
pai^1	pai^1	lo^1	pɛt^8	θai^5
去	去	啰	八	司

快走啰八司。

2179

脑	霖	陇	弛	陇
Laep	mok	roengz	caemh	roengz
lap^7	mɔk^8	ɣɔŋ^2	ɕam^6	ɣɔŋ^2
黑	雾	下	同	下

随雾一同下，

2180

灯	昑	鞁	弛	鞁
Daeng	ngoenz	baenq	caemh	baenq
taŋ^1	ŋon^2	pan^5	ɕam^6	pan^5
灯	日	转	同	转

随太阳同转。

2181

踗	踗	啰	八	皇
Yamq	yamq	lo	bet	vuengz
ʔjaːm^5	ʔjaːm^5	lo^1	pɛt^8	wuːŋ^2
迈步	迈步	啰	八	王

快走吧八王，

2182

毕	毕	咯	八	使
Bae	bae	lo	bet	saeq
pai^1	pai^1	lo^1	pɛt^8	θai^5
去	去	啰	八	司

回去啰八司。

2183

踗	踗	婄	夥	骞
Yamq	yamq	youx	lai	biengz
ʔjaːm^5	ʔjaːm^5	ju^4	laːi^1	puːŋ^2
迈步	迈步	情人	多	地方

情人们快走，

2184

毕	毕	壇	夥	板
Bae	bae	danz	lai	mbanj
pai^1	pai^1	taːn^2	laːi^1	ʔbaːn^3
去	去	坛	多	村寨

众师速速到。

2185

佬　佬　許　料　齐

Laux　laux　hawj　daeuj　caez

laːu⁴　laːu⁴　hau³　tau³　çai²

人　人　给　来　齐

个个都来齐，

2186

伝　伝　噔　料　了

Vunz　vunz　daengq　daeuj　liux

hun²　hun²　taŋ⁵　tau³　liu⁴

人　人　嘱咐　来　完

人人都叫来。

2187

介　佬　勒　落　坤

Gaiq　laux　laeg　lot　roen

kaːi⁵　laːu⁴　lak⁸　lɔt⁸　hɔn¹

这　个　别　落下　路

谁都别迷路，

2188

介　伝　勒　落　路

Gaiq　vunz　laeg　lot　loh

kaːi⁵　hun²　lak⁸　lɔt⁸　lo⁶

这　人　别　落下　路

谁都别掉队。

2189

发　馬　料　啷　啷

Fad　max　daeuj　langz　langz

faːt⁸　ma⁴　tau³　laːŋ²　laːŋ²

鞭策　马　来　速　速

策马速速来，

2190

衾　骱　到　立　柳

Cang　ndang　dauq　liq　liuh

çwaːŋ¹　ʔdaːŋ¹　taːu⁵　li⁵　liu⁶

打扮　身　回　迅　速

装扮迅速到。

2191

卦　沛　曰　偻　陇

Gvaq　Mboq　Vez　raeuz　roengz

kwa⁵　ʔbo⁵　we²　ɣa²　ɣoŋ²

过　泉　旧　我们　下

咱从旧泉过，

2192

卦　恩　圩　偻　料

Gvaq　aen　haw　raeuz　daeuj

kwa⁵　ʔan¹　hɯ¹　ɣa²　tau³

过　条　街　我们　来

咱从街圩来。

2193

卦	里	咟	丫	陇
Gvaq	lij	bak	ngamz	roengz
kwa⁵	li³	pak⁸	ŋa:m²	ɣoŋ²
过	那	口	岔	下

过那岔口来，

2194

卦	桥	龙	偻	料
Gvaq	giuz	lungz	raeuz	daeuj
kwa⁵	tɕiu²	luŋ²	ɣa²	tau³
过	桥	龙	我们	来

咱过龙桥来。

2195

胅	迭	婋	杉	菶
Daep	dieb	youx	lai	biengz
tap⁷	te:p⁸	ju⁴	la:i¹	pɯ:ŋ²
肝	跳	情人	多	地方

心慌啊姑娘，

2196

脆	兀	妲	杉	板
Caw	ndei	baz	lai	mbanj
ɕɯ¹	ʔdi¹	pa²	la:i¹	ʔba:n³
心	好	妻	多	村寨

众媳妇心善。

2197

到	肛	佅	暗	蹄
Dauq	daengz	mij	anq	dih
ta:u⁵	taŋ²	mi²	ʔa:n⁵	ti⁶
回	到	不	数	蹄

不管跨多远，

2198

倒	陇	佅	暗	跈
Dauj	roengz	mij	anq	yamq
ta:u³	ɣoŋ²	mi²	ʔa:n⁵	ʔja:m⁵
转	下	不	数	迈步

不论走多久。

2199

佬	佬	料	肛	齐
Laux	laux	daeuj	daengz	caez
la:u⁴	la:u⁴	tau³	taŋ²	ɕai²
人	人	来	到	齐

个个都到齐，

2200

伝	伝	肛	料	了
Vunz	vunz	daengz	daeuj	liux
hun²	hun²	taŋ²	tau³	liu⁴
人	人	到	来	完

人人都来全。

2201

啊　琉　婹　几　翄

Ha　liux　youx　geij　biengz

ha¹　le⁴　ju⁴　tɕi³　pɯːŋ²

啊　众　情人　几　地方

各地情妹们，

2202

啊　琉　壇　几　板

Ha　liux　danz　geij　mbanj

ha¹　le⁴　taːn²　tɕi³　ʔbaːn³

啊　众　坛　几　村寨

各村众师娘。

2203

峆　佬　峆　点　壇

Dangq　laux　dangq　diemj　danz

taːŋ⁵　laːu⁴　taːŋ⁵　tiːm³　taːn²

各　个　各　点　坛

各自点人数，

2204

峆　伝　峆　点　櫈

Dangq　vunz　dangq　diemj　daengq

taːŋ⁵　hun²　taːŋ⁵　tiːm³　taŋ⁵

各　人　各　点　凳

各人点座席。

2205

勒　許　落　介　伝

Laeg　hawj　lot　gaiq　vunz

lak⁸　haɯ³　lɔt⁸　kaːi⁵　hun²

别　给　落下　这　人

谁都别落下，

2206

勒　許　㞼　介　布

Laeg　hawj　lamq　gaiq　boux

lak⁸　haɯ³　laːm⁵　kaːi⁵　pu⁴

别　给　落下　这　个

谁都别遗漏。

2207

啊　琉　婹　夥　翄

Ha　liux　youx　lai　biengz

ha¹　le⁴　ju⁴　laːi¹　pɯːŋ²

啊　众　情人　多　地方

各地情妹们，

2208

啊　琉　妑　夥　板

Ha　liux　baz　lai　mbanj

ha¹　le⁴　pa²　laːi¹　ʔbaːn³

啊　众　妻　多　村寨

各村媳妇们。

2209

八　使　偻　籹　齐

Bet　saeq　raeuz　daeuj　caez

pɛt[8]　θai[5]　ɣa[2]　tau[3]　çai[2]

八　司　我们　到　齐

八司已到齐，

2210

八　皇　偻　籹　了

Bet　vuengz　raeuz　daeuj　liux

pɛt[8]　wuːŋ[2]　ɣa[2]　tau[3]　liu[4]

八　王　我们　到　完

八王都来全。

第八篇 致谢众人

本篇为整个仪式结束前的致谢词。众师借此向众人表达感谢。"众师娘们啊，咱与众人别"，感谢众人的付出，"费力做鞋袜，劳神针线活"，"谢白发老人，谢年轻姑娘"。大家就此别过吧，"像水离河坎，像牛离栏圈"。最后，叮嘱众人"待下次再会，等下次再聚"。此时，师娘"清醒"过来，整个仪式活动圆满结束。本篇呈现的众人自愿、自发参加，出资出力，并积极参与到仪式过程中的情形，体现了仪式活动的自发性和群众性。

众师唱

2211

啊 的 众 壇 呀

Ha diz gyoengq danz ya

ha^{1} ti^{2} tɕɔŋ^{5} taːn^{2} ja^{1}

啊 那 众 坛 呀

众师娘们啊，

2212

别 别 啰 伝 ⿰多彡

Bied bied lo vunz lai

piːt^{8} piːt^{8} lo^{1} hun^{2} laːi^{1}

别 别 啰 人 多

咱与众人别，

2213

⿰亻拜 ⿰亻拜 啰 琉 众

Mbaiq mbaiq lo liux gyoengq

ʔbaːi^{5} ʔbaːi^{5} lo^{1} le^{4} tɕɔŋ^{5}

谢 谢 啰 群 众

感谢众人们。

2214

啊 的 众 壇 呀

Ha diz gyoengq danz ya

ha^{1} ti^{2} tɕɔŋ^{5} taːn^{2} ja^{1}

啊 那 众 坛 呀

众师娘们啊，

2215

⿰身費 跻 袜 跻 鞋

Lauq giuj maed giuj haiz

laːu^{5} tɕiu^{3} mat^{8} tɕiu^{3} haːi^{2}

误 跟 袜 跟 鞋

费力做鞋袜，

2216

⿰身費 ⿰木重 花 ⿰木重 绣

Lauq congz va congz siuq

laːu^{5} ɕoːŋ^{2} wa^{1} ɕoːŋ^{2} θeːu^{5}

误 桌 花 桌 绣

劳神针线活。

2217

啊 的 众 壇 呀

Ha diz gyoengq danz ya

ha^{1} ti^{2} tɕɔŋ^{5} taːn^{2} ja^{1}

啊 那 众 坛 呀

众师娘们啊，

2218

跻 袜 韬 嬲 裁

Giuj maed haemh moq caiz

tɕiu³ mat⁸ ham⁶ mo⁵ ɕaːi²

跟 袜 晚 新 裁

袜子明晚缝，

2219

跻 鞡 韬 嬲 绣

Giuj haiz haemh moq siuq

tɕiu³ haːi² ham⁶ mo⁵ θeːu⁵

跟 鞋 晚 新 绣

鞋底明晚纳。

2220

啊 的 众 壇 伝

Ha diz gyoengq danz vunz

ha¹ ti² tɕɔŋ⁵ taːn² hun²

啊 那 众 坛 人

师娘和随从，

2221

啊 的 众 壇 呀

Ha diz gyoengq danz ya

ha¹ ti² tɕɔŋ⁵ taːn² ja¹

啊 那 众 坛 呀

众师娘们啊，

2222

乃 众 她 糅 油

Nai gyoengq meh loem youz

naːi¹ tɕɔŋ⁵ me⁶ lɔm¹ ju²

敬 众 母 费 油

谢妇女添油，

2223

冚 肔 浮 厘 偻

Guh caw fouz ndij raeuz

kɔk⁸ ɕɯ¹ fu² ʔdi³ ya²

做 心 浮 和 我们

对咱太虔诚。

2224

啊 的 众 壇 呀

Ha diz gyoengq danz ya

ha¹ ti² tɕɔŋ⁵ taːn² ja¹

啊 那 众 坛 呀

众师娘们啊，

2225

乃 众 她 糅 偻

Nai gyoengq meh loem laux

naːi¹ tɕɔŋ⁵ me⁶ lɔm¹ laːu⁴

敬 众 母 费 大

谢众女巨资，

2226

Ⅲ 朓 浮 厘 偻

Guh caw fouz ndij raeuz

kɔk⁸ ɕɯ¹ fu² ʔdi³ ɣa²

做 心 浮 和 我们

对咱心虔诚。

2227

啊 的 众 壇 呀

Ha diz gyoengq danz ya

ha¹ ti² tɕɔŋ⁵ taːn² ja¹

啊 那 众 坛 呀

众师娘们啊，

2228

乃 布 諎 犺 皓

Nai boux geq gyaeuj hau

naːi¹ pu⁴ tɕe⁵ tɕau³ haːu¹

敬 人 老 头 白

谢白发老人，

2229

乃 劤 娋 罾 媄

Nai lwg sau naj maeq

naːi¹ lɯk⁸ θaːu¹ na³ mai⁵

敬 儿 姑娘 脸 粉

谢年轻姑娘。

2230

啊 的 众 壇 呀

Ha diz gyoengq danz ya

ha¹ ti² tɕɔŋ⁵ taːn² ja¹

啊 那 众 坛 呀

众师娘们啊，

2231

乃 布 匏 匠 厨

Nai boux mbauq cangh couz

naːi¹ pu⁴ ʔbaːu⁵ ɕaːŋ⁶ ɕu²

敬 人 小伙 匠 厨

谢厨师小伙，

2232

乃 列 郎 躴 柳

Nai le langz rangh reuz

naːi¹ le¹ laːŋ² ɣaːŋ⁶ ɣeu²

敬 那 郎 英 俊

谢英俊小哥。

2233

啊 的 众 壇 呀

Ha diz gyoengq danz ya

ha¹ ti² tɕɔŋ⁵ taːn² ja¹

啊 那 众 坛 呀

众师娘们啊，

2234

乃	恩	板	祖	旁
Nai	aen	mbanj	coj	biengz
na:i¹	ʔan¹	ʔba:n³	ço³	puɯːŋ²
敬	个	村寨	主	地方

谢各村各寨，

2235

乃	恩	旁	祖	板
Nai	aen	biengz	coj	mbanj
na:i¹	ʔan¹	puɯːŋ²	ço³	ʔba:n³
敬	个	地方	主	村寨

谢各地各村。

2236

啊	的	众	壇	呀
Ha	diz	gyoengq	danz	ya
ha¹	ti²	tçoŋ⁵	ta:n²	ja¹
啊	那	众	坛	呀

众师娘们啊，

2237

琉	誰	否	文	章
Liux	coiq	mbouj	faenz	cieng
le⁴	ço:i⁵	ʔbu⁵	fan²	çi:ŋ¹
众	我们	不	文	章

咱不擅文章，

2238

琉	她	否	文	化
Liux	meh	mbouj	faenz	veh
le⁴	me⁶	ʔbu⁵	fan²	we⁶
众	母	不	文	化

众女不识礼。

2239

啊	的	众	壇	呀
Ha	diz	gyoengq	danz	ya
ha¹	ti²	tçoŋ⁵	ta:n²	ja¹
啊	那	众	坛	呀

众师娘们啊，

2240

布	諎	口	朓	兀
Boux	geq	guh	caw	ndei
pu⁴	tçe⁵	kɔk⁸	çɯ¹	ʔdi¹
人	老	做	心	好

老者心地好，

2241

劝	娟	口	胴	壙
Lwg	sau	guh	dungx	gvangq
luk⁸	θa:u¹	kɔk⁸	tuŋ⁴	kwa:ŋ⁵
儿	姑娘	做	肚	宽

姑娘心坦荡。

2242

啊　的　众　　壇　呀

Ha　diz　gyoengq　danz　ya

ha¹　ti²　tɕɔŋ⁵　taːn²　ja¹

啊那众　坛　呀

众师娘们啊，

2243

舵　貧　淰　舵　埌

Baen　baenz　raemx　baen　fai

Pan¹　pan²　ɣam⁴　pan¹　faːi¹

分　成　水　分　坝

像水离河坎，

2244

别　舵　忮　别　弄

Bied　baen　vaiz　bied　rungz

piːt⁸　pan¹　waːi²　piːt⁸　ɣoŋ²

别　分　水牛　别　栏圈

像牛离栏圈。

2245

啊　的　众　　壇　呀

Ha　diz　gyoengq　danz　ya

ha¹　ti²　tɕɔŋ⁵　taːn²　ja¹

啊那众　坛　呀

众师娘们啊，

2246

烞　蟈　偻　彐　犏

Baez　moq　raeuz　coh　rox

pai²　mo⁵　ya²　ɕo⁴　yo⁴

次　新　我们　就　会

待下次再会，

2247

烞　楞　偻　彐　汧

Baez　laeng　raeuz　coh　gap

pai²　laŋ¹　ya²　ɕo⁴　kap⁸

次　后　我们　再　聚

等下次再聚，

2248

啊　的　众　　壇　呀

Ha　diz　gyoengq　danz　ya

ha¹　ti²　tɕɔŋ⁵　taːn²　ja¹

啊那众　坛　呀

众师娘们啊。

《娅王经诗》意译

第一篇　娅王病危

1. 师娘唱

今早天刚亮，
天亮妹起床。
出门受风寒，
天边展新颜。
见乌鸦飞过，
飞过我头顶。
乌鸦栖房上，
啊啊叫不停。
在房顶盘旋，
报灾或报难，
闹鬼或患病。
怕娅王有灾，
恐娅王患病。
心神很慌乱，
慌如禾倒伏。
心慌自难平，
慌似芝麻倒，
倾倒能拾回。
心慌乱了神，
娅王恐有灾，
母王恐病重。
心慌啊小儿，
心善啊小女。
起来叠被子，

穿鞋又穿衣。
饭菜别忙摆，
早饭别急做。
到河滩吃饭，
到沙丘歇脚。
把马牵出槽，
将骡赶出门。
公马安花鞍，
母马佩花鞍。
摆上花毡子，
搭上红毡子。
脚踏凳上鞍，
脚踩凳上马。
扣紧马缰辔，
勒牢马缰绳。
旗手去扛旗，
扛旗往前走，
敲鼓锣随后。
先锋快点走，
领头快点来。
酸枣神快来，
蓝靛神快来。
晚霞神快来，
垭口神快来。
板仑神快来，
归朝神快来。
田风神快来，
泉水神快来。
王地神快来，

寨主神快来。
天下人快来，
下界人快来。
众妇女快来，
众媳妇快来。
众道公快来，
众麽公快来。
越靠前越大，
愈往前愈宽。
快快随王来，
速速随王走。
迈步啰八王，
启程啰八司。
走啰众姑娘，
走啰众媳妇。

2. 领队唱

感谢众乡亲，
村寨好心人。
对王心宽厚，
对王心虔诚。
八司探娅王，
八王探母王。
各地年少人，
各村众鬼神。
意乱情难舍，
好心众乡亲。
恐缺少鸡鸭，
怕香纸不足，
怕酒肉不够。
好心众乡亲，
众人出主张，

师娘出主意。
帮王出主意，
替王谋主张。
各地众师娘，
各村众仙姑。
各村来靠拢，
众人来伴师。
娅王犯迷糊，
娅王陷昏迷。
人人来敬神，
众坛也敬到。
敬白发老者，
敬粉脸姑娘。
粉唇妹在旁，
敬天下媳妇。
个个都操心，
人人都出力。
杂草没空拔，
田稗无暇割。
心慌意难平，
上殿随麽公，
上门跟师娘。
众人心神乱，
村寨好心人，
上街买香纸。
跟咱做鸟鹰，
人做鹰有吃，
咱做鸦饿死。
心慌意难平，
全村是贵人，
感谢全寨人。
到七月十一，
天下众百姓，

世间众师娘。
走村去买猪，
上街去买鸡。
须挑肥美鸡，
要选壮硕猪。
拿来祭主坛，
拿来祭主竜。
全寨心地善，
全村心地好。
八司都疲惫，
八王均劳累。
众师娘心乱，
众媳妇心善。
个个敬奉王，
人人心向王。
恐难见娅王，
怕不见母王。
操劳好几天，
操心好几夜，
意乱情难舍。
到七月十七，
忙做褡裢粑。
到七月十八，
褡裢粑来供。
拿米花去祭，
送新衣给神。
八司才乐意，
八王方高兴。
一人做先锋，
一人当领队。
心慌意难平，
没媳妇打扮，
无情友装扮。

现在母叮嘱，
这时妈吩咐。
远方十二友，
不如近邻人。
恐娅王难临，
怕母王不来。
诸情友同去，
众媳妇同往。
怕情友来迟，
天亮到王处。
巳时用早饭，
无人侍左右。
小儿心神乱，
没有褡裢粑，
午饭未曾吃。
别在半路哭，
别在半道啼。
莫到州府哭，
我儿会知晓。
田垌那师娘，
恐众人不来。
儿呀亲娘呀，
娘是六生王，
娘是六羊王。
母一世操劳，
母一生亲躬。
代代建篱房，
篱房变烂房。
没人来探望，
无人心挂念。
邀祖先才来，
请众人才到。
众人心神乱，

各村齐聚拢，
众人崇奉师。
师娘得回礼，
仙姑得厚礼。
快走吧先锋，
快去吧领队。
鬼神持白矛，
情友拿红矛。
情哥伴情妹，
跟师得饭吃。
此时好时辰，
此时正吉时。
此时是午时，
午时练马功。
正遇俊郎君，
八司随麽来，
八王跟道至。
八司啊八王，
乖巧又英俊。
扬鞭马蹄疾，
扛旗速速行。
心慌啊宝贝，
父亲啊叔伯。
今早天未亮，
有乌鸦报信。
乌鸦房顶叫，
叫三声心乱。
全村心慌乱，
天下人不宁。
各人自打扮，
各人自装扮。
人人来问麽，
个个来问师。

到寨吃午饭，
河边吃早饭。
人人争着来，
个个恐掉队。
心慌啊宝贝，
忧愁啊亲亲。
众坛主英俊，
迈步到神界，
缓缓到新殿。
天下众先祖，
人间众家神。
心慌啊宝贝，
随师娘探王，
去看望娅王。
随师巡阴界，
去探望娅王。
个个抢着去，
人人争着走。
心慌啊八王，
心好啊八司。
今吉日探王，
吉日看娅王。
师娘莫迷糊，
仙姑别犯傻。
众师娘金贵，
众仙姑富贵。
天下众师娘，
村寨众仙姑，
众王祭品多。
心善啊全寨，
走村得槟榔，
串寨得龙眼。
别赠众男子，

莫分给众人。
走村得好酒，
别给众男子。
非到作乐时，
未到玩耍时。
正月初二到，
星星造雨水，
渐渐到十五。
全村众亲朋，
全村众好友。
哥妹不种田，
媳妇不下地。
恐下地难回，
恐种田难返。
渐渐到十六，
全村来探王，
各地来寻王。
八司善决断，
八王善决策。
渐渐到十七，
历史人创造，
神仙因人兴。
十七做褡裢，
十八探娅王。
天下众师娘，
人间众仙姑。
各地众师娘，
各村众仙姑。
饭菜有人做，
早饭有人煮。
众王探母王，
去看望娅王。
恐众王迷糊，

恐众人犯傻。
师娘莫迷糊，
仙姑别犯傻。
众师娘担当，
众仙姑保佑。
保全村吉祥，
保一方平安。
种地获丰收，
务工有收入。
天下众师娘，
人间众媳妇。
师娘入高殿，
仙姑进新殿。
心慌啊宝贝，
各自配马鞍，
各人驾好马。
各随师娘走，
各跟仙姑往。
扬鞭策马去，
骑骒急急行。
心慌啊宝贝，
跟随别心慌。
宝贝真英俊，
瞬间到隘口，
一下到渡口。
宝贝真英俊，
渐渐到十七，
天下众师娘，
世间众仙姑。
随着老探王，
随老太拜王。
全村皆到齐，
各地都来全。

心慌啊宝贝，
众王探母王，
去看望娅王。
娅王恐患病，
母王恐昏迷。
心慌啊八王，
心善啊八司。
心慌乱难平，
病情报不清，
人多说不明。
发快马去探，
发令旗去察。
瞬间到隘口，
一下到新殿。
各地众姑娘，
各村众媳妇。
各地众少女，
各村众师娘。
心慌啊宝贝，
个个来问麽，
人人来问师。
瞬间到高殿，
一下到新殿。
在田垌发愁，
在野外歇息。
姑娘啊师娘，
心善啊仙姑。
拿米饭分吃，
拿午饭共享，
褡裢粑共食。
吃罢咱上殿，
饭罢去探王。
心慌啊小伙，

英俊又善良。

第二篇　途中对歌

1. 妹唱

天下人心慌，
全村人心好。
策马到天边，
骑骡到天界。
各地众姑娘，
各村众师娘。
个个要赶路，
人人要行路。
随师来探王，
跟来探娅王。
策马到龙桥，
骑骡到天界。
历史人创造，
神仙因人兴。
那有情友者，
龙桥十庹宽。
那无情友者，
龙桥如剑锋。
各地众姑娘，
各村众媳妇。
今天是吉日，
今天很吉利。
天下众师娘，
与鬼神同行。
各人自小心，

到金桥这边。
个个过龙桥，
人人过桥界。
咱到四王家，
到人间地方。
各地众师娘，
下界众仙姑。
各自各忧愁，
各坛莫落下。
师娘啊仙姑，
心慌啊宝贝。
人人过龙桥，
姑娘过桥界。
众师来探王，
众王探娅王。
各村都来齐，
各地全来到。
心慌啊宝贝，
心善啊心疼。
装扮去高殿，
打扮来新殿。
装扮去上殿，
打扮来老泉。
师娘啊仙姑，
现在到高殿。
咱到杉木桥，
哪个立幢幡。
两夫妻对望，
老父为何死，
老母怎发昏。
天下众姑娘，
人间众媳妇。
咱来说古时，

说古代咱听。
此时师忧愁，
咱也暂忧心。
结队再接唱，
情妹心神乱。
妯娌心地好，
情妹心不宁，
众媳妇心善。
各地来聚拢，
众人崇奉师。
老父为何死，
老母怎发昏。
弃父独闭门，
织布难赚钱，
出工不见利。
现在到高殿，
众媳妇在前。
嫁女不如愿，
嫁女不如意。
不嫁瞎眼龙，
不嫁瞎眼蛇。
人间众情友，
天下众媳妇。
此妇嫁多夫，
好心却心忧。
夫到田搭桥，
桥还没搭好，
心好却心乱。
人间众师娘，
天下众仙姑。
剥隘娶别人，
往北娶新人。
死后受煎熬，

闭眼再不醒。
耳环还未戴，
耳洞尚未穿。
众王一同回，
众王一同来。
打扮匆匆去，
装扮急急行。
老母眼昏花，
寿母易健忘。
众师心地好，
众师心胸宽。
众兄弟英俊，
咱得罪众师。
心慌啊宝贝，
众师心地好。
不停留此殿，
不驻留此坛。
策马行急急，
蹬鞍走匆匆。
骑马走马路，
骑骡行骡道。
多地众坛主，
各村众媳妇。
此时巡圩场，
此时逛马路。
各人随各王，
各人随各友。
情友共用餐，
众人同吃饭。
多地众师娘，
多村众仙姑。
围到长桌边，
移步到桌前。

拿筷子吃饭，
碗里肉自吃，
盘里鱼自夹。
多地人心乱，
多村人善良。
现歇息吃饭，
咱安心用餐。
神灵各自请，
情人各自找。
情人同吃饭，
情人共用餐。
肉盛碟共享，
酒摆桌互敬。
心慌啊彩珍，
心善啊彩莲。
哥没有主张，
我们没主意。
望兄弟相商，
为你添妙计。

2. 彩莲唱

心慌啊宝贝，
宝贝真英俊。
为师做些啥，
先锋如何说。
嘱咐哥几句，
大家自盘算。
说心惊就回，
说天亮就来。
彩莲不知情，
小妹不知底。
小妹哪个乖，

姑娘谁聪明。
去通知八王，
去告知八司。
妻子各自叫，
情人各自请。
去喊各地师，
去喊本村神。

3. 领头师娘唱

彩莲啊彩珍，
众师富贵身。
彩莲会打扮，
彩珍也在行。
城里赚几千，
每天赚几百。
院门未曾出，
晒台未曾下。
多地传你名，
彩莲天下传。
村口不曾出，
晒台不曾下。
想城里赚钱，
你比人富贵。

4. 彩莲唱

哥哥啊父辈，
众哥来说说。
八宝十三地，
一地十三寨。
寨寨有巫婆，
村村有师娘。

师娘解鬼事，
仙姑通鬼神。
解病人转好，
驱鬼灾消退。
妹无病无灾，
驱鬼不犯病。
妹哪都不去，
啥路都不走。
哪个都不赞，
谁都不传名，
哪个都不信。
匿身在州府，
待闺自羞愧。
小妹心忧虑，
取笑六羊人。
走村不得羊，
出门不得鸡，
无鸡感羞耻。
儿穿破烂鞋，
穿草鞋过村，
穿草鞋过寨。
母当女金贵，
娘当儿宝贝。
织衣给小儿，
缝丝衣给师。
恐师娘犯傻，
怕咱衣破烂。
跟不上众王，
跟不上众师。
令牌他没有，
说起就心慌。
去敬众先祖，
诉说人间事。

5. 领队唱

彩珍身体好，
彩莲富贵身。
咱执扇做师，
咱骑马做王。
死后专度人，
死后救人命。
路荒有人理，
路乱有人疏。
心慌啊阿哥，
心好啊小妹。
你的命运好，
你的命相吉。
你是梨树命，
你比师富有。
你属石榴树，
说话比哥甜。
人做道诵经，
你做师执符。
做师符法灵，
到处都传名。
家以你立名，
州城你立威。
用嘴含金银，
你比哥金贵。

6. 彩莲唱

心慌啊老父，
心好啊阿哥。
究竟娶我不，
你告诉小妹。

各哥都问遍，
多路都走完。
想定定不下，
妹想弃不成。
哥到底爱谁，
总说小妹好。
小妹怕谈情，
妹爱哥不得。
情哥戴龙帽，
情郎戴尖帽。
今见哥俊朗，
今见哥潇洒。
身扎大腰带，
腰系锦绣带。
多层丝带缠，
纱带系腰身，
妹跟不上哥。

7. 情哥唱

哥的小情妹，
情妹心善良。
若妹这样说，
若妹这样讲。
哥的小情妹，
我妹心善良。
哥听到心慌，
哥听到心乱。
心情难平复，
像繁缕吐新，
像马蜂花翅，
像花鱼上滩。
哥说妹不听，

哥说妹不理。
今哥想姑娘,
今哥思情妹。
哥的小情妹,
师娘心地好。
八司啊八王,
众姑娘情妹。
说真或是假,
说真哥就等,
说假哥就走。
进村无人问,
串寨无人喊,
没有人理睬。
与人妻往前,
不由心自愁,
让哥如何做。
情妹心善良,
小哥身俊朗。
父走哥尚小,
哥还没有妻,
无脸见众人。

8. 姑娘唱

阿哥戴龙帽,
阿哥戴尖帽。
众妹钟爱哥,
众妹钟情郎。
哥若这样说,
哥若这样讲。
哥说妹心慌,
哥讲妹心乱。
若哥这样说,

若哥这般讲。
若咱俩相爱,
房前田不种,
蛋泡饭不吃,
相看不知饿。
抢哥要龙帽,
抢哥要尖帽。
妹父当面说,
婶婶骂彩莲。
我父很机灵,
命好无人比。
现把帐门放,
现把鞋子脱,
轮到哥羞愧。

9. 小伙唱

心慌啊宝贝,
心好啊师娘。
石榴树出枝,
怕有人先问。
怕枫木生桠,
怕有人先约。
白让哥愁死,
盼妹丈夫亡。
与妹不同行,
我俩难成对。
相互不理睬,
相迎装不见。
越想越羞愧,
越走脸越干。

10. 姑娘唱

情哥戴龙帽，
情哥戴尖帽，
妹去看望哥，
妹得哥关照。
妹不说玩笑，
明明真心娶。
娶到不理睬，
闲来逗玩耍，
别当咱摆设。

11. 夫妇唱

心慌啊宝贝，
心好啊情妹。
哥回乡探母，
脱袜子就回。
哥去看娅王，
哥是无口才，
在屋边等妹，
脱双鞋就走。
心慌啊宝贝，
头大如瓢瓜。
相传咱订婚，
很早人就传，
两小无猜时。

12. 小伙唱

心慌啊妻辈，
心好啊师娘。
现哥对妹说，

今哥对妹讲。
幸好哥有妻，
我俩不分离。
小妹不需愁，
宝贝不必忧。
哥非坐轿人，
不用妹服侍。
哥妹同建房，
哥建房等妹。
做一世夫妻，
哥只嘴上说，
哥说却不做。
现哥对你说，
现哥对你讲。
人们早相传，
早传彩莲妹，
与哥住州城，
同哥管钱财。
哥和妹搭桥，
到处都传扬。
八甲人相传，
传你美名扬。
妹别离开家，
不做黄脸婆。
莫骗哥当家，
莫让人取笑，
哥就说到此。
八司啊八王，
姑娘啊姐妹。
久不行巫事，
久不曾游玩。
想妹心难平，
思妹心神乱。

哥靠妹身边，
哥倚妹身旁。
哥回家问母，
哥返家问妈。
哥的小情妹，
妹坐等哥来，
坐上方等哥。
随师巡天下，
跟哥游四方。
哥坐晒台下，
哥在帐下坐。
回头咱再坐，
过后咱再聚。
别处小伙多，
恐有追妹人。

13. 情妹唱

哥若这样说，
妹将嫁鬼神。
妹要嫁妖精，
哥又这样说，
我哥这样讲。
咱俩小时候，
咱相依树下，
相偎在树丛。
父母都乐意，
让咱做夫妻，
要咱做一对。
哥若这样说，
若哥这样讲。
咱求同日死，
死于芋菜丛，

死于栗树下。
官人见想要，
斑鸠见想啄。
芭蕉结硕果，
鸟雀配成对。
葱蒜结成双，
咱成双成对。
死后同棺椁，
同入枫树棺，
同享杉树椁。
若棺材不大，
若棺椁不宽。
不宽越要扩，
咱侧身入殓。
卯时咱先进，
辰时咱先入，
有哥就值得。

14. 伯母唱

若妹这么说，
若妹这样讲。
嫁女如卖瓢，
嫁女像卖芋。
亲像园中果，
视若情人花。
爱似独生姜，
怜如独棵芋。
头如瓢如芋，
人传早相爱。
左手牵像花，
右手扣成蒜。
若有姑娘妹，

真敢抢我夫。
爱我夫当夫，
抢我夫做夫，
心慌啊宝贝。
我掌管银锭，
我不分别人，
我与哥共管。
祖母安置好，
饭菜我来添，
钱财我来担。
银锭我掌管，
无须你来办。
负债是我赔，
万事我操心，
枉费你乖巧。

15. 小伙唱

妻辈心慌乱，
仙婆心地好。
哥的小情妹，
情妹不心慌，
小妹别心乱。
哥去不长久，
哥还转回头。
妹莫下晒台，
你哄娃等哥，
哄儿等哥回。
哥摆凳妹坐，
床坏哥帮修。
小妹别多想，
咱还有独儿。
小儿得八月，

别让他跌跤，
别让磕到头。
莫让咱儿忧，
妹屡问巫事。
哥就问众坛，
哥占算详情。
交友已多年，
还说是外人。
爹请妹来问，
问妻阳间事。
摆凳问师娘，
问父母兄弟。
心慌啊情妹，
小妹啊爱妻。
妹有花枕头，
有人抢在先。
恐有链拴身，
恐丈夫严管。
哥娶妹做妻，
不知妹愿否。
哥管物当家，
哥管家做主。
情妹啊爱妻，
情友啊发妻。

16. 情妹唱

哥若这样说，
若哥这样讲。
哥愿娶情妹，
哥愿娶小妹。
哪个哥自问，
谁人哥自定。

到底娶哪个，
请妹露个脸。
定情也白定，
定情也枉费。
何不派差使，
怎不遣媒人。
小妹忧又怕，
妹爱哥不得。
今娶妹当妻，
今娶双妻伴。
小妹无情郎，
人人愿跟哥。
到底爱哪个，
哪个姑娘好，
哥就讲明白，
别左拥右抱。
咱真正相爱，
做妻妾无妨。
相爱到白头，
只要有姻缘，
别人传我俩。
情哥戴龙帽，
情哥戴尖帽。
今晚来抓阄，
今晚来拈命。
哪个能同餐，
现哥先上前，
现咱俩带头。
歇息待心静，
静心等众妹。

第三篇　最后一面

1. 领队唱

心慌啊宝贝，
心好啊小妹。
头如芋如瓢，
人传你美名。
虽不输钱财，
但非金贵身。
无权管钱财，
不能夺你夫。
现呆如木桩，
夫妻两相厌。
暂时歇一会，
你夫妻先行。
左脚进殿内，
咱右脚先迈。
个个有手脚，
你也找不见。
快步踩中脚，
今天要抢先。
众师娘快走，
众仙姑快飞。
心慌乱难平，
心善也难安。
心神全慌乱，
咱回新殿去。
谁都别发昏，
谁都别犯傻。
众师娘心慌，
各仙姑心好。

师娘啊仙姑，
各坛主自来，
穿戴好自来。
各地师娘去，
多村仙姑来。
各人自打扮，
各人各装扮。
父王快快走，
祖师速速行。
策马上高殿，
装扮去新殿。
饭后咱出村，
饭后咱离寨。
策马上高殿，
装扮去新地。
策马登红殿，
打扮到旧泉。
迈步进坡岭，
脚似踏云雾。
谁都别迷路，
谁都莫掉队。
咱进村游玩，
咱游走多地，
到岔路分离。
多地众师娘，
多村众仙姑。
上路骑马路，
下道骑牛道，
中路通娅王。
父王快快走，
祖师速速行。
马上就到殿，
咱到娅王殿。

走进古代路，
走上远古道。
母王快快走，
领头速速行。
多地众师娘，
多村众祖神。
都跟师娘走，
都随仙姑行。
谁都别迷路，
谁都别掉队。
心神全慌乱，
各寨众人们。
心惊又慌乱，
多地众祖神。
扬鞭马蹄疾，
双脚快如飞。
瞬间到垭口，
看见父家门。
多地众师娘，
多村众仙姑。
闸门站满人，
师娘满家门。
多方师娘临，
多地仙姑来。
众情哥情妹，
装扮纷纷去。
多地人心慌，
各地人心好。
八兄妹到齐，
上下都站满。
站上心慌乱，
站下心神慌。
众哥心善良，

迈步疾疾去。
提脚速速飞，
各随师娘来。
装扮到闸门，
闸门满猪毛，
家门遍地鸡。
多地众师娘，
多村众仙姑。
众仙姑早到，
众叔伯已来。
各地人都来，
多村人都到。
咱还过多地，
咱还走几村。
巳时该早饭，
到时已午时。
各自去赶街，
各自去集市。
去集市买猪，
去圩场买鸡。
须挑肥美鸡，
要选壮硕猪。
提鸡去探母，
提菜去看娘。
心慌啊领队，
好心啊白莲。
母早盼咱来，
娘早盼咱回。
你到正吉时，
吉时利众妹，
吉时利叔伯，
心诚天地宽。

2. 邓公唱

众王在何地，
处处有你们，
时时来跟随。
等六生师娘，
待六羊仙姑，
摆桌来献祭。
众王啊众王，
时时紧跟随。
你早随师娘，
早应跟仙姑，
商量探娅王。
不好了众王，
下次不要忘。
师站到腿僵，
实在不像样。
六生六羊师，
今生和后世，
照顾我一点。
别人献猪羊，
六生六羊师，
先来献祭吧，
师娘已饥饿。
六生六羊师，
先来献祭吧，
来捶肩揉腿，
来沐浴净身。
众师娘请回，
默默返回程。
今天好日子，
给师娘设坛。
坐树上等师，

坐石上等师。
让众师等你，
实在不像样。

3. 领队唱

心慌啊父王，
心好啊祖师。
对黄家宽厚，
对黄满仁慈。
师娘六生人，
仙姑六羊人。
万物都来探，
都来看娅王。
现众师至城，
现我们到殿。
我们站对面，
持长剑随王，
拿白矛随师。
请众老开门，
叫众人开闸。
众小伙守城，
众小伙善良。
并非哪个喊，
不是哪个请。
是那六生师，
是那六羊师。
是黄家祖师，
是那黄满师。
开门迎师回，
开门接师进。
请师进里面，
让咱到面前。

速速往前赶，
急急往里走。
让咱回州城，
跨入祖师门。
多地众师娘，
各村多仙姑。
人人都到来，
我们都心慌。
门廊满仙姑，
门口满师娘。
各处师娘来，
父王心神慌。
抓蛋蛋脱手，
我心跳不停。
众人心不宁，
众哥不自在。
八司都来全，
八王都到齐。
娅王吃稀饭，
娅王喝稀粥。
今天是十八，
八司都来齐，
八王都到全。
八司啊八司，
众姊妹善良。
哪个做先锋，
谁来做领头。
小妹众姑娘，
众姊妹善良。
母王渐入睡，
娅王渐沉睡。

第四篇　净身入殓

1. 领队唱

娅王何时逝？
母王哪时亡？
没得到消息，
未看见文书。
众儿郎胆大，
众姑娘心定。
今八司到来，
由不得我们。
现八司亲临，
八王到身边。
哪个是先锋，
谁人做领头。
玉水给娅王，
龙盆盛玉水。
玉水八十斤，
金水八十斤。
拿玉水洗身，
要金水洗脸。
哪个拿帕巾，
谁人拿脸巾。
妹洗上洗下，
妹帮娘洗脸。
众兄妹善良，
拿玉水洗身，
要金水洗脸。
把脸洗白净，
将身洗清爽。
干净如光照，

洁净如明镜。
白净如新壶，
如新壶透亮。
安祥惹人怜，
恍如睡中人，
看似好端端。
心慌啊八王，
心好啊八司。
玉水放龙盒，
上上下下洗。
为娅王洗身，
洗身礼完毕。
谁开柜拿布？
谁开箱拿衣？
钥匙老父拿，
钥匙老父管。
老父啊老父，
钥匙给姑娘，
钥匙给小妹。
开柜取母衣，
开箱拿娘服。
母穿哪套艳？
娘穿哪套美？

2. 邓公唱

儿郎啊儿郎，
众儿郎英俊，
众小伙善良。
金饰扮嘴部，
玉饰戴脖子，
装扮娅王身。
众小伙善良，

给娘多穿衣，
为母穿双鞋。

3. 邓公唱

儿郎啊儿郎，
小伙啊宝贝。
众儿郎心急，
众小伙心焦。
何时母患病？
哪时娘病重？
八司啊忧心，
八王啊忧愁。
母盼儿酌茶，
娘等儿端水。
母缺水口干，
娘无茶舌燥。
母吉时过世，
娘卯时长眠。
母辰时归西，
无儿到跟前。
众小伙威风，
众姑娘俊俏。
众小伙心急，
众儿郎心焦。
儿郎去走村，
小伙去串寨。
走村不心慌，
串寨不慌乱。

4. 领队唱

祖师啊父王，

娅王啊祖师。
八司早想回，
八王早要来。
一走却往北，
一去偏走村。
怕酒肉还缺，
怕鸡牲未有。
没有鸡祭母，
没有猪祭娘。
我只好等待，
小女只能等。
父亲骂便骂，
钥匙给小女，
钥匙给小儿。
开柜拿母衣，
开箱取娘服。
八司同来开，
八王齐往前。
得套大衣服，
得套宽衣服。
衣服盖王印，
衣服盖官印。
八司为母妆，
我们为娘扮。
打扮母漂亮，
装扮娘安详。
众姑娘心惊，
众姐妹心好。
给母穿鞋袜，
为娘披孝衣。
母问要腰带，
小儿备齐全。
众姊妹齐心，

众男子齐聚。
母合嘴离去，
母合腮安详。
八司啊八王，
姑娘啊小伙，
咱各样做齐。
棺材未去找，
咱去找来看。
心慌啊众哥，
众兄心地好。
慌乱心难安，
众哥心善良。
开柜拿布盖，
开锁要布垫。
众兄妹善良，
众兄妹到齐，
心好却慌神。
床布未裁剪，
白布未铺垫。
棺材要摆好，
祭桌要放平。
众兄妹善良，
此日是吉日，
此时是吉时。
众妹来扶母，
众哥来挽母。
扶咱母入殓，
挽咱母入棺。
扶入枫树棺，
挽入杉树椁。
别让母头歪，
莫给枕头斜。
我母已入棺，

众姊妹来听，
众男子同来。
擦母嘴干净，
摆母身平正。
找床布来挂，
要挂棺椁前。
要来盖上面，
要来隔阴阳。
把棺材盖好，
把祭桌搭牢。
棺材未上漆，
全天下戴孝。
心慌乱难平，
下界多坛主。
心慌乱迷糊，
不会拿主意。
让父出主张，
由父拿主意。
师娘去问父，
我们问父王。
找哪道公好？
问哪麽公灵？
父王啊父王，
祖师啊祖父。
众王没主张，
众男没主意。
众王来问爹，
众男来问父。
母要入棺椁，
娘要进棺材。
众兄弟商量，
众男子合计。
找那道公好，

找那麽公灵。
父说众男子,
父嘱众小妹。

5. 父王唱

儿郎众儿郎,
儿郎啊小伙。
今天母去世,
父守戒不起。
父手脚瘫软,
没力气出门。
父也不煮饭,
父也不烧火。
不知真或假,
不知找谁解。
去问众师娘,
去问众仙姑。
众女真俊俏,
众男真英俊。

6. 领队唱

众媳妇心慌,
众仙姑心善。
各地众情友,
各村众媳妇。
情友出主张,
媳妇拿主意。
拿主意给神,
出主张给师。
莫让师昏庸,
莫让咱犯傻。

哥站正中央,
拿张纸不稳。
找哪道公好?
找哪麽公灵?
师娘出主张,
仙姑拿主意。
拿主意给神,
出主张给师。
别让师昏庸,
别让师犯傻。
众女啊众男,
不怕不用怕。
有师娘在旁,
有仙姑坐镇。
师娘出主张,
仙姑拿主意。
各师娘们啊,
去问布洛陀,
去问麽六甲。
布洛陀有法,
麽六甲有符。
符法护棺椁,
众师娘们啊。

7. 领队唱

心慌啊八王,
心好啊八司。
师娘这样说,
仙姑这样讲。
众师同飞奔,
众师共迈步。
与八司同程,

和八王做伴。
四司留守母，
四王守护母。
四人找麽公，
四人寻道公。
走吧旗手哥，
飞吧领头哥。
启程吧彩珍，
飞奔吧彩莲。
走吧龙帽哥，
去吧尖帽哥。
四司来商量，
四王来合计。
合计找麽公，
商量找道公。
祖师这样说，
我师这样讲。
心慌啊众哥，
心好啊众哥。
骑马找麽公，
动身寻道公。
哪个拿利是？
谁人出红包？
备利是进门，
有红包进城。
咱进麽公城，
咱去道公州。
咱去洛陀城，
咱去六甲州。
策马速速去，
动身疾疾走。
先军们快走，
兄妹们快飞。

忽然到隘口，
看见六甲家，
看见洛陀门。
兄妹好心慌，
忽然到家门，
忧心到闸门。
到洛陀大门，
到六甲家门。
开门师上去，
开门给师进。
众儿郎守家，
众儿郎守门。
开门钱咱出，
开闸钱咱给。
给咱进里面，
让咱向前走。
往前走到里，
速速往上走。
众儿郎守门，
众男子守闸。
祖师在家否？
布洛陀在否？

8. 守门人唱

祖师正在家，
先生正在屋，
请进吧请进。

9. 领队唱

心慌啊四王，
心好啊四司。

策马去疾疾，
到家门休息。
兄妹请下马，
在巷中休息，
在院中歇息。
现众王同去，
现众王同行。
跟八司同去，
随八王同行。
问祖师可好，
问先生安否。
过闸就到家，
家中仍如旧。
渐渐到闸口，
再走到家门。
家摆八仙桌，
桌有笔墨书。
布洛陀祖师，
麽六甲善良。
八司脸变色，
八王脸发白。
娅王病膏肓，
娅王睡昏沉，
请六甲超度。
六甲有法术，
洛陀有灵符。
有法能超度，
有符能安神。

10. 布洛陀唱

是啊是的啊，
三天后再来，

过三天再来。

11. 领队唱

布洛陀祖师，
麽六甲祖母。
这时是吉时，
这日是吉日，
这时来驱鬼。
公拿银柄刀，
天下人共知。
公拿金柄剑，
四海人相信。
请公度娅王，
请公除母厄。
现给父打理，
现为公装扮。
众兄弟们啊，
众妹心地好。
扶六甲上鞍，
挽洛陀上马。
两人在两边，
两王挽两腋。
咱拿法书跟，
咱拿罗盘随。
要法书随身，
要法书装袋。
四司一同回，
四王一同返。
随六甲回家，
跟洛陀回殿。
策马疾疾回，
打扮速速返。

一下到岔口，
看见娅王家。
到母王闸门，
到娅王家门。
八王先歇息，
八姊妹心焦。
来案台取刀，
来神龛拿剑。
此村众道公，
此寨众麽公。
现拿金柄剑，
眼向上下看。
现拿银柄剑，
收雌雄二鬼。
现道公驱邪，
麽公再行法。
时众王安心，
现众王歇息。

12. 布洛陀唱

超度这亡魂，
回到神仙界。
超度这亡人，
去往神仙界。
愿度此亡魂，
升往神仙界。

13. 众王唱

心慌啊八王，
心好啊八司。
找出孝衣来，

拿出孝鞋备。
给母披孝衣，
为娘穿孝鞋。
八司啊八王，
众姊妹善良。
要麻线系帽，
要白线缠头。
头戴三棱帽，
跟麽公买水。
大哥拿灵牌，
叔叔扛黄幡。
速速到泉口，
疾疾去塘边。

14. 麽公唱

龙王度众生，
孝子虔请水。
向东方一拜，
向南方二拜，
向西方三拜，
向北方四拜，
向中央五拜。
龙王卖水否？
龙王说卖水。

15. 麽公唱

心慌啊八王，
心好啊八司。
要黄金来分，
要白银去买，
买水回家来。

众师手持幡，
锣鼓敲前头，
唢呐吹随后。
买水回到家，
要水擦母身，
要海水洗脸。
为母洗洁净，
让母身清爽。
布洛陀心善，
麽六甲仁厚。
这时来献饭，
咱摆桌敬酒。
从头敬到脚，
传咱真孝心。

16. 麽公唱

普度三界难，
祛除地狱苦。
皈依太上经，
清念稽首礼。
虔告三清殿，
释放亡人走，
超度升仙界。
虔告冥王殿，
释放亡人走，
超度升仙界。
虔告朱陵府，
超度升仙界。
向东行谢礼，
东方无极神，
护长生大圣，
无量度人尊。

向南行谢礼，
南方无极神，
护长生大圣，
无量度人尊。
向西行谢礼，
西方无极神，
护长生大圣，
无量度人尊。
向北行谢礼，
北方无极神，
护长生大圣，
无量度人尊。
向中行谢礼，
中央无极神，
护长生大圣，
无量度人尊。

第五篇　娅王功绩

1. 众师唱

心慌啊宝贝，
众妹心善良。
个个哭娅王，
人人悼母王。
心慌啊先锋，
齐来哭娅王。

2. 众人唱

母王啊娅王，

万物娅王造。
造山川造海，
造田垌文明。
娅王殚思虑，
忧天下苍生。
母王呀娅王，
天上是阳界，
地下是阴界。
阴阳紧相连，
敬天地父母。
娅王殚思虑，
忧天下苍生。
母王呀娅王，
曹州遍四方，
分春夏秋冬，
天下五谷兴。
娅王殚思虑，
忧天下苍生。
母王呀娅王，
春来百花开，
风雨好年景，
播种粒粒生。
娅王殚思虑，
忧天下苍生。
母王呀娅王，
夏季天燥热，
稻谷长势好，
遍地稻花扬。
娅王殚思虑，
忧天下苍生。
母王呀娅王，
稻谷长正旺。
娅王殚思虑，

忧天下苍生。
母王呀娅王，
秋季桂花香。
稻田一片黄，
丰年谷满仓。
娅王殚思虑，
忧天下苍生。
母王呀娅王，
冬季雪花飘，
飞雪辞旧岁，
一春接一春。
娅王殚思虑，
忧天下苍生。
母王呀娅王，
四季母操劳，
昏睡三天醒，
效劳天下人。
娅王殚思虑，
忧天下苍生。
母王呀娅王，
母升天行道。
娅王持天道，
天地共欢荣。
娅王殚思虑，
忧天下苍生。
母王呀娅王，
造山川金银，
铸文明康宁。
娅王殚思虑，
忧天下苍生。

3. 水牛唱

母王啊娅王，
牛苦啊娅王。
牛犊就耙田，
走慢被棍打。
明理者催促，
好人轻抽鞭。
恶人猛抽打，
牛不走鞭抽。
母王啊娅王，
善人喂嫩草，
拿潲水来喂。
母王啊娅王，
恶人喂稻草。
难过啊母王，
苦命啊娅王。

4. 师娘唱

小子一边去，
轮到他人哭。

5. 马哭

母王啊娅王，
马驹驮货物，
日跑百二里，
驮重百二斤。
难过啊母王，
苦命啊娅王。
好人用料喂，
恶人扔枯草。

6. 师娘唱

小伙一边去，
小子让一边。
给新人来诉，
给哪个来哭？

7. 羊哭

母王啊娅王，
苦命啊娅王。
食草山林间，
家羊当野羊。
命苦啊娅王，
在山中吃草。
命苦啊母王，
没有谁疼爱，
没有人挂念。
动刀就割皮，
拔剑就切肉。
难过啊母王，
命苦啊娅王。

8. 师娘唱

小子一边去，
小伙靠边走。
让新人来诉，
给后者来哭。

9. 猴子哭

难过啊母王，

命苦啊娅王。
母王啊娅王，
我生来成猴。
一世无衣穿，
山上吃板栗。
命苦啊娅王，
我是一只猴，
可怜己命苦。
骂不骂别的，
就骂猴秃毛。
光身脸也花，
永远变成猴，
不会变成人。
难过啊母王，
命苦啊娅王。

10. 师娘唱

小子一边去，
小伙过一边。
让新人来诉，
让后者来哭。

11. 鸡哭

难过啊母王，
命苦啊娅王。
幼小拿去卖，
尚小拿去杀。
难过啊母王，
命苦啊娅王。

12. 师娘唱

这厮一边去，
小子先过边。
给别个来诉，
给狗先来哭。

13. 狗哭

难过啊母王，
我生来成狗，
桌边啃骨头。
睡门边草窝，
说给我守门。
难过啊母王，
命苦啊娅王。
要我守房屋，
要我守大门，
守院趴门角。
命苦啊娅王，
难过啊母王。
好人给守果，
恶人给守牛，
命苦啊娅王。

14. 师娘唱

小子一边去，
这厮去一旁。
给别个来诉，
给那猪来哭。

15. 猪唱

难过啊母王，
命苦啊娅王。
我是一头猪，
命苦啊娅王，
难过啊母王。
在母肚四月，
出生一两月。
首月吃母乳，
次月吃潲水。
不吃铁勺打。
尚小拿去卖，
长慢就被骂。
诅咒染瘟疫，
诅染猪瘟死，
咒得瘟疫亡。
难过啊母王，
命苦啊娅王。

16. 师娘唱

小子一边去，
这厢过一旁。
给别人来诉，
给老鼠来哭。

17. 老鼠唱

难过啊母王，
命苦啊娅王。
生来是山鼠，
老鼠钻土洞。

稻谷收回家，
命苦挨饿死。
谷熟人家收，
鼠雀挨饿死。
挠头回山坡，
四脚扒泥土。
寻食被人骂，
咒骂鼠成患。
当鼠真太苦，
做鼠实在难。
人用药毒鼠，
不死也被杀。
现向母王诉，
老鼠最伤心。

18. 师娘唱

小子一边去，
给别人来哭。
给别人来诉，
让众人围观。

19. 虱子唱

母王啊娅王，
生来是虱子。
被用两板夹，
挨用竹片杀。
母王啊娅王，
就我苦难多，
数我最煎熬。
母王啊娅王，
命苦啊娅王。

人恐我长大，
两手齐碾杀。
就我苦难多，
数我最煎熬。

20. 师娘唱

小子一边去，
这厮爬一旁。
让别人来诉，
给碗盘来哭。

21. 碗唱

母王啊娅王，
天生是碗盆。
明理者轻刷，
笨人碗碰盘。
碗相碰开裂，
盆相撞缺边。
难过啊母王，
命苦啊娅王。

22. 师娘唱

小子一边去，
丫头爬一旁。
让别人来诉，
让筷子先哭。

23. 筷子唱

母王啊娅王，

命苦啊娅王。
前身是竹子，
竹子长一丛。
主人拿刀砍，
主人拿斧劈。
拿咱做成箸，
拿咱做成筷。
明理者泡洗，
笨人两手扭。
明理者轻刷，
笨人就瞎搅。
难过啊母王，
命苦啊娅王。
就我苦难多，
数我最煎熬。

第六篇　安葬娅王

1. 师娘唱

母王啊娅王，
众妹都来诉，
众哥都来报。
剩小妹没来，
差小妹未到。
难过啊母王，
小妹缺衣食，
生活无着落。
众王都来齐，
众男都来全。
今日是吉日，

此时是吉时。
心慌啊先生，
心好啊师傅。
此时是吉时，
众姊妹善良。
众姊妹聚齐，
众王同在场。
心慌啊宝贝，
心焦意难平。
随道公挂幡，
跟麽公立柱。
大哥捧灵牌，
叔叔扛幡旗。
全家都来齐，
出外来送母。
送母升天界，
送母回仙境。
小儿来跪拜，
儿郎来谢母，
拜低又拜高。
拜低成君子，
拜高成官吏。

2. 麽公唱

亡魂度东方，
升去神仙界。
亡魂度南方，
升去神仙界。
亡魂度西方，
升去神仙界。
亡魂度北方，
升去神仙界。

亡魂度中央，
升去神仙界。
亡魂上仙桥，
走上逍遥路。
升上天堂路，
痛哭泪如雨。
向东行谢礼，
东方无极神，
无量长生圣。
升上天堂路，
痛哭泪如雨。
向南行谢礼，
南方无极神，
无量长生圣。
升上天堂路，
痛哭泪如雨。
向北行谢礼，
北方无极神，
无量长生圣。
升上天堂路，
痛哭泪如雨。
向中行谢礼，
中央无极神，
无量长生圣。
升上天堂路，
痛哭泪如雨。

3. 地理师唱

心惊啊宝贝，
心好众姊妹。
众姊妹到齐，
众兄弟来全。

今日是吉日，
此时是吉时。
咱为母开葬，
咱为娘立坟。
挖下第一锄，
要有鸡有鸭。
挖下第二锄，
四处有金银，
四方花芬芳。
挖下第三锄，
四方菊花开，
要护身边人。
这时儿女安，
富裕过别人。
祈众儿荣华，
求众儿富贵。
儿郎金贵身，
祖神也荣耀。
村村变富庶，
处处呈繁荣。
种地多收成，
务工得银钱。
一回得几千，
一趟几万块。
八司啊八王，
众姊妹善良。
今日是吉日，
此时是吉时。
此时是未时，
吉时有贵人。
现为母下葬，
现送娘入土。
个个来扶棺，

人人来扶棹。
别让母头歪，
莫给枕头斜。
棺木要钉稳，
棺椁要封密。
衣角装土盖，
红土盖下方。
哪个先撒土，
男儿谁先来。
八司刚来齐，
八王刚来全。
拿红花去摆，
每人一两朵。
小妹啊众王，
众姊妹善良。
现来安正门，
咱给母立碑，
咱为娘立门。
立碑点鞭炮，
嘱咐众姊妹，
禄位牌来立，
人人同富贵。
此是母王墓，
此为娅王坟。
前面种株花，
齐声颂母恩。
娅王赐良田，
母王开园圃。
下方人来问，
上方人来瞧。
八司承母意，
八王秉母志。
母王啊娅王，

母王心仁慈。
儿女要取名，
家祖要取姓。
母王生众女，
娅王生众男。
个个都成器，
人人均成材。
取名耀先祖，
儿女富过人。
心乱啊母王，
母王心善良。
别离开太久，
还要转头回。
三天后复活，
五天转回来。

第七篇 拜别父王

1. 地理师唱

八司回下界，
装扮返回头，
八王回宫殿。
启程吧八王，
快走吧八司。
心惊啊母王，
仁慈啊娅王。
心神全慌乱，
慌如禾倒伏。
心慌乱难平，
慌似芝麻倒。

八司回下界，
八王返回头。
今天见父王，
打扮见父王。
咱去看父王，
恐父王难受，
怕父王烦心。
快步到家门，
装扮到闸口。
到父王闸门，
到父王家门。
父王啊父王，
父王别忧心，
父王别伤神。
母王有众儿，
娅王有众女。
父王莫忧愁，
父王别忧虑。
让忧虑消退，
让忧愁消散。
多愁会昏聩，
忧心恐变傻。
恐难承母愿，
恐难传母志。
父引领儿女。
父指引小辈。
小辈来看父，
先来探父王。
父王思众男，
父王疼儿郎。
众王刚当家，
众男刚做主。
要啥都没有，

家无碗无盘。
儿女难当家，
众王难喜悦，
众男难欢欣。
众王来问父，
众男来询爹。
问父讨银钱，
问爹要钱财。
钱财在何处？
银钱在何方？

2. 父王唱

八司啊八王，
儿郎啊宝贝。
若想要银钱，
银钱在柜里，
银锭在箱里。
若怕找不到，
在第八个柜。
哪柜重是银，
哪箱轻是衣。
拿套母王衣，
拿套娅王服。
小儿啊八王，
钥匙在丝衣，
钥匙在孝衣。
儿郎自己找，
众王自己搜。
儿郎自开锁，
众王自己寻。
钱财在柜里，
银锭在箱里。

众王要分享，
父分给小辈。
大家同富裕，
众人共发展。
给祖宗祭衣，
为娅王戴孝。
儿郎啊宝贝，
勤劳如泉水，
祖产如洪水，
再多不够用。
要各自创造，
要各自奋斗，
儿女才富有。
儿郎食无忧，
众王才踏实。
不比别人差，
比别人富庶。
财富享不完，
富裕过别人。

3. 父王唱

八司啊八王，
比别人富裕。
八卦算乾坤，
罗盘定风水。
有书和纸张，
有笔和墨水。
父传儿不齐，
父教女不够。
女儿要问父，
儿要再问父。
父亲啊父亲，

各地众师娘，
各村众鬼神。
父未给银钱，
对不起众人。
有负众亲友，
请父给银钱。

4. 父王唱

众王啊众儿，
儿郎想要银，
后天来复山，
不问也送银。
若不来复山，
杯盘也不给，
碗碟也不送，
众儿我嘱毕。

5. 众师唱

父王啊父王，
若父这样说，
若父这样讲。
妹说也是真，
儿说与父听。
各地情友多，
人多说话杂。
众神也犯错，
众男犯迷糊。
以后咱不来，
众王空手来。
众男各自到，
我们不再来，

八王也不来，
八司自威风。
众师娘难堪，
口渴嘴干裂。
无人问师娘，
问父要银钱，
要亮眼白银。
八司下地界，
八王降下界。
不给儿富贵，
恐发妻难堪。
以后无鬼邪，
鬼神不结冤。
别说儿不好，
别骂女嘴多。
逢凶自化吉，
千金也不换。

6. 父王唱

小儿啊宝贝，
众王心善良。
那六生师娘，
那黄满姑娘。
不要去赌钱，
给下界蒙羞。
父就说这些，
其他父不讲。
若你珍爱妻，
上街买水牛，
回家去买马。
有马帮驮货，
有牛帮犁地，

九月马驮粮。
小儿乖过人，
拿银去买猪，
让你妻养鸡。
腊月到二月，
大猪满畜栏，
远近人人夸。
八司啊八王，
正月到初二，
众王啊宝贝。
锅有东西煮，
桌有东西摆，
儿孙承祖产。
八司有名声，
八王有名气。
众王啊宝贝，
保女儿会写，
保男儿会画。
拿银买书纸，
银钱给儿女。
处处有席垫，
家有红毡铺。
个个有文化，
儿女乐陶陶。

7. 众师唱

父王啊父王，
现嘱托父王，
说完这句毕。
父给儿富贵，
天下妻乖巧。
你来众师旁，

你靠近众师。
策马回下界，
骑骡回宫殿。
不给谁落下，
谁也别落下。
越往上越强，
越往前越旺。
种地有丰收，
务工得赚钱。
养马马满槽，
养牛牛满栏。
养鸡鸭满笼，
养肥猪满圈。
样样得齐全，
事事得周全。
快走啰八王，
快走啰八司。
随雾一同下，
随太阳同转。
快走吧八王，
回去啰八司。
情人们快走，
众师速速到。
个个都来齐，
人人都叫来。
谁都别迷路，
谁都别掉队。
策马速速来，
装扮迅速到。
咱从旧泉过，
咱从街圩来。
过那岔口来，
咱过龙桥来。

心慌啊姑娘，
众媳妇心善。
不管跨多远，
不论走多久。
个个都到齐，
人人都来全。
各地情妹们，
各村众师娘。
各自点人数，
各人点座席。
谁都别落下，
谁都别遗漏。
各地情妹们，
各村媳妇们。
八司已到齐，
八王都来全。

第八篇 致谢众人

众师唱

众师娘们啊，
咱与众人别，
感谢众人们。
众师娘们啊，
费力做鞋袜，
劳神针线活。
众师娘们啊，
袜子明晚缝，
鞋底明晚纳。
师娘和随从，

众师娘们啊，
谢妇女添油，
对咱太虔诚。
众师娘们啊，
谢众女巨资，
对咱心虔诚。
众师娘们啊，
谢白发老人，
谢年轻姑娘。
众师娘们啊，
谢厨师小伙，
谢英俊小哥。
众师娘们啊，
谢各村各寨，
谢各地各村。
众师娘们啊，
咱不擅文章，
众女不识礼。
众师娘们啊，
老者心地好，
姑娘心坦荡。
众师娘们啊，
像水离河坎，
像牛离栏圈。
众师娘们啊，
待下次再会，
等下次再聚，
众师娘们啊。

唱娅王曲调

1＝D $\frac{8}{4}\frac{6}{4}\frac{4}{4}$…

♩＝100

乐谱听记：刘岱远　张静佳
乐谱整理：马鹏翔

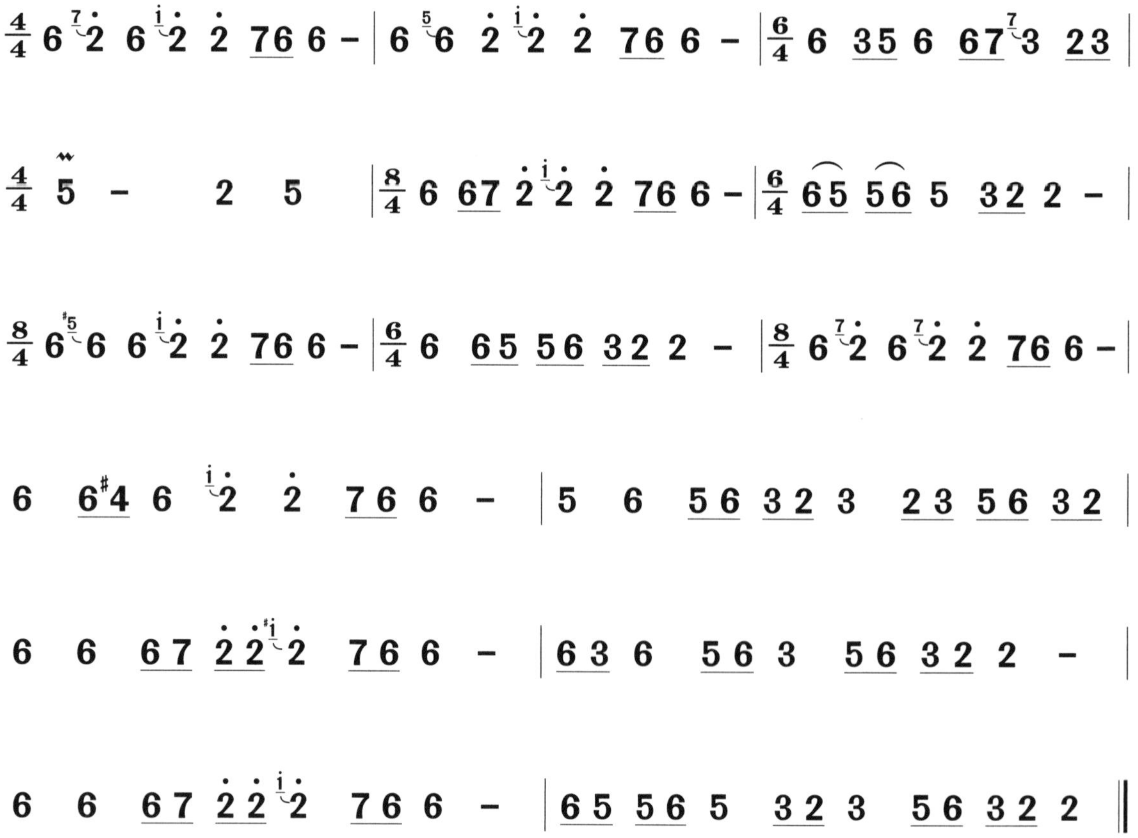

扫码听音频

后　记

　　娅王经诗属壮族史诗重要遗存之一。21世纪以来，随着党和政府对民族优秀传统文化的日益重视，学术界也加强了对娅王经诗的抢救搜集整理和研究工作，取得了一些重要成果，《壮学丛书》重点项目《壮族巫信仰研究与右江壮族巫辞译注》（黄桂秋著，黄桂秋、覃建珍、韦汉成采录、译注，广西民族出版社2012年8月出版）、《句町娅王文化探源》（廖俊清主编，广西民族出版社2020年10月出版）等为其中代表。2014年，"壮族唱娅王"列入第五批广西壮族自治区非物质文化遗产代表性项目名录，表明娅王经诗进入了需要得到有效保护传承的行列。

　　娅王经诗流传范围广，主要有两条路线：一是从广西的西林、田林沿右江而下，到百色右江区、田阳区，直至下游的隆安县、南宁市西乡塘区等壮族聚居区；二是从广西、云南交界的驮娘江上溯往云南的广南、富宁两县并扩展到砚山县壮族聚居区。从已有的娅王经诗整理研究成果看，对百色右江区、西林县关注较多，抢救搜集及研究成果比较丰富，并以此创作了大型民族音乐舞蹈诗《唱娅王》进京公演，而对云南省广南、富宁等县则基本尚未开展有效的抢救搜集整理，更谈不上有研究成果了。

　　2014年3月，原广西壮族自治区少数民族古籍工作办公室（2019年7月更名为广西壮族自治区少数民族古籍保护研究中心，以下简称古籍保护研究中心）启动少数民族古籍专项普查工作，对散藏在民间的各民族古籍开展调查登记，包括对口传长篇经典也进行有针对性的普查。通过普查发现，广南、富宁两县壮族民间"唱娅王"活动保存得十分完整，每年农历七月不少壮族村寨都举办娅王节，唱娅王经诗，数百民众自发参加，成为当地的一个节俗活动。2013年至2015年，广南县八宝镇壮学会已连续三年在八宝镇坝龙村天歪寨举办娅王节，广受群众欢迎。鉴于此，2015年5月，古籍保护研究中心主任韦如柱率队专程到广南县八宝镇河野村拜访文山壮族苗族自治州州委统战部原部长、州政协原副主席、州壮学会会长黄昌礼先生，研究娅王经诗的抢救搜集问题。双方当即同意，立项《唱娅王译注》（暂定）开展抢救搜集整理工作，由八宝镇壮学会于2015年8月31日（农历七月十八）在广南县八宝镇河野村和戈丰村组织举办娅王节，按照传统习俗录制娅王节仪式，抢救搜集娅王经诗。2015年8月30日至9月1日，由古籍保护研究中心牵头，联合百色学院博物馆凌春辉教授团队和八宝镇壮学会开展了河野村和戈丰村娅王节的全程录制工作，抢救搜集了第一份视频音频资料。考虑到娅王经诗传承的多样性及变异性，古籍保护研究中心决定多点、多传承人进行采录，以此掌握娅王经诗的整体概貌。2016年9月和2017年9月，项目组又分别在八宝镇河野村、戈丰村、板幕村组织了娅王节的录制工作，共搜集了5个版本的娅王经诗视频，基本包含了当地有代表性的娅王经诗传承人唱词。

在掌握了基础资料后，《唱娅王译注》项目进入翻译整理阶段。2018年9月，古籍保护研究中心主任韦如柱率队再次赴八宝镇河野村，与黄昌礼先生和八宝镇壮学会会长罗顺达、副会长黄占富、秘书长黄世荣等就翻译整理工作进行深入探讨。双方商定，首先由罗顺达、黄世荣听看视频，比较各版本异同，确定翻译的版本。确定翻译版本后，在黄昌礼先生指导下，由罗顺达进行记录和翻译；最后由黄昌礼修改完善。2019年10月，经罗顺达、黄世荣两人听看娅王节音像视频综合比较，认为板幕村版本内容相对全面，唱词与民间传说、故事比较相符，决定以此版本作为翻译整理的底本。翻译整理工作采取三个步骤：一是记录，由罗顺达根据视频用当地古壮字记录经诗唱词；二是审核，由黄昌礼对古壮字记录的经诗唱词与视频核对，用当地民间习惯用字修改规范古壮字记录行；三是翻译，由罗顺达以审核后的古壮字行逐句进行汉直译、汉意译翻译。

经过一年多的艰辛努力，至2019年10月，罗顺达完成了"三对照"（古壮字行、汉直译行、汉意译行）翻译任务，全稿合计2200多行，广南县八宝镇壮族娅王经诗初具雏形。为达到壮族古籍整理通常采用的"五对照"体例要求，还需进行拼音壮文转写和国际音标注音，此项工作由云南省丘北县壮学会副会长陆生雄负责。2020年5月，古籍保护研究中心和广西教育出版社联合在广南县八宝镇河野村举办壮族古籍初译工作培训班，授课内容之一是陆生雄以娅王经诗的注音探讨壮族古籍的翻译，引起学员们热烈讨论。由于娅王经诗内容较艰涩，又有方言的差异，陆生雄在转写拼音壮文和国际音标注音时遇到很大困难，他一边将"三对照"稿进行录入，通过电脑从词义、上下文进行对比，并通过发音人罗顺达进行逐句逐字录音记录，费力颇多，终于在2020年底完成此项艰苦工作，形成《唱娅王译注》"五对照"初稿。

广西少数民族古籍工作长期坚持"三支队伍"建设（民间艺人队伍、市县民族文化工作者队伍、专家学者队伍）。经过民间艺人和市县民族文化工作两支队伍的努力，完成了娅王经诗抢救搜集和初步翻译的基础性工作，接下来需要专家学者队伍进行学术提升和政治把关。恰好，中央民族大学图书馆副研究馆员、古籍部主任、历史学博士黄金东曾承担《中国史诗百部工程》子课题"壮族唱娅王"的摄制和记录任务，对壮族娅王经诗有深入的研究。在古籍保护研究中心主任韦如柱的热情邀请下，黄金东博士欣然同意加入该项目，负责书稿的分章、题解、注释、撰写前言等任务。虽然因新冠肺炎疫情的影响，黄金东博士未能深入广南县八宝镇壮族村寨开展更深入的田野调查，但凭着多年对壮族唱娅王仪式的研究，同时与项目组保持密切的沟通，于2020年6月高效完成了相关的工作，并建议将原书名改为《娅王经诗译注》更符合学术规范。同时古籍保护研究中心主任韦如柱负责全书统纂，逐行逐字理顺译文，撰写注释等，书稿进一步完善。经项目组和出版单位的合力推动，《娅王经诗译注》成功入选了国家2021年度民族文字出版专项资金资助项目。

为进一步检验娅王经诗采录的完整性和翻译的准确性，2021 年 8 月 24 日至 26 日，八宝镇壮学会在乐共村平丰寨再次组织娅王节活动，并委托摄制公司全程录制，进一步丰富了娅王经诗的基础资料，也证实了本项目采用版本的代表性和完整性。2021 年 11 月 1 日至 3 日，古籍保护研究中心与广西教育出版社组织各方面作者在八宝镇河野村召开审稿会，对书稿中存在的疑难问题进行集中攻关。文山壮族苗族自治州州委统战部原部长、州政协原副主席黄昌礼，古籍保护研究中心主任韦如柱、一级主任科员陈战，广西教育出版社综合编辑室副主任韦胜辉，云南民族大学文学院教授韦名应，丘北县壮学会副会长陆生雄，八宝镇壮学会会长罗顺达、副会长黄占富、壮族麽公罗顺辉等参加会议。通过审稿会，诸多疑难问题逐一得到解决，全书质量达到出版要求。

《娅王经诗译注》从立项、抢救搜集、翻译整理到出版，历经 6 年半时间，个中艰辛不言而喻。这既表明了壮族口承文献抢救搜集整理的迫切性和艰巨性，也表明了民族传统文化保护传承工作仍任重道远。本书各个环节工作得到各级部门和单位以及个人的大力支持和帮助。八宝镇河野村委会连续两年支持八宝镇壮学会举办娅王节，提供了诸多方便；八宝镇壮学会是该项目的主要实施者，学会主要成员罗顺达、黄世荣、黄占富、罗顺辉等劳心费力，自始至终全身心投入，使项目得以顺利开展；天歪、河野、戈丰、板幕、平丰等各村寨麽公及众多师娘们，不仅在每年的娅王节前忙碌筹备，更是在娅王经诗上倾情献唱，使项目组保存了第一手基础资料。

在壮族古籍整理工作方面，广西先行先试已取得系列重要成果，作者队伍有较丰富的工作经验。为支持做好《娅王经诗译注》翻译整理工作，广西少数民族古籍工作"三支队伍"中的韦体吉、韦海科、陆霞、岑东、周耀权、唐毓彪、莫保应、谭杰、谭绍根、谭仕光、谭绍经、蓝长龙、蓝盛、曹昆、覃健、农海华等专家学者从汉文翻译、壮文转写、国际音标注音及视频制作等方面给予及时的帮助，付出了诸多心血。特别是百色学院博物馆凌春辉教授带领团队全程参与了 2015 年河野村娅王节仪式的摄录，并为项目的整理出版提出了中肯的意见与建议。

作为出版单位，广西教育出版社始终关注项目进度，从选题策划、作者培训、撰稿规范、编校管理等各环节均予以人力、物力、财力的支持，并改变传统，积极从案头走向田头，该社的韦胜辉、陈逸飞、熊奥奔三位编辑，与项目作者一起担负起抢救搜集、翻译整理、书稿修改等职责，和作者同呼吸共成长，彰显了广西教育出版社在民族文化保护传承工作的使命担当。

在此，谨对本书在抢救搜集、翻译整理、出版过程中给予支持帮助的各级部门和单位及有关领导、专家学者、民间艺人等，表示衷心的感谢！

由于水平有限，书中难免有讹误和不足之处，敬请方家指正。

2021 年 12 月 5 日